오래된 정원 상

황석영 장편소설

창작과비평사

오래된 정원 (상)

초판 발행/2000년 5월 2일
7쇄 발행/2000년 9월 5일

지은이/황석영
펴낸이/고세현
편집/김성은 공병훈 염종선 김명재
펴낸곳/(주)창작과비평사
등록/1986년 8월 5일 제10-145호
주소/서울 마포구 용강동 50-1 우편번호 121-875
전화/영업 718-0541, 0542 · 편집 718-0543, 0544
　　　기획 703-3843 · 독자사업 716-7876, 7877
팩시밀리/713-2403
천리안 · 하이텔 · 나우누리 ID/Changbi
홈페이지/www.changbi.com
전자우편/changbi@changbi.com
지로번호/3002568

ⓒ 황석영 2000
ISBN 89-364-3336-9 03810
　　　89-364-3590-6 (전2권)

오래된 정원 <small>(상)</small>

아, 어떻게 우리가 이 작은 장미를 기록할 수 있을 것인가
갑자기 검붉은 색깔의 어린 장미가 가까이서 눈에 띄는데
아, 우리가 장미를 찾아온 것은 아니었지만
우리가 왔을 때, 장미는 거기에 피어 있었다

장미가 그곳에 피어 있기 전에는 아무도 장미를 기대하지 않았다
장미가 그곳에 피었을 때는 아무도 장미를 믿으려 하지 않았다
아, 출발도 한 적 없는 것이 목적지에 도착했구나
하지만 모든 일이 워낙 이렇지 않았던가

베르톨트 브레히트

1

먼곳에서부터 발걸음 소리가 들려오기 시작했다.

발뒤꿈치를 시멘트 바닥에 자신있게 내리박는 것 같은 소리다.

마지막 순회점검을 오는 당직주임의 발소리가 틀림없었다.

근무중 이상 무!

하는 바깥초소 근무자들의 고함소리가 들렸다. 그는 두 개의 철문을 지나야만 이쪽 사동에 당도할 수 있을 것이다. 나는 어깨를 단단히 여미고 있던 솜이불 자락을 젖히고 일어나 앉았다. 이불 속에서 몸을 일으키자마자 새벽의 싸늘한 냉기가 등덜미를 쓸어내렸다. 나는 취침할 때마다 두툼한 털양말 위에 신던 큼직한 덧버선을 벗고 양말을 잘라서 만든 모자를 벗었다. 양쪽 가슴에 사동 방 번호와 내 번호 표가 붙어 있는 수의를 입었다. 천사백사십사번이 나의 오랜 이름이었다. 나는 이름을 거의 잊어버렸다. 이 번호를 언제 받았던가. 점호 때마다 이 이름으로 확인당했고, 편지를 받을 때에도, 작업장에서도, 면회를 갈 적에도, 모욕을 받거나 기합을 당할 때에도, 욕설 끝이나 앞에, 이 번호를 달고 자신의 존재를 부여받았다.

앉은뱅이책상을 딛고 일어나 밤이나 낮이나 켜 있는 형광등을 가려놓았던 종이를 늘어뜨렸다. 이건 스물네 시간 수인의 행동을 관찰하도록 되어 있는 규칙에 어긋나는 일이다. 언제나 백주 대낮이 계속되는 셈인데 어차피 낮에도 햇빛은 들어오지 않는다. 라면박스를 뜯어서 보기좋게 편지지를 붙이고 형광등이 들어 있는 상자의 플라스틱 창에 테이프를 붙여서 건다. 상자의 위쪽에다 나무젓가락을 꺾어 붙여 실을 걸어서 이 차광판을 올리고 내리게 해두었다. 물론 검열이나 감사 때에는 이런 편리한 장치들을 모두 떼어버려야 하지만. 이 방안의 물건들은 거의 내가 또는 동료들이 틈틈이 만든 것이다.

이불을 개어 모포들과 함께 발치에 쌓아두고 세 칸으로 접게 된 국방색의 스펀지 매트리스는 네모 반듯하게 접어 방석으로 남겨두었다. 오늘은 냉수마찰을 하지 않을 작정이다. 어제 폐방하고 나서 세면도구 주머니 두 개에 내가 간직하고 싶은 물건들을 추려서 징역보따리를 꾸렸다.

나는 일어섰다. 한번 기지개를 크게 켜고 늘 하던 것처럼 양팔을 벌려 좌우의 벽에 활짝 펼친 손바닥을 붙여 힘을 주어 밀어내본다. 시멘트 벽에는 성에가 하얗게 끼여 있다. 천장에도 내가 밤새 누워서 뿜어낸 입김으로 늘 그 자리에만 물방울이 맺혀 있다. 이 방은 가로는 나혼자 눕는 매트리스를 깔고 나면 벽까지 두 뼘이 남고 세로는 발치에서 한걸음쯤 나아가 여기서는 삥끼통이라는 변소의 문에 닿는다. 변소 앞에 물통을 놓았고 그 위의 벽에 사물이나 식기를 얹는 세 칸짜리 플라스틱 선반을 걸어두었다.

물통에는 살얼음이 끼여 있었다. 오늘은 세숫대야에 물을 세 바가지나 부어놓고 털이 한 오라기도 없는 뺨이며 턱이며 목덜미를 닦았다. 나는 어제 목욕도 했고 이발에 면도까지 했다. 소지에게서 따뜻한 물을 한 양동이 얻어 세면장 사용을 허가받아 찬물을 탄 미지근한 물로 목욕을 했던 것이다.

재소자 이발소의 중년이 넘은 반장은 십오년짜리 강짜였지만 여기 말대로 십년이 넘으면 누구나 순한 양이 되어 있게 마련이었다. 이발소 동료의 말을 들으면 열차강도를 했다는데 여기서는 수감 동기를 묻는 일이 서로 금기로 되어 있어서 자세한 얘기는 듣지 못했다. 이곳에 십삼년째 살고 있는 그는 얼마 전에 사회참관도 다녀왔다. 같은 장기수끼리는 서로 예의가 있어서 그가 나의 이발을 전담해왔다. 반장의 기술은 전국재소자기능대회에 나가 금메달을 받은 솜씨였다. 그는 보통 때처럼 나의 머리를 깎기 전에 어떻게 깎을 거냐고 묻지 않았다. 이발소에서는 누구나 내가 정치범이라는 것을 알고 있었다. 공안수는 삭발을 하지 않는다. 그래야 일반수와 쉽게 구분이 되었으니까.

조금만 다듬어드리지요.

그가 섬세한 가위질로 조심스럽게 귀밑을 다듬어나갔다. 나는 의자에 앉자마자 눈을 감고 아무 말도 하지 않았는데 그가 머리를 숙이고 나직하게 물었다.

내일이죠?

그런 모양이오.

반장은 면도를 끝내고는 어디서 구했는지 향내나는 스킨을 턱과 뺨에 듬뿍 발라 문지르고 사회에서처럼 마른 수건으로 목과 귓가를 부드럽게 닦아주고 나서 말했다.

다 됐습다.

고맙소.

하면서 일어나려고 했더니 반장이 나의 어깨를 지그시 누르며 아까처럼 속삭임으로 말했다.

오선생님, 제가 잠깐 기도를 하면 안될까요?

나는 잠깐 어리둥절했다. 기불천 교인도 아니고 기도를 해본 적도 없기 때문이었다. 기불천 교인이란 기독교 불교 천주교의 신도들이 재소자의 교화를 돕기 위해 먹을 것들을 싸들고 종교집회를 하러 올 때마다 종교와 종파를 바꾸어 집회에 나가는 사람들을 놀리는 우스갯말이었다. 나는 그 잠깐 동안에 우리의 저 긴긴 고독을 생각했다. 그는 내 기억을 통하여 바깥으로 나가게 될 것이다. 나는 그의 기도를 오래 떠올릴 테니까.

그렇게 해주겠소?

그가 두 손으로 나의 손을 더듬어 잡았다.

하나님, 여기 한 형제가 십팔년의 형기를 마치고 이제 세상으로 돌아갑니다. 그동안 여기서 있었던 모든 일들 가슴속에 묻어버리게 하여주옵시고 지금까지 건강하게 보살펴주신 것처럼 세상에 돌아가서도 다시 보살펴주셔서 오선생님의 앞날에 희망과 기쁨이 충만하게 하여주시옵소서. 그리고 이제는 작은 것에 감사할 줄 아는 겸손하고 행복한 삶을 누리게 하여주시옵소서. 무엇보다도 여기 남아 있는 저희들도 잊지 않게 하여줍소서. 예수님의 이름 받들어 기도하옵나이다, 아멘.

나는 책상 위에서 두툼한 옥편을 꺼내어 책갈피를 들췄다. 숨겨둔 나의 사유재산인 손바닥만한 거울을 꺼냈다. 자살을 한다고 해서 독거방에서는 유릿조각이나 줄이나 날카로운 쇠붙이를 소유할 수 없었다. 나는 그 거울을 미결감방의 소지에게서 범치기로 얻었다. 라면을 주었는지 카스텔라를 주었는지 잘 기억이 나질 않는다. 두꺼운 책갈피마다에는 그런 내 보물들이 숨겨져 있다. 성경책에는 깡통뚜껑을 변소의 시멘트 벽에 갈아서 만든 손가락만한 칼이 끼워져 있다. 그것으로 과일을 깎거나 김치를 잘라 먹었다. 편지봉투가 꽂힌 종이벽걸

10

이에는 제일 뒤의 봉투 안에 머리빗이 숨겨져 있다.

나는 형광등을 향하여 정면으로 얼굴을 쳐들고 거울을 갖다댔다. 거울 속에 오십대의 사내가 쓸쓸한 모습으로 떠올랐다. 귀밑에서부터 흰머리가 머리 위쪽으로 번져가고 있었고 입가에는 주름이 잡혔고 미간과 눈가에도 잔주름이 보였다. 저 거울에 비친 얼굴 뒤에 컴컴하게 보이는 어둠 뒤편에는 무엇이 있을 건가. 과연 바깥세상이란 것이 있기는 한 걸까. 머리를 빗었다. 퇴색한 실 같은 머리카락이 맥없이 옆으로 넘어졌다. 머리카락은 형광등 불빛을 받아 더욱 하얗게 번쩍였다.

철문이 열리고 쇠빗장을 따는 소름끼치는 소리가 들렸고 구둣발 소리는 아래층 복도를 지나오고 있었다. 나는 얼른 책과 거울과 빗을 제자리에 넣어두고 공손하게 매트리스 방석 위에 앉았다.

다시 이층 특사의 철창문을 여는 소리가 들린다. 쇠빗장 따는 소리와 철창이 쇠기둥에 부딪치는 소리. 담당근무자의 인원보고 소리가 들리고 나서 당직주임의 발걸음 소리는 작아진다. 그는 아마 감방 복도에 길게 깔린 매트 위를 걷고 있을 것이다. 주임은 조용히 내 방 앞에 다가와 두어 뼘 되는 시찰구의 창살 사이로 얼굴을 나타냈다. 비닐로 막혀 있어서 그의 얼굴 윤곽만이 희미하게 보일 뿐이었다.

천사백사십사번 오늘 나가지요?

그렇습니다.

주임의 모자챙이 아래로 향하고 나서 짤막하게 말했다.

네시가 넘었는데…… 문 따지.

매일 아침 운동시간마다 들리던 투명한 쇳소리가 나면서 방문이 덜컥 열렸다. 복도 쪽의 공간이 비좁은 감방 안으로 한꺼번에 밀려들어오는 듯했다.

짐 가지고 나와요.

예?

나는 엉거주춤한 채로 그에게 되물었다.

집에 가야지.

집이요? 아, 네……

나는 머리맡에 얌전하게 세워둔 보따리 두 개를 들었다. 그리고 방문 바로 위의 선반에 깨끗이 씻어둔 흰 고무신을 꺼내어 문밖 복도에 내놓고 발을 내밀었다. 두 발로 감방 바깥에 나와 섰다. 내 방은 끝에서 두번째였는데 방을 한칸씩 띄어서 나 같은 정치범들이 수감되어 있었다. 나는 그들이 잠들지 않고 기다리고 있을 줄을 알고 있었다. 내가 복도의 맞은편 끝으로 걸어가려고 했을 때 주임이 등뒤에서 말했다.

이쪽으로.

나는 돌아서려다가 저도 모르게 크게 외쳤다.

오현우 지금 나갑니다. 여러분 건강하세요!

내 말이 떨어지자마자 복도가 갑자기 웅성대기 시작했다.

오선생님, 안녕히 가세요.

오선생님, 고생 많았습니다.

오형, 잘 가오. 나가면 안부 전해주오.

나가서 잘살아요.

내 이럴 줄 알았어. 빨리 내려가요.

주임이 혀를 차고는 짜증스럽게 어깨를 밀어냈다. 나는 반대편 계단 쪽으로 몸을 돌렸다. 담당교도관이 내 손을 잡고 악수를 했다.

오선생, 잘 가쇼. 다신 들어오지 말구.

신세 많이 졌습니다.

다시는 돌아오지 않는 시간처럼 나는 등을 돌리고 사동에서 사라져 나왔다. 주임과 나는 철문 앞에 올 때까지 아무 말도 하지 않았다. 철문이 우리의 등뒤에서 닫혔다. 본관으로 나가는 복도 중간에 또 하나의 철문이 있었고 경교대 젊은이가 충성! 하면서 철문을 열고 닫았다. 나는 이 복도를 의무실이나 보안과나 면회실 또는 교무과를 오가면서 수천번 드나들었을 것이다. 그 길은 내 등뒤에서 한 구역씩 사라져가고 있었다.

우리는 드디어 본관으로 들어서는 세번째의 철문을 통과했다. 철문을 나서니 본관 앞의 맨땅이 나왔다. 날마다 교도관들의 조회 모습이 보이던 운동장이 이곳이겠지. 아직도 어둠이 짙은 하늘을 새삼스레 올려다보았다. 뭔가 차가운 것이 떨어졌다. 눈이다. 그것은 여리고 가느다란 싸락눈이었다. 나는 늘 하던 대로 계호자보다 한걸음 앞장서서 걸었다. 잘 훈련된 가축처럼 방향을 잡아 본관의 계단을 올라가 오른쪽으로 몸을 틀었다.

보안과 사무실로 들어서자 갑자기 낯선 온기가 나를 둘러쌌다. 달아오른 석유난로 위에서는 주전자의 물이 소리를 내며 끓고 있었다. 회전의자에 깊숙이 앉아서 졸고 있던 당직계장이 맞은편 의자에 올려놓은 두 발을 내리면서 천천히 일어났다.

아…… 천사백…… 오현우씨 오늘 출감하시나?

그가 손목시계를 힐끗 내려다보고 나서 발을 올려놓았던 의자 쪽으로 손바닥을 벌려 가리키면서 말했다.

이리 좀 앉으시오.

나는 난롯가에 자리잡은 그의 앞으로 가서 어색하게 인사를 했다.

아, 앉아요. 어제 소장님 면담은 했지요?

네……

사실 오늘 영시 이후로 당신은 석방입니다. 다만 보호자나 교통편 때문에 시간을 보낸다고 생각하시오. 영치품 수령은 어떻게 되었나?

계장이 내 등뒤에 서 있는 주임에게 물었다.

어제 조카가 와서 의류를 넣었구요, 영치금과 영치품은 여기 넘어와 있습니다.

조카가? 그 사람 부근에서 숙박을 했겠구먼.

그러잖아도 어젯밤에 전화가 왔었습니다. 다섯시까지 정문에 도착한답니다.

나는 조카가 왔다는 말에 그제야 가슴이 두근거리기 시작했다. 나는 그애를 몇년 만에 한번씩 만났던 셈이고 최근에 만난 것이 이년 전으로 아마도 군대를 간다면서 누님과 함께 왔을 때였던 것 같다. 내가 들어올 무렵에 녀석은 다섯살짜리 꼬마였는데. 나는 한 아이가 성큼성큼 어른이 되어가는 과정을 보면서 나의 감옥시계를 확인하곤 했다. 여기서는 언제나 똑같은 계절의 변화가 어느 해인지는 분명치 않지만 작은 사건들에 의해서 나무의 나이테처럼 기억 속에 각인되었다. 이를테면 내가 아침저녁으로 음식을 던져주던 고양이 검둥이가 죽던 겨울, 팔십세의 양씨 노인이 안 나가겠다고 밤새 울던 어느 가을날, 보일러실 화부를 하던 합죽이가 만기석방 일주일을 앞두고 밤에 코 골며 자다가 호흡곤란으로 죽던 날 등으로 해를 기억하곤 하던 것이다.

자아, 이리 좀 와보시오.

주임이 책상 위에 트렁크며 서류봉투를 얹어놓고 나를 불렀다. 나는 열이 오른 난롯가에 앉아서 거의 숨이 막힐 지경이었으므로 얼른 일어나 그의 책상 쪽으로 다가갔다. 주임이 트렁크를 열자 안에서 제일 먼저 눈에 띈 것은 검은 가죽구두였다. 끈이 없이 매끈하게 코를 뽑은 구두는 불빛에 반사되어 반짝이고 있었고 그것은 발에 끼우는 물건이라기보다는 무슨 정교한 세공품처럼 보였다. 그리고 포근해 뵈는 모직 남방과 점퍼, 또한 지난 세월 동안 한번 본 적도 없던 가죽벨트까지 있었다. 아직도 상표가 붙은 채인 새 속옷들과 양말도 보였다.

옷을 갈아입어요.

나는 껍질을 벗듯이 수의를 벗기 시작했다. 먼저 중공군 옷이라고 서로 웃던, 솜으로 누빈 투박한 상의를 벗고 허리띠 없이 손가락만한 끈으로 앞자락을 여미던 바지를 벗었다. 무릎이 튀어나온 털실 내의를 벗고 이제는 그야말로 러닝 팬티 차림이 되었는데도 나는 추위를 느끼지 못했다. 오히려 서늘하게 땀이 식어가고 있었다.

천천히 해요. 시간은 충분하니까.

주임이 그렇게 말했지만 나는 신체검사를 받을 때처럼 일사불란하게 벗어서 차곡차곡 개어 발 앞에 쌓아두고 이번에는 역순으로 속옷부터 새것으로 걸치기 시작했다. 남방을 입고 바지를 입고 그 위에 허리띠를 두르고 맞춤하게 조여 고정시키고 나서 나는 한 호흡을 쉬었다. 그리고 날카롭게 곤두선 바지 주름을 한번 내려다보았다. 아아, 나는 관리들처럼 줄이 선 바지를 입은 것이다. 구두를 신었더니 발이 너무 작아 보여서 바짓가랑이에 묻힐 것만 같았다. 그리고 끝으로 포근하고 품이 넉넉한 점퍼를 걸쳤다. 벗어놓은 옷가지들은 내 발 앞에 넝마가 되어 쌓여 있었고 고무신은 죽은 사람의 마지막 유품처럼 그 위에 가지런히 얹혀 있었다.

오선생 옷걸이가 좋소.

허허, 그러구 보니 우리 소장님 같은데 그래.

주임과 계장이 한마디씩 던졌다. 나는 말없이 보따리 두 개를 트렁크 안에 넣었다. 주임이 서류봉투에서 돈을 꺼냈다.

자아, 이건 영치금이고 이건 계산서…… 이쪽은 영치품인 모양인데.

나는 돈을 그냥 접어서 점퍼의 안주머니에 찔러넣었다.

맞나 헤어보슈. 나중에 괜히 떼먹었다구 하지 말구.

아, 됐습니다.

주임은 작은 플라스틱 바구니에 영치품을 쏟아놓았다. 드문드문 나뭇잎 무늬처럼 구멍이 뚫린 금반지 하나, 누님이 보낸 편지들, 돌아가시기 전에 찍은 어머니의 사진, 그리고 다 바래고 쭈글쭈글해진 갈색 지갑이 있었다. 나는 지갑의 가운데를 열어보았다. 누렇게 퇴색한 사진이 붙은 주민등록증이 한장. 그 사진에서 젊은날의 나는 어색하게 머리를 길게 기르고 눈을 부릅뜨고 있었다. 주소를 보니 예전 북한산 자락에 있던 개나리가 많던 그 집이 생각났다. 그리고 다시 지갑의 다른 날개 쪽에 똑딱이단추가 달린 칸을 열었다. 잠깐 숨을 멈추었다가 호흡을 가다듬었지만 심장이 거세게 두근거렸다. 나는 거기 누가 있는지를 잘 알고 있다. 집을 나설 때 어머니가 주셨던 관음보살의 부적과 함께 작은 반명함판 사진 한장이 들어 있을 것이다. 단추를 따고 뚜껑을 열었다. 역시 붉은 비단에 싼 관음상이 그려진 부적과 함께 사진 한장이 꽂혀 있다. 다시 똑딱이단추를 눌러 뚜껑을 닫아버린다. 여기서는 아무것도 되돌이키기 싫었다. 나는 지갑을 다른 편 안주머니에 넣었다. 반지를 무명지에 끼울 때에야 그네의 손가락이, 목소리가, 그리고 코가 오똑한 고무신을 신은 그 하얀 종아리가 떠오른다. 이것 봐요, 채송화가 꼭 한송이 맨 먼저 피었어요! 하던 약간 갈리는 듯한 목소리. 그러곤 내게 입가에 손을 세워 보이며 손짓한다. 쉿, 저기 보여요? 저 사과나무 아래 후투티가 날아왔어요. 전화벨이 울렸다.

아 여보세요? 정문이라구, 알았어.

주임은 수화기를 내려놓고 나서 당직계장에게 말했다.

정문에 가족이 왔답니다.

오현우씨, 이리 좀 오세요.

계장이 서류 한장을 내밀었다.

석방증입니다. 그리구 오선생은 보안관찰 대상자니까 귀가하고 나서 일주일 이내에 관할 경찰서에 신고해야 합니다. 알겠어요?

계장은 일어나서 내게 정식으로 악수를 청했다.

석방을 축하합니다. 충실한 사회인이 되기를 바랍니다.

그가 경례를 했고 나는 깊숙이 절했다. 나는 주임과 함께 본관건물을 나섰다. 싸락눈이 아직도 팔팔 날리는 중이었다. 주임이 하늘을 올려다보며 중얼거렸다.

먼 길 가실 텐데 길사정이 괜찮을까 모르겠소.

우리는 정문의 귀퉁이에 있는 작은 출입문을 지나고 다시 교도소의 바깥 울타리가 보이는 초소를 향하여 걸어갔다. 무장한 경교대가 지키고 선 초소 앞의 공터에 전조등을 켠 승용차 한대가 보였다. 초소 앞에 이르자 주임이 걸음을 멈추며 내게 말했다.

자아, 여기서부터 속세입니다. 나가서 잘사세요.

안녕히 계세요. 언제…… 만납시다.

그와 나는 그렇게 안과 밖으로 작별했다. 나는 작은 트렁크를 손 바꿔 들면서 세상 속으로 들어갔다.

차의 문이 열리면서 조카인 듯한 사람이 뛰어나오더니 빠른 걸음으로 마주 다가왔다.

삼촌……

그는 먼저 나를 힘껏 껴안았다.

고생 많으셨지요.

뭐…… 잘 지낸 편이다.

그가 비닐봉지에서 두부를 꺼내어 내 얼굴에 들이밀었다.

이거 잡수세요. 어머니가 꼭 드시게 하라구 그러셨어요.

두부…… 거 다 미신이다.

이제부턴 남들이 하는 것처럼 하셔야 된대요.

나는 그게 누님의 진심이라고 알아들었다. 두부는 차갑고 싱겁고 뻑뻑해서 목으로 넘어가질 않았다. 조카가 승용차 뒷문을 열어주었다.

뒷자리에서 편안하게 주무시면서 가세요.

나는 호화주택을 구경하는 심정으로 대견하게 차 안을 둘러보았다. 조카가 시동을 걸고 교도소 앞길을 빠져나와 국도로 들어섰다. 국도에는 벌써 등을 켠 자동차들이 줄지어 오가고 있었다. 차가 이렇게 많다니. 그애는 뭔가 트랜지스터 모양의 물건을 꺼내더니 통화를 하기 시작했다.

엄마세요? 네, 삼촌 방금 나오셨어요. 지금 모시구 올라가는 길이에요. 그럼요, 아주 건강하세요. 네 네, 삼촌 바꿔드릴게요.

그가 그 물건을 뒤로 넘겨주었다. 나는 좀 켕겨서 그걸 받지 않으려고 두 손을 내저었다.

애, 이게 뭐냐?

핸드폰요. 걱정 마세요. 전화하구 똑같으니까.

핸드폰이란 물건을 넘겨받아 귀에 갖다대고 말을 건네보았다.

여, 여보세요……

현우냐? 얼마나 고생이 많았어. 그래 이게 얼마 만이냐. 세상에 이럴 수가 있니? 너 정말 석방된 거야?

예, 차 타구 가는 중이에요.

누님은 말을 잇지 못하고 울음을 터뜨렸다.

그래 그래, 만나서 실컷 얘기하자. 어서 집으로 와.

예, 그럼 이따가 봬요.

나는 그렇게 무덤덤하게 대답했다. 조카가 라디오를 틀었고 젊은 여자 아나운서의 명랑한 소개와 더불어 경음악이 흘러나왔다. 나는 아직 공간감이 회복되지 않아서 차창 밖을 내다보기가 점점 피곤해졌다.

여기서부터 넉넉잡고 세 시간은 걸릴 거예요. 오늘은 길이 나쁠 테니까요.

차창에는 날아든 싸락눈이 부딪쳐 한편 녹고 흘러내리면서 아래 창턱에 가느다란 켜를 이루고 있었다. 차가 고속도로에 들어서자 귀가 차츰 멍멍해지더니 소음이 멀어져갔다. 마치 나 혼자 깊은 산속에 있고 저 산 아래 아득한 곳에서 들려오는 먼 도시의 소리같이 들렸다. 나 스스로 오랜 세월 동안 독방에서 지녀왔던 본능이 자기방어를 하는 성싶었다. 길이 스쳐 지나갈 뿐 내가 타고 있는 차가 앞으로 달리고 있다는 속도감도 들지 않았다. 나는 까무룩하게 잠에 빠져들고 만다.

삼촌, 일어나세요.

차가 서 있었다. 나는 주위를 두리번거렸다.

여기 휴게소에서 잠깐 쉬었다 가시죠.

나는 조카의 옆에서 멀리 떨어지지 않으려고 애쓰면서 새벽부터 길을 가는 사람들로 가득 찬 휴게소로 걸어갔다.

나 화장실 다녀와도 될까?

조카가 돌아보며 어이없이 웃었다.

그럼요. 삼촌은 이제 자유라구요.

나는 아직도 이 넓고 큰 공간을 막힘없이 걷는 데 자신이 없었다. 그냥 제자리에 서버리자 조카는 눈치를 채고 내 손을 잡아끌었다. 화장실에서 볼일을 보고 나서 손을 씻으려고 수도꼭지에 손을 댔을 때 나는 이런 모양의 기구를 한번도 사용해본 적이 없는 듯한 느낌을 받고 당황했다. 모든 사물이 낯설어지기 시작했던 것이다. 갈고리처럼 삐죽이 나온 손잡이를 어떻게 해야 할지 몰랐고 조카가 위로 슬쩍 쳐들어 물을 틀고 옆으로 다시 비틀어서 온도를 적당히 맞추었을 때에야 이 손잡이가 간단한 물건이 아님을 알게 되었다. 더욱 어찌할 바를 몰랐던 것은 무슨 수건이나 휴지도 없이 손을 말리는 기구였는데 어딘가를 누르면 더운 바람이 나오는 것이었다. 나는 교도소를 나오던 한시간 반 전까지도 세상살이에 별로 자신이 없다거나 하는 생각은 들지 않았다. 그런데 세상 문화의 표피라고나 할 수 있는 화장실에서 한걸음 밖으로 내디디면서 손발을 어떻게 써야 할지 모르는 무력감에 빠져버렸다. 얘는 눈치를 챘을까.

여기 잠깐 앉아 계세요. 아직 시장하지 않으시죠?

괜찮다. 원래 저 안에서도 아침은 안 먹었어.

어머니가 며칠 전부터 준비를 하셨거든요. 식사는 집에 가서 드시기루 하구요. 뭐 음료수든 차든 안 마시겠어요?

나는 주위의 탁자에서 뭔가 마시거나 먹고 있는 사람들을 멍청히 둘러보았다.

저걸 먹자.

뭐요, 핫도그요 아니면 핫바요?

아니, 아이스크림.

나는 어느 젊은 여자가 혀를 조금씩만 빼어 끝에 꼬리처럼 뾰족이 사리를 튼 아이스크림의 주변을 아껴서 핥고 있는 모습을 본 것이다. 조카는 양손에 커피 한잔과 아이스크림을 쳐들고 돌아왔다.

참 이런 것 드신 지 오래됐죠?

한 십일년쯤 됐나……

어디서요?

응, 사회참관 나왔을 때 교도관이 한번 사줬지.

나는 아이스크림을 받아 여자처럼 혀를 조금만 내밀고 꼬리 부분을 핥았다. 입안에서 차가운 액체로 녹아내리면서 무슨 그림같이 열린 창가에 나부끼는 작은 꽃이 프린트된 포플린 커튼이며, 창 너머로 불어들어오는 아카시아꽃의 향내며, 잉잉거리며 유리창을 오르내리는 꿀벌의 나른한 날갯짓 소리며, 하는 것들이 지나갔다. 거기 덧붙여서 옛날 전쟁 터지고 피란시절에 장사 나간 어머니가 머리맡에 두고 가던 미제 젤리의 맛이 지나갔다. 빨강, 노랑, 파랑, 보라, 초록 그리고 무엇보다도 검정색 젤리의 그 이국적이고 독특한 향내. 그건 무슨 풀로 향기를 냈을까. 나는 이것이 무엇인 줄 잘 알면서도, 세상의 모든 물건이 이제는 다 그쪽으로 간 것을 너무나 잘 알면서도, 이렇게 사무치게 그리워하면서.

날이 차츰 밝아오고 있었다. 하늘은 벌써 부옇게 바래고 눈은 그쳤다. 고속도로의 가로등도 꺼졌다. 다만 가고 오는 자동차의 앞등만이 짐승의 눈처럼 밝혀 있다. 이제 나는 옛 산천의 모습으로 서울 근방에 가까이 다가온 것을 안다. 새벽 여명이 차츰 깨어가듯 나의 감각도 천천히 주변 사물에 익숙해지기 시작했다. 나는 그제야 점퍼의 가슴께를 더듬어 지갑을 꺼냈다.

지갑의 거죽을 맹인의 점자 읽기처럼 손가락 끝으로 쓸면서 나는 잠시 망설였다. 그래 당시에는 어머니가 살아 계셨지. 부적에는 어머니의 조바심과 눈물이 묻어 있었을 게다. 과학하는 자가 부적이 무엇이냐고 차마 짜증내며 버리지 못한 것은 어머니는 논리가 아니기 때문이었다. 그래 이제는 그것들을 버릴까보다. 나는 부적을 꺼내어 엄지와 검지로 만지작거리다가 다시 집어넣었다. 반명함판 사진이 또 있다는 걸 나는 잘 안다. 손가락 끝으로 맨 밑바닥에 찰싹 붙어 있는 사진을 집어냈다.

사진에서 그네는 웃지 않는다. 나와 함께 이십년 가까이 갇혀 있었던 이 작은 물건은 화학반응을 일으켜 노랗게 되었다. 그렇지만 곱슬머리 때문에 끝만 약간 지진 듯한 생머리를 양쪽으로 늘어뜨린 모습은 아직 선명하다. 동그란 이마, 속쌍꺼풀진 긴 눈, 광대뼈, 고집스럽게 다문 입술, 야무지고 사려깊은 인상도 그대로다. 나는 나도 모르게 오랜만이오,라고 속삭였다. 십년쯤 전에 편지가 몇번 오고 나서 이감을 가며 소식이 끊겼다. 그 편지들도 없어졌다. 직계가족 외에는 면회도 안되고 편지도 안부 외에는 안되고 더구나 그냥 친지의 것은 열람한 뒤에 다시 반납하게 되어 있었으니까. 아마 이 사진은 체포될 때의 것이라 지갑 속에 든 채 그냥 영치되었을 것이다. 나는 계절이 바뀔 때마다 모포 반납이나 또는 겨울 옷가지를 찾으러 영치품 창고에 가본 적이 있어서 이 사진이 잠들어 있던 곳을 잘 아는 셈이다. 구멍 뚫린 알루미늄 패널이 책장같이 칸칸이 되어 있었고 거기 수인번호가 개표처럼 붙어 있는 공간에 수감된 주인의 삶과 육신의 내음이 묻은 물건들이 분류되어 얹혀 있었다. 뒤축의 한 부분이 기우뚱하게 닳아버린 낡은 구두는 그 임자가 거쳐온 낯선 거리와 골목의 흙을 묻히고 있었지. 또는 막걸리 자국이 그대로 남은 물빠진 작업복 상의와 안경집, 걸레처럼 삭아버린 여름옷들, 망으로 된 한여름의 최신유행 슬리퍼, 두툼한 등산화, 또는 각종의 모자들, 반지 목걸이 시계 따위의 장신구들, 그것들은 주인이 잡혔던 그날의 시각에 정지된 채로 죽은 자의 추억처럼 노끈에 묶여 놓여 있었다.

나는 한동안은 그네의 편지를 베껴서 간직하고 있었지만 이감을 가면서 영치품과 신체검사를 당하고는 없어져버리고 말았다. 그래도 기억은 하고 있었지. 마지막 글줄이 어떻게 끝났던가.

나는 당신을 갈뫼에서 언제나 만나요. 우린 거기서 아직도 살고 있어요.

아니 앞문장과 뒷문장의 순서가 바뀌었는지도 모른다. 나는 그네의 반명함판 사진을 예전처럼 어머니의 부적 뒤편에 집어넣고 지갑을 접었다.

삼촌, 이제부터 서울입니다.

자동차가 줄지어 밀려가다가는 멈추곤 했는데 서울로 들어가는 톨게이트인 듯했다. 나도 이 부근은 조직문제로 남도의 각지방으로 뛰어다니면서 고속버스로 드나들었기 때문에 기억하고 있었다. 그때 보다는 문이 좀더 넓어졌다고나 할까. 거기서부터는 별수없이 차들이 기어가야만 했다.

올림픽대로를 지나서야 출근차량들과는 반대방향인 차는 다시 제 속도를 냈다. 여의도가 보인다. 빌딩의 작은 숲이 샛강 건너편에 생겨나 있었다. 내가 어렸을 적에 여름이면 날마다 둑 넘어 떡 감으러 가던 귀신바위 웅덩이는 사라지고 바위도 보이지 않았다. 내가 아직 밖에 있을 때 양말산은 폭파되었다. 삘기를 뽑으러 갔던 갈대숲도 땅콩밭도 보이지 않았다. 아우와 고기를 잡으러 샛강에 갔다가 돌아오는 길에 둑 위 한길가에 앉아 노을이 비낀 삼각산을 바라보던 생각이 났다. 분홍빛에서 붉은빛으로, 그리고 보라색으로, 차츰 변해가는 삼각산과 그 앞자락인 인왕산이며 북악이 어둠속으로 잦아드는 광경을 오랫동안 바라보곤 했다. 아우가 배고프다고 보챌 때까지 나는 둑가의 미지근해진 미군부대 송유관에 걸터앉아 있었다. 어떤 때에는 그 노을 속에 여의도의 비행장에서 떠오른 프로펠러 연습기들이 장난감같이 반짝거리며 날아갔다.

누님은 신도시의 초입에 있는 아파트에서 살고 있었다. 나는 이십층짜리 아파트 건물을 올려다보며 아찔한 현기증을 느꼈다. 사방이 드높은 건물들 사이에서 나는 조카의 뒤에 바짝 붙어 있었다. 그애와 내가 엘리베이터를 타고 십오층의 현관문에 이르러 벨을 누르자마자 누님이 뛰어나왔다. 자형도 그 뒤에 서 있었고. 그네가 내 목을 끌어안고 울음을 터뜨렸다.

아이구, 네가 우리집엘 오는 날이 다 있다니, 이게 웬일이냐.

누님을 마지막으로 만난 것은 이제 겨우 일년 전이다. 누님은 어머니가 돌아가시고 나서 교대를 한 셈이었는데 근년에 들어서는 일년에 한두 번쯤 면회를 왔다. 누님도 자형도 대학교수가 직업이어서 방학때나 명절 때 아니면 지방으로 나다니기 어려웠을 것이다. 집안으로 들어가니 이모와 사촌들이 와서 기다리고 있었다. 나는 아직 제정신으로 돌아온 것 같지가 않았다. 건성으로 웃고 인사를 건네고 했지만 그들의 말소리가 웅웅거리기만 할 뿐 제대로 말이 되어 귀에 들어오지 않았다. 자형이 내 얼굴을 보고 눈치를 챈 것처럼 물었다.

피곤하냐? 좀 쉬어라.

밥 안 먹고?

누님의 말에 조카가 대신 대답했다.

삼촌 저기서두 아침 안 드셨대요.

그래, 그럼 어여 눈 좀 붙이구 일어나렴.

간밤에 잠이 왔겠어? 어서 쉬어.

자형이 내 등을 밀자 누님은 나를 조카 방에 안내해서 그의 침대에 눕도록 했다. 그네는 커튼을 치고 조용히 문을 닫아주었다. 방안은 내가 살던 방에 비하면 너무 넓어서 침대 옆의 빈 공간이 어쩐지 두려웠다. 나는 벽을 향하여 돌아누웠다. 시멘트의 날벽이 아닌 벽지를 바른 벽이다. 벽은 나에게 가장 익숙한 사물인 셈이었다. 그 벽 가운데 나는 온갖 그림들을 떠올렸다. 나는 특사 감방의 벽 사방에 보이는 얼룩들을 똑똑히 기억하고 있다. 또한 천장에도 얼룩들이 있었다. 어릴 때 물가 풀밭에 누워 하늘에 피어오른 여름날의 뭉게구름들이 바람으로 이리저리 뭉치고 흩어지는 모양을 보며 그 형상들로 이야기를 짓던 일이 생각나곤 했다.

가끔 몽정을 했다. 얼굴을 알 수 없는 여자들이 다녀갔다. 어느 달 밝은 밤에 어슴푸레 잠에서 깨어 실눈으로 바라보면 생선처럼 물기 묻은 매끈한 몸매의 여인이 오뚝 서서 누운 나를 내려다보았다. 그네는 어디서 찾아온 걸까. 여기서 이 황폐한 공간에서 나가겠다고 오불꼬불한 인적없는 복도를 헤매고 다니다가 꼭 특사 아래층 복도처럼 생긴 곳으로 돌아오게 되곤 하였다. 계단 모퉁이에 무슨 버스터미널의 매점 같은 게 보이고 십대의 계집아이들이 재깔대며 뭔가를 먹고들 있었다. 내가 다가갔는데도 그들은 나를 거들떠보지도 않았다. 매

24

점 안쪽에 주인인 듯한 사십대의 아줌마가 나를 바라보고 있는데 얼굴은 어둠 그대로였다. 내가 밖으로 나가는 출구가 어디냐고 물으면 아줌마는 복도가 온통 울리도록 깔깔깔 웃고는 큰 소리로 떠들었다.

우리하구 더 좀 살다 가지 왜 벌써 갈려구 그래?

그 얼굴 없는 아줌마가 특사의 임자였을 게다. 그런데 아는 이의 모습은 좀체로 나타나지 않았다. 보고 싶어 잠들기 전에 골똘히 생각하다 잔 뒤에도 쉽사리 보이질 않았다.

나는 오후 늦게야 깨어났고 가족들이 권하는 음식들을 한가지씩 맛보았다. 양념의 맛은 나에게는 너무 진하고 생소했다. 그들은 내게 어느정도 조심하면서 내 기분이 안락한가를 알아내려고 했다. 나는 긴 말로 대답하지 못하고 언제나 단답형이 되어버렸다. 맛있니, 네, 피곤하니, 아뇨, 하는 식이었다.

미국에 이민간 아우와 긴 통화를 했는데 그는 주로 자기 가족과 사업에 관한 이야기를 했고 나는 듣기만 했다. 이모는 불쑥 어머니의 마지막 소원이었다면서 나의 결혼문제를 꺼냈는데 누님이 만류해서 겨우 대답을 피할 수가 있었다. 하여튼 석방 첫날은 어쩐지 멍청하고 만성피로에 잡힌 사람처럼 보냈다. 문고리를 잡을 때에도 자신이 객관화되어서, 너는 지금 문을 열려고 한다라고 먼저 염두에 두고 나서야 문을 열 수 있었다.

그뒤 사흘 밤낮을 조카의 방과 거실만 오가며 누님 집에 틀어박혀 있었다. 자형과 누님이 내 건강을 살펴보기 위하여 종합진단을 해야 한다는 결론을 내리게 된 것도 나의 조금 이상스런 자폐증상 때문이었을 것이다. 나는 첫날만 빼고는 하루에 잠을 두어 시간밖에 못 잤다. 새벽의 기상시간이 되면 불안해져서 거실로 나와 베란다에 오래 서 있곤 하였다. 화장실에서 거울을 들여다보면 거기 낯선 사내가 서 있었다. 나는 조카의 도움으로 아파트 아래 상가라든가 근처 사우나탕에 가본 적도 있었지만 혼자서는 밖으로 나가볼 엄두가 나질 않았다.

가족들이 챙겨준 속옷과 세면도구를 싸들고 어느 대학병원에 입원을 했다. 머리맡에 내 이름이 적힌 팻말이 걸린 침대 하나와, 의자 둘, 소파 하나, 텔레비전, 소형 냉장고, 화장실이 딸린 특실이었지만 방에 들어간 내 느낌은 마치 감방에 돌아온 것 같았다. 처음으로 혼자 있는 게 편하고 안심이 되었다. 나는 언제나 간호사의 지시에 고분고분했고 일정표에 따라서 밥을 굶거나 약을 먹거나 여러 전문병동으로 안내될 때에도 가장 익숙한 입원자였다. 다행히 큰병은 없었지만 눈이 많이 안 좋아졌고 특히 거의 회복할 수 없이 나빠진 잇몸 때문에 어금니의 대부분이 망가져 있었다. 스트레스와 영양이 나쁜 상태 때문이라고 했다. 신경정신과에서는 오랫동안의 감금으로 노이로제 상태가 보인다고 했다. 불면증이나 공간공포증, 그리고 타인과의 접촉과 말을 하기 싫어하는 증세가 나타난다는데, 가벼우면 삼사개월 동안 그러한 증세가 지속되다가 서서히 없어지고 심하면 일년 이상 갈 수도 있다고 했다. 이제 나는 몇년 안 가서 노년이 시작될 테지만 건강한 정신을 유지해야 한다고 생각했다. 의사가 처방해준 신경치료 약을 잊지 않고 하루에 두번씩 복용했다.

병원에 일주일 있는 동안 어느 점심 무렵에 조카가 전화를 했다. 어머니와 함께 근처에 와 있는데 혼자서 한번 외출을 시도해보라는 권고를 했다. 나는 간호사에게 허락도 받지 않고 환자복을 사복으로 갈아입은 다음 대학병원 구내를 벗어났다. 병원건물이 보이는 도로까지는 별일 없이 걸었다. 옆으로 지나치는 사람들 누구도 내게 시선을 주는 사람은 없는 것 같았다.

길이 여러 갈래가 나왔는데 무조건 가운데의 큰길로 걸어나갔다. 거기는 이미 대학 구내였고 교문에서부터 캠퍼스로 들어오는 중앙로였던 모양이다. 몇걸음 못 가서 잘못 들어왔다고 생각했지만 되돌아설 수는 없었다. 등교하는 학생들의 인파가 길을 가득 메우고 있었으며 나는 거친 물살을 거슬러 오르는 물고기 꼴이 되어버렸다. 가끔씩 어깨를 부딪치기도 하고 마주 오는 사람을 피하려다가 다른 사람의 진행을 방해하기도 해서 나는 곧 여러 사람의 눈에 뜨이게 되었다. 학생들은 힐끗힐끗 나를 쳐다보기도 하고 멀찍이서 피해 가기도 했다. 꼭 술에 취한 것만 같았다. 멀리 교문이 보였고 거기까지만 당도하면 이제 고통은 끝난다 생각하고 천천히 일부러 서두르지 않고 한걸음씩 내디뎠다. 어지럽고 땀이 났다. 교문을 나서자마자 큰길이었다. 자동차들이 속력을 내어 바람을 일으키며 달려갔고 버스나 트럭들이 지나갈 땐 나를 덮쳐오는 것만 같았다. 나는 가로수를 붙잡고 한참이나 섰다가 쭈그려앉고 말았다. 속이 메스꺼워서 물기를 조금 뱉어냈다. 조금 걷다가는 쉬고 다시 가로수를 차례로 헤아리면서 걸었다. 식당이 있는 번화한 곳에 당도해서는 도저히 약속장소를 찾을 엄두가 나질 않아 육교의 계단에 쪼그리고 앉아서 조카가 나를 발견해주기를 기다렸다.

삼촌, 왜 그러세요. 어디 아프세요?

그애가 다가와 내 손을 잡아일으켰다.

음, 조금 어지러워서……

외출이 아직 무리인가보죠.

우리는 누님이 기다리는 식당에 가서 자리를 잡았다. 구석자리에 가 앉자 조금 진정이 되었다.

점심을 마치고 누님은 나를 조용한 뒷산 오솔길로 해서 병원까지 바래다주기로 했다. 걸음이 빠른 조카는 앞장서서 저만큼 갔다가 되돌아와 제 어머니를 한번 쳐다보고는 내게 말했다.

저 사무실로 돌아가야겠어요. 삼촌 이따 저녁에 뵙지요.

그래 그래, 바쁜데 어서 가봐라.

길 좌우에는 키 큰 잡목들이 아직도 마른 잎새를 달고 빽빽이 늘어
섰고 가끔씩 자동차가 천천히 지나갔다. 숲의 공기는 상쾌하게 맑고
차가웠다. 까치 한쌍이 즐겁게 우짖으며 나뭇가지 사이로 오르내렸
다. 누님이 말했다.

너 아무래두 어디 시골 가서 좀 쉬어야겠다.

시골요……?

나는 감옥의 내 방에서 범치기로 만든 그 가난한 사유물밖엔 아무
것도 이 세상에서 가진 것이 없다.

저 안에서두 한선생 소식 들은 적 없지?

처음에는 누님이 누구 이야기를 꺼내려고 하는지 짐작하지 못했다.

한선생…… 누구 말예요?

한, 윤, 희. 잊어버렸니?

가슴이 얼어붙듯이 움찔하더니 따뜻한 물이 서서히 발끝에서 차오
를 때처럼 팔다리가 풀려가는 느낌이었다. 아, 나는 잊고 있었던 게
아니다. 다만 두려워하고 있었다. 무슨 나쁜 소식은 아닌가 하여. 지
금쯤 어디서 무엇을 하며 살고 있을까. 그네의 마지막 편지를 영치당
한 것도 벌써 십일년 전의 일이 아닌가.

충청도로 옮기고 나선 소식이 끊겼어요.

누님은 잠깐 망설이는 눈치더니 나를 살피며 나직하게 물었다.

너, 그 사람…… 좋아했니?

나는 대답하지 않았다. 그저 고개를 숙이고 발밑에 흩어진 느티나
무며 버즘나무의 갈색으로 변한 잎사귀들을 발끝으로 헤적이며 걸었
다. 누님은 더이상 묻지 않고 혼잣말처럼 중얼거렸다.

내가 그 사람 편지 가지구 있는데.

누님에게 편지했어요?

오래됐어. 한 삼년쯤 전에……

우리는 병원건물이 멀찍이 내려다보이는 언덕 위에 나란히 서 있었다.

내일 퇴원하지?

예, 오전에 검사결과 나오면요.

너희 자형이 데리러 올 거야. 어서 들어가보렴.

병원에 돌아가 환자복으로 갈아입고 신경안정제를 먹고 침대에 누웠다. 담배 생각이 났다. 문을 걸어잠그고 연거푸 두어 대쯤 피워대고 싶었다. 나는 벽 쪽을 향해 돌아누웠다.

버스 안에서는 산길 아래 아득한 저쪽에 교회당의 종탑이며 회색의 나직한 일본식 이층건물들이며 한옥 기와지붕들과 새마을 슬레이트 집들이 빼곡이 들어선 읍내가 내려다보인다. 어둑어둑 땅거미가 지고 있었다. 그때까지도 신작로는 아직 비포장도로였다. 남도의 끝자락이라 바다가 멀지 않아 그런지 한겨울인데도 바람은 훈훈하고 곳곳에 푸릇푸릇 대숲과 동백나무가 보였다. 버스정류장의 시골식 이름인 차부에 도착했을 때엔 읍내에 어둠이 깔리고 중앙통 양편에 늘어선 점포마다 형광등과 백열등 빛이 하얗게 밝혀져 있었다. 나는 외투 주머니에서 구겨진 편지봉투를 꺼내어 펼쳐들고 상점의 불빛에다 대고 끼적여놓은 윤형의 글씨를 확인한다. 그러고는 차부에서 버스를 기다리는 남자에게 묻는다. 그가 방향을 가르쳐준다. 중앙통에서 약국 앞 삼거리까지 가거라. 거기서 오른쪽 길로 꼬부라져라. 경찰서와 교육청이 마주보고 있는 길에서 여고 가는 방향으로 곧장 올라가라. 거기가 수성리의 초입이다. 그쯤에 방앗간이 있을 게다. 나는 방앗간 앞에서 이번에는 주소를 대고 어디쯤이냐고 묻는다. 건너편 빈 밭머리에서는 동네 꼬마들이 정월 대보름 불놀이를 하고 있었다. 구멍낸 깡통에 나무 삭정이들을 채워넣고 불을 붙여 빙빙 돌리면 허공에 불꽃이 원을 그리며 춤을 춘다. 낮은 돌담이 길게 이어져 있는 골목. 안에서는 부럼을 깨먹으며 도란거리고 나직이 웃는 식구들의 따스한 음성이 고샅 길가에까지 흘러나온다. 곧 떠오른 달빛으로 돌담과 길이 선명하다. 나는 마을사람이 가르쳐준 대로 돌담의 중간쯤에 높직하니 솟은 두 그루의 감나무 아래 발길을 멈추었다. 대문 대신 그냥 세워놓은 나무 기둥 안에 마당이 보이고 기와집 한채가 있고 마루 아래 매어놓은 개가 컹컹 짖었다.

누구시오?

남도식으로 길게 일자로 지은 집의 오른편 부엌에서 아낙네가 나온다.

여고 선상님이요, 마실 나가서 안직 안 들어왔어라우.

나는 그 댁의 전화번호를 적는다.

누구라고 전하지라?

친구 오빠 되는 사람입니다.

다시 왔던 길을 되돌아나온다. 근처에서 국밥 한그릇으로 저녁을 때우고 약국 앞에 보아둔 고향다방으로 들어간다. 커피를 시키고 레지가 치근덕거려서 쌍화탕 바가지도 쓰고 그 집에 찾아간 지 한 두어 시간 족히 지났을 즈음 다시 전화를 걸었다. 우체국의 교환전화라 번호를 대주고 기다렸다. 전화 받은 이가 한참 동안이나 그네를 부르고 나서 이윽고 목소리가 들린다. 언제나 그랬지만 침착하게 가라앉은 음성이다. 목소리만 들으면 나이가 많은 여자 같았다.

윤선배가 말씀하신 분이군요. 곧 나가겠습니다.

그네는 외출했다가 옷도 갈아입지 못하고 나온 듯했다. 트렌치코트는 단추를 잠그지 않고 좌우로 젖혀 있었으며 연한 갈색의 니트 투피스를 입고 있었다. 그네는 문을 향하여 정면으로 앉은 나를 일별하고 나서 똑바로 걸어왔다.

전화하신 분이세요?

네, 그렇습니다.

저는 한윤희라구 해요.

나는 잠깐 사이를 두었다가 침을 삼키면서 말했다.

김……전우……라구 합니다.

그네의 입가에 희미하게 미소가 번졌다.

물론 본명이 아니시겠죠. 여기서 나가는 게 좋겠어요.

윤희는 이쪽 의사는 묻지도 않고 먼저 일어나 카운터로 가서 찻값을 내고 밖으로 나가버렸다. 놓칠세라 바쁘게 계단을 내려가니 그네는 벌써 약국 앞으로 또각또각 걸어가는 중이었다. 내가 다가갈수록 그네의 걸음은 더 빨라졌다. 샛길로 접어들어 선술집이며 싸구려 식당들이 늘어선 시장 부근에 이르자 그네는 뒤쫓아오는 나를 확인하느라고 뒤를 힐끗 돌아보더니 어느 대폿집으로 먼저 들어갔다. 윤희는 맨 구석자리에 앉아서 나를 바라보았다. 입구에서는 잘 보이지 않는 장소였다. 나는 일부러 여유를 보이려고 웃으면서 말했다.

무슨 여자가 그렇게 걸음이 빨라요?

윤희가 목소리를 낮추어 대답했다.

고향다방이 어떤 덴 줄 알아요? 바로 경찰서 앞 다방이죠. 거긴 손님의 절반이 경찰이에요. 다방 종업원들도 보고 들은 걸 전하겠죠.

몰랐습니다.

잠수하신 지 얼마나 되었어요?

지난 가을부터요.

지칠 때가 됐네요.

사실, 그런 셈이죠.

저녁 드셨어요?

도바리 제일조는 끼니를 거르지 마라, 입니다.

그럼 우리 소주 한병만 들구 나서 가보도록 하죠.

어디루 갑니까?

오늘밤 숙소요. 어디 다른 데 갈 곳 없죠?

우리는 묵묵히 소주잔을 기울였다. 안주는 생굴이었고 술국도 나왔다. 그 술집의 흠집투성이였던 고색창연한 나무탁자 생각이 난다. 그네는 읍내를 벗어난 외곽도로에 이르기까지 한참이나 걸어간 다음에 버스를 기다리면서 말했다.

절 밑 동네에 여관이 많이 있어요. 동백장에 들어가세요. 내일 오후에 제가 갈 때까지 거기 계셔야 해요. 주말이니까 내일은 놀러 오는 사람들이 많을 거예요. 내가 근처에 가서 전화를 하면 곧장 나오세요. 참, 돈은 좀 있어요?

그네가 코트 주머니에서 돈을 꺼내어 탁자에 올려놓았다. 나는 노름판의 돈을 따먹듯이 지폐를 손가락으로 스멀스멀 덮어서 집어넣었다. 막차라 텅 빈 버스에 나는 올라탔고 윤희는 중천에 휘영청 솟아오른 달빛 속에 희부연한 자태로 서 있었다.

2

병원에서 나온 뒤 나는 다시 누님의 고층아파트로 돌아왔다. 이 공간이 싫었다. 가족들이 제각기 문을 닫고 들어앉으면 완벽하게 폐쇄되는 감옥이나 마찬가지였기 때문이다. 여기서 나가면 어느 곳에라도 옛날 골목 같은 데는 남아 있지 않았다. 자동차 안이거나 포장된 아스팔트와 여러가지 모양과 색깔의 보도블록뿐이다. 나는 문득 칠팔년 전에 먼저 만기로 나간 동료 하나를 떠올렸고 수소문해서 그의 전화번호를 알아냈다. 전화를 하니까 그는 처음엔 말을 잇지 못했다. 나는 그가 정상으로 돌아오기를 침착하게 기다렸다.

나왔다는 소식은 모두들 알고 있었소. 서울로 여러 곳에 전화를 해봤지만 좀 쉬시도록 내버려두라고 해서…… 여기서두 형님 쉴 곳을 마련해놓고 연락 오기만 기다리구 있었습니다.

그래 다들 잘 있지?

잘 있지요. 배 부르고 등 따시고…… 세상이 참 많이 변했슴다.

어쩐지 그는 늙은이처럼 중얼거렸다. 사십대 중반이면 그도 늙었고 주위의 친구들도 거의 오십줄에 접어들었으리라. 한 세대가 흘러가 버렸다. 광주, 그러나 이제는 저 울렁거림 따위는 없다. 전에는 그 도시의 이름만 떠올려도 마치 글자 주위에 불의 링을 달아놓은 것처럼 뜨거운 불길이 활활 타오르는 느낌이었다. 이제는 무슨 특산물로 유명해진 관광지 이름처럼 들린다. 몇년 만인가. 나는 턱짓으로 숫자를 헤아려보았다. 일년, 이년…… 십칠년, 십팔년, 십구년. 그들의 얼굴이나 기억할 수 있을까. 내 안에서는 저들은 모두 앳되고 어설프고 가난한 젊은이들이었다. 죽은 이들은 더욱 영원히 젊다.

여행을 떠나기로 작정하고서 나는 교도소에서 가지고 나왔던 징역 보따리를 풀어 방안에 마음대로 펼쳐놓았다. 초라한 속옷가지들과 겨울스웨터 두어 벌, 두꺼운 털양말, 목도리, 털실장갑, 책 몇권, 쓰다 만 치약과 솔이 억센 새 칫솔들, 그리고 일반수 애들이 만들어준 손바닥 운동기구와 금거북상이 보였다. 손바닥 운동기구란 목공부 아이들이 틈틈이 염주와 함께 만든 것인데 향나무 막대를 타원형으로 깎아 나무침을 촘촘하게 박아놓은 물건이었다. 손이 시린 아침에 그것을 손아귀에 넣고 조몰락거리면 손바닥에 수지침을 맞는 것 같은 효과가 있어서 동상에도 안 걸리고 혈액순환에도 좋다고 하였다. 나는 이 손때 묻은 물건을 손아귀에 넣고 쥐락펴락 해본다. 금거북상은 관급 빨랫비누를 정교하게 깎아서 빤짝이 페인트를 칠한 것인데 감방에 재수가 좋으라고 변소 옆 선반에 모셔두던 물건이었다. 그것들은 밖에 나오자마자 쓸쓸하게도 초라하고 남루한 물건으로 바뀌어버렸다.

그거 다 버리지 그러니?

누님이 어깨 너머로 들여다보다가 말을 건넸다.

나중에…… 그럴 생각입니다.

어디 다녀올 생각이냐?

네, 옛날 친구들 좀 만나보려구요.

그래, 바람이라두 쏘이구 오렴. 다녀오는 동안에 우린 너 살 집을 구해볼까 한다.

집이요?

왜, 너두 이제부턴 살아갈 준비두 하구, 장가두 들구 해야지. 어머니가 돌아가시기 전에 신신당부를 하셨어. 네 앞으로 준비해두신 것두 있구.

혹시 누님…… 한선생 주소 아세요?

내가 말했지? 편지 갖구 있다구. 너, 괜찮겠지……

누님은 내게 가까이 다가앉았다.

아주 오래 있다가 얘기해줄려구 그랬는데…… 그 사람, 죽었어.

나는 숨을 두번에 걸쳐 나누어서 크게 들이켰다가 천천히 내쉬었다.

첨에는 그냥 서랍에 넣어두고 있다가 네가 언제 나올지두 모르구 해서, 내가 뜯어 보구 말았다.

나는 고개를 숙이고 방바닥만 내려다보았다. 누님이 슬그머니 일어나더니 잠시 후에 방문을 열고 한손으로 편지묶음을 내밀었다.

이래두 되는지 모르겠다. 더 있다 줄려구 했는데……

방문이 닫혔다. 윤희의 동그란 낯익은 글씨가 보였다. 그네가 근무하던 중부지방 소도시의 대학교 주소가 적힌 편지봉투는 몇년 동안에 누렇게 변색되어 있었고, 누님의 학교로 온 편지였다. 편지는 모두 세통이었다. 하나는 천구백구십오년 십일월, 그 다음이 구십육년 이월, 끝으로는 구십육년 여름이라고만 적혀 있다.

현우씨, 이렇게 오랜 후에 당신의 이름을 써보니까 이미 세상에 없는 사람의 이름을 부르는 것 같아 가슴이 미어집니다.

그래요, 당신이 갈뫼를 떠난 지 어언 십오년째예요. 올림픽이 있었던 해에 제가 교도소로 보낸 편지 받으셨어요?

나중에 아시게 되겠지만 그 무렵은 제게 아주 괴로운 기간이었어요. 그뒤 다섯 해 동안은 외국에 나가 있었구요. 당신 덕분에 그림은 아주 열심히 그렸죠. 개인전을 두번 하고 나서 때려치웠는데 이젠 그리고 싶지 않아요. 온 세상에 탐욕스럽게 가득 찬 문화적 생산물에 질려버렸다고나 할까. 당신은 헛간의 슬레이트 지붕에 매달린 고드름처럼 위태롭고 맑게 이 세상 중간에 걸려 있는데.

이 편지는 당신의 아내도 당신의 자식도 아무것도 아닌 저의 것이니까 아마도 당신의 감방 안에까지는 당도하지 못할지도 몰라요. 그렇다면 당신은 언제쯤 내 편지라도 읽게 될까요. 그래서 오교수님을 생각해냈어요. 학교 주소는 알고 있거든요. 당신이 언젠가는 감형을 받게 된다고 당신 후배들이 말했지만 이제 와서 어떤 변화가 온대도 별로 반갑지가 않아요. 당신이 세상에 나오시는 게 반갑지 않다는 얘기가 아니라 이미 세계는 변했어요. 그리고 사람들은 일방적으로 뒤늦게 과오를 발견하기 시작했죠. 과오를 저지른 또다른 편은 거 봐라 내 말이 맞지, 하는 식이랍니다. 아, 소중한 당신. 지금 뭘 생각하고 계셔요?

나 좀 아파요. 별건 아니겠지만 오늘 병원에 가서 검진을 받을 작정이에요. 당신이 잘 인용하시던 말 저도 한번 써먹을게요. '폭풍우의 날에도 시간은 지나간다.' 오늘따라 바람이 많이 불어요. 유리창문이 덜컹덜컹 흔들릴 정도로요. 당신의 비좁은 창으로 수없이 많은 날의 바람과 비와 햇살이 지나가고 밤에는 별빛과 달빛이, 그리고 새소리며 먼 인가의 소리들까지 들려오겠지요.

가끔 당신 꿈을 꾼 적이 있어요. 한데 이상하죠? 당신은 언제나 갈뫼에서 보았던 그 사람이에요. 아무리 말을 시켜도 대답이 없어요. 제가 당신에게 맛난 걸 장만해드리려고 주방을 설쳐다니다가 돌아와보면 베란다문이 활짝 열려 있고, 현관문도 휑하니 열려 있고, 바람이 불어들어와 커튼을 한껏 부풀려서 펄럭이고 있었어요. 당신은 벌써 가버린 거예요. 어떤 때는 우리가 바닷가에 놀러 가기도 했죠. 당신이 그랬잖아요. 검문소가 없는 저어 땅끝마을에 가서 그물도 꿰매고 해초도 건져올리면서 며칠을 보내고 저녁때엔 아궁이에다 감자를 구워 먹자구요. 바닷가에서 망망한 수평선을 바라보다가 뒤를 돌아보니 당신은 휘적휘적 산길을 돌아가고 있었어요. 제가 한참이나 부르는데도 한번도 돌아보지 않고. 그건 당신의 갇힌 영혼이었나요?

병원에 다녀와서 다시 편지할게요. 아무 일 없을 거예요. 당신이 먼지 같은 이쪽의 삶으로 돌아올 때까지 저는 이렇게 정지되어 있어요. 다시 기운이 펄펄 나게 되살아날 거예요.

1995년 11월 윤희

아, 그로부터 세월이 얼마나 지났는지 저도 놀랐어요.

그러니까 이 병원에 오기 전날 당신에게 편지를 했었지요. 당신을 잊고 있었던 건 아니에요. 처음엔 좀 놀랐죠. 별로 슬프지도 않았어요. 한윤희가 암이래요. 이미 많이 진행이 되었답니다. 팽팽한 풍선에서 바람이 빠져나가듯이 제 육신이 차츰 줄어들고 있어요. 그런데도 정신은 더욱 말짱해서 이곳의 진절머리나게 긴 밤이 오면 저는 갈뫼를 생각하죠. 모든 것을 구석구석 다 생각하고 나서 이제는 아주 작은 기억의 파편들까지도 그러모았다고 자족하고는 잠이 들어요. 한데 이튿날 밤이 되면 그중에서도 잊었던 일들이 더 보태지곤 해요.

기억나세요? 과일창고 뒤편에 으스스한 시누대밭이 있는 어둠속의 뒷간 말예요. 엉뚱하게 크고 널찍하게 지은 나무기둥에 흙벽을 바른 그 집. 징그럽게 큰 귀뚜라미가 떼를 지어 살았죠. 널판자 아래 오물칸은 아득하게 깊어서 일을 보면 한참 만에야 소리가 들린다고 당신이 너스레를 떨었죠. 한밤중에 제가 배탈이 났잖아요. 그건 수박 때문이었을 거예요. 당신을 졸라서 손전등을 들고 함께 갔어요. 저는 어린 날로 돌아간 느낌이었어요. 당신도 알죠. 내가 맏딸이라는 걸. 저는 열살이 넘어서는 뒷간에 혼자 가거나 동생들을 따라가서 문밖을 지키고 서서 두려움을 참아야만 했지요. 아버지는 그때도 늘 소주에 취해 있었거든요. 엄마는 장사 나가서 언제나 통행금지 시간이 가까워서야 돌아왔지요. 그러니까 제가 어렸을 때라고 하는 건 학교에 들어가기 전의 일이에요. 아부지, 거기 있어? 응, 나 여깄다. 염려 말고 천천히 누고 나오너라. 아부지, 아부지! 여기 있다니까. 그때처럼 내가 당신을 자꾸 불렀지요. 그러니까 당신은 '무서우면 뒷간문을 열구 있어, 바람도 시원하구 별도 보인다' 하셨어요. 문을 빠끔히 열었더니 참으로 별들이 금모래알 뿌려놓은 것처럼 가득 찬 밤하늘이 보였어요. 야, 별똥이 진다. 나두 봤어요. 빛줄이 길고 나약하게 주욱 뻗어나가다가 어둠 가운데 사라졌어요. 그런 밤도 있었다는 걸 이 병원 침대에서 진통제를 맞고 누워서야 선명하게 기억해내다니.

정희가 벌써 석달째 내 머리맡을 지키고 있어요. 물론 그앤 시집가서 애를 둘씩이나 가진 아줌마가 됐어요. 엄마도 가끔 오시지만 맞은편에 앉아서 말없이 울다가 가시는 게 보기 싫어서 제발 자주 오시지 말라고 그랬어요. 이 편지 정희가 부쳐줄 거예요.

당신이 옆에 있었으면 좋겠어요. 지금 제 꼴이 흉해서 차라리 잘됐지만. 꽃은 시들어 말라도 바랜 채로 아름다운데 포유류인 사람의 몸은 어째서 이렇게 무참하게 허물어져가는 걸까요.

1996년 2월 윤희

오늘 의사가 와서 가족들에게 뭐라고 통고를 했어요. 나는 정희의 북받친 울음에서 모든 걸 다 읽었습니다. 마음의 준비를 하라든가 뭐 그랬겠지요. 정오 무렵에 엄마가 목사님과 신도 두어 분과 함께 다녀가셨어요. 당신 아직도 유물론자인가요? 빈정거리는 말이 아니랍니다. 저는 저들의 믿음이 사랑스럽기까지 해요. 어둠 뒤편에 뭐가 있든 없든 알 게 뭐람. 그렇지만…… 하지만, 이런 날들이라도 연장되기만 한다면 당신을 한번 만나보고 싶어요.

병원 마당을 가득 채웠던 어릴 적부터 낯익은 아카시아꽃도 다 날려가버리고 시퍼런 녹음이 온 세상을 덮었네요.

그곳을 떠난 뒤에 당신의 젊은 얼굴을 그린 적이 있어요. 나중에 그림의 빈 여백에는 이만큼 늙어버린 나를 그려넣었지요. 그랬더니 당신은 내 아들 같아 보였어요.

유행가 하나 적어놓을게요. '사랑은 어째서 언제나 시간을 이기지 못하는지, 사랑은 어째서 죽음과 꼭 같은 닮은꼴인지.'

오래 전에 불경에서 읽은 적이 있어요. 사람이 죽으면 정이 맺혔던 부분들이 제일 먼저 썩어 없어진대요.

당신은 그 안에서 나는 이쪽 바깥에서 한 세상을 보냈어요. 힘든 적도 많았지만 우리 이 모든 나날들과 화해해요. 잘 가요, 여보.

1996년 여름, 당신의 윤희

＊추신: 언니는 사흘 뒤인 7월 21일 저녁에 운명했습니다. 저희 가족은 언니의 유언대로 화장해드렸습니다. 돌아가시기 전에 저에게 말했어요. 나는 갈뫼로 간다, 나중에 오선생님 만나면 거기 꼭 오시라고 전해라. 그리고 언니는 저에게 약속한다고 말하라고 해서 그렇게 했습니다. 오선생님께 이 소식이 언제 전해질지 모르지만 알고 계시기 바랍니다.

동생 한정희

독방에서 오래 버티다 보면 자잘한 감정들은 대개 두터운 무감각 속으로 깊이 숨는다. 겉으로 드러내보아야 생명활동에 전혀 이로울 게 없기 때문이다. 처음에는 말을 잊어먹기 시작한다. 빤한 단어인데도 막상 입에 올리려면 생각이 나질 않는다. 기억에서 사라진 단어들이 차츰 많아지고 주위 사람들의 이름까지 잊어버린다. 그런 단계를 지나면 눈앞에 보이는 생활도구의 이름도 떠오르지 않는다. 가만있자, 저 물건의 이름이 뭐더라. 그래서 혼잣말로 중얼거리는 증상이 생긴다. 자신에게 얘기를 걸곤 한다. 이 사람아, 인젠 잘 시간이 됐네,라든가 저 담당 자식은 너무 규칙만 따져, 또는 자신이 방귀를 뀌고서도 혼잣소리로 어이 되게 구리네, 하고 중얼거린다. 수인들 중에도 장기수들은 좀처럼 웃거나 울거나 하지 않는다. 시청각교육 시간에 영화를 보면서는 어둠속에서 끝없이 눈물을 흘리며 실컷 운다. 영화가 끝나고 나올 때 보면 그들은 거의 두 눈이 붉게 충혈되어 있다. 오랜 독거수의 특징은 감정의 표현을 빼앗긴다는 데 있었다. 우선 타인과 감정을 나눌 수가 없기 때문이다. 말을 잃고, 감정을 잊고, 추억조차도 표백되어버린다.

나는 편지를 손에 든 채 방안에 멍하니 앉아 있다가 문득 소스라쳐서 편지를 챙겨 봉투에 넣고는 여행 가려고 꾸려둔 가방의 제일 안쪽 지퍼를 열고 간직해두었다. 조카는 오늘도 늦는지 아직 돌아오지 않았고 자형과 나는 거실에 앉아서 누님이 저녁 준비를 하는 동안 기다리고 있었다. 우리는 별말도 없이 소파에 떨어져 앉아 텔레비전을 바라보았다. 프로그램의 자투리 시간인 막간을 이용하여 요리강습을 하고 있었다. 삼십대의 깔끔한 여자가 흰 앞치마를 입고 주방기구를 늘어놓고 요리를 시작했다.

이 시간에는 북어국을 한번 끓여보도록 하지요. 북어국은 전통적으로 여러 지방에서 잘 알려진 우리나라의 대표적인 해장국인데요, 만들기도 간단하고 국물맛이 시원해서 남자분들의 속풀이로 아주 맞춤한 음식입니다.

여자는 머리를 뒤로 가지런히 묶었고 얼굴 옆으로 흘러내린 앞머리를 나비 모양의 소박한 핀으로 고정시켰다. 목이 적당히 드러난 스웨터 위에 프릴이 달리고 푸른 줄이 쳐진 앞치마를 입고 있는 단정한 주부의 모습이었다. 그것은 세상 어느 집에나 있는 보통 아내의 모양이리라.

자아, 재료를 한번 함께 보시죠. 북어포 준비해주시고요, 생강즙, 다진 마늘, 후추도 준비해주세요. 양념을 해야 되니까요. 쇠고기 오십 그램 준비하시고, 고기 양념으로 간장 한 작은술, 다진 마늘 세 큰술, 후춧가루하고 참기름 한 작은술씩 준비하세요. 송송 썬 실파 한 줄기, 달걀 한 개하고요. 소금 약간이 있으면 되겠어요.

물끄러미 텔레비전을 쳐다보며 한 가정의 따끈한 북어국 생각을 하다가 눈시울이 뜨거워지고 눈물이 핑 돌더니 볼을 타고 흘러내렸다. 자형이 곁에서 보고 내게 뭐라고 말을 건네려다가 못 본 척하며 담배에 불을 붙였다. 나는 슬그머니 일어나 화장실로 들어가버렸다. 실로 오래간만에 큰 거울에 비친 나를 바라보았다. 짧게 깎은 머리인데도 반백이어서 피로해 보였고 눈은 붉게 충혈되어 있었다. 눈 아래 반원을 그린 주름이 짙게 그늘져 보인다. 수의를 벗으니 이제야 세속의 나이가 보이는 것 같았다. 찬물로 세수를 했다. 얼굴을 닦고 코를 한번 들이마시고 나서 방으로 들어갔다. 누님이나 자형 두 사람 다 모른 척하고 침묵을 지켰다. 나는 그렇게 한윤희와 작별했다.

3

비행기가 서서히 아래로 가라앉았다. 옛날처럼 창문 가리개를 내리라고 하지는 않았다. 나는 비행장 주변의 낯익은 밭고랑과 개천을 내려다보았다. 멀리 시가지 쪽에 안개인지 스모그인지 희붐하게 끼어 있었고 시내로 나가는 국도 양쪽에 줄지어 선 앙상한 나무들이 보였다.

공항을 빠져나오자 대합실에서 서성대며 기다리던 그가 손을 번쩍 쳐들어 보였다.

어, 형님 여깁니다!

건이, 이게 얼마 만이냐.

나는 그를 덥석 안아보았다. 그러고는 새삼스럽게 그의 얼굴을 찬찬히 살폈다. 흰머리가 관자놀이 주변에서부터 정수리 근처까지 희끗희끗 번져 있었고 눈가에 주름살이 많이 보였다. 나는 건이를 구치소에서 잠깐 보고는 헤어졌고 그는 형기를 마치고 먼저 나갔다. 나보다 대여섯살 아래였던가 싶다. 나는 광주에서 빠져나갔었지만 그는 시민

군으로 무기를 들었고 나중에는 지하활동으로 뒤늦게 검거되었다. 만일 도청에서 포로가 되었더라면 건이도 진작에 평탄한 삶을 살았을 것이다. 내가 도피하고 있던 산동네 집에 건이가 찾아온 것은 도청에서 마지막 진압이 있던 이틀 뒤였다. 볼이 움푹 팰 정도로 초췌하고 땟국이 묻은 셔츠 바람이었던 그는 우리를 붙잡고 기묘하게 얼굴을 일그러뜨리며 울음을 터뜨렸다. 상운이 형이 돌아가셨어라우. 영준이는 나더러 먼저 피하라고 하더니 내중에 보니께 한방 맞고 가불고. 아, 그 새벽에 우리가 서로 껴안았던 포옹을 앞으로는 다시 할 수 없으리라. 일주일이 지나자 하나둘씩 그 도시를 빠져나온 동료들이 모였다가는 제각기의 구멍을 찾아 흩어졌다. 어떤 집에서는 노골적으로 박대하고 어느 집에서는 돈을 쥐여주며 제발 다른 곳으로 가라고 호소하고 또 어떤 이는 식구 하나를 늘리면서 숨겨주기도 했지.

차가 고물이요. 이놈두 누가 타던 것을 얻었어요.

건이는 그래도 대견한지 안전띠를 어깨에 두르며 말했다.

형님, 숙소로 가셔야지라?

아니, 남수한테 가자.

예, 그러셔야죠.

시내로 나가는 국도를 타지 않고 중간에서 운전대를 꺾으며 건이가 중얼거렸다.

에이, 돌아가야지. 길이 너무 막혀서요.

여기두 많이 변했지?

옛날 서울보다 더 복잡해졌소. 촌놈들이 너도 나도 어찌나 차를 많이 샀던가 바글바글하요.

너 인제 길눈은 좀 밝아졌니?

우리는 함께 웃는다. 정말 그는 이제 길을 잘도 찾아내는지 차가 막히지도 않고 도심지를 에돌아 망월동으로 나가는 한적한 교외로 다시 나섰다. 무등산 자락에 다 와서 그가 차를 세웠다.

형님은 앉아 계쇼. 꽃 한다발 사올라요.

삼거리 모퉁이에 꽃집이 보였다. 나도 건이를 따라 내렸다. 유리문을 밀고 들어가자 싱싱한 화초의 향내와 습기를 머금은 온기로 기분이 좋아졌다. 장미며 언제부터인가 흔해진 안개꽃이며 카네이션이며 국화도 색색가지가 보였다. 건이는 머리를 주억거리고 뭔가 속으로 숫자를 헤아려보고 나서 꽃묶음을 따로따로 사서 다발을 넷이나 만들었다.

무슨 꽃을 그렇게 많이 사.

사자고 허면 한도 없어라우. 형님 친하던 아우들만 해도 벌써 몇이요?

나는 그저 건이가 하자는 대로 잠자코 뒷전에 섰다가 나온다. 날은 별로 춥지는 않은 듯한데 바람이 불어 제법 쌀쌀했다. 우리는 산으로 오르는 길가에 봉곳이 솟은 언덕 위로 올라갔다.

이 우에가 아직도 비제도권이고 저 아래 제도권이 있습니다. 묏등도 우아래로 갈려버렸고만이라.

그렇게 이죽이면서 올라간 건이는 대번에 남수 앞에 가서 선다. 누가 갖다놓았는지 소주병에 시들어버린 꽃이 꽂혀 있었다. 건이는 곁에 있는 사람에게 말을 건네듯 아무렇지도 않게 중얼거렸다.

형, 나 왔소. 오늘은 현우 형님 델꼬 왔는디 회포 좀 푸시오.

자그마한 봉분에 돋은 마른 풀잎들이 겨울바람에 떨고 있었다. 어떻게…… 지낼 만하냐,라고 나는 마음속의 입을 떼었다. 남수가 가무잡잡한 얼굴에 입을 크게 벌리고 씩 웃는 듯했다.

남수가 독서회사건으로 먼저 잠수하기 시작한 것이 벌써 이십년도 넘은 옛날 일이었다. 그는 다른 조직사건으로 십년을 살고 나보다 먼저 세상에 나갔다. 광주에서 피의 봉기가 있었던 때 그는 이미 감옥에 있었으며 그가 나왔을 때엔 나는 남수와 엇갈려서 감옥에 들어앉아 있었다. 우리가 만났던 칠십년대에 나는 남도의 어느 군에서 고등학교 선생을 하면서 유학 준비중이었다. 우리는 둘 다 젊었고 유신정권을 반대했다. 나는 그에게 손으로 베껴쓴 예쎄닌의 시를 읽어주었지. 그 낡은 노트가 어디서 굴러들어왔는지 기억에 없다.

　늙으신 어머님 상기도 평안하신지
　나 또한 살아 있습니다 그리운 어머님
　상기도 당신이 사시는 오막살이에
　그 말할 수 없는 저녁노을이 지고 있습니까
　나는 들었어요
　당신이 애타는 마음을 숨기고
　나 때문에 가슴을 조이신다고
　이따금 철 지난 헌옷을 꺼내 입고
　신작로 가으로 나오신다고

　그리고 뒷구절은 어떻게 계속되던가 가물가물 기억이 나질 않았다. 이제 나는 선술집의 이름없는 따바리시치, 행여 식칼에 찔렸을까 걱정하지 마십시오……였는지도 모른다.

　봄은 가고 물오른 가지와 넝쿨이
　나의 집 좁은 뜰을 덮을 때
　아 그제야말로 나로 돌아가리라

　남수가 서울로 떠나던 날 밤이 생각났다. 나는 시골집의 바깥채를 빌려서 혼자 쓰고 있었는데 퇴창문을 밀면 툇마루가 있고 바로 담장가에 아름드리 느티나무가 있었다. 바람이 불면 나뭇가지가 흔들리면서 쏴아 하는 파도소리처럼 나뭇잎들이 서로 맞비비는 소리가 들렸다. 우리는 불을 끄고 나란히 누워서 느티나무 잎새가 내는 파도소리를 들었다. 남수도 자꾸만 돌아눕는 것이 잠이 오지 않는 눈치였다.

형님, 첨에 지하신문을 뿌리고 잡혔을 때 조사실에서 수갑 차고 얻어맞을 적에 말이요. 정보부서 어떤 높은 놈이 왔습디다. 이 자가 내가 쓴 유인물을 척 내밀더니 나보고 한번 읽어보래. 그래서 더듬더듬 읽었더니 내 뺨때기를 후려치더만, 야 이 새끼야, 우리 아들두 일류대학 다니는데 너만큼 몰라서 가만있는 중 알아? 그리고 권총을 빼서 이마에 갖다댑디다. 총구멍이 어찌나 크게 보이던지 다리에 매가리가 쭈욱 빠지고 나는 저절로 주르르 무릎을 꿇고 말았소. 뒤에 그 생각하면 늘 창피합디다.

남수는 일어나 앉았다. 나도 어둠속을 더듬어 담배 한대를 피워물었다.

왜 잠이 안 오냐?

남수는 퇴창문을 벌컥 열더니 컴컴한 담장가에서 가지를 흔들어대는 느티나무를 내다보았다.

나는 인제 확실하게 싸우고 싶어라우. 뜨뜻미지근한 건 오늘부터 끝이요.

사람이 많이 다녀야 길이 생긴다구 그러지 않대?

길 먼저 가는 사람도 있소.

새벽에 남수는 찌그러진 가방 하나 달랑 메고 그의 초라한 속옷가지들과 빨지 못한 양말 몇짝을 담고 서울의 도피처로 떠났다. 남수를 배웅하러 새벽길을 걷는데 울안의 동네 개들이 사방에서 짖었지. 그는 내게 쪽지 한장을 남겼다. 당에서의 모든 직책과 권력을 버리고 볼리비아로 떠나던 체가 피델에게 쓴 마지막 편지였다. 그리고 뒷장에는 체가 그의 어린것들에게 보내는 앞날에 대한 편지.

형님, 저 옆에도 기다리는 아그들이 많어라우.

건이가 먼저 남수의 묘를 떠나면서 말했다. 나는 다시 기순이와 상운이의 영혼결혼을 시킨 합장묘 앞을 스쳐간다.

상운이 형은 저 아래 오일팔 묘역으로 제도화됐어라우. 여그는 가묘요. 그러니 아래서 다시 뵙시다.

우리는 다른 여러 이름들과 인사를 건넨다. 아래 오일팔 묘역으로 내려와 상운이, 영준이, 최근에 떠난 철영이까지. 고문 끝에 머리를 다쳐 십구년 동안을 나와는 다르게 정신병원에 유폐되었던 철영이. 그는 언제나 당대에 살았다. 그의 실성은 기억의 멈춤 때문이었다. 그는 고생하는 아내가 찾아가 면회할 적마다 죽은 사람들의 안부를 묻고 오늘은 도청 앞 상황이 어떻게 되었느냐고 물었다. 그는 정신병동의 독방에 있던 최후의 시민군이었다. 대리석과 상징물로 치장된 묘역은 또다른 굴레처럼 보였다. 저 남수가 누웠던 오순도순 잡다하게 모여 있는 동네는 그야말로 옛날의 공동묘지여서 마른 풀조차 포근해 보였다.

저녁답에 건이가 나를 데리고 시내로 나갔다. 중심가의 풍경은 별로 달라지지 않았다. 어느 한정식집에 사람들이 모여서 나를 기다리고 있었다.

장황하고 형식적이어서 별로 뚜렷한 기억은 나질 않는다. 그렇게 사양을 했건만 삼차까지 가는 동안에 의식을 잃었던 것 같다. 출옥하고 첫 술자리라 조심을 했는데도 아마 이차의 막판에 누군가가 깽판을 놓았거나 싸움이 일어났던 듯싶다. 그래서 술잔을 마구 집어다 마시지 않았을까. 그 자리에서 오고 간 대화들이 느리게 찍어 빨리 돌린 화면처럼 우스꽝스럽게 흘러갔다.

양훈이 부도는 인자 해결할 수 없게 되었제. 너 얼매나 물려부렀냐?

한 두어 장 된다마는 사람이 그러면 못쓰는 거여. 일 저질르고 도망가불면 다른 사람들은 어쩌란 말여.

야야, 강욱이도 덕희도 다 낙하산 타고 떠버리는데 니는 도으원 한나 못 챙기고 협회다 위원회다 기념사업이다 맨날 남으 치다꺼리나 하구 댕김서 멀 하고 자빠졌냐.

야야, 골치 아퍼서 나는 상관허기도 싫다. 먼 놈으 오일팔 관계 단체가 그렇게 많다냐.

인생은 길고 혁명은 짧아 그런가. 사는 것이 다아 욕이여.

어, 남으 말 허구 있네. 수신제가 잘혀. 샛바람 피지 말고.

그게 다아 먹잘 것이 생기고 사는 거이 심심헌게 생기는 병이라고.

사업만 신경쓰지 말고 주변에도 좀 찾아댕기고 후배들 살림도 챙기고 최소한 경조사에 얼굴이라도 내밀어봐라. 효신이 꼴이 그게 뭐냐. 간이 굳어뻗져서 얼굴이 시커멓게 탈 때까지 그냥 모른 체하구 있었다니 그거이 무슨 공동체여. 봉한이 형은 왜 안 나온 거여?

어따, 남으 말 허구 있네. 고옹동체? 보상 시작되면서 그거 다 깨져버린 지가 언젠데.

만나면 왜 서로들 못 씹어서 난리냐, 난리가.

이게 사는 거여? 속이 헛헛허고 씁쓸해서 그런다 왜?

무슨 말끝에 술상이 엎어졌는지 기억이 나질 않았다. 와이셔츠에 벌건 고춧가루 물이 튄 걸 보면 나도 그 자리에 있었던 게 분명한데. 나는 누군가에 의해서 부축되어 여관의 계단을 비틀대며 올라왔다. 모두들 비틀거리며 각자 택시를 탔거나 운전사에 부축되어서 차에 올랐겠지. 그러고는 자동차 뒷자리에 앉은 채로 졸다가 아니면 혼자가 되어버린 쓸쓸함 때문에 오랜만에 골목 어귀의 포장마차에서 마무리로 소주 한잔을 더 했을까. 얼룩진 판자 위에 찬 소주 한잔을 올려놓고 무엇들을 생각했을까. 지금 술이 깬 나처럼 황폐할까. 새벽에 나를 따라온 여자가 있었던 것 같다. 가서 잠자리 살펴드리라고 사업하는 친구 버릇대로 따라붙였겠지. 고래고래 소리지르고 문을 발로 차고 사환아이가 짜증을 내며 하소연하고 여자는 도망가버리고 변기에 세면기에 토했다. 나는 속옷바람으로 침대에 멍하니 걸터앉아 있었다. 독방 버릇대로 혼자 툭 내뱉듯이 중얼거린다.

세월에 장사 없지.

전화벨이 울렸다. 오래 울리고 나서야 전화를 받았다.

나 봉한이요. 건이한테서 연락받았는데 형님하구 점심이나 할라구 전화했소.

어, 아직 정신이 어리벙벙한데…… 지금 나가지 뭐.

몸생각 하셔야지 먼 술을 그리 먹소.

그 녀석들이 발동을 걸었지 뭐.

여기 얼매나 계실라오?

글쎄…… 작정한 바는 없고 어디 갈 데가 있어서.

하여튼 빨리 나오쇼. 얼굴 좀 뵙시다.

그는 원칙의 사내다. 하도 좁쌀같이 따져서 자신의 손이 아니면 남의 손을 거친 일은 잘 믿지 않았다. 봉한은 피아의 구분이 칼처럼 분명해서 박덕하다는 원망도 많이 들었지. 그의 인생은 팔십년의 광주에 완전히 잡혀 있었다. 학살의 중반에 일찍 서울로 도피했고 두 해 동안 골방에 숨어 지내다가 밀항선을 탔다. 시 쓰던 광원이 형이 우연히 도피시절에 그를 만났고 그 바람에 작은 학습회를 만들었다가 간첩단이 되어버렸다. 광원이 형도 오년을 살고 나와 시난고난한 삶을 꾸려가더니 남수처럼 암으로 죽고 말았다. 나는 봉한을 반쯤 좋아하고 나머지 반쯤은 지겨워했다. 일제시대처럼 직업혁명가가 되었더라면 좋았을 텐데 오래 살아남게 된 게 다행이면서 결국은 그의 전설을 끝냈다. 그는 십년 동안 이국땅에서 망명생활을 하면서 유럽과 미국에서 성실한 청년조직을 만들어냈지. 나는 저 안에 갇혀서도 그의 소식을 간간이 듣고 있었다. 그는 스크루를 떼어내고 해안가에 정박한 폐선이 되었는지도 몰라. 그렇지만 사람 하나 생을 바쳐 할 수 있는 일이 얼마큼이나 될까. 이런 노래의 한 구절도 기억이 난다.

　　나는 추억 속에
　　내 힘이 있음을 알고 있네

천천히 아주 천천히 바람에 조금씩 부서져나가는 흙메처럼 모양이 달라지면서 우리가 하려고 애썼던 일들은 처음 생각했던 것과는 많이 다르게 세상에 흔적을 남긴다. 하지만 어떠하리. 알 수 없는 날들이 저렇게 많이 남아 있는데.

이놈으 반데는 걸레쪽이 다 되아부렀소.

반기며 인사를 하자마자 그가 처음 내뱉은 말이 그랬다.

잘됐지 뭐야. 이제 이 도시도 일상으로 돌아간 거야.

세상의 모든 불은 드디어 꺼진다. 재가 남고 몇가지 건질 알맹이도 있고 대부분은 바람에 불려 날아가버린다.

건강은 어떻소?

괜찮겠지 뭐. 넌 어떠니?

몸이 안 좋아요. 옛날에 앓은 폐가 다시 말썽이오. 단전호흡 열심히 하고 있소.

먹구사는 건……

이럭저럭 해결이 됩디다. 내 언제 밥걱정 하는 거 봤소. 형님도 어디 가서 몇달 푹 쉬며 생각도 정리하고 그래야 될 텐디. 앞으로 어쩔 거요?

글쎄…… 일거리를 찾아야겠지.

건이 얘기 안합디까?

무슨 얘기.

건이 안사람 죽었어요.

왜, 어디 아팠나?

봉한은 말을 아끼려는지 창문 쪽으로 얼굴을 돌리고 거리를 내다보았다.

교통사고요.

저런……

실성해서 뛰어들었대요.

우리는 말을 끊었다. 그는 설렁탕을 그릇째 받들고 머리를 숙여 천천히 불어가면서 국물을 마셨다. 나도 말없이 떠넣는다. 국그릇을 꼭 잡고 있는 봉한의 손가락들은 새의 발처럼 보인다. 그 손톱 끝에 가늘게 낀 때가 선명하다.

지쳤어요. 이 도시가 모두 소모시킨 거요.

예전과는 다른 일감이 있어야겠지. 기념하는 건 그만 하고……

형님은 자기 노선이 있소?

노선?

그러나 나는 웃지 않는다. 희망은 있는 걸까. 만약 그런 게 남아 있다면 거기가 나의 노선이 될 텐데.

우선 생활을 잘해라. 너는 이제 익명이야. 아무도 아니라구. 지명수배두 옛날에 끝났잖아.

모두들 거짓말만 하고……

나는 그가 고향에 돌아와서도 다른 이들과 불편하다는 걸 알 수 있었다. 점심은 끝났다. 나는 그와 곧 헤어지고 싶어졌다.

자, 이제 일어서야겠다. 가볼 데가 있거든.

어디로 가시게요?

그냥…… 건이 만나면 못 보고 간다고 전해라. 돌아오는 길에 다시 들를지두 모르겠다.

봉한은 뭐가 더 말하고 싶은 듯했지만 나는 손을 흔들어 보이고는 차도 쪽으로 걸어나갔다. 택시에 오르는 나에게 그가 외쳤다.

건강 조심하쇼.

윤희를 찾아갔던 날 나는 사하촌의 상가에 끼여 있는 한옥 여관에서 묵었다. 창호지로 바른 미닫이를 열면 툇마루가 달렸고 마루에서 내려 몇발짝을 떼면 계곡이었다. 제법 경사가 가팔라서 물소리가 요란했다. 처음에 자리에 누우니 귀청이 멍멍했지만 이내 익숙해졌다. 벌써 피해다닌 지 다섯달이 되었다. 서울은 원래 내 활동근거지였고 친구들도 많아서 숨어다니기에 편리했지만 같은 이유로 위험은 더 많았다.

봉한은 두번째로 은신처를 바꾸었는데 수사당국에서도 그를 첫번째 수배자로 지목했기 때문에 당시가 가장 위험한 때였다. 미아리에 큰길과 골목의 양쪽에 출입구가 있는 당구장에서 약속을 했다. 제법 사람의 출입이 잦은 오후 서너시경이었다. 나는 딱 한자리 비어 있던 당구대에서 혼자 당구를 치는 척하면서도 입구를 연신 살폈다. 언제 나타났는지 내가 차지한 당구대의 바로 뒤 점수판 아래 긴 의자에 권형이 앉아 있었다. 그는 자연스럽게 당구채를 잡더니 자기 차례이기나 한 듯이 빨간 공을 때렸다.

형은 못 나왔어요. 제가 말렸습니다. 사진이 사방에 붙어서요.

동향 사람들에게는 절대로 나타나선 안될 거야.

물론이죠. 몇몇이 의논중이에요. 아마 떠날 겁니다.

떠나다니……

어떻게든 여기선 안되겠어요.

우리는 그 다음부터 당구에 열중했다. 두 게임 다 내가 이겼다. 긴장해서 그랬는지 보통 때보다 더 잘 맞았다. 당구장 계단을 내려오는데 권형이가 눈짓을 했다.

형님, 화장실 안 갈래요?

나는 말없이 그의 뒤를 따라 화장실에 들어갔고 거울을 마주보며 나란히 서서 오줌을 누었다. 그가 쪽지를 내밀어주었다.

이거 확인하고 기억해두세요. 나중에 없애버리는 것두 잊지 마시고.

내가 먼저 골목을 나섰고 그는 다른 길로 가버렸는지 보이지 않았다. 나는 봉한이 어디쯤에 은신하고 있는지 짐작은 하고 있었다. 사태가 터지기 전의 계엄 막바지에 우리 셋은 주위에 알려지지 않은 몇몇 장소를 돌며 답사를 한 적이 있었다. 그날 마지막 집을 방문하고 나서 우리는 시장 모퉁이에 있는 어느 점집에서 신수를 보았다. 주인은 여자무당이었는데 우리 셋은 모두 쑥스러워하면서도 그네의 쌀을 담은 소반 앞에 고분고분 둘러앉았다. 조금은 신비주의적인 데가 있는 수도사 같은 권형이가 점을 보자고 우겼는지도 모른다. 무당은 밥을 먹다 나왔는지 연신 입맛을 하며 이빨을 빨았다. 제일 먼저 나를 보았다. 무당이 느닷없이 새된 목소리로 어린아이 흉내를 냈다. 뭐라고 그랬는지 다 잊어버렸지만 몇마디만은 지금도 생생히 기억한다.

아저씨는 별탈은 없겠지만 멀리멀리 돌아다니다가 오랫동안 앓을 거야. 꼼짝 못하고 앓고 일어나면 그뒤부턴 괜찮아.

그 다음이 봉한이 차례였다.

아저씨 까막소 갔었지? 그때 아버지가 돌아가셨지. 아버지는 지금도 저승에 못 가구 떠돌고 계신다. 아저씨 바로 앞에 피가 보여. 피가 강물같이 보인다. 이 악업을 면하려거든 깨끗한 옷 한벌 지어서 아버지 묘 앞에 태워드려.

팔십년 삼월이었던가 아니면 사월 말쯤이었나. 피가 강물 같다던 소리는 늘 잊지 못했다. 나는 그의 쪽지를 확인했다.

먼 훗날에 저들의 죄상이 밝혀질 테지만 시간은 걸릴 겁니다. 우리는 꼭 살아남아서 증언해야 합니다. 급히 서둘지 마시고 자중하십시오. 형님 신변에 관하여 연락을 해두었으니 꼭 안정을 찾게 되시기를 바랍니다.

나는 계곡의 물소리를 들으며 오랫동안 뒤척였다. 더구나 정월 대보름이라 달은 휘영청 밝아서 창호지문이 훤했고 뒤란 쪽의 퇴창문으로는 댓잎 그림자가 운치있게 어른거렸다. 그리고 추녀끝의 풍경소리도. 나는 잠깐 내 보호자가 될 한윤희 선생을 떠올렸다. 언뜻 보아서 그런지 그네의 얼굴을 다시 기억해낼 수가 없었다. 이튿날 하루를 어떻게 보냈는지 생각이 나질 않는다. 절집에 한번 올라가보았을 테고 숲길을 서성이다가…… 아, 생각이 난다. 일주문이 서 있고 소나무가 무성한 언덕에서 나는 바위에 앉아 땀을 들이고 있었다. 바위틈 그늘진 곳에는 녹다 만 잔설이 얼음이 되어 끼여 있었는데 아래로부터 서서히 녹아 공동이 되어 맑고 고운 물방울들이 끊임없이 흘러나오고 있었다. 누군가 소풍을 나왔는지 도란도란 나누는 이야기 소리가 언덕 아래쪽에서 들려왔다. 젊은이들이었는데 둘은 남자고 여자의 목소리가 하나쯤 있는 것 같았다. 한 남자가 노래를 불렀다. 높고 청아한 테너였다. 내 놀던 옛 동산에 오늘 와 다시 서니 산천의구란 말 옛 시인의 허사로고 예 섰던 그 큰 소나무 버혀지고 없고녀. 무심한 그들의 노랫소리가 잊혀지질 않는다. 옛날 영화같이. 여자가 도랑물이 서로 부딪치는 듯한 소리로 웃었다. 그들은 이어서 화음에 맞추어서 노래했다. 목장길 따라 밤길 거닐어 고운 님 함께 집에 오는데 목장길 따라 밤길 거닐어…… 나는 소나무 언덕에서 바람이 차가워지는 오후 늦게까지 앉아 있었다. 오래 전에 노래 부르던 젊은이들은 산을 내려간 뒤였다. 나도 그때는 벌써 서른이 넘은 나이여서 저들의 쾌활한 활기가 부러웠나보다.

비바람치는 낯선 동네를 지나다보면 창문 너머로 저녁을 먹으며 뭐라고 이야기를 나누는 가족들의 얼굴이 환한 불빛 아래 보이기도 할 테지. 길 가는 자는 힐끗 시선을 던지며 창문 옆 처마밑을 떠날 것이다. 아니면 먼 밭머리에서 놀러 나간 아이들을 찾는 엄마의 긴 고함 소리도 들려올 거다. 마당을 내다보며 툇마루에 나란히 앉은 농부 부부의 모습도 먼발치서 보일 것이다. 마누라는 바가지에 풋콩을 따넣고 남편은 흙 묻은 장화를 벗고 방금 올라앉았다. 그는 얕은 토담 너머로 상반신만 지나가는 낯선 이쪽 편에 무심한 눈길을 던진다. 개는 시큰둥하니 짖다가 그만두고. 야행열차의 흐릿한 객차 불빛들이 강 위에 걸린 다리 위로 아득한 소리를 내며 흘러간다. 거기 승강구 쪽 계단에 매달려 획 지나가는 사내의 검은 실루엣이 보인다. 물처럼 흘러가는 바퀴 사이의 땅에다 담배꽁초를 떨구고는 맞은편 객차의 통행로에 누가 나타났는지 살피면서. 작은 읍내의 인기척 없는 여인숙에 들어서면 문 옆에 수배자의 전단이 붙어 있고, 흑백 텔레비전은 모든 프로가 끝나 허옇게 바랜 화면에 눈이 내리듯 빛의 점들만 명멸하면서 직직대고, 아낙네는 벽에 기댄 채 잠들어 있다. 군데군데 시커멓게 타버린 비닐장판 위에 눈부실 정도로 빨간 캐시밀론 이불이 펼쳐 있고 형광등은 지잉 하는 소리를 내고 있겠지. 숙박부에는 친구들이 구해준 주민등록증의 번호를 또박또박 적어넣는다. 밤에 냄새나는 양말은 귀찮아서 그냥 두고 외모는 중요하니까 더러워진 점퍼만 빨아 창문턱에 넌다. 아침에 길을 떠나려고 나서면 생활을 시작하는 세상은 아무런 일도 일어나지 않은 채 무심하게 살아가고들 있을 거다.

나는 봉한이가 몇 선을 거쳐서 내게 소개해준 주소만 믿고 한선생을 찾아갔고 눈치를 보이면 슬그머니 사라질 작정이었다. 황혼 무렵에 그네가 왔다. 윤희는 터틀넥 스웨터에 오리털파카를 입고 바지차림이었다. 근처에서 직장에 나가는 사람 같지 않았고 작은 륙색까지메고 있어서 오히려 나보다도 여행자처럼 보였다. 윤희가 왔을 때 나는 한옥 여관의 맨 뒤쪽 장작불로 데워진 따스한 내 방에서 잠깐 잠이들어 있었다. 잠결에도 자박거리는 인기척을 느끼고 눈을 떴다. 걸음이 툇마루 앞에 멈추더니 낮은 기침소리를 냈다. 미닫이문이 소리없이 빠끔히 열렸다. 나는 누운 채로 이마에 얹었던 팔꿈치만 살짝 쳐들고 고개를 돌려서 문틈을 내다보았다.

잠 깨웠나요?

그네는 문을 조금 더 열었지만 들어오지는 않고 마루에 걸터앉으며물었다. 나는 게으르게 기지개를 켜면서 일어났다.

짐 가지구 나오세요.

그렇게만 말하고 윤희는 문을 닫았다. 내가 상의를 입고 양말 신고여행가방을 챙기고 나오니 그네는 여관의 솟을대문 밖에 나가 기다리고 서 있었다.

저녁 안 드셨죠?

예, 점심이 늦어져서……

잘됐네요. 나는 아주 배가 고파요.

큰 배낭을 짊어진 등산객들이 네다섯씩 무리를 지어 올라왔다. 우리는 상점이며 식당이 줄지어 있는 사하촌의 아래쪽으로 내려갔다.버스정류장이 보였는데 관광버스가 한대 서 있고 시외버스는 떠날 시간을 기다리는지 꽁무니에서 파란 매연을 뿜고 있었고, 운전기사마저자리를 비운 빈 택시가 세 대 차례를 지어 섰는 게 보였다. 윤희가 말했다.

우린 조기서 차를 타구 어딘가루 갈 거예요. 먼저 밥부터 먹구 나서말이죠.

식당 안에는 손님이 한사람도 없었다.

하루 종일 뭐하셨어요?

그냥 절에두 가보구 낮잠 자구 그랬죠. 퇴근해서 오는 길인가요?

집에 들러서 옷 갈아입구요. 내일은 주말인데 수업이 없어요. 월요
일까지는 학교 안 나가요.

뭘 가르치세요, 학교에서.

그네는 멋쩍다는 듯이 피식 웃었다. 나는 처음부터 윤희의 다소곳
하게 웃는 입 모양이 좋게 보였다.

미술, 그림 그리기요.

근사한데요.

뭐가요?

하고 나서 윤희는 파카 주머니에서 담배를 꺼내더니 한개비 빼어물고
불을 붙였다.

화가의 재능이란 하나두 믿을 게 못 돼요. 무수한 재능의 시체 가운
데서 우연히 남은 거예요. 이런 시골학교에 와보면 대번에 알 수 있어
요. 정말 깜짝 놀라도록 훌륭한 소질을 가진 애들이 한둘씩은 있으니
까.

화가가 그런 말을 하면 누가 믿죠?

아아, 나는 아직 아녜요. 앞으로 그렇게 할까 하구 생각중이죠. 정
말 천재적인 애가 하나 있었는데 지난 학기에 학교 그만두고 도시로
나갔대요. 뭐 미용실에 취직한대나. 미술시간마다 화구도 없이 들어
오구 그래서 내가 사주기도 했는데, 다른 학과는 성적이 엉망이구요.
집에서 농사를 짓는다는데 언니들 셋이 모두 공장으로 남의집살이로
나갔대요.

윤희는 자기 말에 열중할 때 검지를 권총처럼 세워들고 휘저으며
이야기했다.

하긴 뭐 미술대학 갔다면 다 버려놨겠지만.

집이 이 근처세요?

나는 궁금하던 점을 물었다. 보호자의 연고지가 어디인가 하는 문제는 나에게 중요했기 때문이었다. 그네를 잘 아는 이라면 내가 한눈에 부자연스럽게 보일 테니까.

유감스럽게도 서울내기랍니다. 글쎄 거기서 태어나기까지 했으니. 헌데 이번엔 내가 좀 물어봐두 되는 거 아닌가요?

물으시죠.

성함이 아무래두…… 김, 전우씨가 맞아요?

왜요, 제 이름이 어때서요.

화랑담배 연기 속에 사라진 사람의 이름이잖아요.

나는 하마터면 큰 소리로 웃음을 터뜨릴 뻔했다.

윤형은 어떻게 아세요?

전 그 사람 잘은 몰라요. 말씀드릴 순 없지만 어딘가에서 꼭 한번 뵈었죠. 미리 알아두셔야겠지만요, 나 운동권 아니에요.

잠수하는 사람 도와주면 나중에 곤란해질지두 모르는데요?

윤희는 예의 그 다소곳한 웃음으로 받았다. 입술 사이로 이가 조금만 보였다가 사라졌다.

광주 비디오 봤어요. 엔에치케이 판요. 여기 신부님한테서 빌려 봤죠.

그네는 표정이 바뀐다. 눈가에 어두운 그늘이 생기고 지겹다는 듯이 입은 약간 벌어지며 고개를 내젓는다.

용서할 수 없어요. 그래서 아버지를 이해하게 됐지만요.

아버지요?

아뇨…… 아버지는 평생 술만 드시다가 돌아가셨죠.

그분에게 무슨 일이 있었습니까?

역사적인 상처가 있는 분이셨어요. 우리 그런 얘기 그만 하죠. 그보다 왜 내 질문을 피해가시려는 거예요?

무슨……

신변문젤 제게 맡기려면 자기 얘길 해주셔야죠. 본명이 뭐냐, 학생은 아닌 것 같으니까 직업이 뭐냐, 무슨 일을 했느냐, 즉 잠수의 원인이 뭐냐, 그런 걸 알구 싶은 게 당연하잖아요?

네, 당연하죠.

대답하면서 나는 조금 미안한 생각이 들었다.

제 이름은 오현우라구 합니다. 나이는 서른두살 먹었구요. 재작년까지는 시골 중학교에서 한선생처럼 교직을 갖구 있었죠. 대학시절에는 학생운동을 했습니다. 잠깐 징역 살구 강제징집으로 전방에서 군대생활을 했구요. 나머지는 천천히 알려드릴게요.

어머, 그렇게 많은 사연을 단숨에 말해버릴 것을.

우리는 식당에서 나왔다. 그리고 아직도 운전석이 비어 있는 택시로 가서 뒷자리에 나란히 올라탔다.

이래두 되는 건가?

내가 불안하게 두리번거리자 윤희는 웃으면서 말했다.

아마 곧 나타날 거예요. 그런데 물론 미혼이겠죠?

아직까지는 그렇습니다.

유니폼의 상의만 걸친 택시 운전기사가 천천히 걸어오는 게 앞창으로 내다보였다. 그네는 재빨리 말했다.

이제부턴 저만 말할게요.

기사가 우선 손님들을 살피고 나서 앞자리에 앉았다. 윤희는 행선지를 말했고 나는 눈을 감고 자는 척하고 있었다. 차는 꽁무니에 구름 같은 먼지를 날리며 비포장도로를 달려 고개를 넘어갔다. 목적지란 바로 이웃 군이었는데 한 이십분쯤 걸렸다. 읍내 어느 곳에나 비슷하게 생긴 차부에 당도하자 우리는 택시에서 내렸다. 윤희는 차부를 벗어나 읍내 어디에나 있는 중앙통을 앞서서 내려갔다.

여기서 버스를 갈아타는 게 낫겠어요. 택시를 타고 그냥 가두 되겠지만요. 직행버스를 타면 우리 학교까지 한 사십분쯤 걸릴 거예요.

지금 어디루 가는 거요?

따라만 오세요. 무릉도원이니까.

저녁에만 여는지 문을 굳게 닫은 퇴락한 창고 같은 영화관이 나왔다. 우리는 극장 앞의 정류장에서 버스를 기다렸다. 윤희가 말했다.

스케치하러 돌아다니다가 찾아냈죠. 거기 제 작업실두 있어요.

그러면 일루 옮기지 그래요. 학교까지 멀지두 않다면서.

곧 그럴 생각이에요.

버스가 천천히 다가왔다. 버스에는 무싯날이라 그런지 사람이 별로 보이지 않았다. 학생들 몇명과 아낙네 서넛이 각자 한 좌석에 한명씩 떨어져 앉아 있을 뿐이었다. 자리에 앉자마자 버스가 떠났고 차장 소녀가 비틀대는 걸음으로 표를 끊으러 다가왔다.

어디요?

갈뫼 두 장.

큰길에서 버스가 산줄기 사이로 난 좁은 길로 들어섰는데, 한쪽으로는 제법 깊은 계곡이 내려다보이고 산 위에서 녹아내린 물이 개천이 되어 드문드문 하얀 거품을 일으키며 흘러내려갔다. 낮은 언덕 위마다 농가가 한두 채씩 보였고 가지런하게 전정한 키 작은 과목들이 줄지어 서 있었다. 읍의 번성은 이 고장이 도에서 가장 많은 과수원을 가지고 있어서인 듯했다. 계곡 양편에는 좁다란 논이 계단식으로 층층이 보였고 개천가에 작년 가을 피어났던 억새가 하얀 술을 그대로 매달고 바람에 흔들렸다. 윤희와 나는 계곡 위에 시멘트 다리가 놓인 곳에서 내렸다. 버스는 우리를 다리 앞에 남겨두고 털털거리며 멀어져갔다.

　다리를 건너서 산굽이를 돌아나가자마자 두 산자락 사이에 가려 있던 시야가 한꺼번에 확 트였다. 마치 사람이 두 팔과 다리를 양편으로 벌리고 앉아 있는 것 같은 둥그런 산이 정면에 보였고 그 남향받이에 집 몇채가 띄엄띄엄 안겨 있었다. 길의 바깥쪽에서는 다리 건너 비좁은 산길 안에 이런 동네가 있으리라고는 누구도 알지 못하리라. 앞의 완만한 경사지에 과수원이 보였다. 계곡의 지류인 개천이 산에서 천천히 흘러내려오고 개천가에는 초가로 지붕을 이은 물레방앗간도 있고 과수원 너머 뒤편에는 짙푸른 대숲이 있었다. 이제 막 봄의 문턱이라 포근하고 흙냄새 풍기는 바람이 잔잔하게 불어왔다. 까치 한쌍이 말라붙은 열매 몇개를 매단 가지뿐인 감나무 끝을 오르내리며 쾌활하게 우짖었다. 윤희는 바람의 맛을 보려는 것처럼 흐음, 하고 깊은 숨을 들이마시더니 속삭이듯 중얼거렸다.

　여기가 갈뫼예요.

4

나는 지금 그곳으로 간다. 십팔년 전 태풍이 몰아치던 날 밤에 나는 서울로 떠났다. 윤희는 그 다리 앞까지 우산을 받쳐들고 따라왔다. 그네의 시골아낙 같은 꽃무늬 치마는 비에 젖었고 코가 오뚝한 고무신은 자꾸 벗겨졌다. 어둠속에서 마지막 버스의 앞등 불빛이 나타나고 맹수의 눈 같은 빛이 차츰 커지면서 땅으로 내리꽂히는 빗줄기들이 반짝였다. 멈춰선 버스에 오르기 전에 한번 뒤를 돌아보았다. 윤희는 뭐라고 말을 하려는 듯이 보였다가 팔꿈치는 굽힌 채로 한손을 들어 손목만 희미하게 흔들었다. 버스에 오르자마자 차가 출발했고 나는 기우뚱하면서 맨 뒤창을 향하여 빨리 다가섰다. 잠깐 우산을 받쳐든 그네의 몸 자취가 보이더니 어둠속으로 가뭇, 사라져버렸다.

지금은 포장이 깔끔하게 되어 있는 지방도로를 시외버스는 몇번 서지도 않고 달려갔다. 낯익은 고장에 이르자 나는 저간의 변화에 약간 속상하고 어리둥절한 느낌이 들었다. 차부가 아닌 버스터미널은 지금은 시로 변한 도심지 외곽에 있었다. 중앙로는 예전보다 훨씬 넓어진 데다 사오층짜리 건물들이 들어서고 이따금씩 십여층은 되어 보이는 빌딩들이 덧니처럼 솟아올라 있다. 나는 터미널에서 기다리고 섰던 택시에 올랐다.

어디 가쇼?

갈뫼까지요.

운전기사가 조금 난처한 기색이 되었다. 그는 아직 시동을 걸지 않는다.

왜요…… 무슨 문제가 있나요?

기사는 입맛을 쩝쩝 다시더니 기어를 넣고 출발했다.

문제가 아니라 거리가 어중간혀서 그러요.

그래두 한 이십여분 걸리지 않습니까.

그는 백미러를 통해서 내 쪽을 슬쩍 살폈다.

십분쯤이나 걸릴라나. 요금은 따불로 줘야지라우.

그럽시다.

어쩐지 불안한 생각이 들었다. 시내 중심가를 통과하면서 나는 사각형으로 반듯반듯하게 지어진 새 건물들이며 예전의 읍내 변두리 논밭이 널려 있던 자리쯤에 높직이 서 있는 고층아파트 단지를 바라보았다. 갈뫼는 예전 모습을 간직하고 있을까. 그러나 나는 운전기사에게 묻지 못한다. 매끈한 시멘트 도로는 시내 외곽으로 죽 벋어나가고 한길 가운데로 차선이 분명한 이차선이었다. 승용차며 화물트럭이 부산하게 오가고 있었다. 계곡 쪽에는 아직도 물은 흐르고 있는지. 야광 페인트를 바른 기둥과 난간이 시작되고 있었다. 논틀 밭틀이 있고 과수원이 있던 언덕에는 새마을공장이 들어서 있었다.

다리가 그대로 있다! 한데 모양이 달라진 것 같다. 꽃봉오리 형상으로 다듬은 얌체처럼 깔끔한 난간 돌기둥이 보였다. 택시는 산자락 비좁은 길이 아닌 밋밋한 둔덕길을 잽싸게 돌아들었다. 첫 어귀에 나무 기둥이 보이고 그 위에 현판처럼 걸어놓은 널판자에 검은 글씨로 '갈 뫼가든'이라는 글자가 먼저 보였다. 산자락의 오른편에 있던 과수원들은 없어지고 울긋불긋한 지붕의 주택단지가 생겨났고 간판이 몇개 더 보인다. 통나무주택이며 별장 모양의 테라스와 통창을 낸 하얀 집도 있었고 지붕이 묘하게 샛노란 초가집도 있었다. 승용차들이 곳곳에 서 있고 지금 내가 타고 가는 택시 앞에도 검은색 자가용이 서행을 하고 있다. 차창으로 앞자리에 나란히 앉은 남녀의 뒤통수가 보였다.

왼편으로 과수원이 보였지만 절반쯤은 없어져버렸다. '전통찻집 토담'이란 글자가 보이고 옛날 탱자울이 있던 교감선생네 본채는 그 건물에 가려 보이지 않았다. 나는 차에서 내려 언덕길을 천천히 걸어올라갔다. 토담찻집 앞을 지나면서 안을 보니 손님들이 몇 자리를 차지하고 앉아 있었다. 거기까지가 시멘트로 덮인 새마을도로였고 예전 오솔길은 그 집 뒤에서부터 그대로 남아 있었다. 탱자 울타리가 여전히 새파란 집 한채가 보였다. 나는 가슴이 두근거리기 시작했다. 조금씩 그 길로 아끼듯이 다가섰다. 집채에 매인 누렁이가 꼬리를 흔들면서도 컹컹 짖는다. 펌프가 있던 자리에는 상수도가 보였고 집은 옛날 그대로의 귀틀마루를 길게 붙인 남도식의 일자 기와집이었다. 인기척이 없이 마당은 비어 있었다. 나는 마당가에 서서 기웃거렸다.

누구를 찾소?

뜻밖에도 뒷전에서 사람 소리가 들렸기 때문에 나는 놀라서 얼른 돌아섰다. 거기 낯익은 얼굴이 보였다. 그렇지만 차츰 이지러지고 닳아가는 집안의 살림도구같이 그 얼굴은 변했다. 그네는 아무래도 미심쩍은지 눈을 사르라니 뜨고 나의 아래위를 찬찬히 살폈다. 교감선생의 부인인 순천댁이 거기 서 있다. 나는 절을 꾸벅 한다.

사모님, 안녕하셨습니까.

누구시게라오? 알 듯 알 듯하면서 모르겠네.

저어…… 고시공부 왔던 사람입니다.

지금은 다 알고 있겠지만 윤희는 자신의 동행자를 고시공부하는 애인이라고 소개했던 터였다. 순천댁이 먼저 입을 벌리고 나서 자기 손바닥을 가볍게 두드렸다. 그러고는 소리를 입밖으로 내질렀다.

오메 오메, 이게 시방 누구여. 오선생…… 오현우씨 아녀?

그네는 내 손을 잡고 두 손으로 연신 쓸어내렸다.

고생 많았지라. 헌디 은제 나왔다요, 시상에…… 한선생도 못 보고.

순천댁이 나를 이끌어 마루 위에 앉혔다. 나는 마루 위의 벽에 액자처럼 걸려 있는 사진틀을 공연히 올려다본다. 그 안에 여러 장의 낡고 누렇게 퇴색한 사진들이 보였다. 그네는 그렁그렁한 눈으로 나를 잠시 건너다보았다.

한선생 동상 되는 이가 한번 왔습디다. 어찌 해를 걸른다 함서도 어디 외국에 나간 중 알었제. 이런 날도 못 보고 어뜨케 눈을 감었을까.

나는 다소곳하게 고개를 숙이고 그네의 푸념이 끝나기만 기다렸다. 그러다가 담길 쪽을 내다보며 한마디 했다.

여기두 많이 변했습니다.

암은, 변하다마다. 돈이 무섭지.

교감선생님은……

그 양반 풍 때문에 고생허시다 진작 돌아가셨소. 첫찌허구 둘채는 대처로 나가불고 시방 막내 데꼬 안 사요. 조오 아래 토담집이 우리 막내메늘애가 벌어묵자고 허는 디.

말수없고 두꺼운 안경을 쓸 정도로 근시에 약간의 약점이 있다면 술을 좋아하던 주인장은 인근 면의 초등학교 교감선생이었다. 나는 코가 뭉툭하고 눈이 가느다란 그이를 좋아해서 산 너머 방죽으로 여러번 낚시를 갔다. 겉으로 표현은 하지 않았지만 내가 고시공부하러 온 사람이 아니란 것은 어렴풋이 눈치를 채고 있었다. 언젠가 군에서 호구조사를 나왔을 때 나를 집안 조카라고 변명해준 적도 있었다.

어여 올라갑시다. 점심밥은 자셨소?

예, 진작에 먹었습니다. 그보다는 뒤채에 가보고 싶은데요.

으응, 거기 그대루 있제. 한선생이 삼년 전에 싹 고쳐놨소안. 그 집이랑 터알은 오래 전에 그니가 사부렀고. 즈그 동상이 둘러보고 가기는 혔는디 어찌 할랑가는 우리도 모르지라.

순천댁이 앞장서서 문을 나가 본채의 탱자울 옆으로 올라가는 오솔길에 들어섰다. 대숲 사이로 뒤채 건물이 희끗희끗 들여다보였다. 감나무, 밤나무, 오리나무 등속이 집 주변 여전한 자리에 낯익은 모습으로 서 있다. 마당으로 들어서니 거기도 상수도가 보였다. 시멘트로 턱을 만들고 나지막한 물받이와 수채도 있었다. 순천댁은 공연히 수도를 틀어 보였다. 물이 콸콸거리며 쏟아져나왔다.

보소, 겨울도 춥지 않응께 얼지도 않았네. 한 십년 다 되어가나, 동네서 돈 걷어갖고 샘도 파고 발동 뿜뿌도 들여놓고 혔는디.

마당에는 길게 자라난 잡초들이 누렇게 말라붙은 채로 바람에 한들대고 있었다. 내가 공사를 했던 흔적이 보였다. 원래 이 집은 과일 저장고로 쓰이던 곳이었다. 우리가 기거를 하게 되면서 절반을 나누어 한켠은 방을 들이고 나머지는 윤희의 작업실로 만들었던 터였다. 방을 들일 제 남은 구들돌을 낙수받이로 쓸 겸 통행로를 만들 겸 해서 방 앞의 쪽마루에서 집 둘레와 뒷간 가는 길까지 한걸음마다 박아두었던 것들이 잔풀에 둘러싸여 제대로 자리를 잡고 있었다. 그냥 시멘트 블록인 채로 있던 벽은 아마 단열재를 대고 다시 발랐는지 벽돌로 바뀌어 있었고 그 위에 흰 페인트를 칠했다. 쪽마루와 방문으로 쓰던 격자창은 그대로였는데 창호지 가운데 끼웠던 창경도 그대로 붙어 있다. 나는 방문을 열어보았다. 뒷산이 보이던 들창은 유리창으로 바뀌어 있다. 비닐장판이던 바닥에는 장판지를 발라 콩댐을 했는지 은은한 윤기가 남아 있고 동편 벽에 내가 읍내 가서 각목과 널판자를 사다가 대패로 밀어 만들었던 까치발과 이층선반이 그대로 있었다. 선반 위에는 낡은 책들이며 보자기에 싼 허드레 물건들이 보였다. 나는 다시 그녀가 작업실로 쓰던 칸으로 가본다. 예전의 널문 대신에 유리가 달린 새시를 달아서 안이 들여다보였다. 바닥은 시멘트였고 방에서 드나들 수 있는 쪽문과 사람 하나 또는 밥상 하나 놓을 만한 찬마루가 있었건만, 실내 전체에 마루를 깔고 부뚜막이 있던 자리에 싱크대를 놓았다. 작업실에는 세 개짜리는 되어 보이는 연탄난로가 하나 있었고 소파와 의자도 보이고 이젤이며 캔버스며 물감으로 얼룩진 통이며 판들이 널려 있었다. 나는 뒷전에서 따라다니던 순천댁에게 말했다.

저어, 한 며칠 여기서 쉬었다 갈까 하는데요……

아믄, 맘대루 허슈. 이 집이야 오선생 집이나 한가진께. 불을 때야 쓸 것인디.

방에 보일러를 들였나요?

아녀, 그냥 옛것대루 놔두라고 혀서…… 부뚜막을 없애고 아궁이를 저 뒤에 냈고만이라.

집의 오른편으로 돌아가보니 벽에다 받침대를 대고 슬레이트 지붕을 얹은 엇걸이칸이 보였다. 아궁이는 검게 그을은 양철조각으로 입구를 막아놓았고 안쪽에는 북편으로 바람이 들이치지 않게 벽을 세웠는데 장작이며 잔가지 불쏘시개가 한짐 그득히 쌓여 있었다.

우리 아그들이 오거나 손님이 들면 이 방을 간혹 썼제. 몇달 동안 비어 있었응께 방청소는 해야 쓴디.

빗자루하구 걸레만 빌려주시면 제가 하지요.

아이고, 멀 그려. 오선생은 산뽀나 핑허니 댕겨오소. 내가 다 치울 팅게.

아닙니다. 저 혼자 하겠습니다.

그렇게 말하고 나서 순천댁의 고집을 막느라고 좀 강하게 이었다.

청소하면서 그 사람 생각두 해보려구요.

역시 그네는 순순히 물러났다.

이이, 그려…… 그렇겠고만이라.

나는 작업실의 뜰층계 위에 신발을 벗어두고 새시문을 열고 안으로 들어갔다. 마루의 냉기가 차갑게 올라왔다. 그런데 어디서 은은하게 화아 한 송진냄새가 났다. 가만있어, 기억이 나는데. 이게 무슨 냄새였지? 테르…… 테르펜 냄새. 윤희가 두세 개의 붓을 쥐고 튜브에 짜놓은 물감을 갤 때에 부어놓던 기름이다. 윤희에게선 언제나 그 냄새가 났다. 바지와 앞치마에도 그 냄새는 물감과 함께 색색가지로 엉겨붙어 있었지. 나는 화판을 주워들었다. 물감을 묻히고 나서 고르게 하느라고 몇번 터치를 해본 그네의 붓자국이 그대로 남아 있었다. 붓털의 자국도 섬세하다. 나는 화판 든 손을 가늘게 떨었다. 윤희의 손짓이 느껴졌기 때문이었다. 주둥이가 말라붙은 채로 쭈그러진 물감 튜브들에도 그네의 손가락 흔적들이 남아 있었다. 나는 벽 구석에 차곡차곡 쌓아둔 캔버스들을 책장처럼 들추며 안쪽의 것들을 살핀다. 제일 안쪽에 한 이십호짜리의 그림을 찾아낸다. 그러고는 비어 있던 이젤 위에 얹어놓았다.

두 사람의 얼굴을 크고 작게 거의 간격이 없이 그려놓았다. 왼편에 있는 얼굴은 나였다. 내가 그림에서 입고 있는 셔츠는 흰 바탕에 푸른 바둑무늬가 찍힌 반소매 남방이었다. 바깥세상에서의 마지막 여름이었지. 그때에는 모두가 긴 머리를 하고 있어서 그림 속의 나도 길게 자란 뒷머리가 셔츠의 깃 뒤로 삐져나와 있었다. 눈에는 짙은 음영이 칠해져 있고 움푹 팬 볼은 당시의 고뇌를 드러내고 있는 것 같았다.

배경은 어두운 빨강이 주조로 깔리고 코발트의 푸른 붓자국이 세로로 그어져 있어서 음울한 분위기가 더 강조되어 있었다. 처음에는 내 얼굴 옆으로 창호지를 바른 격자창문이 그려져 있었는데 그 위에 회색이 덧칠해지고 윤희는 편지에 쓴 것처럼 자기 얼굴을 그려넣었다. 나는 이제 새삼스레 근년의 그네의 모습을 바라본다. 윤희는 내 얼굴을 그리던 때와는 달리 훨씬 투박하고 굵은 터치로 색을 덧붙이듯 표현을 해놓았다. 머리는 드문드문 회색이었고 눈은 검은 선이 몇개 겹쳐 있는 것으로 그 뒤의 표정을 멀리 느끼게 해놓았고 광대뼈는 강조되었다. 뺨에는 여러 겹의 서로 조금씩 다른 물감이 덧칠해져서 그네의 쇠락한 젊음과 인상의 깊이를 동시에 느끼도록 해주었다. 그러나 내가 언제나 좋아했던 저 웃을 듯 말 듯한 입가의 묘한 미소는 입술의 곡선과 볼의 볼륨으로 섬세하게 드러나 있었다. 그네는 바라보는 나를 향하여 웃음을 머금고 이윽히 마주보고 있었다. 서른두살의 젊은이와 사십대 중반의 여인은 서로 다른 색깔의 배경을 등지고 나란히 서서 나를 바라보고 있었다.

나는 순천댁이 청소도구를 갖다준 뒤에도 이젤 앞에 오랫동안 앉아 있었다. 한기가 느껴질 즈음에야 나는 난로를 피우려면 연탄을 가져가라던 순천댁의 말이 생각나서 의자에서 일어났다. 오솔길을 내려가 아래채로 가니 순천댁이 부엌에서 내 쪽을 내다보며 손짓했다.

연탄 피워놨응께 요놈 갖구 가요.

연탄 두 개를 넣을 수 있는 양철통과 집게를 저어 보이면서 순천댁은 말했다.

우선 두 개로 불 피워놓고 군불 때고 허면 따땃하겠고만이라. 연탄은 우리 애보러 날라주라고 헐팅께.

아닙니다. 제가 이걸루 한두 장씩 나르지요.

저녁은 내레와 묵소 잉.

불 지핀 연탄을 양철통에 담고 집게에 새 탄 하나를 집어들고 올라
갔다가, 다시 내려와서 이번에는 양철통에 한꺼번에 네 개를 겹쳐 담
고 올라갔다. 그런 식으로 연탄 열두어 장을 날라다가 아궁이 앞 엇걸
이칸에 쌓아두었다. 아래에 불 피운 연탄 두 장을 먼저 넣고 새 탄을
두 장 얹었다. 나머지 칸은 둥글게 비어 있었지만 네 장이면 충분할
것 같았다. 불이 붙었는지 실내가 훈훈해지기 시작했다. 나는 싱크대
에서 살림도구들을 꺼내어 점검해보았다. 아니 그보다는 윤희의 흔적
을 살피고 있었을 것이다. 밑이 검게 그을은 주전자도 꺼내어 싱크대
까지 끌어온 수도의 물을 가득 담아 난로 위에 얹었고 개수대에 물을
받아 걸레를 빨았다. 어린 시절 학교에서 청소하던 식으로 이 끝에서
저 끝까지 허리를 구부리고 엎드린 채 죽죽 밀어나갔다. 걸레는 몇번
왕복하지 않아 시커멓게 더러워졌다. 캔버스들과 화판과 붓과 말라붙
은 물감들과 온갖 잡동사니들을 구석으로 밀어내고 탁자 위에 아무렇
게나 쌓아놓은 스케치북들을 치우다가 나는 일손을 멈추었다. 문득
그녀가 연필이나 콩테로 그어놓은 손의 흔적들을 보고 싶다는 생각을
했던 것이다. 에스키스가 계속되거나 글을 쓰며 화상을 구상한 듯한
흔적들이 보였다. 한 인물, 비슷한 물체가 이리저리로 몸을 굴리거나
구부리거나 위치와 방향을 바꾼 형상을 거미줄 같은 선으로 겹치게
묘사한 그림들이 계속되었다. 이상한 만화처럼 눈과 작대기 같은 다
리만 달린 기호 같은 형상이 이야깃거리를 암호처럼 가득 담은 여러
도구와 장치들 사이에 있는 비슷한 장면들이 계속되고. 여러가지 낙
서가 가득 찬 벽이 끊임없이 이어져 다음 장에도 또 다음 장에도 벽은
길게 이어지고. 그리고 낙서가 대사처럼 아래 휘갈겨 있기도 하고.

커다란 철장 속에 있는 작은 철망에서 죄수는 면회자와 번쩍이는
이중의 철망을 사이에 두고 이야기해야 합니다. 그때 일주일 단식을

하고 나니 간수장이 면회실로 나를 데려갔습니다. 어두워서 나는 중심을 잡으려고 양손을 짚고 철창에 매달렸습니다. 마치 동물원에 있는 원숭이처럼 말입니다. 면회실의 어두운 구석에서 오빠는 얼굴을 바짝 들이밀고 나를 찾았습니다. 로자, 어디 있어? 하고 그는 나를 계속 불렀습니다. 눈물이 안경과 뒤범벅이 된 채로 자꾸 눈을 훔치며 나를 불렀습니다.

아, 그가 오히려 나를 면회해주었으면 싶을 때가 있다. 그래서 그가 정성스럽게 유릿조각을 붙여둔, 먼지로 흐려진 창경을 닦고 나무 사이로 내다뵈는 오솔길 아래 과수원길을 들여다본다. 그가 걸어오고 있는 게 아닌가 하여.

어느 한순간도 무장을 풀지 않고 명예로운 상처가 아물 날이 없이 더욱 확고한 신념으로 살았더라면! 한번밖에 추방당하지 못하고 인간적 두려움에 세월을 낭비하고 살아온 날들이 후회스럽구나. 단 한번이라도 더욱 용감하게 살았더라면!

로자는 이 시가 자신의 비문이 되기를 바란다고 편지에 쓴 적이 있었다고 한다. 그러나 뒤에 그네는 자신을 비웃듯이 고쳐서 썼다.

마틸드, 너는 나를 심각한 사람이라고 생각하지 않지? 그러면 아마 웃음이 나올 거야. 나의 무덤 위에는 거짓말이 새겨져서는 안돼. 나의 무덤에는 '지지배배'라고 두 마디만 쓰면 될 거야. 이건 작은 새가 지저귀는 소리야. 나는 그 새가 지금 이리로 날아오고 있기 때문에 그 소리에 익숙해 있어. 그 소리는 항상 또렷하고 예쁘고 비늘처럼 빛을 낸단다. 한번 생각해보렴. 언젠가 '지지배배' 하고 조그맣게 지저귀는 소리가 들려올 거야. 그게 무슨 소린지 아니? 그건 살랑살랑 첫봄이 오는 소리야. 눈과 서리가 내리고 고독할 때에도 우리들 작은 새와 나는 봄이 올 것을 믿지. 만약 내가 기다리다 못해 봄이 오는 걸 보지 못하고 죽는다면, 나의 무덤에는 '지지배배'라고만 쓸 것을 넌 잊어서는 안돼.

로자 룩셈부르크는 국민방위군의 장교들에게 개머리판으로 뒤통수를 맞고 개처럼 쓰러졌다. 이미 정신을 잃고 쓰러진 그네의 머리를 중위가 권총으로 한발 쏘아 확인사살을 했다. 그들은 로자의 시체를 트럭에 싣고 가다가 티어가르텐 근방의 란트베어 운하에 던져버렸다.

그네의 기념비에는 '지지배배' 하는 작은 새의 노래는 기록되어 있지 않다. 누군가 던져둔 로자의 상징, 붉은 카네이션 몇송이가 말라붙어 있을 뿐. 베를린 시절, 나는 티어가르텐에서 간단히 요기를 하곤 했다. 기념비에서 멀지 않은 벤치에 앉아 작은 빵 브뢰트헨을 먹던 생각이 난다.

나는 언제나 이곳으로 돌아올 거야. 그리구 풋내기 시인에게 맛난 걸 해줄 거야. 그가 돌아온다면 그리고 내가 나중까지 남아 늙은 그를 임종해줄 수 있다면. 허나 우리가 처음에 내디뎠던 그 첫걸음은 도대체 지금 와서 무엇이었을까. 눈에 밟힐 듯한 꿈이 점점 연기처럼 빠져 달아나고 어느 한 대목 똑똑히 떠오르는 장면 하나 없을 때 이 막연함을 사랑이라고 부르다니. 어느 할머니의 입말을 그대로 적어본다.

꿈꾸믄, 자다 깨구 나믄 다 잊어버려. 요즘에는 쪼금 정신두 젊어서와 같지 않은가봐. 아유 숭칙해라, 우쩔라구 이런 꿈이 꿔지나? 그르다가 가리사초를 못 잡어. 암만 생각할라 그래두 먼첨 야중 이걸 맞출

72

래믄 안 맞아져. 죽은 사램덜을 좀 봤이믄…… 그른데 꿈에 죽은 사램 보믄 아주 더 싱거워. 이거 호박뎅이 보는 거 같어, 멀거니. 저기 지나가는 개는 제 식구 보믄 꼬리치잖어? 이건 멍청히 가는 게 개만 못해여. 말이 통허질 않으니께.

먼 세상을 지나 여기 다시 돌아왔지만 갈뫼는 사라졌다. 집을 고치기로 작정하다. 선반 위에서 나의 옛 편지를 발견하고 오랫동안 다시 읽었다. 유치하고 꿈도 많기도 해라. 아궁이에 쑤셔넣으려다가 다시 간직하기로 한다. 그들 두 젊은 남녀는 스쳐서 지나간 계절풍처럼 오늘은 존재하지 않는다.

어쩌면 이렇듯 상반된 정신이 있을 수가. 보슈와 브뤼겔의 화첩을 하루 종일 들추어보다. 보슈의 절망적인 지옥의 악몽과 브뤼겔이 그린 생활하는 자의 당당한 실경은 같은 몸뚱이의 앞과 뒤이다. 밭 가는 농부와 소와 대지로 가득 찬 화면의 왼편 구석 위에 한뼘쯤의 바다가 조금 보이고 그 안에 보일락말락 사람이 거꾸로 빠진 것 같은 두 다리가 보인다. 그래놓고 '이카로스의 추락'이라니. 양초 날개를 달고 너무 높이 올라갔던 이상주의자의 추락은 이렇듯 생활 앞에선 볼품없는 비극이다.

그가 놓았던 마당의 징검돌을 한 걸음씩 디디며 돌아다녀보다가 제자리에 서서 돌 하나를 뒤집어보기로 하다. 징그럽고 오묘하기도 하여라. 지렁이가 세 마리, 쥐며느리는 와글와글, 푸른 이끼도 몇점, 돌 틈서리로 억지로 솟아나와 있던 제비꽃의 흰 뿌리가 그 축축한 땅 밑에 깊숙이 박혀 있는 것도 보인다. 나는 이 작은 우주를 건드려놓은 걸 후회했다. 돌을 다시 제자리에 고스란히 비뚤어지지 않게 조심해서 놓으며 세상에 대하여 잠시 생각하다.

그림, 까짓 게 뭐야. 다시 그리나 봐라. 부질없는 무수한 실수. 한자 말은 재미있어, 손을 잃은 흔적이라니. 오늘부터 다시 그에게 옛적의 편지에 이어서 쓰다.

나는 윤희의 스케치북을 접어놓고 방청소를 끝내버린다. 아무래도 방에 불을 넣을 생각이 나서 쪽마루로 해서 아궁이 쪽으로 나갔다. 아궁이에 우선 잔솔가지를 겹쳐넣고 라이터로 불을 살렸다. 작은 짐승처럼 꼬물거리며 살아난 불꽃이 화르르 위쪽으로 붙어올라갔다. 나는 좀더 굵다란 나뭇가지들을 꺾어서 서로 엇갈리게 위에 얹고는 장작 두어 개를 그 위에 걸쳐두었다. 마른 것들이라 별로 연기도 내지 않고 불이 붙어올랐다. 장작을 몇개 더 얹는다. 곧 번진 불길이 아궁이에 환하게 차오르고 따스한 온기가 쭈그리고 앉은 내 사타구니로 번져왔다. 나는 불꽃을 무심하게 들여다보았다. 불꽃머리는 살아 있는 생물의 혀처럼 널름거리며 아궁이 주변을 핥고 부넘기를 넘나들었다.

처음 여기 오던 날 윤희는 돌아가지 않았고 나와 함께 이 아궁이 앞에서 불을 땠다. 서로 불을 때겠다고 우기다가 결국은 같이 불을 살리기로 결정을 했다. 불 때는 일이 얼마나 재미있는 줄 아느냐고 그걸 누가 모르냐고 하다가 매운 생솔가지 연기 때문에 기침하고 눈물 흘리고. 그러다가 연기냄새와 어둠속의 불빛 때문에 아늑해져서 몸이 서로 가까워지고.

그때에는 전기도 없어서 양초 하나로 방을 밝혔다. 그 집을 쓰게 된 지 한달이 넘어서야 본채에서 전기를 끌어다가 형광등을 달았는데 우리는 촛불이 더 좋았다고 서로 이야기하곤 했다. 주인집에서 얻어온 밍크담요 두 장으로 밤을 지냈는데 구들이 절절 끓어서 더울 지경이었다. 우리는 담요 한장씩을 차지하고 일정한 간격을 두어 방의 벽 이 쪽과 저쪽으로 떨어져서 잤다.

　아궁이에 군불을 넣고 다시 들어와 방 걸레질을 끝내고 나니까 해가 이미 기울어서 바깥이 어둑신해져 있었다. 형광등 불빛에 창호지는 훨씬 하얗게 되고 유리 창경은 까맣게 변했다.

5

저녁을 먹고 나서 막내네가 한다는 전통찻집 토담에 내려가 모과차 한잔을 마시면서 이제는 서른이 넘었다는 예전의 토끼 소년과 낯을 익혔다. 윤희와 나는 교감선생네 막내를 읍내에 심부름도 보내고 용돈도 주고 하면서 귀여워했다. 앞니 두 개가 좀 튀어나와 보이고 눈이 동그래서 산토끼 같다고 윤희가 놀리곤 했던 것이다. 왜 언제나 아잇적에 보았던 인물을 어른이 되어 만나면 누구나 실망하게 되는지. 미래가 확정되지 않은 데서 오는 욕망의 어두운 그림자가 전혀 담기지 않은 아이의 영리함이며 순진함이며가 그야말로 덧없이 사라지고, 성인이 되면서 어느 결에 좀 피로한 듯한 교활함이 살갗에 실리는 것이다. 토끼는 전혀 수줍어하지 않았다. 아니 오히려 경계하는 듯, 또는 중늙은이로 돌아온 나를 약간 냉소하는 듯이 보였다. 그는 내가 갈뫼의 변화가 서운하다는 말을 하자 단호하게, 현실을 몰라서 그러지라, 개발이 더 돼야 씁니다,라고 말했다. 그의 아내인 순천댁의 막내며느리는 읍내에서 학업을 그치고 도시에는 못 나갔지만, 이를테면 광주 나들이가 잦은 아낙네로 보였다. 그들은 나를 아저씨라고 불러서 그나마 저희 부모들과의 오랜 관계는 인정하는 것처럼 보였다. 나는 나오면서 처음으로 담배 한갑을 샀다.

담배를 뜯고 한개비 뽑아서 물어본다. 저 안에서 눈 오는 날, 시멘트 벽에는 성에가 녹아 물방울이 맺히고 마루의 냉기가 무릎으로 스며들 때 가끔 따끈하게 데운 정종대포 한잔이 생각났었지. 야간근무하러 들어온 담당이 머리가 갑자기 돌아서 그것 한잔을 식구통으로 슬쩍 들이밀어주는 상상을 했다. 변소에 들어가 쇠창살이 가로막은 창문으로 눈이 펑펑 쏟아지는 하늘을 보면 내 입김이 마치 담배연기처럼 허공으로 흩어져갔다. 그런 날에 정종대포 한잔과 담배 한대가 있었다면.

밤이 되자 이제부터 봄이 오는 소리로 골짜기는 잔잔한 가운데 깨어나기 시작했다. 가까운 데서 시냇물 소리가 들려왔고 소슬바람이 댓잎을 건드리고 지나는 소리가 끊임없이 들려왔다. 이제 설레는 가슴을 진정하며 나는 선반 위에 쌓여 있던 보자기에 싼 무엇인가를 방바닥에 내려놓고 앉아 있었다.

보자기 안에서 낯익은 물건이 나왔다. 요즈음은 사회로부터 납품을 받기 때문에 디자인이나 그림이 세련된 연하장을 교무과를 통해 구입할 수 있지만, 그전에는 인쇄와 지질이 조잡한 연하장을 일괄 구입해 쓸 수밖에 없었다. 소나무와 학이 그려진 연하장인데 그러니까 그것은 내가 검거된 지 얼마 안돼서 구치소에서 보냈던 게 분명했다. 반으로 접힌 카드를 열었다. 서른두살의 내가 거기에 변색된 볼펜 글씨로 정지되어 있었다.

윤희에게

처음 여기 오던 밤에 나는 뻥끼통 위에 올라서서 먼 어둠속 허공에 몇점씩 빛나는 별을 보았소. 별인 줄 알았다가 산동네 가난한 창에서 보내는 불빛임을 이튿날에사 알아보았소. 초저녁에는 산허리에 불빛이 가득하더니 밤이 깊고 새벽이 가까울수록 한점 두점 사라져 저만큼 하나, 다시 저어만큼 하나씩. 그제사 창이 다시 별이 되는 연유를 새겨봅니다. 잠들지 못한 마음 별이 되는 지금, 내 것도 저기서는 별이 되겠지요.

그 무렵에 내가 보낸 몇장의 엽서도 있었다. 아마 그네도 답장을 했을 테지만 나에게는 들어오지 않았다. 그러고도 선거를 통한 정권이 바뀔 때까지 오랫동안 소식이 끊겼다.

보고 싶은 윤희
재판이 끝났습니다. 결과는 이미 당신도 알고 있겠지요. 무기징역이 선고되었습니다. 나는 아무런 실감도 느끼지 못했소. 출정 갔다가 돌아오는데 전담반의 계장이라는 사람이 나를 부릅디다. 그는 독실한 기독교인인데 나에게만 아니라 사형언도를 받은 살인수에게도 그런다고 하더군. 그가 내 손을 잡고 하나님께 기도를 했소. 뭐라고 했는지 내용은 잘 생각나지 않아요. 방에 돌아와 벽에 써 있는 앞선 수감자들의 낙서를 보면서 나는 좀 생각해보았소. 거기 이런 구절이 적혀 있더군. '존재하는 것은 행복하다.' 갑자기 시간이 멈추어버린 것 같았어요. 나는 이틀 밤낮을 계속 잤는데 자고 일어났는데도 날이 가지 않은 듯하여 사흘째에는 밤새 서성이며 새우고 말았습니다. 인생이 없어져버렸다고 생각하다가도 오래 견디려면 여길 '집으로 삼아야 한다'고 마음을 다잡아봅니다.

나는 내 엽서를 다시 읽다 말고 허씨와 최군을 생각했다. 벌써 그들의 이름은 가물가물 생각이 나질 않았다. 그들은 둘 다 사형수였다. 허씨는 사십대 초반이었는데 팔년째나 형집행 대기중이었으니 아마도 내 나이쯤에 들어왔으리라. 허씨는 나와 같은 독거수라 일반 사동에 있는 독방에 나란히 갇혀 지냈다. 다른 사람들이 세면장에서 목욕을 할 때에 우리 둘은 직원 화장실에 물통 두 개를 들여놓고 더운물을 가득 담아 증기탕을 하곤 했다. 허씨는 체격이 크고 힘이 좋아서 때를 잘 밀었다. 그는 물통에 하반신을 담그고 염불을 외우곤 했다. 허씨는 항상 봄이 되면 우울하게 움츠러들어서 거의 말도 않고 지냈는데 대개 철이 바뀌거나 특히 겨울을 난 새봄에 집행을 많이 하기 때문이었다. 그는 들어오기 전에 절에 갖다 맡긴 딸이 걱정되어서 밤에 혼자 울었는지 어느날 아침에는 눈이 퉁퉁 붓고 눈알이 붉게 충혈되어 있곤 했다. 내가 겉으로만 걱정하는 기색으로 '뭐 이렇게 오래 기다렸는데 사면이야 되겠지요' 하면 무표정하던 얼굴을 일그러뜨리고 억지로 웃으면서 '얼른 가야지 다른 사람들 고생 안 시키고' 아무렇지도 않게 중얼거렸다. 나중에 옮겨온 최군은 얌전하고 똑똑한 청년이었다. 홀어머니가 면회를 다녔는데 그는 손목에 어머니가 보리수로 직접 깎아준 염주를 차고 있었다. 그들을 잊을 수 없는 것은 나는 그들의 죽음을 하루 전에 미리 알았기 때문이다. 전담반에서 면담이 있다고 해서 오후 운동시간을 빼먹고 찾아가니까 계장이 무슨 서류에 정신을 파느라고 책상 위에 코를 박고 있었다. 그는 내가 그의 등뒤에서 기다리고 섰는 줄도 모르고 열심히 들여다보고 있었다. 나는 무심코 그의 어깨 너머로 이름이 죽 적힌 명단을 보았고 거기서 허씨와 최군의 이름도 보았다. 뒷전에서 인기척을 느낀 계장은 당황해서 얼른 서류를 뒤집어놓고는 회전의자를 돌려서 내 쪽으로 돌아앉았다. 뭘 하는 거요? 아무렇지도 않게 물었더니 그는 아직도 긴장이 덜 풀린 얼굴로 주위를 돌아보고는 말없이 한손을 쳐들었다. 계장은 쳐든 손을 칼처럼 빳빳이 펴서 목을 치는 시늉을 해 보였다. 나는 대뜸 짚이는 게 있어서 입짓으로만 '언제?'라고 속삭였더니 그도 입짓으로 '내일'이라고 말했다. 나는 방으로 돌아와 이제 죽음의 눈으로 허씨와 최군의 일상을 지켜볼 수밖에 없었다. 저녁 먹고 나서 통방시간에 최군은 내게 사주를 물었다. 그는 책에서 보았다는 자신의 사주풀이를 말했다. 그는 수십 년 후의 말년 운수를 말했고 나는 이제 몇시간 남지 않은 그의 목숨에 대하여 생각했다. 그 기억은 오랫동안 가슴에 남았다. 바로 그날 새벽 기상시간이 되자마자 허씨가 목탁을 두드리며 아침예불을 드리기 시작했다. 나도 일어나 서성이며 지장보살을 중얼거렸다. 내가 먼저 아침운동 시간을 가졌고 그들은 점심시간 직전에 운동을 했다. 교도관들을 통해서 분위기가 전달이 되었는지 아니면 사람이 가진 예지 때문인지 최고수들은 물론 일반수들도 뭔가 알 수 없는 불안감에 짓눌려 온 사동 전체가 고요하게 가라앉았다. 나는 내 방에서 정좌하고 기다렸다. 밥 많이 먹어라, 식사 야마 야마로 많이 해요. 사동이 떠들썩하게 서로 인사 나누는 소리도 그날은 없었다. 먹고 죽은 귀신 때깔도 곱다더니 밥먹여 데려간다고 점심식사가 끝나자마자 빨간모자들이 들이닥쳤다. 모두 쥐죽은 듯 조용했다. 먼저 허씨가 끌려나오는지 투덜대는 소리가 들렸다. '보기 숭허게 잔뜩 멕여서 매달 건 뭐야, 이럴 줄 알았으면 주스만 먹잖아.' 그리고 그는 내 방 앞 시찰구 앞에 섰다. '오형, 나 먼저 가우. 먼 훗날에 만납시다.' 그가 지나가고 이어서 최군이 시찰구 앞에 조용히 선다. '이, 이거…… 가지세요. 울 어머니한테 편지나 한장 써주세요.' 그가 내민 건 보리수 열매로 만든 염주였다. 나는 허씨와 최군을 마치 혈육처럼 잊지 못했다. 일찍이 무기수의 시간을 터득했기 때문이었다.

윤희 보세요.

이제 내일 모레면 이감을 갈 거요. 거기에 가면 내가 무기수이니 아마 다른 데로 움직이지 못하고 말뚝 박고 살게 될 거라고 합니다. 속상해하지 마시오. 좀 짓궂게 말하자면 거기에 있는 내 독방이 나의 관이 되는 셈이오. 면회와 편지도 직계가족 외에는 안되고 책도 제한을 심하게 받게 되오. 우리의 조직사건이 처음부터 무리라는 건 변호사들도 말했으나 정치적 희생자로서 우리들의 사건이 유용하다는 것입니다. 검열 때문에 더이상 뭐라고 쓰지 못하겠소.

여기선 여인이 인생의 갈 길을 다시 찾는 것을 고무신 거꾸로 신는다고 하오. 어느 전과 많은 절도범이 눈물로 범벅이 된 얼굴을 숙이고 찌그러져서 들어오니까, 모두들 그럽디다. 마누라가 고무신 거꾸로 신었다고. 나를 욕하지 말아줘요. 내가 여기서 보낼 시간이 너무 많아 그러니, 제발 윤희도 고무신을 고쳐 신기를 바라오.

지금 와서 생각하면 갈뫼에서의 우리 생활을 단 몇달이라도 연장했더라면 하는 안타까움도 있어요. 아니 단 몇주일이라도. 오늘 단 하루만이라도.

내가 보냈던 몇장의 엽서가 있었으며, 크기는 비슷하지만 지질과 제책의 모양이 서로 다른 노트가 한 스무 권쯤 쌓여 있었다. 노트에는 나중에 붙였는지 번호가 씌어진 스티커가 붙어 있었다. 나는 첫번째 노트를 들췄다.

오늘은 당신이 떠난 지 일년이 되는 날입니다. 나도 그동안에 변화가 좀 있었어요. 제일 먼저 학교에 나가는 일을 그만두었습니다. 즉 교사를 그만둔 거죠. 지난 겨울방학 때에 사직을 하고 말았어요. 당신에게 도피처를 마련해주었다는 걸 학교에서도 알았고 교육청에서두 난리가 났었다지요. 나는 당신의 내연의 처가 되었구요. 그러나 당국에서두 심하게 다루지는 않더군요. 다만 아버지의 과거 때문에 세밀한 조사를 받느라고 보름이나 걸렸어요. 여기서 정말 아무것두 안하구 마냥 쉬다가 대학원에 진학하기루 했어요. 우리의 저 유장한 시간을 소모할 무언가가 필요할 테니까요. 이 노트의 절반은 내가 여기서 혼자 지내면서 적어둔 것이고 이 뒤부터 갈뫼에서의 나는 여름과 겨울 두 철밖엔 없는 셈이에요.

머리말처럼 그런 글이 맨 앞장에 적혀 있었으니까 아마도 이 노트를 다 썼을 무렵에 적어놓았을 것이다.

선배 언니로부터 광주사태와 관계 있는 사람이 나를 찾아오리라는 소식을 들었어요. 나는 참 운이 나쁘기도 하지. 보통 때처럼 여행삼아 남도를 한바퀴 휘돌아 지날 적에는 아무 일도 없더니 그래두 졸업하고 직업이랍시고 임용고시도 치르고 어렵사리 얻은 교직인데, 느닷없는 책임이 생겨나다니요. 그것도 나를 걸고 감당해야 할 커다란 짐이. 내가 서울 그 언니네 작업실에 들르지 않았다면, 신부님에게서 비디오를 녹화해 오지 않았다면, 그리고 참극이 있던 기간에 전라도에 있지 않았다면, 한 시대를 얼마나 홀가분하게 지낼 수 있었을까요. 재수가 정말 없었던 거예요. 그럼 나는 그전에는 재수가 좋았던 여자였나. 내가 우리 엄마의 딸인 한 재수가 좋았을 리 있겠나요.

나는 당신을 처음 고향다방에서 만났을 때 거기가 바로 경찰서 앞이라서 긴장하기도 했지만 조명이 어두워서 얼굴을 자세히 보지 못했어요. 시장 쪽 선술집으로 옮기고 나서야 당신을 관찰하게 되었죠. 내가 당신의 이름을 미리 알고 있었는데 너무나 분명하게 가명이란 표시가 나는 이름을 대어서 나는 속으로 웃었지요. 당신의 첫인상은 꼭 젊은날의 아버지를 연상시켰어요. 물론 나는 아버지가 젊었을 때 이 세상에 태어나지 않았으니까 사진에서 뵙거나 엄마에게서 들은 이야기를 토대로 그림쟁이인 내가 재구성해놓은 초상이죠. 처음에 만났을 땐 당신에게 아버지에 관한 얘기를 해드릴 수가 없었어요. 그냥 역사적 상처라고 막연하게 미뤄두었지요. 나는 아직도 아버지의 청춘이 깃들인 사진 두 장을 간직하고 있어요. 하나는 동경 유학시절의 모습인데 사각모에 망또를 걸치고 있어요. 누렇게 퇴색한 옛날 사진의 인물들은 어쩌면 그렇게도 어른스럽고 무슨 현자처럼 은근한 권위가 있어 보이는 걸까. 아버지는 그 시절에 고작 칸트나 헤겔 또는 포이어바흐에서 이 사진을 찍을 무렵에야 막 엥겔스와 맑스로 넘어갔을 텐데. 칸다의 고서점 골목에서 문고판 '자본'이나 '선언'을 찾아 읽었겠지요.

또 하나는 이게 바로 문제의 사진인데 시월항쟁 이후의 침체기에 찍은 마지막 사진이어요. 아버지는 해방 뒤의 거의 짧은 머리 일색이던 시절에도 인텔리 특유의 가운데 가르마를 탄 긴 머리를 하고 상의는 국민복 비슷한 목까지 채우는 닫힌 옷을 입고 있어요. 어머니의 설명에 의하면 아버지는 그 무렵에 일년 반 동안이나 집에 오지 못했대요. 그래서 활동지역인 어느 도시에 나와 사진관에서 한장 찍어서 설때에 집에 보냈다는 거예요. 그때 나는 태어나지 않았고 오빠가 있었죠. 얼굴도 모르는 오빠는 다섯살까지 살다가 시골시절에 일찍 죽었어요. 아버지는 그뒤에도 술에 취하면 오빠 이름을 부르곤 했어요. 사진에 나온 아버지는 무슨 아일랜드나 러시아의 직업혁명가처럼 볼이 움푹 꺼지고 눈이 매섭게 빛나 보이더군요. 거기까지가 아버지의 청춘이었어요. 그 사진을 찍고 나서 아버지는 검거되었다가 도피해서 입산하게 되었으니까. 이런 사정을 알게 된 건 훨씬 뒤의 일이었지만요.

내가 당신의 얼굴에서 막연하게 아버지의 젊은 시절의 인상 같다는 느낌을 받은 건 당연하겠지요. 나는 아버지를 반쯤 증오하고 자라나서는 그 때문에 자신을 미워하면서 아버지와 화해를 했으니까. 특히 간암으로 돌아가실 때까지 아버지를 간호하면서 그를 완전히 알게 되는 기간이었구요. 당신의 얼굴에서 그 낯선 지방도시의——배경에는 어렴풋하게 그려진 가로등과 달이 떠 있고 앞에는 커튼과 흰 난간과 창문이 있는 가설무대 같은——사진관에서 찍어 보낸 아버지의 얼굴에 어려 있던 젊은날의 허기와 무슨 열병 비슷한 결연한 비장함이 엿보였다고나 할까요. 어째서 당신 말대로 고전적인 활동가들에게서는 폐병쟁이나 문학 퇴물 비슷한 냄새가 나는 걸까요. 이를테면 실무적으로 엔지니어 비슷해 보인다거나 무슨 전문가나 의사 비슷해 보이면 안되는지. 아, 미안해요. 당신을 비아냥거릴 뜻은 없었어요. 그렇듯 당신에게서 친밀감을 느꼈다는 표현이지요.

처음 갈뫼에 가서 나는 사실 그리로 이사할 생각까지는 없었답니다. 농촌사회에서 교직을 가진 여자가 어디서 뭣하다가 나타났는지 모를 사내와 함께 드러내놓고 동거에 들어갈 수는 없지요. 그렇지만 그렇게 내놓고 하지 않는다면 당신을 누가 믿겠나요. 첫날 우리는 함께 아궁이에 불을 넣었지요. 덧걸이 부뚜막이 얼마나 아늑하고 따스했는지 몰라요. 나는 얼결에 콧노래가 다 나왔지요. 아마 그 멜로디는 아버지가 산에서 부르던 곡이었을걸요. 당신은 아궁이 속의 불길을 조용히 바라보다가 내게 말했어요.

한선생, 저는 사회주의잡니다.

내가 별로 놀라지 않고 물론 그때까지는 아직 유행이 이른 때였지만, 나야 집안에서 이미 산전수전 다 겪어놔서 이렇게 장난기로 시큰둥하게 물어봤지요.

벌써 그쪽으로 확정을 하셨나요?

했더니 조금 겸연쩍었는지,

그 길루 가는 중입니다.

하는 거예요. 말을 꺼내놓고 보니 스스로 과장되고 부끄럽다는 생각
이 들었겠지요. 남자들의 그런 모양은 그렇게 보기 싫은 건 아니랍니
다. 좀 철딱서니없어 보일지언정 어쩐지 마음이 놓이게는 만들지요.

나는 그 첫번째의 주말을 끝내고 학교로 돌아갔는데요, 여자학교라
그런지 어린 여우들이 무슨 낌새를 맡았는지 내 얼굴이 달라졌대나
뭐래나. 아, 정말이에요. 당신이 몇번 저에게 물었지만 나는 처음에
당신에게 아무 감정도 없었어요. 그저 친근하게만 느꼈을 뿐. 어쩐지
당신에게 아버지의 이야기를 하고 함께 그 문제를 토론해보지 않으면
못 견딜 것 같았지요.

다음 주말에 갔더니 당신은 그 창고를 사람이 살 수 있도록 만들었
고 내가 작업할 공간에도 바닥공사를 해주었지요. 나는 아무래도 불
안해서 이사를 할 생각이었거든요.

읍내에 나가서 여러가지 취사도구도 사오고 장을 보아 와서 우리가
마주앉아 밥을 먹던 기억이 나는군요. 당신과 살로 친해지지 않고 어
떻게 아버지의 얘기를 할 수가 있겠어요. 학생 때에 어느 친구가 해주
던 말이 생각나요. 남자와 함부로 밥 같이 먹지 마라, 둘이서 밥먹으
면 정 생긴다구요. 우리 처음에 주인집에서 밍크담요 두 장 빌려다가
서로 양쪽 벽가에 멀찍이 떨어져서 자던 생각 안 나요? 우리는 그렇게
등을 돌리고 누워서 늦게까지 잠들지 못하고 얘기를 하곤 했죠. 그런
며칠 사이에 내가 아버지 얘길 꺼냈을 거예요.

내가 아직 국민학교에 다녔을 적에 우린 서울에 살았는데 이사를
여러번 했어요. 엄마 혼자서 생활을 꾸려나가야 했기 때문에 집을 산
건 훨씬 커서의 일이지요. 그때는 정희도 어렸고 학교에 들어가기 전
이라 나는 엄마가 안 계실 때에는 제법 엄마처럼 밥도 짓고 술에 취해
잠들었던 아버지를 깨워서 진짓상도 차려드리고 했어요. 그래서 이사
다니는 통에 학교를 여러 군데 옮겼는데 어느날인가 전학한 학교에

갔더니 담임선생님이 교장실로 가보라고 했어요. 교장실에 가니까 낯선 아저씨가 기다리고 있었죠.

네가 한윤희냐?

하더니 그 아저씨는 아버지 이름을 대면서 너희 아버지가 맞느냐고 해요. 그렇다구 했더니 집주소를 아느냐구 그래서 모른다구 했지요. 교장선생님이 나에게 일렀어요.

가서 책가방 챙겨가지고 오너라. 오늘은 조퇴해두 된다.

나는 어쩐지 집에 무슨 일이 생긴 것만 같았고 가죽잠바를 입고 눈매가 날카로운 그 아저씨가 무서웠지요. 집에 가는데 그 아저씨가 따라왔어요. 함께 돌아오면서 아저씨는 나에게 한두 가지씩 물었어요.

느이 집에 누구 찾아오는 아저씨들이 없니?

아뇨.

엄마는 아직도 시장에 나가 옷장사 하시구?

네.

아버진 어디 나다니시냐?

집에만 계셔요.

집에서 뭘 하니?

그냥요……

느이 집에 라디오 있지?

네, 있어요.

몇대나 있냐, 혹시 작은 것 있니?

하나밖엔 없어요.

아버지 술값은 누가 주는데?

엄마가 아침에 나가시면서요.

집에 가니까 그날따라 아버진 술을 안 잡수셨어요. 아버진 일찍 돌아오는 내 등뒤에 따라 들어서는 그 아저씨를 보더니 화를 버럭 냈죠.

내가 연락을 할 텐데 애들 학교까지 쫓아다니면 어떡헐 거요. 정말 이런 식으로 할 겁니까.

위에선 동향보고를 하라지 오늘까지 연락은 안되지, 나한테 화를 내면 뭘 해.

아버지는 아저씨를 데리고 밖으로 나갔다가 저녁 늦게야 돌아오셨는데 보통 때보다 술에 많이 취해서 몸을 가누지 못할 정도였지요. 나는 그날 아버지가 어머니와 언성을 높여서 싸우는 소리를 들었는데 뭔가 자세히 알지는 못했지만 그 아저씨가 형사였고 아버지는 이사를 다닐 때마다 그에게 알려야 한다는 걸 알았어요.

아버지는 술에서 깨어나면 늘 책을 보시곤 했죠. 고서점에서 일본 책이나 영문판 페이퍼백을 사모아 오시곤 했는데 우리는 그래서 아버지가 술 잡수시는 일만 빼고는 우리보다 훨씬 아는 게 많을 거라구 자랑스럽게 생각하군 했어요. 아버지는 추위나 더위를 별로 타시질 않았죠. 겨울에도 내의를 챙겨입지 않아서 홑바지차림이었구요, 여름에는 아무리 더운 날에도 행감치고 방안에 조용히 앉아서 부채를 슬슬 부치며 하루 종일 계셨어요. 아버지의 앉은 자세는 꼿꼿하고 흐트러짐이 없었는데 언제나 한자리에 앉으면 움직일 줄을 몰랐어요. 아버지의 발은 매우 괴상하고 흉했지요. 오른발은 발가락이 세 개뿐이고 왼발도 새끼발가락이 없어요. 게다가 양쪽 복사뼈는 돌멩이처럼 딱딱하게 불거져나와 있죠. 정희랑 나는 어릴 적에 아버지의 복사뼈 굳은살을 손톱으로 꼬집기도 하고 쥐어뜯어보기도 하며 킬킬거리곤 했어요.

그런 얘기를 하니까 당신은 그때 조용히 말참견을 했지요. 그건 아버지가 험한 시절에 여러해 동안 감옥살이를 했기 때문일 거라구요. 차디찬 시멘트 바닥에서 한겨울을 지내보면 안다구요.

그 무렵에는 왜 그렇게 반공행사가 많았는지. 학교에서는 시도때도 없이 반공포스터를 그려와라, 멸공에 대한 글짓기를 해와라, 반공웅

변대회를 준비해라 했지요. 중학교 일학년 때인데 포스터 숙제를 하구 있었어요. 나는 정말 그림에 대한 칭찬은 국민학교 때부터 늘 들어왔지만 미술반엔 한번두 못 들었어요. 엄마의 반대 때문에요. 고삼에 가서야 입시 때문에 데쌩 익히러 화실에 몇달 나갔지만요. 하여튼 포스터를 그리는데 고만할 적에야 만화가 제일 익숙하던 때니까 좀 익살스럽게 그렸지요. 위에다 붉은 글씨로 '쳐부수자 공산당!'이라고 쓰고 근육이 우람한 국군아저씨와 국민인 남녀 어른 셋이서 어깨동무를 하고 발 아래 뿔 달리고 털이 숭숭 나고 송곳이빨이 나오고 몸뚱이는 새빨간 도깨비를 짓밟고 있는 그림이지요. 한참 동안 도깨비의 몸에 새빨간 물감을 빈틈없이 칠해넣고 있는데 어느새 아버지가 등뒤에서 넘겨다보는 거예요.

너 뭘 하니?

나는 자랑스럽게 대답했어요.

반공포스터 그려 오래요.

응, 그래…… 그 밑에 있는 뿔난 도깨비는 뭐냐?

이건 공산당이요.

정말 흉측하구나.

빨갱이니까요.

그때는 아버지두 더이상 아무 말씀이 없으셨어요. 일은 나중에 벌어졌지요. 내 그림이 학교에서 전국대회에 보내는 열 점의 포스터에 뽑혔구요 나중에 우수상을 받게 되었거든요. 금박으로 장식된 상장과 부상으로 색깔이 수십가지나 되는 고급 수채화물감과 스케치북을 받았거든요. 나는 대문을 밀고 마당으로 들어서면서 마루에 앉아 있는 아버지에게 들뜬 목소리로 외쳤어요.

아버지, 나 상 받았어요.

아버지는 그때 술에 취해 있었는데 내가 내민 상장을 받아보더니 참으로 두 손을 부들부들 떨었죠. 그러고는 단숨에 절반으로 죽 찢었어요. 다시 두 장을 겹쳐서 찢고 이어서 발기발기 찢어서는 마당으로 뿌려버렸어요. 내가 가져온 스케치북이며 물감도 마당 멀리 던져버렸구요. 스케치북은 날아가 수돗간에 떨어져 물에 잠겨버렸고 물감은 낱낱이 흩어져 마당에 좍 깔렸지요. 나는 너무 놀라고 어이가 없어서 마루 아래 주저앉아서 울음을 터뜨렸어요.

기집애, 뭘 잘했다구 우니. 북쪽 사람은 우리 동포가 아닌 줄 아니. 상은 무슨 놈에 상이야.

나는 아버지의 술주정이 너무도 속상하고 창피해서 우리방에 들어가 이불을 싸매고 엎드려서 울기만 했죠. 어머니가 돌아와 정희에게서 그 얘길 들었나봐요. 헌데 보통 때 같았으면 취한 아버지에게 한바탕 해댔을 엄마가 다른 날보다 더욱 조용해요. 나는 그런 엄마가 야속했지요.

고등학생이 되어서야 나는 아버지의 지난날에 대해서 조금씩 눈치를 채게 되었어요. 엄마가 실타래를 풀듯이 한가지씩 나에게 들려주었거든요. 나는 아버지가 전쟁 때에 고생을 하셨고 죽을 고비를 많이 넘겼다구만 알고 있었지만 그래두 '우리 편'인 줄만 여기고 있었거든요. 아, 그런데 아버지가 그렇게도 흉측하고 무서운 빨치산이었다니. 그때부터 나는 아버지를 도저히 용서할 수가 없었어요. 아버지는 우리 가족의 애물단지였던 거예요.

고삼 때였을 거예요. 나는 처음으로 아버지에게 대든 적이 있지요. 어머니는 그 무렵에야 시장에 점포도 마련했고 작은 한옥 한채도 장만해서 우리 남매들도 안정된 가정생활을 하고픈 때였기도 해요. 내가 학교에서 수업을 끝낸 후 집으로 오지 않고 연이어 화실에서 실기를 마치고 돌아오면 대개는 저녁 아홉시가 넘어 있었죠. 어머니는 열한시가 되어야 가게 정리를 하고 돌아오기 때문에 나와 정희가 먼저 오는 순서대로 저녁을 짓곤 했어요. 내가 화실에 가는 날에는 으레 정희가 저녁 장만을 했는데 그날따라 걔도 늦었는지 라면으로 때웠다구 해요. 나는 너무 배가 고팠지만 늦게 오실 엄마나 아직도 집에 돌아오지 않은 아버지를 위해서 저녁을 지으려고 했지요. 마당에서 쌀을 일고 있는데 아버지가 대문으로 들어섰어요. 아버지는 그날도 술에 만취해서 발도 잘 가누지 못할 정도였지요. 비틀거리며 들어오던 아버지를 보니까 슬픔과 짜증과 분노가 한꺼번에 치솟아오르더군요. 나는 수돗가에 쭈그리고 앉은 채로 아버지를 노려보았죠. 아버지는 비틀거리며 내 앞에 멈추어섰어요.

지금이 어느 땐데 저녁을 인제사 짓는 게야. 말만한 년들이 둘씩이나 있으면서……

아마도 아버지가 그냥 나를 지나쳐 당신 방으로 들어가 보통 날처럼 다리를 새우처럼 꼬부리고 벽을 향해 돌아누워 잠드셨다면 깨어나서 드실 물그릇과 함께 이부자리도 펴드렸을 텐데요. 나는 천천히 일어나 아버지를 향하여 정면으로 버티고 섰지요.

아버지가 언제는 가족생각을 하셨다구 저희들 밥걱정까지 하셔요? 우리야 어찌됐든 아버진 술만 있으면 되잖아요.

아버지는 잠시 멍한 표정으로 서 있더군요. 나는 멈출 수가 없었어요.

평생에 무슨 좋은 일을 하신 적이 있나요? 식구들에게 자랑스런 가장 노릇을 한번이라두 한 적이 있냐구요. 우린 모두 다른 집 엄마들처럼 우리 어머니가 집에 계셨으면 하구요, 밖에 나가 자랑할 건 없어두 가족을 위해서 열심히 일하시는 아버지를 갖구 싶어요.

아버지는 슬그머니 마루에 걸터앉더니 신발도 벗지 않고 조용히 나를 바라보더군요. 나는 드디어 늘 입안에서 뱅뱅 돌기만 하고 차마 꺼내지도 못했던 얘기를 뱉어내고야 말았죠.

아버지가 우리에게 물려줄 건 빨갱이 자식들이라는 이름밖에 뭐가 있겠어요?

그랬더니 그이는 비틀거리지도 않고 천천히 조용하게 내게로 다가서더니 내 뺨을 한대 철썩, 하고 때렸어요. 돌아서서 마루로 올라가는 아버지의 어깨가 간간이 떨고 있었죠. 아버지는 방에 들어가 아무 소리도 없이 가만히 문을 닫고 잠이 들었는지 불도 켜지 않았어요. 나는 소리를 죽여 울었는데 뺨을 맞은 아픔이나 수치심보다는 아버지께 뭔가 단단히 잘못을 했다는 자책감 때문이었죠. 이튿날 아침에 학교 가기 전에 방문 앞에 가서 기어드는 목소리로 말했어요.

학교 다녀오겠습니다.

어머니는 대개 그 시간쯤에는 피곤에 지쳐 아직도 깊은 잠에 떨어져 있을 무렵이에요. 미닫이가 슬그머니 열리더군요.

윤희야, 가까이 오너라.

열린 문 사이로 아버지의 길고 마른 얼굴이 보였어요. 아버지는 억지로 웃는 듯이 이미 그때 검은 자취가 생겨난 눈 주위에 잔주름을 짓고 나를 보데요. 아버지는 얇은 책 한권을 내밀었지요.

어제 광화문에 나갔다가…… 너 줄라구 샀다.

아버지는 외서 서점에 가끔 들러서 책구경을 하곤 했는데, 가끔씩 잡지나 문고를 사들고 들어오곤 했어요. 그이가 내게 내민 것은 일어 문고판 화집이었습니다. 내가 지금도 가장 아끼는 책 중의 하나가 되었지만요. 고야의 에칭 판화집이었지요. 그 파격적이고 무시무시한 재난과 고통으로 가득 찬 세계. 압도적인 대가의 손길이 느껴지지요. 나는 책을 건네받으며 어젯밤 일이 더욱 부끄러워졌어요.

아버지, 어제는 제가 잘못했어요.

그래, 어서 학교 가거라.

나는 며칠 뒤에야 어머니에게서 그날 아버지의 전례없던 만취가 무

엇 때문이었는지 알았답니다. 유신 이후 사회안전법이라는 것이 생겨
서 반공법에 저촉된 경력이 있는 사람은 모두 심사를 받게 되었는데
어떤 이들은 심사 결과 재수감되었다고 합니다. 아버지는 보증인을
내세워야 했어요. 그나마라도 다행이었지만. 아버지는 평생을 그 옛
날의 상흔으로 수치스러워했죠. 나중에 내가 아버지를 간호하면서 오
랜 시간을 함께 보내며 알게 된 거지만 아버지는 진작에 전향했어요.
처가 덕으로 살아남았죠. 산에서 잡혀 남원수용소에 있을 적에 큰외
삼촌이 분류등급을 훨씬 양호하게 받도록 조처를 했다지요. 아버지는
그 덕으로 즉결처분 당하지 않고 감옥에서 다섯 해만 살고 나왔대요.
큰외삼촌은 변호사를 하다 돌아가셨지만 왜정 때 고등문관시험에 합
격하고 해방 뒤에는 사상검사를 지냈어요. 아버지는 그 높고 막강한
처남을 만나기조차 싫어했답니다. 어머니는 툭하면 맏오라비 집으로
가서 눈물바람을 했어요. 나도 어렸을 적에 큰외삼촌 집에 어머니를
따라간 생각이 납니다. 어머니가 서재에서 연신 고함을 지르는 오라
비 앞에 무릎 꿇고 앉아 야단을 맞는 동안 나는 외숙모가 내준 나마가
시나 요오깡을 얻어먹고는 했지요.
  아아, 그날도 아버지는 시장에 나가 어머니를 만나고 두 분이 함께
큰외삼촌의 변호사 사무실에 나가 구명을 호소했겠지요. 나는 지금도
그날 아버지의 귀로가 생각납니다. 어머니를 다시 시장에 보내고 이
사회에서는 아무도 자신의 장래를 믿어주지 않는 백주 대낮의 바쁘고
무심한 거리를 아버지는 걷고 있었습니다. 국기하강식이라도 하면 온
거리가 일시에 얼어붙던 그 관청 많은 대로에서 아버지는 숨통이라도
열려고 하는 것처럼 외서점이나 고서점의 어두운 통로를 돌아 다녔겠
지요. 그리고 식민지의 청년이었던 그가 동경에서 만났던 고야의 화
집을 같은 느낌으로 나를 위해서 샀을 거예요. 전쟁과 압제의 공포로
가득 찬 신음 같은 흑백 형상들을.

내가 아버지의 과거로 들어가볼 수 있었던 그해의 우리들의 화해기간에 대해서는 나중에 쓸 거예요. 내가 말했죠, 아버지의 치명적인 병이 밝혀지고 임종할 때까지 나는 그이를 지켜드렸다구요.

이제 와서 생각해보면 나는 당신을 기다리고 있었어요. 어려서는 아버지를 이해하려 하지 않았고 커서는 대학생이 되어서도 군사독재에 대하여 아무것도 행동하지 않은 나의 자책이었을까. 나는 닥치는 대로 그 방면의 책들만 읽었죠. 그런데 어느날 당신이 나타난 거예요. 내가 처음으로 당신과 입을 맞추었던 날이 생각나요. 그래요, 그건 당신이 방과 작업실 공사를 끝냈던 그해 봄날 주말께였을 거예요.

6

나는 윤희의 노트를 덮고 잠깐 드러누웠다. 그네의 아버지에 대한 이야기는 대부분 내가 들어서 알고 있던 것들이었다. 뒤에도 틈만 나면 윤희는 가족들의 이야기를 했다. 나는 윤희보다 더욱 아버지를 잘 표현해줄 수가 있었고 그건 마치 굵은 선만 남은 그림에 명암과 배경을 덧칠해주는 것과도 같았다.

　내가 조직에 관여하게 된 것은 우연이 아니었다. 남수가 서울로 떠나던 해의 여름에 나는 어떤 모임에 초청을 받았다. 기독교단체들이 현장운동에 활발하게 개입하게 되었던 무렵인데 교역자나 일반인들을 막론하고 전국에서 현장과 밀접한 연결이 있는 이들이 모여서 사례도 주고받고 협력도 다지는 그런 모임이었다. 청년운동이나 노동현장 쪽의 사람들은 거의가 학생출신이나 투옥경험이 있던 사람들이었다. 모임은 별게 아니었다. 이미 전국적으로 알려진 공개적인 사업의 사례를 발표하거나 시사적 흐름을 놓고 조별 토론을 벌이거나 일과 후에는 적당히 사람을 사귀는 자리였다. 내가 저녁을 먹고 나서 건물 밖에 나와 앉아 담배를 피우고 있는데 한사람이 다가왔다. 그는 키가 작고 얼굴이 네모지고 눈이 총명하게 반짝이는 내 또래의 청년이었다.

인사합시다. 저는 최동우라구 합니다.

오현우요.

아, 저는 오형을 잘 알구 있습니다.

어떻게……

시월투쟁 때 감옥 갔죠. 유신반대 첫번째 테이프를 끊지 않았어요? 나 박석준이 동창입니다.

그랬군요. 이거 반갑습니다. 지금 어디서 뭘 하세요?

군대 갔다 와서 인천의 어느 공장에 들어가 있어요. 곧 그만둘 작정이지만.

그렇게 나는 최동우와 만났다. 우리는 별다른 얘기는 하지 않았다. 다만 내가 선생 노릇을 하던 시골 읍내 이야기를 했고 그곳이 동우의 고향임을 알게 되었다. 고향에는 아직도 큰집이 있다고 하였다. 우리는 모임이 끝나고 나서 자연스럽게 동행하게 되었다. 그는 읍내의 내가 빌렸던 시골집에서 이틀 밤을 나와 함께 보냈다. 그의 이야기 중에 가슴에 깊이 남은 것이 있다.

해방 후 우리 역사는 꼭 장기말 쌓는 놀이 같지 않아요? 처음에는 한개 두개의 힘을 쌓아가면서 아슬아슬하게 이제 겨우 다 쌓았다 할 즈음에 무엇인가 거역할 수 없는 힘이 판을 툭 건드리거든요. 그러면 와르르 무너지고, 그 잿더미와 피투성이의 폐허 위에서 다시 한개 두개를 쌓아올립니다. 그런데 모두들 마지막 한계를 미리 알면서도 뛰어넘기는커녕 똑같은 방법으로만 쌓기를 시작하고 붕괴되기를 되풀이하지요. 마지막 한계가 무엇일까요. 눈에 확연히 드러나는 즉물적 사실이기도 하고 보이지 않는 관념이기도 하지요. 그건 분단과 외세입니다.

우리는 예전에 줄기차게 논쟁했던 전위냐 대중이냐 하는 문제로 돌아갔다. 나는 아직 어정쩡했다. 나는 남수가 확실하게 싸우고 싶다고 했을 때 아무 말도 하지 못했던 생각이 났다. 그는 나중에 서울에서 나와 여러차례 만났다. 그는 이전보다 훨씬 침착해져 있었다. 나는 그를 공원에서 만났는데 큼직한 짐보따리를 들고 있었다. 우리는 큰 집을 지키고 있는 어느 젊은 부부네 집으로 가서 오붓하게 둘이서 밤을 새우며 회포를 풀었다. 그는 지금 막 작전중이었다. 그가 속한 조직은 도시의 각처에서 조직의 객관화작업을 시작했다. 그는 서부지역을 담당하고 있었다. 유인물을 각 대학가에 뿌리는 일이었는데 예비답사를 다녀오던 길이었다. 그의 보따리에서는 롤러와 등사판이 나왔다. 그는 그것들을 가방에 옮겨넣었다. 남수의 서부조에서는 작업에 좀더 능률적인 마스터 인쇄기를 구하려고 애쓰는 중이었다. 나는 교회에 아는 전도사가 있어서 그를 통해서 구해주리라고 약속했다. 남수는 속삭였다.

속이 막 미치게 떨려라우. 다 출발은 다르지만 가는 길은 같응께 별 갈등은 없소. 산에 올라간다 치면 오솔길도 있고 대로도 있고요 가파른 까시밭길도 있소. 어느 길이 올바른가는 꼭대기에 서봐야 아는 거요.

최동우와 자주 만나게 될 무렵에 나는 시골생활을 마감하고 광주로 나왔다. 남수는 내게 조직 가입을 권유했다. 먼저 조원을 만들고 유인물작업을 통해서 조원을 검증하고 수습시킨 뒤에 정식으로 가입을 하라는 식이었는데 동우는 반대였다. 우리는 이미 십여명의 학습조로 시작을 하고 있었던 터였다. 그때까지는 아직 강령도 규약도 없었다. 그러나 학습은 매우 진지하고 깊숙하게 진행되어 있었다. 유신 끝무렵에는 조원이 삼십여명 넘게 불어나 있었다. 물론 처음 시작했던 사람들 다섯명 외에는 거의가 개별적인 관리에 의해서 접촉했다. 남수네가 먼저 검거되기 시작했다. 나중에 생각해보면 참으로 안타까운 일이었다. 팔십년 오월에 그들이 활동중이었다면 항쟁은 폭발적으로 발전했을지도 몰랐다.

나는 이십일에 광주를 떠났다. 이틀 전에 친구들의 집에 군복들이 들이닥쳐 권총을 들이대고 끌어갔던 터였고 서울에서도 많은 사람들이 새벽에 체포되었다. 최동우와 박석준은 번갈아 나의 상경을 애타게 권유했다.

나는 상행선을 타지 못하고 고속버스 편으로 마산까지 빠져나가서는 거기서 밤기차를 타고 약속대로 영등포역에서 내렸다. 우리는 일단 동우네 집으로 갔다. 동우는 형이 운영하다가 비워둔 마찌꼬바 수준의 작은 공장에서 지내고 있었는데, 널찍한 공장건물과 창고와 숙직하는 방까지 있어서 우리가 은신하기에는 맞춤한 장소였다. 우리는 긴 논의도 필요없이 광주의 참상을 알리는 선전작업에 들어갔다. 수동 조작하는 마스터 인쇄기를 들여오고 내가 문건을 쓰고 동우가 인쇄하면 석준이가 커다란 두 개의 보스턴백에 가득 넣고 나가서 행동할 조원들에게 나누어주었다.

유신 말기에 유피작업을 할 적에는 치안의 신경망이 몹시 예민하던 시절이라 더욱 치밀하고 소극적으로 했었다. 우리는 지질이 얇은 타이프종이에 고무판에 도장 새기듯 선동적인 구호를 파서 등사잉크를 묻혀서 찍었다. 대개는 표어처럼 짤막하고 격렬한 열 자 이내의 문구를 새겼다. 약국에서 파는 고무골무를 손가락에 끼우고 모든 작업을 했는데 이렇게 찍은 구호들을 가는 띠처럼 일일이 가위로 오렸다. 우리는 그것들을 돈다발처럼 코트나 점퍼 안주머니에 넣고 사람이 많은 시장과 주말의 번화가 골목으로 나갔다. 안주머니를 찢고는 코트자락 안에서 종잇조각들을 한줌씩 집어내어 땅으로 흘리며 돌아다녔다. 노트나 카드에 붙이는 스티커에 싸인펜으로 휘갈긴 구호를 써서 좌석버스의 등받이나 공중전화 부스 안에 붙이고 다니기도 했다. 어떤 조원은 만원버스 안에서 남의 등뒤에 스티커를 붙이기도 했다.

그러나 항쟁기간은 그때와는 다른 상황이었다. 우리는 실패로 끝날 것도 너무나 잘 알고 있었다. 시간이 걸리겠지만 진실이 밝혀지고 세상이 올바르게 변화할 장래를 믿었다. 마치 돌벽에 부딪치는 작은 물결이 시간이 흐르면서 벽을 금가게 하고 돌이 빠져나오고 구멍이 나서 드디어 무너지듯이. 우리는 두 사람이 한 조가 되어 서울의 여덟개 구역을 분담하기로 했다. 우선 A구역은 관공서와 대기업의 빌딩이 모여 있는 곳으로 사대문 안의 서남쪽 중심구역으로 설정했다. B구역은 대학가 주변지역, C구역은 도시 외곽의 공장지대와 달동네 주변, 그리고 D구역은 변두리 상가지역 등으로 정했다. 다시 이들 구역을 남북 동서로 나누고 여덟개 구역을 각조에게 분담시켰다. 우리는 이 중에서 A구역은 위험지역 내지는 비상지역으로 정하고 그러나 지식층들이 많은 대기업빌딩 주변을 주요 작전지역으로 보았다. B와 C구역은 선전효과가 가장 큰 지역이라고 보았으며 위험은 A구역에 비해서 훨씬 덜하다고 여겼다. 끝으로 D구역은 도시의 여러 지역 가운데 완충지대로 보고 각조가 만나서 출발했다가 되돌아와 다른 임무로 들어갈 수 있는 가장 안전한 정류장으로 생각했다. 우리는 일시에 도시 전체에서 같은 시각에 유인물을 살포하는 대작전을 실시하기도 했지만 대개는 조별로 날짜를 나누어 불규칙하게 뿌리는 소작전을 하루에 몇 차례씩 치러냈다. 나와 동우, 석준이와 건이가 각각 한 조를 이루어 예비답사를 나가거나 행동조가 거사하는 현장 근처에서 점검을 하기도 했다.

동우는 이런 일에 익숙했다. 그는 이전에 카터가 방한할 때 전도사 한사람과 팀을 짜서 환영 아치를 태워버리는 행동으로 독재정권을 인

정해주는 미국에 항의하려고 했었다. 그들은 세 사람씩 조를 이루어 제이한강교와 광화문에 세워진 환영 아치를 맡았다. 방한 하루 전 저녁 일곱시가 작전개시 시간이었는데 공교롭게도 비가 내렸다. 많은 비가 내린 건 아니었지만 살살 내리는 가랑비에 아치로 세운 베니어판은 제법 물기에 젖어 있었다. 한강교 쪽을 맡았던 팀은 석유를 준비해가지고 나갔는데 석유를 붓고 아무리 불을 붙이려 해도 나무가 타지 않아서 실패했다고 한다. 광화문 쪽의 동우네 팀은 예전 국제극장 옆 빵집에서 거사시간을 기다리고 있었다. 동우는 파카 안주머니에 라이터 기름 두 통을 지니고 있었다. 그는 신학대학 학생과 군에서 제대한 실업자를 조원으로 데리고 나갔다. 먼저 동우가 아치의 뼈대를 이루고 있는 철물 골조를 타고 베니어판 속으로 기어올라갔다. 그는 적당한 높이까지 올라가서 베니어판에다 라이터 기름 두 통을 모두 부어버렸다. 동우가 빠져나온 뒤에 그는 아래에서 망을 보고 두 사람이 구멍 속으로 기어올라갔다. 예행연습을 하지 않았기 때문에 라이터 기름의 인화력이 폭발적이라는 걸 미처 몰랐다. 불을 붙이자마자 펑, 하면서 불길이 솟아올랐고 놀란 신학생이 먼저 아래로 툭 떨어지고 잇달아 실업자도 두 손에 화상을 입은 채 떨어졌는데 행인들이 모두 걸음을 멈추고 모여들었다. 동우가 그들을 잡으려는 행인을 뒤에서 우산으로 치면서 신학생을 빼내어 국제극장 골목으로 뛰었다. 실업자는 급한 대로 자동차들이 줄지어 달려오는 길을 건너 무교동 방향으로 뛰었다. 도로를 건널 때 자동차들이 급정거를 하면서 경적을 울려서 그는 더욱 혼이 나갔다. 그날 밤에 아치는 절반쯤이 타고 불에 그슬렸다. 그렇지만 새벽부터 보수공사가 시작되어 아침 출근시간 무렵에는 페인트 색깔이 더욱 선명한 환영 아치가 서 있었다고 했다. 그야말로 바위에 달걀을 던진 셈이다.

우리는 변두리 상가지역에서 빵집이나 당시에 흔하던 칸막이가 있는 경양식집을 접촉지점으로 삼았다. 빵집에는 생활에 바쁜 어른들이나 치안 종사자들 대신에 아녀자들이 많았기 때문이다. 더구나 저녁 시간의 빵집은 자리도 텅 비어 있게 마련이었다. 아니면 경양식집의 안쪽 후미진 칸막이에서는 조명도 어둡고 데이트하는 젊은이들뿐이고 음악소리도 커서 안심하고 우리들의 얘기를 나눌 수 있었다. 대개는 최동우와 동행이거나 박석준이 있기도 했다. 우리는 다른 곳에서 전화를 받는 건이의 연락을 기다리며 생맥주 한 조끼를 앞에 놓고 몇 시간씩 기다려야 했다. 안전신호는 '집에 간다'라는 말이 전부였다. 소집할 조가 있으면 건이가 조장을 다른 곳에서 만나 우리에게로 데려왔다. 작전은 대개 퇴근시간 무렵에 진행되게 마련이고 치고 나서 안전지대까지 빠지고 나면 여덟시쯤이 되었다. 안전점검은 건이가 나가는 날도 있었고 석준이로 바뀌는 날도 있었다. 우리는 모두 단벌 양복이지만 깨끗이 다려입고 흰 와이셔츠에 단정하게 넥타이를 맸다. 누가 보더라도 퇴근 무렵의 얌전한 월급쟁이 모습이었다. 웨이터가 전화를 받으라고 이름을 외우고 다녔다.

김대리님, 전화 받으세요.

내가 칸막이에서 나가 전화를 받았다.

나 김대린데……

형님들, 혜순이가 데이트를 하겠다는데요.

그럼 이리 데려와.

동우와 건이는 먼저 자리에서 일어나 새버리고 나 혼자 그들을 기다린다. 아홉시가 다 되어서야 두 사람이 입구에 나타나 두리번거렸다. 나는 그들이 한바퀴 빙 돌아 나를 찾아낼 때까지 참을성있게 기다린다. 혜순이가 나를 먼저 발견하고 맞은편에 무너지듯이 털썩 주저앉았다. 석준이는 입구의 다른 자리로 가서 문 쪽을 향하고 앉았다. 혜순이의 짧은 머리카락이 젖어서 이마에 찰싹 달라붙어 있었다.

밖에 비 오니?

내가 묻자 혜순은 손바닥으로 앞머리를 쓸어넘겼다.

땀이야. 아, 정말 혼났어.

무슨 일 있었어?

형, 나 짝 바꿔줘.

덕화는 어디루 간 거야?

하이, 골 때려. 내가 오늘 택시비 얼마나 썼는지 알아?

너희 오늘 명동 맡았잖아.

오늘은 두 조가 나갔는데 다른 한 조는 신촌로터리에서 일을 끝내고 이미 안전지대로 빠져나갔다는 연락이 와 있었다.

하마터면 달릴 뻔했어. 글쎄 학삐리들하구는 안하겠다니까……

혜순은 해고노동자였다. 동우 계열에서 일하고 있었는데 블랙리스트 때문에 복직은 거의 불가능했다. 그래서 선배들이 돈을 모아서 편직기 몇대를 사주기로 했는데 함께 해고된 다섯 친구들 가운데 정자와 둘이 조직에 들었다. 우리는 두 사람을 각기 다른 조로 배치했고 가능하면 서로 부딪치지 않도록 배려했다. 혜순은 늘 그것이 불만이었다.

혜순은 그날 덕화와 보급품을 가지고 출발했다. 광주에서 항쟁이 벌어지던 기간에는 서울 중심가의 검문이 심했기 때문에 가방이나 여행백을 가지고 다니기가 점점 곤란해졌다. 혜순은 스스로 만든 헝겊으로 된 전대 비슷한 자루를 치마 안에다 둘렀다. 그 안에 유인물을 백장 정도는 찰 수가 있었다. 덕화도 사파리 상의 안에 셔츠 단추를 열고 가슴에 유인물을 잔뜩 넣었다. 두 사람이 지명받은 장소는 명동 입구의 지하도였다. 그들은 수칙에 따라서 현장답사를 했고 시각을 정했다. 퇴근시간 뒤에 주위가 어두워지고 나서 하기로 결정했다. 처음에는 두 사람이 각기 미도파 쪽과 명동 입구 쪽에서 지하도로 내려와 중간 교차지점에서 엇갈리면서 뿌리고 뛰기로 했다.

그런데 덕화형이 그건 더 위험하다구 반대하는 거야. 나더러 택시를 잡아놓구 기다리면 자기 혼자 명동 쪽 입구에서 뿌리고 택시를 함께 타고 뛰자구 했어. 내가 여자라구 맘이 놓이질 않는 눈치였어. 그러라구 했더니 아니나 달러, 무서워서 그랬던 거야.

혜순은 그가 작업하기 쉽게 쪼그리고 앉아 차고 있던 유인물을 꺼내주었다. 덕화는 가슴속에 품었던 자기 것도 꺼내어 두 손에 움켜쥐었다. 그네는 택시를 잡기보다도 먼저 덕화의 작업이 미덥지 않아서 조마조마한 마음으로 뒤에서 지켜보고 있었다. 덕화가 기웃하면서 지하도 계단 아래를 가늠해보는 듯하더니 갑자기 유인물 뭉치를 아래로 휙 던지고는 뒤도 돌아보지 않고 뛰었다. 혜순이 보았는데 유인물은 흩어지지도 않고 그대로 뭉친 채로 떨어져버렸다. 그것도 중간 층계참에 떨어졌다. 누군가가 그대로 집어다 신고하기 딱 알맞게끔. 혜순은 저도 모르게 아래로 뛰어내려가 유인물 뭉치를 다시 주워서 부채처럼 펼친 다음 두 번에 걸쳐서 뿌렸다. 마침 계단을 오르내리는 행인이 몇 안되는 뜸한 순간이었다. 혜순은 지하도에서 올라와 덕화가 뛴 방향을 두리번거렸지만 인파 때문에 보이지 않았다. 그네는 주춤주춤 다가오는 택시에 돌격하듯이 올라탔고 을지로 쪽으로 달렸다.

가면서 보니까 덕화형이 눈썹을 날리며 을지로 입구 쪽으로 뛰고 있어. 창문을 내리고 곁으로 지나치며 불렀는데두 안 들리나봐. 뒤에서 계속 차가 밀려오니 택시를 세울 수두 없구. 뒤돌아보니까 얼굴이 시뻘겋더라. 그만큼 갔으면 행인들 틈에서 점잖게 천천히 걸어가는 게 훨씬 눈에 안 띄고 좋을 텐데.

그럼 그 친군 어디루 간 거야?

몰라, 일차 약속장소에 안 왔어. 수칙대루 삼십분 기다리다 석준씨한테 보고하구 이차 약속장소루 왔지.

나는 잠깐 생각해보았다. 덕화가 강박감이 심해진 게 틀림없는 것 같았다. 그에게는 이런 일이 무리라고 생각되었다. 그를 제외시키기로 하자. 뒷정리는 그를 데려온 건이에게 맡기기로 하였다.

서울에서는 여러 갈래의 팀들이 각기 활동중이었다. 우리는 암묵적으로 서로의 활동을 눈치채면서도 모른 척했지만 영등포시장 앞과 종로에서의 시위계획이 있었을 때에는 지하에서 서로 연락이 되어 보도의 양쪽과 골목에서 기다리기도 했다. 시간이 되었을 때 영등포에서는 작은 무리가 차도로 뛰어나가 구호를 외치고 순식간에 잡혀버렸고 종로에서는 기독교회관 옥상에서 선도투쟁자가 구호를 외치고 유인물을 뿌리며 투신했지만 종로 거리의 시위 대기자들과는 연결되지 못했다.

광주에서 마지막 전투와 도청 진압이 끝난 새벽에 우리는 이미 연락을 받아 알고 있었다. 동우와 나는 처음에 숨어 지내던 그의 형의 공장건물에서 나와 산동네에 방 두 칸짜리 블록집 독채를 빌려 살고 있었다. 그 집을 아는 사람은 건이와 석준이뿐이었다. 우리는 그날 밤을 새웠다. 일곱시쯤에 광주를 빠져나온 사람들의 연락이 서울의 각 거점에 연결되었다. 우리는 서로 붙잡고 소리를 내어 울었다. 사태는 끝났지만 작전은 한달쯤 더 계속되었다. 조직정비를 위해서 여름부터 휴면에 들어갔다. 그동안에 회원은 훨씬 줄어들었다. 현장에서 나왔던 사람들도 되돌아가거나 야학일로 관심을 바꾸었다. 열다섯명 정도가 아직도 정기점검에 응할 뿐이었다. 먼저 검거되었던 남수는 손톱이 빠지는 무서운 고문을 견디고 십오년 형을 받았다. 몇몇은 무기, 몇사람은 사형언도였다.

우리는 광주항쟁이 끝나고 나서 당시에 나온 투사회보와 각종의 유인물들, 그리고 서울에서의 우리 조직의 작전성과들에 대하여 독회와 총화를 했다. 독회는 경춘가도 인근의 사설기도원에서 사흘에 걸쳐

진행되었다. 광주사태 수사결과문이 발표되었고 사회불안 불순 조종
자 등 삼백여명의 지명수배자 명단도 나왔다. 명단에는 건이는 물론
이고 동우와 나도 포함되어 있었다. 다행히 석준이는 아직 노출이 되
지 않았다. 우리는 마지막 날에 조직 명명을 하고 나서 준비위 강령만
을 채택했다. 규약은 준비위의 명칭을 벗어버리는 때에 구체화하기로
하였다. 촛불을 켜들고 자기비판을 하면서 도피해서 살아남은 것에
대한 자책과 후회로 눈물을 흘렸다. 가을이 되면 본격 가동하기로 결
의하고 모임을 끝냈다. 여름이 끝나자마자 석준이는 일본의 작은아버
지에게로 유학을 떠났다. 우리는 처음엔 서운하고 말리고 싶었지만
동우가 오히려 그를 격려했다. 우리는 앞으로 해외로도 줄을 대어 지
원을 요청해야 한다는 것이었다. 그것이 사건의 시작이었다.

　우리 외에도 그런 동아리들은 수없이 많았다. 제일 먼저는 심야에
광주 미문화원의 지붕에 올라가 기와를 들어내고 화염병을 던져 불을
지른 농민운동 현장 친구들이 있었고, 나중에 부산 미문화원을 항의
방화한 현상이는 그때 서울과 영남 지역에서 끈질긴 피작업을 하고
있을 즈음이었다. 모두들 광주에서의 무자비한 양민학살을 보고 들었
고 그것이 불의 시대였던 팔십년대의 시작이었다. 이전처럼 어중간한
생각이나 행태로는 막강한 폭력을 이겨낼 수가 없고 민중에 의한 권
력의 장악은 한 세대가 지나도 불가능할 것으로 보였다. 모두들 혁명
을 이야기했다. 그리고 노동대중의 힘에 대하여 생각했다. 자연스럽
게 그들은 혁명의 전위를 키워가기 위한 사상학습으로 치달았다. 급
진적인 경향은 절망과 치욕감을 이겨낼 수 있는 유일한 길이 되었다.

7

닭울음 소리가 길게 끌면서 시작되더니 근처의 닭들이 모두 경쟁이라도 하듯이 목청을 뽑았다. 나는 불을 끄고 누운 채로 뒤쪽 들창문이 밝아오는 것을 올려다보았다. 내 머리맡에는 밥상 위에 그네의 노트가 그대로 쌓여 있다. 그리고 그 속에서 윤희의 독백이 깨알 같은 글씨로 나를 기다리고 있었다.

그네의 노트에 나와 있는 것처럼 집의 개수공사를 끝낸 날 윤희는 이웃 읍내에서 짐을 싣고 이사를 해왔다. 둘은 자잘한 살림들이며 화구 등속을 같이 정리했다. 우리는 작업실 쪽에 있던 부뚜막에다 찬장을 올려놓고 무쇠솥에는 차마 아무 음식도 끓이지 못하고 물만 데우기로 했고 그네가 들고 온 석유곤로에 냄비로 밥을 지었다. 아직 전기를 끌어오지 못하여 양초 두 개를 켜놓았다. 촛불을 밝혀놓으니까 우리는 그야말로 벽지에 들어온 듯했다. 마주앉아서 반찬이라곤 두부찌개와 신김치로 저녁을 먹었는데 떠돌아다닌 지 일년여 만에 집에 돌아온 듯한 느낌이었다. 윤희는 부뚜막 아래에서 머리를 감고 있었다. 그네는 머리를 아궁이 앞에 대고 빗으면서 콧노래를 불렀다.

앞으로 뭘 할 거예요?

윤희가 노래를 그치고 문득 내게 물었다.

다시 활동해야죠.

아니…… 그런 거 말구, 뭔가 하구 싶은 게 있을 거 아녜요?

아주 오래 전에 시를 써볼까 생각했어요.

그런데 지금은요?

도피중이죠.

윤희는 부뚜막 앞에서 일어나 쪽문 앞 찬마루에 걸터앉았다.

시인이 되는 게 좋을 거예요. 관념이 지향점을 잃으면 우리 아버지 같은 인생이 되지요.

사람에게나 아니면 무슨…… 풀꽃도 제철이 있는 거 아닌가요? 아버님의 이십대가 그분의 생애에서 가장 빛나던 시절이었고, 살아남는다면 그뒤에는 그냥 사는 거요.

당신들은 왜 모두 그런가 몰라요. 마차 끄는 눈 가린 말처럼 시야를 앞으로만 내놓고 있지요.

먼길을 가야 하니까.

윤희는 더이상 말을 하지 않았다. 빗은 머리를 뒤로 쓸어넘기고 콧날이 반들거리는 얼굴을 들어 나를 찬찬히 바라보았다. 그네는 방으로 들어서서 쪽문을 닫고 이부자리를 깔았다. 그네가 이사오면서 가져온 단 한채의 이불이었다.

이부자리가 이것밖에 없어요. 담요는 너무 지저분해서 아까 빨았구요. 같이 잘 수밖에 없네요.

윤희는 그렇게 말하고는 먼저 자리 속으로 들어가버렸다. 나는 머쓱해져서 그냥 윗목에 우두커니 앉아 있었다.

기억나는 거 있으면 한번 외워봐요.

뭘 말요……

시라는 물건 말예요.

기억나는 게 몇구절 있지요. 소년기에 친구들하구 막걸리두 마셔보구 백일장 내기두 했어요. 마침 가는 비가 내리니까 읊어보자구 했어요.

읊어봐요.

바람에 불려 대기가 젖는다, 내가 봄비라고 이름짓는다.

그게 다예요?

또 있습니다. 이건 내가 지은 시고, 다음 게 더 좋아요.

제목이 모두 봄비였어요?

봄비, 그러나 감자밭을 적시기엔 아직 적다.

한마디씩 읊었군요. 괜찮은데?

그 친군 교통사고루 일찍 죽었어요. 시정은 원래 모자란 거요. 첨부터 세상에 없던 것이기두 하구요. 사춘기에는 더욱 알 수 없는 미로 같지요.

누워서 얘기해요. 목이 아프잖아요.

나는 그네의 옆에 두어 뺨쯤 떨어져서 눕는다. 우리는 천장에 촛불 그림자가 어른거리는 것을 바라보며 반듯이 누워 있었다. 뒤뜰에서 대숲이 바람에 서걱대는 소리가 들렸고 언제부턴가 찾아든 소쩍새가 고즈넉하게 한마디씩 끊어서 울었다.

윤희의 노트를 읽다 말고 잠들었는데도 나는 대밭의 참새떼가 우짖는 소리로 일찍 잠이 깼다. 일어나자마자 나도 모르게 격자문의 창경에 얼굴을 갖다대고 밖을 내다보았다. 아침안개가 마당을 꽉채우고 그 너머까지 온통 하얗게 내려와서 나무도 위의 가지는 보이지 않을 정도였다.

저 안에서 해온 습관대로 웃통을 벗고 마당에 나가 수도꼭지를 틀었다. 머리부터 찬물을 뒤집어쓰고 천천히 등을 수도꼭지 아래로 들이밀었다. 견딜 수 없는 오한이 등과 가슴을 뒤덮었다. 그러고는 젖은 수건으로 상반신에 열기가 느껴질 때까지 비벼댔다. 아랫집에 들어서자 부엌에서 내다보던 순천댁이 한손을 저어 보이며 말했다.

방으루 올라가요.

남도식 일자집의 왼쪽 끝에 찬방이 있고 찬방은 부엌과 통해 있었다. 찬방 앞에서부터 마루가 끝까지 이어졌는데 줄줄이 방이 붙어 있게 마련이다. 찬방 옆이 안방이고 부엌 아궁이가 안방 쪽에 있다. 안방 옆에 곁문 달린 대청이 있으며 그 옆에 아이들 방이 있고 그 옆 마루의 끝에 바깥어른이 기거하는 사랑방이 달려 있었다. 생전에 교감 선생은 그 방에서 나와 바둑도 두고 이야기도 나누곤 했다. 그쪽 방문이 열리며 이 집 막내인 옛날의 토끼가 마루로 나섰다.

안녕히 주무셨소. 올라가시지요.

나는 그와 앞서거니 뒤서거니 하면서 찬방으로 올라갔다. 찬방에는 둥근 상이 차려졌고 벌써 찬 식기들이 올라와 있었다. 막내며느리는 부엌에서 취사를 하는 어머니를 거드는 중이었다. 부엌도 예전의 흙바닥이 아니라 타일을 깔고 실내 수도를 들이고 싱크대를 놓았으며 가스레인지를 쓰고 있었다. 국이 들어오고 밥은 전기밥솥에서 조그만 공기에 퍼져 올라왔다.

찬이 입에 맞을랑가 모르겠네. 냉잇국 좋아하지라?

예, 그럼요. 솜씨는 여전하시지요?

몰러, 다 잊어부러서 어치케 하는 중도 모르제. 된장맛으로 묵소.

막내가 뭔가 주춤대더니 부엌의 여자들이 듣지 못하게 목소리를 죽여서 말을 꺼냈다.

저어, 아저씨, 이따가 누가 점 보자고 합디다.

누가…… 나를?

이예, 저 머시여 서에서 나와본다구 허든디. 잠깐 만나서 멋 점 물어본다고.

나는 그가 어제 저녁에 이곳 구역담당자에게 전화를 먼저 했으리라는 것을 짐작할 수가 있었다. 아마 순천댁이 먼저 걱정 끝에 안을 내었으리라. 그렇지 않겠는가. 당시에 내가 서울에서 검거되고 나서 물론 윤희가 참고조사를 받았겠지만 문교감 부부도 관내 경찰서에서 혼찌검이 났을 터였다.

아침을 먹고 나서 읍내에 나가 뭔가 필요한 것들을 사오려고 했지만 막내의 얘기를 듣고 나서는 그냥 부근에서 산책이나 하며 시간을 보내기로 하였다. 나는 천천히 갈뫼마을 아래쪽으로 내려갔다. 아직 이른 아침이어서 가든이니 찻집이니 하는 데는 인기척이 없었고 동네 개들만 요란하게 짖었다. 전에 사과나무 배나무로 가득 찼던 과수원 길이 없어지고 시멘트의 새마을도로가 생긴 마을길을 한바퀴 돌아서 이번에는 집 뒤의 야산에 오를 생각으로 오솔길로 되돌아 올라갔다. 세차도 하지 않은 흙투성이의 낡은 검은색 승용차 한대가 나를 지나쳐서 위로 올라갔다. 나는 차 속을 힐끔 보면서 그 안에 나를 찾는 이가 타고 있으리라고 짐작했다. 먼발치로 차에서 내린 사내가 찻집의 나무계단으로 올라가는 게 보였다. 천천히 새마을도로를 걸어서 토담 찻집 앞으로 올라갔다. 문을 열고 고개만 빼고는 바깥을 내다보던 막내가 나와 얼굴이 마주치자 웃어 보였다. 그는 문을 열고 몸을 반쯤 내밀고는 말했다.

차 한잔 들고 올라가시지요.

나도 그에게 웃어 보이며 계단을 올라갔다. 한지로 바른 벽이며 대나무 바구니 모양의 등갓들이며 투박한 나무탁자 등속으로 민속 분위기를 내려고 애를 써놓았다. 창은 엉뚱하게 유리의 통창이고 맞은편 창가에 그 사내가 앉아서 들어서는 나를 노려보았다. 그냥 나를 쳐다 보았을 테지만 눈매가 그렇게 생겨서 째려보는 듯한 느낌이 들었다. 막내가 그를 한손으로 가리키면서 내게 말했다.

아까 말했지라? 서에서 나오신 분이구먼요.

그가 엉거주춤 일어나 보였다. 나는 목례를 하고 어정쩡하게 서 있 었다.

오현우씨죠? 일루 좀 앉으십시다.

막내는 달아나듯 자리를 피해서 카운터 쪽으로 갔다. 나는 형사로 보이는 사내 앞에 앉았다. 그가 명함을 내밀었다.

이 근방이 내 담당구역이라…… 직무상 몇가지 물어볼 말씀이 있어 서요.

하면서 그는 점퍼 안주머니에서 수첩과 볼펜을 꺼냈다.

나오신 지 인자 한 열흘 되었지요?

한 이주일 되었소.

가석방이지라?

아니, 만기요. 살면서 감형을 받았으니까.

사내는 빙긋이 웃었다.

그렇겠지요. 하여튼 시방 댁에는 보안관찰 대상자요. 여기 오면서 관할 경찰서에 신고했습니까?

위법한 사실이 없어서 신고하지 않았소.

명백히 말허자면 그 자체가 위법입니다. 머 좋아요, 여기 온 목적이 뭡니까?

쉬러 왔어요.

들어보니까 조 윗집이 한윤희씨 소유라던데 관계가 어떻게 됩니까?

나는 그의 질문을 되씹으며 잠깐 생각했다. 글쎄, 그네와 나의 관계 는 무엇일까. 나는 대답하기 어려운 순간에는 얼굴을 위로 쳐들며 웃곤 하던 교도소에서의 버릇대로 웃음을 지었다.

처는 아니고…… 약혼한 사이라던데요?

그럴 거요.

여기 얼마나 머물 작정이오?

한 열흘, 아니면 보름쯤 있어볼 생각입니다.

그후엔 서울로 돌아갈 계획이고…… 물론 광주에도 들르겠지요?

아니, 그냥 올라갈 겁니다.

그는 수첩과 볼펜을 다시 안주머니에 집어넣고는 뒤를 힐끗 돌아보았고 막내가 다가와 물었다.

무슨 차를 드리께라우?

멋멋이 있는디……

모과차, 녹차, 유자차, 대추차도 있고요.

대추차나 한나 줘봐.

아저씨는 멋을 자실라오?

나는 자리에서 일어나면서 형사에게 말했다.

얘기가 다 끝난 것 같은데 이만 실례하겠소.

하고 돌아서자 사내가 따라나왔다.

이거 참, 안됐습니다. 나두 이러구 싶지는 않았지만 위에서 가보라니까.

예에, 그러시겠지요.

나는 그냥 휘적휘적 오솔길을 올라 윗집으로 향했다. 순천댁의 막내아들은 조금 당황했는지 빠른 걸음으로 내 뒤를 쫓아왔다.

아저씨, 아저씨, 나 잠 보고 가시지요.

나는 그를 돌아보며 걸음을 멈추었다.

사실은 지가 엊저녁에 전화를 했고만이라우. 어머니도 걱정을 허시고 그려서……

잘했어.

내 추측이 맞았다. 그렇지만 나는 정말 마음속으로부터 그들 모자에게 미안한 마음이 들었다.

내 입장이 그런 걸 어떡해.

막내는 내가 그렇게 나오자 얼굴이 밝아졌다.

아이고, 아저씨가 그렇게 말씀허시니 몸둘 바를 모르겠네요. 우리야 장사를 해묵자니 벨수읎지요. 기시는 동안 인자는 맘 푹 놓고 쉬시라고요.

나는 방으로 돌아갔다. 그리고 팔베개를 하고 누워서 오늘부터라도 취사준비를 따로 해야겠다고 생각했다. 읍내에 나가 가스도 주문하고 반찬거리며 라면이며 쌀도 사올 작정을 했다. 아니 오늘 그러는 건 너무 표가 나고 내일부터 취사를 하리라고 마음을 고쳐먹는다. 아직도 세월은 그리 많이 변하지 않았다. 나는 완전히 놓여나지도 않았고 앞으로 해야 할 일이 조금은 남아 있을지도 모른다.

오후에 읍내에 나가서 장을 보아가지고 돌아왔다. 먼지가 켜켜로 앉은 냉장고를 닦고 안을 청소하고 나서 먹을거리들을 집어넣었다. 쌀과 라면도 샀고 싱크대 위의 가스레인지에는 주문했던 가스통이 도착해서 호스를 연결했다. 내가 오랜 세월 동안에 참았던 식욕이 발동해서 슈퍼에서 스스로 집어온 식품들이라 막바로 요리해 먹고 싶었다. 하지만 아랫집 사람들의 감정을 건드려서는 안되는 일이어서 저녁참에는 스스로 내려가 그들과 함께 식사를 할 생각이었다.

나는 다시 윤희와 대화를 나눌 생각이 났다. 노트를 펼쳤다. 그네는 스케치북에 그랬듯이 단상을 적어놓기도 했고 나를 앞에다 두고 이야기하듯 편지투로 써놓았다.

뒷산에 올라갔다. 오늘은 어떻게 해서든지 이 평범한 야산의 등성이 너머에 뭐가 있는지를 보아둘 생각이었다. 잡목과 풀이 너무 빽빽해서 처음엔 힘들었지만 그곳에도 가끔은 사람이 다녔는지 희미하게 길이 있었다. 신통하게도 한번 그 길에 들어서자 산을 오르기가 훨씬 수월해졌고 자연스럽게 능선을 따라서 걸어올라갔다. 드디어 티셔츠의 등덜미가 젖을 정도로 땀을 흘리면서 꼭대기라고 할 만한 장소에 도착했다. 거기에도 나무들이 있었지만 아래쪽보다는 듬성듬성했고 바위도 몇개 솟아올라 있었다. 나는 나무 사이로 저 너머를 내다보았다. 물론 거기 무슨 널찍한 바다가 가슴이 툭 트이게 펼쳐져 있지는 않았다. 좁다란 다른 골짜기가 보이고 그 뒤에 이쪽보다 더 높은 산이 가로막고 있었다. 산자락이 오른편으로 길게 뻗어내려간 끝자락쯤에 내가 버스를 타고 달리던 그 길이 틀림없는 신작로로 하얗게 보였다. 왜냐하면 길 옆으로 개천의 지류가 보였기 때문이다. 나는 바위에 올라앉아서 땀을 식혔다. 조금 아래쪽에 편편하고 나무가 드물게 자라난 빈터가 보여서 내려가보니 예쁜 무덤 하나가 있다. 예쁜 무덤이라니. 너무 오랫동안 버려두어서 봉분은 주저앉고 비석은커녕 비목조차도 없다. 할머니 가슴처럼 주저앉아 그냥 평지와 다르게 봉긋한 흔적이 무덤이라는 걸 알아보게 할 정도였다. 잡풀들이 자라나 있건만 산 아래에서처럼 길다란 억새니 속새니 강아지풀이니 하는 것들은 없고 알맞추 자란 조선잔디 틈새로 오랑캐꽃이며 토끼풀꽃 들이 피어 있다. 산바람이 한들한들 불어왔다. 나는 마음이 편해져서 묘지에 등을 기대고 누웠다. 안녕하세요? 몇자 아래에서 삭아버린 무덤의 임자를 잠깐 생각했다. 그가 지나온 거리와 마을을. 그리고 그가 사랑한 사람들을. 무덤의 꽃들은 거기 와 엎드러져 우는 이들의 눈물을 머금고 자란다고? 거짓말이다. 이렇게 평화로운 정적과 바람을 보면 생의 저 너머에 괜찮은 게 있을 거야.

저녁에 집에 돌아와 신문을 보고 나서 아까 산에서 만난 죽음이 객관세계와 얼마나 동떨어진 나의 감상인가를 깨닫다. 종교재판의 낯설지 않은 기록을 적어본다.

몸통에서 떨어져나온 손발, 머리통에서 빠져나온 눈알들, 다리에서 떨어져나온 발목들, 관절에서 뒤틀린 힘줄, 몸통에서 뒤틀린 견갑골, 부풀린 동맥, 밀려진 정맥, 천장까지 끌어올려졌다가 바닥으로 동댕이질쳐지고 빙글빙글 회전시키고 머리를 거꾸로 하여 공중에 매달리는 희생자들. 나는 고문자들이 피의자들을 채찍으로 후려치고, 회초리로 두들기고, 손가락을 으스러뜨리고, 무거운 물건을 몸에 묶어 공중에 매어달고, 굵은 밧줄로 꽁꽁 묶고, 유황으로 지지고, 뜨거운 기름을 온몸에 뿌리고, 불로 그슬리는 모양들을 보았다. 견딜 수 없는 고문을 받고 자백할 때 수사관은 그녀에게 말했다. 만약 지금까지 자백한 것들을 부인할 의사가 있으면 차라리 지금 나에게 말하라. 그러면 내가 너에게 유리하게 써주겠다. 그러나 네가 만약 법정에서 사실을 부인한다면, 너는 다시 내 손아귀로 돌아와 이제까지보다 더 가혹한 꼴을 당할 거야. 나는 돌에서 눈물이 흐르도록 할 수도 있어.

세상에, 저건 중세 때였는데. 지금 여기서 어쩐지 많이 들어본 음산한 목소리가 아닌가. 나는 그이가 당한 사십오일 동안의 지옥을 그 누님을 통해서 알고 있다. 아, 우리는 정말 운이 나빠. 산에서 만났던 풀꽃들에게조차 부끄러워해야 하다니.

다시 그림으로 돌아가자. 세계에 정해진 인상은 없는 거야. 그림은 처음부터 붓을 든 자의 착각이야. 그이가 저 봄비를 이름지어진 것이라고 읊은 것처럼. 사회주의는 계급이 사물을 보는 시선을 결정한다고 말하겠지만. 다시는 경치를 예찬하지 말아야지. 그림은 보는 방식이야.

너의 길을 걸어라, 그리고 타인들이 말하게 내버려두어라!

이 말 가운데는 세계를 변화시키겠다는 신념과 그에 반비례한 외로움이 반영되어 있다. 더구나 남들이 쉴새없이 지껄이는 소음으로부터도 자유롭지 않다. 하이드파크의 논설가들에 귀를 기울여보기도 하고 도서관을 오가며 가난과 굶주림에 시달렸던 고집쟁이 망명자. 뒤에 러시아인 대머리 아저씨가 같은 공간을 왕복했다. 그래도 이들은 나은 편이다. 수많은 불운한 변혁가들은 사나운 발밑에 개미가 으깨지듯이 아무런 사연도 없이 말살되곤 하였다. 그런데 기묘하기도 해라. 으깨진 자들은 형체도 잔해도 기억조차 남지 않았는데 짓누른 쪽은 오히려 영원히 용서하지 않고 죽은 자들과 그 비슷한 생각들까지 몸서리치게 증오한다. 자책 때문일까. 그는 자신을 두려워하는 거야. 이러한 집착은 가해의 정도가 깊을수록 더욱 오래간다.

이제부터 그와 나는 안과 밖에서 살아갈 거야. 정말 안과 밖인가. 아니면 내가 안이고 그가 밖인가. 이 기록은 나의 기록이며 내 인생에 관한 흔적들이 될 거야. 그에게는 저 작은 방안에 자기의 몫이 따로 있을 테지만. 먼 뒷날에 우리의 긴 이별이 끝날 때, 우리는 자신의 시대를 어떻게 해석하게 될까.

어째서 굶주린 자가 일없이 땅을 파는지 나는 아버지의 산생활에 대한 이야기를 들어 알고 있었다. 굶주린 개나 늑대나 말이 왜 앞다리로 땅을 파헤치는 헛짓을 하는지. 이미 주린 상태는 잊은 채로 뭔가 생명을 위하여 움직이지 않으면 살아 있지 않은 것이 되기 때문일 거야. 아버지가 환자트에서 재귀열을 앓던 세 사람 중 유일하게 살아남아 잡히기 전의 며칠 밤을 바위틈에서 누워 지내던 일은 몇번이나 들었다. 나중에도 아버지는 별을 바라보는 것을 두려워했다. 별들은 눈알 속에 박힌 모래알처럼 서걱거렸고 어두운 밤하늘은 천천히 그리고 무겁게 내리누르는 미열과도 같았다. 굶주림은 시간을 무한하게 늘여간다.

아버지는 앓고 누워 있던 어느날 내게 말했다. '나는 노년을 상상도 하지 못했다'라고. 달력의 처음 두어 달을 찢으면서 어떻게 까마득한 십일월을 예상할 수 있겠느냐고도 말했다. 젊은날, 익명인 채로 아무도 모르는 곳에서 서서히 죽어간 동지의 시체를 곁에 두고 자신도 죽어가면서. 말이나 생각과는 달리 죽음이라든가 감옥이라든가 전쟁이라든가 하는 것들은 그 속에서는 너무 실감이 나서 장난 같단다. 유리병이 탁자에서 떨어져 깨지듯이 너무나 확실한 사건들. 어어, 저 봐, 내가 뭐랬어, 정말 죽는 거잖아. 노년이란 다 빼먹었기 때문에 없어진 맛의 기억만이 남아 있는 곳감 같을 거야. 꼬챙이 끝의 나머지 한두개로 야금야금 과거를 되살리면서 연명해간다. 나는 그에게 아버지의 말년을 이야기했고 그 일이 우리를 가깝게 만들었다.

8

그날 밤이 생각나요. 내가 당신과 입을 맞추었던 그 토요일, 그리고 일요일에 우리는 읍내에 나갔었지요. 몇가지 살림을 사기로 했잖아요. 모자라는 식기와 냄비며 침구며 살 게 너무나 많았지요. 다릿목에서 버스를 기다리다 누가 먼저랄 것도 없이 우리는 앞서거니 뒤서거니 하면서 먼지나는 한길로 걸어갔지요. 도중에 반톤 트럭이 지나가다 우리를 태워주었지요. 멀리 읍내가 보일 때까지 우리는 노래를 불렀어요. '뱃사람의 이별'이라는 러시아 민요였을 거예요. 내가 어릴 적에 아버지에게 배웠다가 당신에게 가르쳐주었지요. 당신이 먼저 불렀고 내가 따라서 불렀습니다.

노래 부르자 즐거운 노래
이른 아침 안개를 뚫고
내일은 항구 멀리 떠나갈

이 밤을 노래 부르자
사랑하는 고향 내일 멀리 바다로
이른 아침에 뱃전을 보니
낯익은 푸른 손수건

당신은 내가 없을 때 거의 보름 동안 갈뫼 밖으로 나가지 못했으니 무척 갑갑했을 거예요. 당신이 즐거워하는 모양을 보니 나는 더욱 안쓰러웠어요. 바람에 당신의 길게 자란 머리카락이 뒤로 넘어가서 너풀거렸죠. 읍내 어귀에 나중엔 보기 흉한 시멘트 벽에 똑같은 계란색 페인트를 칠한 농협창고가 섰지만, 당시에는 흙벽에 초가를 인 방앗간이 있었던 것 기억나요? 언제나 낟가리가 높직하게 쌓여 있었고 곡식껍질이며 하여튼 먼지들이 주위에 날아다녔어요. 방앗간 뒤편에 갈대며 부들이며가 울창하게 자라고 그 너머는 산에서 흘러내려온 개천들이 모여서 머물렀다가 이웃 읍의 강으로 흘러드는 큰 웅덩이가 있었어요. 지금은 저수지가 되어버렸지만요.

읍내는 무싯날이었지만 제법 사람들이 많았어요. 공일이니까 인근 면에서 나처럼 직장을 가진 이들이 볼일을 보러 나오고 또 교회도 다녀야 하니까. 규모가 좀 큰 어느 군이나 다 그렇지만 공설시장이 있죠. 그 부근에는 오일장을 위해서 노점을 위한 공터나 기둥만 있는 간이점포를 마련해두기도 하지요. 시골시장이지만 있을 건 다 있어요. 철물점도 있고 온갖 부엌물건을 파는 그릇점도 있구요, 포목점도 있고, 문방구 전파상 잡화만물점 빵집 떡집 과자가게 솜틀집 이발소 미장원 영화관도, 목욕탕도 있고, 뭐 다 있어요. 우리는 서로 작별의 손짓을 하면서 남탕 여탕 쪽의 문을 열고 목욕탕에 들어갔지요. 내가 시간을 더 잡아먹는 동안 당신은 모처럼 이발도 했구요. 장은 봐야 하는데 어찌나 허기가 지던지. 우리는 물건을 잔뜩 사서 양손에 들고 시장 모퉁이에서 두리번거렸어요. 당신은 신기한 듯 돌아나온 시장을 다시 한번 바라보고는 말했어요.

우리 장날마다 나오자!

나 학교는 어떡하구.

그건 참 아쉬운데……

나 대신 현우씨가 내 몫까지 구경 나오면 될 거 아녜요.

혼자서 무슨 재미로. 하여튼 장은 좋아.

우리는 무슨 옛날 얘기에 나오는 주막처럼 생긴 국숫집에 들어갔지요. 나무탁자와 오리의자 몇개가 있고 아줌마가 말없이 국수를 한움큼씩 집어 대바구니에 건져서는 장국에 말아 냈지요. 네모나게 썬 무와 어른 손가락만한 멸치를 푹 끓여서 국물내고 나중에 호박무침을 고명으로 얹고 파와 고춧가루를 뿌려주는, 시골 새참 같은 국수 말예요. 내 걸 더 덜어주었는데두 당신은 국물까지 싹 비웠죠.

어릴 때 엄마 따라서 시장에 가면 나는 가끔 도둑질을 했다?

당신이 그렇게 말을 했지만 나는 무슨 소린지 알아듣지 못했어요.

건어물전이나 과일전을 지나면서 멸치 몇마리, 아니면 오징어포 몇쪼가리, 포도알이나 딸기 두어 알을 슬쩍 집었지. 그게 얼마나 재밌는데.

그건 나두 했어.

우리는 읍내 마실을 다녀가는 사람들로 가득 찬 버스에 짐을 들고 타기도 뭣하고 남의 눈에 띄기도 꺼려져서 하는 수 없이 택시를 탔어요. 아, 차창으로 불어드는 바람 속에 막 싹이 터서 오르기 시작한 여린 봄풀들의 냄새가 풍겨왔지요. 사람의 마을에는 이런 싱그러운 생명의 짓거리와 바람이 어울려 춤을 추지요. 우리는 그때 모든 것이 다 잘될 것만 같았어요.

집에 돌아와 살림을 정돈하며 당신은 아랫집에서 물을 길어오고 나는 그릇들을 씻었어요. 물지게가 없어서 그냥 양동이 두 개를 들고 가서 두 손에 들고 뒤뚱거리며 올라왔죠. 천천히 쉬어가며 올라오래도 당신의 걸음은 항상 급해서 물이 철철 넘치고 바짓가랑이가 다 젖었잖아요. 당신두 참, 맛있는 게 많은데 무슨 뎀뿌라인지 어묵인지를 간간하게 볶은 걸 좋아했지요. 내가 집이 읍내 근처인 동료 여교사들에게서 밑반찬을 얻어오겠다고 했더니 당신이 그랬지요.

나는 정착민이 아닌 떠돌이라 그저 도시락 반찬 따위가 입에 맞아.

우리들의 그 초라하고 따뜻한 밥상이 생각나요. 아랫집에서 전기를 끌어와 형광등은 달지 못하고 육십촉짜리 전구를 소켓에 끼우고 불을 켜니까 우리집은 당신 말마따나 에디슨연구소처럼 밝아졌어요.

그래두 잘 때는 촛불이 좋더라.

촛불 끄는 당번을 정해야 해. 안 그럼 이 집 홀라당 탈 테니까.

나는 그러면서도 마지막에는 촛불을 다시 켰어요. 촛불을 켜면 우리는 세상으로부터 모든 연결이 끊어지고 산간벽지로 저만큼 물러났지요. 그날 나는 당신과 정말로 같이 잤지요. 처음처럼 다시 어색하게 따로 자리를 펴고 누웠다가 내가 먼저 돌아누우면서 그랬던 거 생각나요?

이쪽으루 안 올래요? 잠이 안 와.

했더니 당신은 그래두 조금은 머뭇거려야지 글쎄 불쑥 이불을 들치고는 내 자리루 들어와 나를 꼭 껴안았지요. 그뒤로 아무 말도 없이. 그러나 거칠지는 않았어요. 당신의 입술은 좀 튼 거 같았어. 담배냄새가 났지요. 이튿날 동이 훤해질 때까지 우리는 무슨 얘기가 그렇게 많았던지. 나는 가끔 불안했어요. 당신이 방문을 열고 베개에 턱을 받치고는 바깥 어둠속을 멍하니 내다보며 어디론가 생각이 가 있을 때. 그때 당신은 위험에 빠진 동료들을 생각했나요, 아니면 임무 같은 걸요.

나 학생 때 사귀던 이가 있었어요. 같은 미술대 조소과 상급생이었어요. 언젠가 당신에게두 언뜻 얘기를 했던 듯싶어요. 내가 그를 눈여겨보게 된 것은 어느 겨울이었죠.

그때 아버지가 병원에서도 손들고 퇴원해서 집으로 돌아와 나하구 정희의 간호를 받고 지낼 무렵이었는데, 어떤 날은 아버지 옆에서 꼬부려 새우잠을 자는 날도 많았어요. 그런 날은 으레 새벽에 잠을 깨죠. 새벽에 잠을 깨면 그 우울한 광경이라니. 머리맡에는 진통제 약병과 주사기가 흐트러져 있고 길 쪽으로 나 있는 창문으로는 빛이 훤히 들어오지요. 환자는 이미 해골의 윤곽이 다 드러나서 두 눈은 퀭하니 꺼져 있고 광대뼈가 불거져나와 있어요. 아버지는 기가 다 빠져나간 것처럼 입을 반쯤 벌리고 숨소리도 없이 잠들어 있어요. 이미 돌아가신 줄 알고 소스라쳐 일어나 다시 자세를 바로잡고 건드릴까말까 하다가 간신히 용기를 내어 팔을 잡아 가만히 흔들어보지요. 그러면 가냘픈 한숨을 쉰다거나 움찔하거나 그러시거든요. 어쨌든 그날도 그런 날이었을 거예요. 하, 숨이 막혀 버럭 소리라도 지르며 뛰쳐나오지 않고는 견딜 수 없는 새벽에 나는 갈데없이 학교로 나오는 거예요.

학교에는 아무도 없어요. 나무도 앙상하고 건물의 유리창은 아직 시커멓게 죽어 있고 가로등이 부옇게 켜진 채지요. 복도와 계단에서는 내 발걸음 소리가 멀리까지 울려퍼져요. 나는 실기실로 들어갔어요. 거기 가면 석유난로도 있고 우리가 번갈아 갖다놓은 커피나 녹차도 있거든요. 실기실로 들어가 불을 켜는데 얼마나 놀랐는지. 이젤이 접힌 채로 벽걸이처럼 늘어섰고 주인의 손길을 기다리는 아직 미완성인 그림들이 널려 있는 그 너머에, 나는 처음엔 그게 두 개의 책상을 붙인 줄은 모르고 교실바닥이 솟아오른 줄로 알았어요. 그 위에서 뭔가 시커먼 짐승 비슷한 길쭉한 것이 꿈틀거리는 거예요. 그래도 소리는 지르지 않고 놀라서 입만 벌리고 꼼짝없이 지켜보았지요. 지익, 하는 소리가 나더니 자루 같은 데서 사람의 머리가 쑥 나왔어요.

어머나!

내가 소리를 지르자 그쪽도 놀랐는지 거의 함께 소리를 질렀죠.

어, 어어⋯⋯

자세히 보니 누군가 침낭 안에서 자구 있었던 거예요. 나는 그의 얼굴을 알아보았어요. 물론 보통 때에는 한번도 서로가 말을 건넨 적은 없었지만. 그는 나보다 두 학년 위였는데 여름에 더러운 와이셔츠만 입고 다닌 것 외에는 거의 봄 가을 겨울은 검게 물들인 군작업복 차림이었어요. 신발은 물론 코가 하얗게 까지도록 신은 군용 워커였죠.

굿 모닝입니다. 아침 사주러 오셨나요?

나 참 기가 막혀서, 완전히 복지원 수준이잖아, 혼잣소리로 그렇게 중얼거릴 뻔했지요.

여기서 잔 거예요?

대충 그렇게 말대꾸를 해주었더니 넉살좋게 대답해요.

여기가 요새 내 방입니다.

머 어디 출품하시나보죠?

밤샘작업 하는 줄 알고 나는 그렇게 심드렁하게 말해주었어요.

갈 곳이 없어서, 학생은 학교가 집이니까.

아마 하숙비가 떨어졌겠지요. 그의 검은 작업복에는 여기저기 군용 침낭에서 비져나온 닭털이 허옇게 붙어 있어서 흙 묻은 옷보다 더 지저분해 보였어요.

이거 형 거예요?

하면서 나는 그의 발치에 던져져 있던 스케치북을 집어 들춰보는데 다행히도 아무런 대꾸가 없겠죠. 나는 솔직히 그의 데쌩에서 충격을 받았어요. 우리는 그때 석고상이나 고작해야 학교에서 고용한 모델들을 그리고 있었는데 그는 전혀 엉뚱한 짓을 하고 있었으니까요. 지금 와서 생각해보면 너무도 당연한 일이지만요. 그는 거리로 나간 거예요. 지금 막 짐을 지고 일어서는 지게꾼 아저씨를 그렸는데 그의 용을 쓰는 얼굴 표정과 주름살이며 지겟작대기를 두 손에 불끈 쥔 손과 솟아오른 핏줄이며 단단히 디딘 발과 장딴지가 생생했어요. 아니면 서울역 근방인 듯한데 가방과 보따리를 들고 이고 나서는 모녀를 그렸구요. 벤치에서 자고 있는 사람은 신문지를 덮었는데 흘러내린 신문지 사이로 얼굴 반쯤이 나와 있고 깡마른 광대뼈가 보였어요. 그 뒤에 담배꽁초에 불을 붙이고 있는 남자가 보여요. 힘껏 빨아들이느라고 볼은 홀쭉한데 시선은 작은 성냥개비의 불꽃에 떨어지고 두 손은 동그랗게 움켜서 바람을 가리고 있어요. 대합실 의자에 앉아 아이에게 젖을 먹이고 있는 젊은 아낙네. 부랑아인 듯한 두 소년은 거의 외투처럼 보이는 어른의 상의를 걸치고 머리는 사방으로 뻗쳐 새둥지를 틀었는데 뭔가 조잘대며 즐겁게 군고구마 같은 걸 먹고 있구요. 어쨌든 나는 신선한 느낌으로 홀린 듯이 그의 소묘들을 보았어요.

참, 좋은데요?

나는 계속해서 그의 화첩을 들추면서 혼잣소리로 말했어요. 그랬더니 그가 퉁명스럽게 되물었죠.

뭐가요. 어떻게 좋단 말요?

살아 있는 거 같애요.

그는 픽, 하면서 웃었어요. 고작 그런 말밖에 할 수 없느냐고 냉소하는 것 같아서 나도 모르게 얼굴이 화끈 달아올랐어요. 그가 말하더군요.

현장이…… 무엇보다 중요하지.

나는 그때 겨우 이학년이었지만 이른바 미술대학의 실기라는 짓에 대해서 너무도 따분하고 지루하게 생각하고 있었거든요. 그렇죠, 도대체 생김새도 다르고 동시대 사람도 아닌 외국의 천여년 전 석고상이란 물체를 그대로 찍어내듯 그리는 게 무슨 실기가 되는지. 그걸로 점수까지 매기다니 기가 막혀. 그러곤 기껏 살아 있는 대상을 그린다는 게 누드예요. 생활이 없는 몸의 선은 그야말로 물체와 다를 게 없잖아요. 그거 몇번 하다가 대번에 물감으로 떡칠하고 작가 행세로 넘어가는 거예요. 나는 그의 눈이 만성피로 환자처럼 충혈되어 있는데도 눈매는 강렬하다고 느꼈죠.

나 여기서 한장 골라 가져도 된다면, 아침으루 순대국 살게요.

가지슈.

내가 고른 건 유쾌한 모습의 부랑아 소묘였지요. 젖 먹이는 아낙네도 좋았지만 그 거지아이들이 더 활기차고 생동감 있었거든요. 나는 그를 데리고 근처 시장골목에 있는 순대국집으로 갔어요. 그는 어슬렁어슬렁 뒤를 따라왔어요. 사실 나는 그 식당에 꼭 한번 가보았을 뿐이었는데 같은 과 친구들이랑 무슨 모임을 끝내고 나서 남학생들을 따라갔었지요. 그래서 남학생들이 순대국과 소주를 매우 좋아한다는 걸 알았어요. 입구에는 찢어진 치마같이 너덜너덜한 헝겊이 늘어져 있고 거기에 순대국, 머릿고기, 삼겹살, 왕대포 같은 글씨가 삐뚤빼뚤 씌어 있었죠. 안에는 더러운 나무탁자와 기다란 널판자로 만든 간이의자, 그리고 즉석에서 삼겹살을 구워먹을 수 있도록 드럼통을 엎어놓고 구멍을 뚫어 연탄을 피워놓은 식탁과 주위에 동그란 오리의자 몇개가 있잖아요. 나는 먼저 순대국 하나만 시켰어요.

왜 한그릇만 시키는 거요?

그가 볼멘소리로 묻더군요.

난 아침 먹구 왔어요.

그렇게 일찍?

물론이죠. 새벽에 일어났으니까.

그럼 안되겠는데…… 이건 뭐 개밥 주는 것두 아니구, 나하구 소주 한병만 대작해주는 조건이라면 밥을 먹겠어.

소주는 못해요.

저기 써 있는데, 왕대포 한잔씩?

나는 차림표가 붙은 뒤의 벽을 힐끗 돌아보았어요.

좋아요.

그는 천천히 국밥을 먹기 시작했죠. 그러면서 정말 기적같이 큰 사발로 나온 막걸리를 술술 마셔버리는 거예요. 콧등과 이마에는 땀을 송송 달고서.

옛날부터 술은 석잔이라구 했는데 이게 뭐요. 감질나게……

나는 백을 만지작거리면서 말했죠.

좋아요. 단, 스케치하러 가는 데 날 데려간다면요.

그래서 우리는 왕대포 석잔씩을 마시게 되었어요. 그는 서슴없이 요란하게 트림을 꺼억, 하더군요. 그는 조금 불콰해졌지만 기분이 아주 느긋해진 듯했어요. 나두 우리 아버지의 딸이라서 막걸리를 한 주전자쯤 마신 셈인데도 눈자위만 화끈거렸지 말짱했지요.

제법 센데.

그는 나를 돌아보며 한마디 하고는 내가 돈을 내는 것두 기다리지 않고 휙 나가버리더군요. 나두 계산을 하고 나서 바삐 뛰어나가니까 그맘때쯤에는 등교하는 학생들이 길을 꽉 메우고 있잖아요. 그의 뒤를 종종걸음으로 쫓아가면서 속으로 이젠 쪽이 다 팔리겠구나 싶었죠. 그가 나를 어디로 데려갔겠어요. 글쎄 하필이면 중앙시장이 있는 염천교 다리 위예요. 남대문 방향으로는 철공소와 철근상점이 늘어섰고, 다리 북쪽은 잡다한 시장이구요, 남쪽으로는 철길이 복잡하게 얽히고 증기기관차들이 오락가락하고 더러운 개천과 판잣집들이 보이고, 그때는 철로변에 웬 까마귀들이 그리 많았는지.

주변에는 온통 그릴 것투성이라서 무엇을 그려야 할지 모를 정도였어요. 그는 다리 난간에 걸터앉아서 벌써 크로키를 석 장째나 하고 있었고, 나는 다리 아래 기관차들과 철길과 그 너머에 있는 판잣집의 지붕들을 그려넣는 중인데 그가 와서 넘겨다보았어요.

살아 있는 것들을 그려야 순발력이 생겨요.

나는 그의 화첩에서 방금 잡아올린 인물들의 생생한 자세를 보면서 난간에서 돌아섰어요. 그리고 길을 건너 중앙시장 안으로 들어갔지요. 리어카에서 과일상자를 내리고 있는 두 남자를 발견하고 그리기 시작했어요. 그런데 바삐 움직이는 사람들이라 동작이 순식간에 바뀌고 마는 거예요. 그래도 처음 잡은 구도대로 선을 그어나갔죠. 그러곤 돌아서서 이번에는 동작이 그리 크지 않은 풀빵장수 아줌마를 그렸어요. 표정은 같은데 두 손의 놀림이 빠르게 변했어요. 아무래두 그게 안돼서 두 손목 부위만을 여러번 그렸죠. 그런 식으로 나는 시장 안에서만 이십점을 그렸구요. 다시 큰길로 나와 노점상들이며 지나는 사람들과 군상들을 빠르게 소묘해나갔어요. 그는 어디로 갔는지 보이지도 않더군요. 나는 족히 삼십분쯤을 염천교 다리 위에서 기다렸는데 그가 낡은 군화를 터덜거리며 나타났죠.

이젠 좀 쉬어야겠어요. 학교루 돌아갈까 하는데……

먼저 가보슈. 난 요 근처에 들를 데가 있어서.

그런 법이 어딨어요. 출발지점으루 데려다줘야죠.

일부러 나는 그렇게 말했죠. 기실 학교로 돌아가봐야 수업은 다 끝났을 테고, 이제는 집으로 갈 시간이었지만 엄마가 시장에서 돌아오기 전까지는 아버지를 돌봐드려야 할 테니까요. 정희가 먼저 집에 돌아올 무렵이니까 나는 아홉시쯤에 들어가면 그냥 아버지께 말동무나 해드리면 되거든요. 그런데 그가 순순히 고개를 끄덕이더니 앞장을 서는 거예요.

까짓 거, 내가 버스정류장까지는 데려다주지.

그래서 이번에는 이쪽에서 걸음을 멈추고 고개를 흔들었죠.

싫어요. 오늘 저녁 아홉시까지 거기서 책임을 져야 돼요. 내가 저녁은 살게요.

허, 야단났네 이거……

그는 짜증도 내지 않고 정말 순진하게 머리를 긁으며 생각에 잠겼다가 내게 불쑥 물었어요.

돈 있는 거 다 꺼내보슈.

뭐 땜에……?

하여튼 그 가방 좀 봅시다.

어처구니가 없어서 정말, 그는 다짜고짜 내가 어깨에 걸쳐메고 있던 자루처럼 생긴 가죽백을 낚아채는 거 있죠? 나는 반사적으로 끈을 움켜쥐고 뿌리치면서 뒤로 몇걸음 물러났어요.

얼마나 있소?

그날따라 내게는 학생 용돈으로는 제법 많은 돈이 있었어요. 그 지난주에 나는 아르바이트로 받은 월급을 고스란히 지니고 있었지요. 미대 입시생 개인지도를 해주고 있었거든요.

충분히 있으니까 걱정 말아요.

그랬더니 그는 고갯짓으로 따라오라는 시늉을 해 보이며 시장 안으로 들어갔어요. 푸줏간에서 돼지고기 삼겹살 두어 근 사고, 쌀도 사고, 두부, 파, 고춧가루, 갖은양념도 사고, 사홉들이 소주를 네 병이나 샀어요. 물건을 살 때마다 그는 역시 턱짓으로 나더러 계산하라고 서슴없이 명령을 하듯 했지요. 장 본 물건들을 양손에 들고 그는 만리동 일대에 다닥다닥 붙은 판잣집 동네로 꼬부라져 올라갔어요.

마당도 부엌도 없는 바라끄의 이층은 배의 선실이나 아니면 천장 아래 다락방처럼 보였어요. 그는 삐걱이며 거의 부러질 것처럼 휘어지는 나무판자의 계단을 올라가더니 역시 턱짓으로 나더러 올라오래

요. 나는 그가 하던 대로 신발을 벗어들고 비좁고 가파른 계단을 올라
갔지요.

　방안은 놀랍도록 지저분하고 퀴퀴한 냄새가 났어요. 판자로 만든
문을 열어두었는데 사방 두어 뼘 되어 보이는 곳에 신발이 놓였고 내
가 제일 처음에 본 건 바로 문 옆에 놓인 푸른색 사기요강이었어요.
요강 뚜껑은 어디로 가버렸는지 신문지로 덮어놓았더군요. 거기서 악
취가 풍겨올랐죠. 오른편에 창문이 있고 그 아래 찬장과 석유곤로가
놓여 있었구요, 물이 반쯤 담긴 양동이가 있었어요. 방의 안쪽에 더러
운 이불을 펴고 머리가 부스스한 반백의 남자가 벽에 비스듬히 기대
어 앉아 있었어요. 한 일곱살쯤 되어 보이는 사내아이가 방금 그에게
서 건네받은 게 틀림없을 센베이 과자를 와작와작 깨물어먹구 있었지
요. 그는 무슨 제사라도 지낸 모습으로 얌전하게 무릎 꿇고 앉아서 고
개를 숙인 채 침통한 표정이었구요. 내가 난처한 표정으로 방안을 두
리번거리며 앉지도 서지도 못하고 엉거주춤하고 있는데 그가 내 옷자
락을 당기며 당당하게 말하는 거예요.

　이리 좀 앉아.

　나는 얼결에 그의 뻔뻔함에 기가 죽어서 스르르 무릎을 꿇고 앉아
버렸어요.

　인사드려.

　나는 이번에도 홀린 듯이 그의 명령에 따라 앉은 채로 머리에서부
터 허리까지 깊숙이 숙이면서 인사를 했는데 귓전에 그의 목소리가
들리더군요.

　아버지, 저와 결혼할 사람입니다.

　나는 머리를 숙이고 아직 쳐들지도 않았는데 그의 엄청난 말을 듣
고는 도저히 고개를 들 수가 없어졌어요. 반백의 남자는 비스듬히 기
댔던 자세에서 조금 똑바로 고쳐앉으며 쉰 목소리로 중얼거렸어요.

참, 고마운 일이다. 니가 학교도 다니고 이런 시악시도 만나게 되다
니……

나는 얼굴이 화끈하고 부아가 치밀어올랐지만 입밖에 내어 뭐라고는
못하고 곁에 앉은 그의 옆구리를 호되게 꼬집었죠. 그는 신음소리 한번
내기는커녕 으흠, 하면서 큰기침만 하는 거예요. 반백이 묻더군요.

시골 느이 엄마는 별일 없느냐?

네, 다 잘들 지냅니다. 아버지 허리는 어떠세요?

글쎄 두달이 다 되어가는데 여영 낫지를 않는구나.

아주머니는 안 들어오세요?

반백은 그의 말에 대답은 않고 과자를 깨물고 앉은 아이를 눈짓했
어요.

내가 몸이 성해야 저것을 어디 맡길 텐데……

아아, 내가 어쩌다가 이런 고랑창에 빠져버렸던고. 나는 우리집 어
둠의 한 열배는 되는 짙은 동굴 속에라도 들어선 느낌이었어요. 그런
데 갈수록 태산이라고 그가 뭐랬는지 알아요? 기가 막혀서.

이 사람이 아버지 저녁 지어드린다고 이렇게 장을 보아 왔습니다.
하고는 벌떡 일어서서 내게 이러는 거예요.

내가 공중수도에 가서 물을 길어올 테니까, 당신은 우선 밥부터 안쳐.

나는 차마 자리를 박차고 일어서지 못하고 아무 말 없이 냄비에 봉
지쌀을 덜어넣고 물을 부어 쌀을 씻고 물 버릴 곳을 몰라 두리번거렸
더니 그의 아버지가 누워서 그러는 거예요.

아가야, 물은 그냥 창 너머 지붕으로 버리면 되느니라.

그렇게 간신히 쌀을 씻어 석유곤로 위에 얹었는데 그을음은 또 어
찌나 심하던지. 그래두 다행히 형광등은 켜지더군요. 그가 물을 길어
오고 손바닥만한 도마와 녹이 잔뜩 슨 식칼을 들고 고기를 썬다, 파를
썰고 마늘을 다진다, 두부를 썬다 하더니 찌갯감을 준비했지요. 비닐

봉지에 넣어온 김치도 썰고 우선 소주병을 따서 알루미늄 그릇에 한 잔을 따랐어요. 그는 아버지의 머리맡에 병마개를 딴 소주를 놓고 술 한잔을 올리더군요.

아버지 한잔 드세요.

나는 깜짝 놀랐어요. 조금 전까지도 빈자루처럼 구겨져 있던 사람이 거의 반사적으로 벌떡 일어나 앉더니 술잔을 가로채다가 단숨에 입속으로 털어넣었으니까요. 카아, 하고 나서 그의 아버지는 술병을 잡더니 병째로 나발을 불었어요. 거의 반병 정도를 넘기고 나서야 그는 입가를 씻으며 병을 내려놓았습니다.

나는 눈물이 핑 돌았지요. 내 아버지는 그 정도는 아니었고 더 깔끔했지만 삶이 황폐한 몰골은 거의 비슷했으니까요. 그리고 우리 아버지는 조금씩 죽어가고 있잖아요. 선배는 자기 아버지의 그러는 양을 물끄러미 바라보기만 했어요. 밥에 뜸이 들자 그는 곤로 위에 다시 찌개를 올려놓았어요. 그의 아버지는 어느 틈에 사홉들이 한병을 다 마셔버리고 입맛을 다시며 말했어요.

애, 거기 찬장에서 소금종지를 좀 꺼내다구.

그는 말없이 소금종지를 꺼내어 아버지에게 내밀더군요. 그의 아버지는 소금을 엄지 검지로 살짝 집어다 벌린 입속으로 흩뿌리듯이 탁 털어넣었어요. 선배는 말없이 밥상을 차리고, 그의 배다른 동생은 공연히 신이 나서 빈 수저를 입에 물고 방안을 돌아치고, 나는 가슴 깊은 곳에서 회오리치듯 그에 대한 연민이 솟아올랐어요. 우리는 한식구처럼 동그란 밥상머리에 둘러앉아 저녁밥을 함께 먹었지요. 그는 아버지에게 다시 소주를 따서 한잔씩 천천히 따라드렸어요. 밥상을 물리고 나는 설거지를 했고 그는 아버지의 술시중을 들었어요. 나중에 그 반백의 빈자루 같던 남자는 흥얼거리며 노래도 부르더니 한순간에 스르르 모로 넘어지더군요. 그는 잠든 아이를 그 옆에 조심스럽게 누이고 토닥토닥 이불을 여며준 다음에 나가자는 눈짓을 하고는 형광등 불을 껐어요. 우리는 조심조심 계단을 내려왔죠. 우리는 다시 염천교 부근으로 걸어내려왔는데 밤이 깊어서 시장에는 불도 꺼지고 좌판도 비었더군요. 오히려 한산하던 철로변과 그 너머 판자촌이 시 끌벅적했어요. 거기 아마 사창가가 있었을 거예요. 내가 듣기론 그의 아버지는 아마 전후의 변화에 적응하지 못하고 몰락한 지주였을걸요. 땅을 팔아 양조장도 벌이고, 작은 공장도 하다가 차례로 들어먹고, 젊은 여자 만나서 도망치듯 고향을 떠나고. 우리는 남대문까지 아무 말도 없이 걸었어요. 버스정류장이 보이는 데서 내가 그에게 먼저 말했지요.

어디루 갈 거예요?

그는 이젠 머리를 긁지 않았습니다.

집으루 갈 거요.

집이요?

학교 말이오.

나는 화가 난 것처럼 뒤도 돌아보지 않고 뛰어서 버스에 올라탔어요. 이게 내가 처음 누군가를 좋아하게 된 이야기예요. 그가 다시 아버지에게 찾아갔는지 나는 묻진 않았지만 그는 졸업한 선배의 화실에 나가 아르바이트를 했어요. 우리는 정말 가난했습니다.

그해 일년 동안 그와 나는 아주 가까운 사이가 되었어요. 우리는 폐허 같은 집을 등지고 길에 나서서 땀 흘리고 열심히 살아가는 동시대 사람들을 그리러 다녔지요. 겨울에 나는 그와 함께 서해안의 어느 섬으로 짧은 여행을 갔습니다. 바람이 몹시 불었어요. 폭풍경보가 있었고 오가는 배는 모두 끊겼어요. 우리는 해변에서 조금 들어간 마을에서 민박을 했는데 섬에는 전기도 없었어요. 거기선 당신과 내가 갈뫼에서 그랬던 것처럼 촛불을 켜고 지냈어요. 등산용 버너와 코펠도 가지고 갔는데요, 우리는 마지막 날 저녁에는 문간방의 아궁이에다 쇠솥을 걸어놓고 멸치를 듬뿍 넣어 수제비를 끓였거든요. 바깥에선 함박눈이 펑펑 쏟아졌어요. 어두워서 끓는 솥 안은 보이지 않았지만 그와 나는 반죽을 한움큼씩 들고 눈이 들이치는 아궁이 앞에 머리를 모으고 앉아 떼어 넣었지요.

그는 졸업을 하자마자 입대를 했어요. 나는 그 무렵의 다른 여자들처럼 신새벽에 용산역으로 나가서 논산으로 내려가는 그를 배웅했구요. 하지만 그는 다른 사람들보다는 운이 좋았어요. 졸업하면서 공모전에 낸 그의 작품이 대상을 받았거든요. 그는 특출한 재주가 있었고 다른 동년배에 비해서 세상을 보는 눈이 성숙했으니까요. 참, 그의 아버지는 진작에 세상을 떴어요. 시립병원에 버려진 주검을 그가 찾아내어 고향으로 모셔갔다고 해요. 내 아버지도 그 이듬해인가 돌아가셨어요. 아마 그 와중이었을 거예요. 나는 동부전선에 있는 그에게 면회를 갔답니다. 강원도 산골짝에는 외길이 꼬불꼬불 끝간데가 없는데 작업하는 군인들은 더러운 누비옷을 입고 산골짜기에서 나무를 하거나 땅을 파고 있었죠. 어느 말단부대 위병소 앞에 가서 그를 찾아달라고 했어요. 흙투성이의 시커먼 얼굴이 늙은 농부처럼 변한 그가 터덜터덜 부대 앞길로 내려오는데 나는 그만 눈물이 왈칵 치솟았어요. 사월이 지났는데도 골짜기마다 눈이 아직 녹지 않았고 양지바른 곳에는 진달래가 발갛게 피어 있었지요.

그가 외박 허가를 받았대요. 밖에 나가서 자고 들어와도 좋다는 거예요. 면회를 간 사람이 누구든간에 젊은 여자가 찾아가면 자고 들어오라는 군대의 명령이 참 무지막지하다구 생각 안 드세요? 부대에서 민가가 있는 데까지 나오려면 한 시오리는 족히 걸어야 했어요. 우리는 말없이 그 길로 걸어나왔죠. 그는 전에도 그랬지만 모든 정서가 다 새어나가 푸석푸석한 연탄재같이 보일 정도였어요. 손은 얼어터져서 거북이 등처럼 갈라졌구요. 나는 마치 그의 엄마라도 된 듯한 심정이었지요.

무슨 면이래나 중앙통이 한 이십여 미터밖에 안되는 마을에서 여인숙이라는 델 들었어요. 무늬가 요란하고 어른거려서 그렇지 새로 도배한 방이었는데 장판은 비닐이고 아랫목이 연탄아궁이 덕택에 까맣게 탔지요. 그래두 면회온 사람들이 여러차례 들렀던지 주인여자는 우리의 모습에 아주 익숙한 듯했어요. 목욕두 하래요. 부엌 옆에 세면장이 따로 있었는데 옛날식으로 아궁이 위에 커다란 무쇠 욕조를 얹어놓고 밑에서 장작불을 넣는 식이었지요. 욕조 안에다 널판자를 깔아 물속에 몸을 잠글 수도 있는 그 일본식 말이에요. 그리고 세면장 안에는 맨발로 물을 끼얹을 수 있게 역시 판자를 깔아놓았어요. 큰 함지도 있고 작은 바가지들도 있어서 내가 먼저 목욕을 하고 나와서 나는 그를 데리고 갔습니다. 당신에게 자세한 얘기는 하지 않았지만 그날 나는 처음으로 그의 벗은 몸을 본 셈이었어요. 구둣솔보다 더 뻣뻣하고 억센 짧은 머리를 그가 말했듯이 말표 빨랫비누로 감지 않고 럭스 비누로 감아주었죠. 그의 머리는 물론 몸에서는 땀냄새와는 다른 홀아비 냄새가 났지요. 그건 이를테면 누린내 비슷하기도 하고 오래 묵은 쉰밥내 같기도 하고 거기에 간장이 섞인 듯한, 남자들의 고독에 찌든 내음이었어요. 등을 밀었더니 밥풀 같은 때가 줄지어 떨어지더군요. 나는 그의 손을 대야의 뜨거운 물에 담가 불게 하고는 빨간 이태리타월로 박박 밀어주었어요. 그가 엄살을 부리며 연신 손을 뒤로 빼고 하면서 소리를 지르더군요. 나는 그의 등덜미를 철썩철썩 때리면서 씻겨주었구요.

나는 그를 내 가슴에 안아주었어요. 아버지와 작별하던 생각이 나서 눈물을 찔끔거렸구요. 내가 처음 겪는 일 때문에 우는 줄 알고 그가 기어드는 목소리로 미안하다고 그랬는데 웃음이 나올까봐 혼났어요. 새벽동이 훤하게 트고 있었는데 그는 이미 깊은 잠에 떨어져서 나직하게 코를 골고 있었구요. 나는 그의 돌아누운 등뒤에 손가락으로 낙서를 하면서 그의 어깨 너머로 밝아오는 창호지문을 바라보았어요. 이제 이만큼 나이들어 돌아보면 나는 그때까지만 해도 아버지를 벗어날 수가 없었던 것입니다. 내가 사랑한 건 아버지의 빛나는 젊은 시절에 대한 막연한 상상이었을 거예요. 내게는 그의 어두운 젊음이 낯설지 않았고 그냥 그를 어루만져서 내 속을 달래려고 한 것은 아닐까.

내가 학교를 졸업하고 임용고시 치르고 경기도 언저리에서 교사를 하고 있던 해에 그가 제대를 했지요. 그는 제대하자마자 나를 찾아왔어요. 그로서는 당연했겠지요. 나와 결혼하길 원했거든요. 나는요, 정말이지 그냥 그랬어요. 그는 내가 예상했던 대로 공모전에서 곧 두각을 나타내기 시작했어요. 선배들의 경향이나 작단 분위기도 대번에 파악을 했어요. 그는 최고의 대상을 일년 반 동안에 세번이나 휩쓸었지요.

그러나 그의 그림은 옛날 학교 실기실에서 침낭에서 기어나오던 무렵의 그런 힘과 생기를 가진 그림이 물론 아니었습니다. 그의 칭찬받은 그림들은 대부분 선배들의 생각을 날렵하게 다른 모습으로 엇바꾼 형상들이었죠. 내 생각에 그의 그림은 하나의 아이디어였다고나 할까. 몇달 동안 소식이 끊겼던 그가 전화를 했어요. 친구가 생겼는데 소개를 시켜주고 싶다구요. 그래서 그를 오랜만에 만났죠. 호텔 커피숍에서 그들을 만났어요. 내가 들어서니까 저쪽 창가에서 웬 말쑥한 월급쟁이 차림이 불쑥 일어났지요. 나는 몇달 만에 그를 만나기도 하고 그의 모습이 너무나 달라져서 몰라볼 뻔했습니다. 그의 덥수룩하던 머리는 말쑥하고 단정하게 다듬어져 있고 기름도 적당히 발라 윤이 났지요. 물론 수염은 자취도 없이 사라지고. 더블버튼의 신사복에 넥타이를 꼭 조여맸구요.

오랜만이야.

하고 그는 묵직하게 말했어요. 나는 그의 아래위를 찬찬히 훑어보다가 웃음을 참지 못했죠.

형, 사장 같다 사장 같애.

그는 마주 웃지 않고 다시 묵직하게 말했어요.

요즘 재미 좋아?

나는 더욱 웃음이 나왔지요. 무슨 브로커 같은 말투잖아요. 그러나 빈정대지는 않았어요. 나도 짐작은 하고 있었지만 그와의 작별에 대해서 내 쪽이 무슨 적개심이라도 가지고 있는 줄 그가 오해할까봐서 말이에요.

형 친구는……?

음, 곧 올 거야. 어때, 그림은 잘돼?

머 그냥. 지난번 국전 둘러봤어.

어땠어, 느낌이.

나는 그가 자기 그림에 대한 느낌을 묻는 일이 좀 뻔뻔하다고 생각했어요. 그러나 이젠 아무 내색도 하지 않으리라 마음을 먹었거든요.

머 큰 상두 받았구, 좋던데…… 자신이 가장 잘 알잖아?

글쎄 말야. 우리 그림쟁이들 가장 큰 약점이 손재주는 있는데 철학이 없는 거지.

나는 아무 말도 하지 않았어요. 그가 우물쭈물하면서 말했어요.

실은 나 지난주에 약혼했어.

아무렇지도 않다고 가슴속 말로 중얼거리기는 했지만 약간의 충격이 지나갔어요. 헌데 참, 사람의 관계란 쓸쓸한 일이죠. 유행가에도 늘 등장하지만 두 사람이 지니고 있던 온갖 감정과 느낌의 배경이 젖혀지고 나면 세상 속에 그들의 삶의 알몸이 드러나버리거든요. 종이 인형에 갈아입힐 의상을 제 마음대로 색칠하고 디자인하고 가위로 오

려내어 상자갑 안에 차곡차곡 쟁여두고는 하지요. 얼굴과 몸집만을
내놓고 그것들을 차례로 입혀보고 다시 벗기고. 그리고 시간이 지나
오랜 뒤에 그 상자를 열어보면 예전에 그린 색깔과 디자인은 초라하
게 변해 있죠.

잘됐네요. 정말 축하해요!

나는 그렇게 말하면서 그의 닭털침낭은 전혀 떠오르지 않았습니다.
그의 갈라터진 손등의 핏자국도. 그는 이제 막 보상받기 시작하고 있
었거든요.

다음달에 같이 유학갈 거야.

그는 자기 약혼녀에 관해서 성의를 가지고 설명을 했어요. 뭐 빤하
잖아요. 멜로영화에 많이 나오는 줄거리. 흔하다는 건 바로 당대 생활
의 반영이라면서요? 장래를 촉망받는 가난한 젊은이와 부잣집 따님의
결혼이며 유학이며 그리고 과거와의 결별. 우리가 별로 할말이 없어
질 맞춤한 시간에 그의 약혼녀가 왔어요. 그 처녀는 아마 대학을 갓
졸업했을 거예요. 아직 사은회 축제의 느낌이 남아 있었으니까. 분홍
색의 단추가 많이 달린 파티복 같은 실크원피스를 입고 눈화장이며
볼연지까지 했구요. 약혼녀는 고개를 까딱 하면서 가볍게 인사를 했
어요. 그네는 우선 남자로부터의 소개를 기다리는 듯했지요. 내가 먼
저 재빨리 말해버렸죠.

한윤희라구 해요. 형 후배 되구요. 만나서 반가워요.

저두 오빠한테서 얘기 많이 들었어요. 뵙구 싶었어요.

우리는 저녁을 먹으러 다른 데로 자리를 옮겼지요. 가볍게 술도 한
잔씩 했구요. 차츰 그가 거북스러워하는 것 같아서 나는 먼저 일어서
겠다고 했더니 그가 따라나왔어요. 로비에서 택시를 잡으려는데 그가
등뒤에서 말하더군요.

고마웠어.

나는 그를 잠시 올려다보았습니다. 그러곤 나직하게 물었어요.

뭐가요……?

나한테 잘해줘서.

나는 정말 진지하게 말했어요.

형, 씩씩하게 잘살아.

이렇게 우리의 영화 한편이 끝났습니다. 내가 이런 얘길 세세하게 적어놓는 건 그 시대에 꿈이네 야망이네 성공이네 하며 우리를 둘러싸고 있었던 인생의 시시함에 대해서 다시 확인하고 싶어서예요.

9

저녁 숲의 바람소리가 들려왔고 개 짖는 소리가 더욱 고즈넉해졌다.
아랫집 울안에 들어서니 부엌에서 내다보던 순천댁이 반색을 했다.

얼릉 오소. 아까 잠깐 올러갔더니 아무 기척이 없어서 잠든 줄 알었
당게.

내가 찬방으로 올라갔더니 밥상은 독상이었다.

모두 어디 갔나요?

아녀, 우리 식구들은 벌써 묵었제.

부엌에서 밥식기와 국을 들여놓고 순천댁은 내 밥상머리에 앉았다.

보릿국 좋아하지라?

어, 이건 참 오랜만에 먹어보는데요.

그거이 봄맛이지라.

순천댁은 한동안 잠자코 앉았더니 긴 숨을 내쉬고는 말을 꺼냈다.

저 머신가 아까 낮에 일은 참…… 미안시럽게 되았는디.

예? 무슨 일요……

저어, 서에서 나온 사람 만나지 않았어라우?

아 네에, 별일 아닙니다.

순천댁은 공연히 방바닥으로 시선을 떨구고 손끝으로 치맛귀를 어루만지며 말을 이었다.

하여튼간 속이 편허지는 않을 것이오. 우리 교감선생 살았을 적에 오선생이 그리 되고 나서 모도 경을 치지 않았소안. 한선생이 젤 먼저 광주로 잡혀가고 우리도 군에까지 나가서 조사받었구만.

저 때문에 고생들 하셨습니다.

그래갖고 이참에도 내가 걱정이 이만저만 아니드란 말이오. 생각혀 보니께 오선생도 일 다 치고 나왔응께 벨일 있을라디야 허고는 내가 우리 망냉이보러 신고하라고 일렀제.

잘하셨습니다. 실은 제 잘못이었어요. 제가 전화라도 한통 해주는 건데.

하이고, 그래놓고 우리는 을매나 마음이 언짠한지. 가면서 그랍디다. 여그서 떠날 때 알려주기만 허면 벨일 없을 거이라고.

떠나는 날 제가 전화를 하지요.

이만해도 시상이 많이 좋아져부렀소. 전 같으면 오너라 가너라 솔찬히 구찮케 헐 것인디.

나는 얼김에 저녁 먹기를 끝냈다. 식후 연초라고 덤덤히 앉아서 담배 한대를 피워물었다.

우리 한선생이 여기 매년 와서 지내다 갔나요?

하이고, 매년이 다 뭐라요. 방학이 되면 여름 겨울 몇달을 거그서 살다 갔지라. 오선생 기다린다고 시집도 못 가고 잉. 아니, 그렇게 팔 팔올림픽 나던 해부터 몇년 걸렀는갑소. 잉 그려, 한 오년 못 왔던개 벼. 우리 앞으로 독일서 간혹 뜬금없이 그림엽서가 왔지라. 한선생 즈

그 동상 되는 이 덱고 왔을 때가 첨으로 다시 왔을 적이고. 그라고 거 그 집을 샀고요.

순천댁은 갑자기 눈시울이 붉어지더니 투박한 손가락으로 두 눈을 찍어냈다.

구십육년도 겨울인가 몸 아퍼갖고 온 게 끝이어라우. 갈라고 맴이 동혔는지 느닷읎이 그해 여름에 앞서 여글 와서 집을 싹 고쳤다니께. 몸이 어디가 아프다고는 들었는디 그렇게 쉽게……

나도 고개를 숙이고 앉아서 순천댁의 푸념을 들었다. 그네는 계속해서 이어나갔다.

내가 머라고 했지라. 그까짓 흔 오막우리를 멋 땜시 돈들여 고치느냐고, 싹 헐어불고 새로 짓는 거이 낫겠다고 속도 읎이 말했지라. 그렸더니 한선생 말 좀 보소. 이담에 현우씨가 찾아오면 몰라볼 게 아니냐고 그럽디다. 우리네야 어찌 알겄소, 그 짚은 속을.

나는 말없이 일어났다. 자연스럽게 순천댁의 말을 자르고 싶었기 때문이다. 그리고 신을 신느라고 마루에서 꾸물대는데 그네가 등뒤에서 말을 이었다.

그라고 아까 보니께 가스도 들이고 살림장만을 하든디…… 우리는 구찮을 것도 읎고 그냥 수저만 하나 더 올려놓으면 되니께 내레와 밥 묵소.

나는 하는 수 없이 입장을 밝히게 되었다.

아니…… 그러실 필요 없습니다. 제가 깜박 잊었군요. 실은 이것저것 책도 읽고 정리할 일도 있어서 생활이 불규칙해요. 자취를 하려고 합니다. 혼자 해먹구 싶은 것두 많구요.

오솔길을 따라 오르는데 이젠 밤바람이 훨씬 포근해졌다. 방에서 보다는 갈뫼가 그렇게 고즈넉하지는 않았다. 가늘기는 했지만 어디선가 팝송소리가 쿵작쿵작 들려왔다. 과수원의 나뭇가지 사이로 멀리 어귀에 있는 가든의 붉은 네온불빛이 깜박이는 게 보였다.

나는 다시 윤희의 목소리로 돌아간다. 이제는 그네의 만년필 글씨가 너무 익숙해져서 꼬물꼬물 살아 나직한 음성으로 변하는 것이 보인다. 글씨에는 감정의 흐름이 그대로 담겨 있었다. 슬프면 글씨의 자체에 잉크의 흐름이 연해지며 나약해지고 기쁠 때면 둥글고 활달하게 이어지고 격정이 일어나면 펜을 꾹꾹 눌러쓴 흔적이 획의 끝에 남아 있었다. 노트의 뒷면에는 때때로 주위사람들에게 보낸 듯한 편지초가 있었는데 나는 그것들도 찬찬히 들추면서 읽어보았다.

정희에게

잘 있었니? 나 지금 갈뫼에서 여름을 보내구 있어. 선생 노릇도 이걸루 끝이라구 생각하구 있지. 나는 사실 작년에 아무도 몰래 결혼을 했어. 너에게도 말할 수 없었던 걸 정말 미안하게 생각해. 하지만 어쩔 수 없었다. 그이는 이를테면 활동가야. 너희들 또래 말로 한다면 운동권이지. 그러나 이론적이고 딱딱하게 굳은 사람은 아니야. 대개 사회적 보상욕구가 큰 가난한 젊은이들이 작은 동아리를 만들고 거기서 권력을 실험하다가 적당한 때가 되면 재빠르게 자기변신을 하는데 그런 종류의 사람은 아니야. 좀 얼뜨기라고나 할까. 주제에 다 늦게 시인 지망을 하구 있대. 고집은 몹시 센 것 같아. 아, 고생문이 훤한 인연이었어. 그는 작년에 여길 떠나자마자 체포됐어. 아마 오랫동안 세상 밖으로 나오지 못하게 될지두 몰라. 그런데 난 그의 아내를 자청하려고 해. 왜냐구? 그에게는 나밖엔 아무도 없기 때문이야. 나 공부를 좀더 해볼려구 작정하구 있어. 아무래두 혼자 오랫동안 살아가야 할 테니까. 대학원 갈 준비를 해볼 작정이야. 넌 아버지의 마지막 해를 잘 모를 거야. 그때 너는 입시생이었으니까 정신이 없었겠지. 나는 아버지와 거의 날마다 하루를 보내곤 했어. 아버지는 간암이었기 때문에 돌아가시는 날까지 정신이 또렷하셨어. 아버지와 많은 이야기를 나누었다. 그리구 마지막 며칠과 돌아가시기 직전까지의 일들은 나중에 모두 자세히 적어놓으려구 해. 너두 기억해두기 바란다. 여기 갈뫼에서 나는 혼자 있는 게 아니야. 어머니에게 아직은 이야기하지 않았지만 나중에 네게 부탁할 일이 많이 있을 거야. 네가 나를 도와줘야해. 지금은 무슨 일인지 궁금하겠지만 나중에 알게 되겠지, 아마도 이번 가을쯤에는. 네가 이곳으로 달려오지 않는다고 약속해준다면 내 말할게. 나는 그전엔 몰랐어. 그냥 전과 같은 여자로 다들 살아가는 줄 알았지. 헌데 그렇지가 않아. 알이 깨어 애벌레가 되고 애벌레는 고치를 짓고 번데기가 되잖니. 고치 속에서 번데기는 다시 오랜 동안 긴 잠을 잔다. 그런데 고치를 부수고 나와 껍질을 벗고 고운 날개를 가진 나비로 변해서 푸르른 창공을 날아갈 즈음에는 이 나비는 그전의 벌레가 아닌 것처럼, 어머니가 된 여자는 그전의 여자가 아니야.

정희에게

제발 그러지 말라고 내가 신신당부를 했는데도 네가 오겠다면 말리지는 않겠다. 마당 귀퉁이에 심은 해바라기며 과꽃이 활짝 피었어. 햇살은 차츰 엷어지고. 요즈음 저녁 나절에 석양 속으로 고추잠자리가 비껴서 날아다니는 걸 보면 벌써부터 눈보라치는 겨울날이 생각나. 겨울에 저 안은 몹시 춥다는데. 우리는 잘 지내구 있어. 내 몸의 변화가 신기할 정도야. 나는 내 몸속에 고로쇠나무의 수액 같은 물이 그렇게 많이 솟아날 줄은 몰랐어. 나는 몸이 좀 불었단다. 먹기두 엄청 먹어대지. 잠은 왜 그렇게 쏟아지는지. 아아, 그에게 이 꼬마천사의 잠자는 얼굴을 한번만이라도 보여줄 수가 있다면. 내게 시선을 한참 맞추고는 방글방글 웃기도 한단다. 처음에는 얼굴이 납작하게 보여서 무슨 부엉이새끼처럼 보였더랬어. 그러더니 윤곽이 차츰 생겨나기 시작하고 눈두덩도 가라앉아 이젠 제법 계집아이처럼 보이는구나. 나하구 약속해야 돼. 어머니한테는 나중에 내가 말할 테니까 넌 정말 입을 꼭 다물고 있어야 한다. 걱정이 한두 가지가 아니란다. 내가 대학원을 마칠 때까진 아무래두 어머니가 돌봐주셔야 할 텐데. 그래, 걱정은 좀 되지만 그건 가족에 대한 것들뿐이야. 나는 오히려 힘이 솟아나고 살아갈 용기가 났어. 그리고 그림에 대한 강렬한 애착도 그래. 그리고 너 여기 올 때 아기용 침구와 옷가지들을 좀 사왔으면 한다. 나두 준비는 해두었지만 여긴 촌이라 그런지 좋은 게 눈에 띄지 않더라. 합성섬유말고 면이나 그런 걸로. 어머니가 점포를 다시 확장했다니 다행스런 일이구나. 하여튼 우리 엄마는 남자로 태어났어야 해. 평생을 살림 꾸려오시면서 한번도 기죽으신 일 없었고 남에게 빚진 적이 없잖아. 그뿐이야? 언제 우리 등록금 한번 밀린 적이 있었니. 나두 어머니처럼 억척어멈이 되겠다는 각오를 하고 있단다. 너하구 얼굴을 마주 대하면 말하지 못할 것 같아 미리 적어둔다. 언니로서 너에게 미안해. 그러나 이해해주기 바래.

정희에게
네가 왔던 게 벌써 한달이나 지났구나. 지금 여기는 벌써 겨울이야. 남도의 겨울은 철새들이 날개에 담아가지구 오지. 물오리들이 저수지와 개울가에서 우짖는 소리들이 들려와. 대나무 잎끝이 누릿누릿 마르기 시작했고 감나무 꼭대기엔 까치밥만 몇알씩 달려 있다. 내가 우리말사전을 들추며 골라냈지. 은결이라구. 햇빛에 강물이 반짝이는 걸 은결이라구 한다지. 은결이는 이젠 막 기어다닐 정도야. 방이 좁아서 보행기에 얹어놓을 순 없지만 그렇다구 바깥의 내 작업실 바닥에 내놓을 수도 없잖아. 방안은 온통 그애 물건으로 가득 찼어. 여기서 우리는 겨울을 나고 봄에나 올라가게 될 것 같다. 네가 어머니에게 넌 지시 말을 깔아놓는 게 충격을 줄일지두 모른다구 그랬던 게 생각나. 그때는 반대했었는데 어머니가 당장에 이리루 달려오실까봐 그랬어. 내가 여길 떠나기 며칠 전에 네게 편지하마. 그때쯤 말을 꺼내주지 않겠니? 너는 오선생에게 말하는 게 좋을 것 같다구 그랬는데 그건 절대루 안된다. 그에게는 지금 자신의 일말고도 평생을 걸고 지켜야 할 것들이 많아. 그를 방해하고 싶지 않은 거야. 참, 그에게서 엽서가 왔어. 그는 무기징역으로 확정되었어. 나는 예상은 하구 있었지만 아이에게 젖을 물리고 망연히 앉아서 그의 엽서를 몇번이나 보고 또 보고는 했어. 앞으로 세상이 어떻게 달라질지 모르지만 그는 그전에 나올지두 모르지. 하여튼 나는 그가 나오기 전까지는 말해주지 않을 생각이야. 아니면 그가 스스로 알게 될 때까지 절대로. 어째서 이런 예감이 드는 걸까. 나는 다시는 그와 만날 수 없다는 불길한 생각으로 누웠다가 소스라쳐 일어나기도 해. 만약에 그렇게 된다면 네가 은결이 얘기를 해주기 바란다.

아버지의 마지막 몇달은 저와의 호젓한 화해의 기간이었어요. 아버지는 마지막 한달 동안을 빼고는 잘 누워 있지도 않았답니다. 보료를 깔고 그냥 한복바지에 내의를 입은 채로 앉아서 책을 읽고는 했거든요. 아버지의 얼굴은 점점 시커멓게 되어가고 소화기능이 떨어져서 음식을 들지 못했어요. 마실 것만 해드렸죠. 아버지는 나중엔 잠을 많이 잤어요. 한번은 한밤중에 아버지가 나를 찾으셔요.
윤희야, 자냐?
예, 아버지……
저 문 좀 열어봐라.
왜요, 답답하세요?
아니, 어서 열어보라니까.

나는 잠결에 일어나서 방의 미닫이문을 열었지요. 마루에서는 냉기가 들어올 뿐 텅 비었고 마루 아래로 우리집의 작은 마당이 내다보였지요.

거기 누구 찾아온 사람 없니?

누가 이 밤중에 와요.

그래, 문 닫아라.

나는 영문도 모르고 다시 문을 닫았어요.

아버지 무슨…… 꿈꾸셨어요?

그게 꿈이었나보다.

누가 찾아오셨나보죠?

응, 옛날 동지들이 왔더라. 모두들 다 떨어진 미제 군복을 입구 수염과 머리는 짐승같이 해갖구선.

산에 계실 적 친구분들 말예요?

학생두 있었구 여공두 있었구 나허구 제일 친하던 문화부 중대장두 있었는데 그 사람들 내가 잡히기 전에 환자트에서 열흘 동안 같이 누워 있던 사람들이다. 젊은 두 사람은 분명히 나보다 먼저 죽었는데 중대장은 먼저 나갔거든. 우릴 데리러 오겠다구 거적을 들치고 밖으로 나갔는데 돌아오지 않았다. 이제 보니 그도 죽은 모양이지.

아버지, 과일즙 드세요. 목 마르시죠?

내가 아무래두 얼마 못 갈 모양이다. 그치들이 날 데리러 왔던가봐.

무슨 말씀이세요. 아버진 지금 환자 같지두 않은데요.

입맛을 다시면 무슨 비린내 같은 게 나는구나. 나두 대강은 안다. 너희 엄만 아직두 안 왔냐?

예, 설 대목이라 시장 일이 바쁘실 거예요. 내일까지 가게에 계신댔는데.

너희들에게 정말 미안하다.

무슨 말씀 하시는 거예요. 우리가 부모님들께 얼마나 고마워하고 있는데요. 우리는 모두 별 걱정 없이 학교도 다니구요. 제가 벌써 대학 사학년이잖아요. 내년엔 정희가 대학에 갈 거구요.

그건 느이 엄마 공이지. 윤희야, 나는 그때, 해방된 우리나라를 자유와 평등이 넘치는 세상으로 만들려고 친구들과 같이 활동을 했다. 그런데 아직도 세상꼴이 이게 뭐냐. 우리 몇몇이 눈보라를 헤치며 뛰어다녔던 그 산자락들이 지금도 눈에 선하구나. 잡혀서 남원수용소 가서 느이 큰삼촌 시키는 대로 전향서 쓰고 그리고 거기서 젊은 나는 시대하구 같이 죽어버렸어. 여기까지 이 껍데기를 끌고 잘도 버텨왔다.

아녜요, 아버진 최선을 다하셨어요.

너두 아버지 원망을 많이 했지 않니.

네, 어려서는 그랬어요. 아무것두 몰랐으니까. 아버지 같은 사람들을 악마처럼 생각했거든요.

너희들이 책도 많이 읽고 세계사도 알게 되고 할 때까지 나두 아무 말 않고 기다려온 셈이로구나. 그래…… 세계는 끊임없이 변해갈 테지. 우리두 그런 변화의 먼지 같은 일부분이었다.

아버지는 말을 하다가 피로해졌는지 점점 가늘어지고 목소리가 낮아지면서 이내 잠에 곯아떨어지곤 했지요.

이건 우리의 세계가 아니야.

네? 아버지, 뭐라구요?

너의 길을 걸어라, 세상이 어떻게 떠들든지……

어딜 가신다구요?

가야지……

그러고는 그냥 잠으로 빠져드는 거였죠. 다시 돌아가시기 몇시간 전까지 정신이 말짱해져서 과일즙도 많이 드시고 나직하고 힘은 없었지만 나에게 도란도란 이야기도 많이 하셨어요.

애, 글쎄 말이다. 사람들은 누구나 마지막 무렵이 되면 자기 잘못을 정확히 알게 되고 또 자신을 용서하게 되더구나. 나는 절대로 그때를 후회하진 않겠다. 그렇지만 그런 길밖에 없었을까 하구 생각해볼 때가 많아. 그래, 세상에서 지어낸 삼라만상은 부처님 말씀처럼 세상이 지닌 한계만큼의 꼴로 나타나게 마련이지. 내 동료들이 꿈꾸었던 세상은 그저 허공중에 빛나는 별에 지나지 않았다. 이제 양쪽을 보니까 서로 거울을 맞대놓은 듯이 그저 사람살이의 좌우가 바뀐 데 지나지 않았어. 내용은 서로 싸우는 동안에 서로를 닮게 되었다고나 할까. 그러나 사람세상의 이 미완은 멋있지 않니? 미처 해내기 전에 같은 무렵에 살던 모두가 죽어버리니까. 불교에서 그걸 뭐라고 하더라. 백년 후에는 현재 세상에 살고 있던 모두가 존재하지 않는댄다. 그맘때 사람들은 모두가 새사람들이지. 그렇게 거듭된단다.

어머니가 다니는 교회 목사님이며 집사 권사님 들이며를 모시고 아버지 방에 들어서자 아버지는 가까스로 일어나 앉았더니 목사를 향해 똑바로 바라보면서 말했어요.

나는 종교에 대해 무슨 편견을 가지구 있지는 않습니다만, 전에 안 하던 짓은 딱 질색이오. 내 죄에 대하여 뉘우치고 있으나 고칠 시간은 인제 없는 것 같소. 나를 위해서가 아니라면 여러분 자신을 위해서 조용히 기도드리고 나가는 건 허용하겠습니다.

어머니에겐 참으로 야박한 처사였지만 나는 어쩐지 그런 아버지가 당당해 보이더군요. 그렇지만 아버지는 목사가 아버지의 병의 고통과 마음의 안식을 위하여 기도를 할 적에 자신도 눈을 감고 조용히 누워 있었어요. 기도가 끝나자 우리 교회 교인들은 이 위엄에 가득 찬 환자를 남겨두고 조용히 물러갔어요. 어머니와 내가 아버지의 머리맡을 지키며 밤을 새웠는데 아버지는 촛불이 꺼져가듯이 서서히 사그라들더군요. 그러다가 아버지는 느닷없이 눈을 번쩍 뜨고 고함을 지르기도 했어요.

이대로 죽을 수는 없어!

그러면 어머니가 허공에 움켜쥔 아버지의 두 손을 잡아 가슴에 모아주는 것이었지요.

여보, 제발 마음에 평화를……

아버지는 또 젊을 때 부르던 노래를 중얼거리기도 했구요.

우리는 누리에 붙는 불이요 철쇄를 마스는 망치다 희망의 푯대는 붉은기요 외치는 구호는 투쟁뿐……

윤희 아버지, 이젠 그만, 우리 기도해요.

아버지가 마지막 숨이 가빠지고 피가 목구멍에 걸려 갈그랑대는 소리를 내며 괴로워하자 어머니는 울음을 터뜨렸어요.

이젠 그만 가슈. 어서 가셔요.

아버지는 그 밤에 교인들이 준비했던 관에 담기셨어요. 죽은 이의 모습을 보면 대개 그의 생애를 미루어 짐작한다고들 하지요. 이건 염하는 이들이 하는 말이래요. 그런데 그중에서도 간으로 죽은 이의 시신이 제일 보기가 안 좋대요. 다른 장기들에 물기가 가득하고 또 빨리 부패한다지요. 서서히 시들었기 때문에 육신은 거의 절반으로 쪼그라들어 있어요. 팔이 굳어서 관에 넣을 때는 거의 우격다짐으로 부러뜨려야 한다지요. 그러나 다행히도 아버진 운명하자마자 입관했기 때문에 고스란히 들어가실 수 있었죠. 그러나 문제는 그 다음이었어요. 날씨가 쌀쌀하다고는 해도 구정 이후라서 방에 불을 넣지 않았는데도 곧 부패하기 시작해서 향을 엄청나게 살랐는데도 악취가 심해졌지요. 어머니가 믿는 기독교식으로 말하자면 아버지의 시신 모습으로 보아 그분은 꼭 지옥으로 가셨을 겁니다. 아버지는 끝까지 뭔가 움켜쥐고 놓아버리지 못한 채 숨을 거두었다구 생각해요. 발인을 하는데 사람들이 관을 들어올리려니까 꿈쩍두 안하는 거 있죠. 사람들이 웅성대고 어머니가 방안으로 달려들어가 관을 부여안고 통곡을 하면서 달랬어요.

윤희 아버지, 이젠 마음을 풀고 어서 길 떠나요. 애들이나 내 걱정 말구요. 내 당신 원망 않으리다. 그러니 어여 일어나슈!

사람들이 달려들어 관을 방바닥에서 떼어내는데 관에서 물이 흘러나와 장판에 쩍 달라붙어 있었던 거예요. 나는 마루 아래 정면에 서 있었어요. 사람들이 관에다 무명천 끈을 꿰어들고는 마루에서 마당으로 내려서는데 앞사람이 잘못 디뎠는지 관이 내 정면으로 주르르 미끄러져오는 것이었어요. 나는 아버지의 관을 붙안은 채로 마당에 벌렁 자빠져버렸지요. 장례진행을 맡았던 교인들은 일손이 서툰 것을 어쩔 줄 몰라했고 나는 놀랍고 무서워서 울음을 다시 터뜨렸어요. 그런데 가슴께에서부터 아랫도리로 뭔가 축축한 것이 흘러내리데요. 보니까 관 속에 고였던 시커먼 핏물이었죠. 나는 아버지의 육신이 녹아흐른 피를 두 손에 흠뻑 적시고는 귀신 같은 형용으로 마당에서 뒹굴었습니다.

아이고오, 모진 사람 같으니, 젤루 이뻐하던 맏딸내미에게 이 무슨 몹쓸 짓이오. 한을 풀고 가지 못허면 땅속에도 못 들어가고 물속에도 못 들어가오.

아버지는 그렇게 떠났습니다. 나는 어머니가 해설해주신 대로 그런 우연들이 그냥 자연현상이었다고는 생각되지 않는군요. 아버지는 내가 당신을 만나게 될 것과 이렇게 살아갈 길을 알고 있었던 걸까. 그래서 그이의 한이 발동을 했을까요.

나는 나중에 아버지 방 문갑 안쪽 서랍 속에서 묘한 물건을 찾아냈어요. 책 세권과 탄피 한개가 있었어요. 책은 우리 세대들이 해방공간에 간행된 책들을 부르는 저 '말똥종이'였어요. 물자가 귀하던 때라

거뭇거뭇 티가 박힌 재생종이에 흐릿하게 인쇄한 책들 말이에요.

제목은 이래요. 이용악의 시집인 '낡은 집'과 괴테의 '젊은 베르테르의 슬픔' 그리고 체호프의 '골짜기'였지요. 책장을 들춰보니 안에 조그맣고 예쁜 글씨로 단기 사천이백팔십일년 김순임이라고 씌어 있었어요. 단기로 쓰는 게 유행하던 무렵이니까 천구백사십팔년이더군요. 잉크는 번지고 변색했지만 손의 흔적이 명료하게 남아 있는 이름, 김순임. 그리고 녹슬고 찌그러진 탄피에는 종이를 두르고 거기 뭔가 깨알처럼 적고 나서 스카치테이프로 붙였어요. 나는 그 작은 글씨를 읽었어요. '지리산 등반중에 1969년 봄.' 탄피의 앞에 꽂혀 있던 탄환은 어디로 날아갔을까요. 책과 이 탄피 사이에는 오랜 시차가 있으니까 아무런 관계가 없겠지요. 다만 저 책의 임자인 김순임과는 어떤 사이였을까. 해방 직후에 만난 그들은 사랑을 했을까요. 아니면 오르그에서 만난 동지였을까요. 아버지는 부상당한 동지들을 남기고 급박하게 적전 후퇴를 할 적에 서로 쏘아주었다는 말을 한 적도 있었는데. 또는 환자트에서 살아날 가망 없이 고통당하는 동지를 위해서도. 아버지는 오랜 세월이 지난 뒤의 산행에서 그냥 피아를 구분할 수 없는 예전 싸움터의 흔적을 집어왔겠지요. 그러나 아버지의 추억이 그 탄피를 주워다 간직하게 만들었을 거예요. 추억의 내용이 뭔지 알 수 없는 일이죠. 나는 아버지가 간직했던 탄피와 책을 소중히 보관하구 있어요.

그런데…… 아, 한가지 생각나는 일이 있군요! 아버지는 앓던 무렵에 갑자기 감을 사오라구 하셨어요. 물론 감이 나오기는 이른 철이라 내가 되물었지요.

홍시요, 단감이요?

땡감을 찾아봐라. 그거 소금물에 담갔다 먹으면 더 맛이 좋단다.

아버지에게는 야채와 과일이 좋다고 해서 제철 과일은 물론 당질이 높은 파인애플이나 수입 열대과일들도 어머니가 사들여오고 있었거든요. 나는 시장에 나가 아버지가 일러준 그런 땡감을 찾으려고 애를 썼지만 잘 포장된 단감만을 사가지고 돌아왔어요.

아버지, 요새는 땡감이 없대요. 카바이드인가 뭔가로 아예 떫은 감을 연시로 만든다던데 뭐.

응, 그래야 상품이 되겠구나. 촌에는 있겠지.

요즘은 애들두 그런 건 안 먹을 거예요.

아버지는 단감을 손에 쥐었다 놓았다 하면서 들여다보았어요.

아버지, 감을 잡수시려는 게 아니라 감상하려구 그러시죠?

왜, 그러면 안된다던? 가을이 보이잖니.

하고는 한참이나 감을 바라보다가 아버지는 내게 물었어요.

너 화가니까 내 재미있는 가을 얘길 들어볼래?

아버지는 해방 이후 일본에서 귀국하자마자 건준에 들었대요. 그리고 조공이 성립되면서 입당하게 되지요. 그때는 건준에 기웃거리기는 했어도 별로 할일이 마땅치 않아 출판사 근처에서 번역일을 하거나 공장의 야학모임에서 강사 노릇을 했다지요. 국대안 반대사건과 영남의 시월투쟁 무렵부터 아버지의 활동이 치열해졌지요. 아버지는 그해 추석에 서울에서는 구하기가 점점 어려워진 쌀을 구하러 고향으로 내려갔어요.

이틀을 쇠고 올라오는데 마침 전평의 파업 뒤끝이라 밀린 승객들이 어찌나 많았는지 서로 타고 내리느라고 객차의 유리창은 다 깨어지고 객차 안의 짐 싣는 선반 위에까지 사람이 가득 올라가 앉았더라구 해요. 승강구에 가까스로 매달려 가다가 차츰 안으로 밀려서 화장실 앞 통로에 주저앉아 가게 되었대요. 그런데 바로 옆자리에 단발머리의 아가씨가 가방을 놓고 쪼그려앉아 있더라지요. 아가씨는 학생이었고 아버지처럼 고향에 내려가서 양식을 구해 올라오는 중이었어요. 두 사람은 이야기는 별로 나누지 않았어도 지식인들은 느낌으로 알지요. 여학생은 이와나미 문고를 보고 앉아 있었지요.

열차가 개통된 지 이제 겨우 이틀이라 혼잡한 모양이오.

아버지는 륙색을 내려놓고 여학생에게 깔고 앉도록 해주었대요.

파업한 철도원들이 수천명 잡혀갔답니다.

아버지는 여학생이 들고 있는 문고판을 넘겨다보며 말을 걸었지요.

그런데 뭘 읽고 있소?

여학생이 부끄러운 듯이 책을 뒤집어 표지를 보여주었대요. 엥겔스의 '가족·사유재산과 국가의 기원'이라는 책이었죠. 아버지는 금방 그네를 알아볼 수가 있었죠.

학생은…… 어디 소속이오?

민청입니다.

아, 그래요? 반갑소. 지금 대구 영남지방에서는 인민항쟁이 시작되구 있어요. 아마 전국으로 번져나갈 거요.

저희두 국대안 반대투쟁중입니다. 서울대에서 시작되어 전국으로 퍼져나가구 있죠.

해방은 아직두 멀었소. 처음부터 다시 시작이오.

선생님은…… 학교에 계신가요?

아니오, 학교는 일본서 진작 때려치웠고, 지금은 지방에서 일하구 있어요.

두 사람은 별로 많은 말을 나누지 않았어도 서로가 알았어요. 그들은 날이 새려면 아직도 한참이나 남은 새벽 세시에 서울역에 내렸어요. 전차가 유일한 교통수단이었는데 모두 끊긴 시간이었고 당시의 시국은 서울과 전국이 비상경계 상태여서 날이 밝아지기 전까지는 귀가할 수가 없었대요. 서울역 대합실에는 신문지를 깔고 새벽잠을 자는 사람들로 발 디딜 틈도 없었다지요. 두 사람은 대합실 출입구에 기대서서 날이 새기를 기다리고 있는데 아주머니가 다가와서 물었죠.

하숙 가세요. 값도 눅고 여기서 가깝답니다.

학생, 어디 가서 쉬었다 가는 게 낫겠는데.

하면서 아버지가 여학생의 가방을 들고 일어서자 그네는 말없이 따라나섰대요. 서울역 근처의 골목들을 요리조리 빠져나가 일본식 여인숙에 당도했는데 아주머니는 그들을 보통 사이로 보지 않았는지 물어볼 것도 없이 방에 안내를 해주더래요. 삼조 다다미방이었는데 윗목에 이불이 개켜져 있었고 숯불 고다쓰도 들여주더랍니다. 둘은 그냥 불을 끼고 마주앉아서 날 새기를 기다렸대요. 기다리는 시간이 지루하기도 했지만 무엇보다도 배가 고파서 못 견디겠더래요. 한창 시절에 저녁 먹고 나서 간식도 없이 날밤을 새우고 기차를 탔으니 더욱 시장했겠지요. 아버지는 륙색에 손을 넣고 더듬거려서 고향에서 할머니가 싸준 떡을 내어 그네에게 내밀었어요.

이거 드시오. 배고플 텐데……

아이, 댁에 가지구 가시던 걸.

여기 주전자에 물도 있으니까 걸리지 않게 천천히 먹어요.

그래서 그들은 인절미를 세 개씩 먹었답니다. 그러고 나서도 날이 새지를 않아서 한참이나 앉았다가 아버지는 다시 륙색에서 감을 꺼내어 내밀었대요.

시골에서 따온 건데 맛이나 한번 보오.

여학생은 못 이기는 듯이 받더니 아주 조금씩만 베어먹더랍니다. 아버지가 보기에 얌전을 떠는 건 이해를 하겠는데 감 한알을 들고 꼭 쥐가 쏠듯이 앞니로 조금씩 떼어먹는 모양이 그리 좋지는 않았대요. 그래서 아버지는 속으로 생각하기를 아마 아껴먹느라고 저러는 모양이다 그랬대요. 어쩐지 안쓰러운 생각이 들어서 다시 륙색에서 감 하나를 꺼내어 내밀었어요.

하나 더 들어보우.

아버지의 권유에 여학생은 그냥 얌전히 받아서 가지고만 있더래요. 화롯가에서 졸고 앉았다가 잠이 깨어 보니 그네는 언제 갔는지 방에 아버지 혼자 남았고 날이 환하게 밝아 있었어요. 그네가 앉았던 맞은 편 자리에는 쪽지가 한장 남았더랍니다. 리본처럼 엮은 옛날식 쪽지 말이죠.

선생님, 곤하게 주무시는 것 같아 먼저 일어납니다. 뜻하시는 사업 잘되기를 빌겠습니다. 어느 일터에서든 다시 만나뵙게 되기를 바라면 서……

아버지가 집에 돌아와 감을 한입 베어물다가 너무도 떫어서 그만 몇번 씹지도 못하고 뱉어버리고 말았답니다. 그때는 아직 새댁이던 엄마가 곁에서 아버지의 오만상을 찌푸린 몰골을 바라보다가 웃음을 터뜨렸다지요.

땡감을 그렇게 마구 드시면 어떡해요. 소금물이나 쌀뜨물에 며칠 동안 담갔다가 먹어야지.

이게 뭐라고?

땡감, 이걸 한 스무 날 양지바른 곳에 두면 홍시가 되구요, 소금물에 담그면 며칠 안 가서 먹을 수도 있구 그래요.

그제야 아버지는 기차에서 만난 여학생이 아주 조금씩 베어먹던 이유를 알아차렸지요. 그네가 대단하지요? 글쎄 한입도 못 넘길 그 떫은 감을 호의를 생각해서 참고 끝까지 다 먹으면서 아무런 표도 안 냈으니까. 아버지의 말이 사실인지는 모르지만 그네는 그리 예쁜 편은 아니었다죠. 못생겼다는 말은 안했지만 '참 대견한 사람'이라고 표현했어요.

아버지는 이듬해 봄에 그네를 다시 만나게 됩니다. 해방 이후 가장 크게 좌우익이 격돌한 사십칠년의 삼일절이었어요. 제주도에서는 사삼항쟁의 시발이 되었고 전국적으로 파업과 항쟁과 살육이 시작되었어요. 남산에서 삼일절 행사를 마친 민전 전평 민청 등의 좌파는 남대문시장 초입 쪽으로 내려오고, 서울운동장에서 행사를 마친 우파는 조선은행 앞으로 해서 경시청을 지나 남대문 쪽으로 행진해오다가 양측이 남대문 앞 오거리에서 충돌을 하게 되지요. 그날 아버지는 행진하는 군중에 섞이지 않고 보도를 따라서 함께 내려오고 있었는데 시위 군중의 중간쯤에 플래카드를 들고 걸어가는 그네를 보았다고 합니다. 아버지는 얼른 차도 쪽으로 나아가서 빠른 걸음으로 그네와 나란히 걸었답니다.

오랜만이오. 나 알아보겠소?

네, 선생님……

지난번에 땡감 먹인 걸 사과하오. 난 정말 몰랐어요.

그랬더니 그네는 입을 가리고 웃더랍니다. 바로 남대문이 바라보이는 지점에서 행렬이 멈추고 곧 우파의 공격이 시작되어 전열이 무너지기 시작했답니다. 총성도 들리기 시작했구요. 군중들은 사방으로 뻗은 길을 따라 뿔뿔이 흩어지고 부상자들이 피투성이가 되어 전차선로 위에 쓰러지구요. 아버지는 그 순간에 여학생과 헤어졌답니다. 뒤에도 그네가 무사했을지 걱정이 되었대요. 내가 물었지요.

그게 아버지의 가을 이야기로군요. 다음에 그분을 만나셨어요?

같은 진영이었으니까 물론 만났지.

몇번이나요?

그 동무는 죽었다……

그게 아버지의 대답이었고 더이상은 말하려고 하지 않았어요. 아버지는 한번 입을 다물면 아무리 물어도 같은 대답뿐이니까요. 어쩌면 저 책의 임자인 김순임이란 이가 그네일지도 모르고 탄피에 얽힌 기억은 그네의 기억일지도 모르지만 이건 어디까지나 내 경험 수준에서의 이야기지요.

　당신에게 하고픈 아버지에 관한 이야기는 이제 거의 다 해버린 것 같아요. 나는 아버지의 땡감을 부러진 가지와 시든 잎이 붙은 채로 몇 번이나 그려본 적도 있습니다.

10

윤희는 딸의 이야기를 자기 동생에게는 털어놓았으면서도 지난 세월 동안 풍편에라도 나에게 닿는 걸 차단하려고 애썼다. 그건 아마도 갇혀 있는 나에게 정신적으로라도 기대어서는 안된다는 작심 때문일 것이다. 나에게도 딸이 있다. 윤희가 세상에 남겨놓은 갈뫼의 아이.

여기 와서 나는 단 하루도 깊숙하고 죽은 듯한 잠에 빠져보지 못했다. 또 하루가 지나갔다. 나의 공간감은 서서히 회복되고 있었다. 일어나자마자 취사준비를 시작했다. 작은 냉장고에 가득 채운 식품들 가운데서 생선이며 푸성귀 들을 꺼내어 매운탕 끓일 준비를 했고 전기밥솥에 쌀을 안쳤다. 한참 가스레인지 앞에서 부산을 떨고 있는데 마당에서 신 끄는 소리가 들렸다. 내다보니 순천댁이 광주리에 무엇인가 담아서 머리에 이고 들어서는 중이었다.

사모님, 어서 오십시오.

잘 주무셨소. 내가 무얼 쬐끔 갖고 왔는디라 좀 잡숴보소.

순천댁은 찬마루에 걸터앉아 광주리를 주방 바닥에 내려놓고 덮은 신문지를 들춰 보였다.

마늘쫑하고라, 깻잎, 이건 열무김친디 아주 싱싱하구먼. 그라고 된 장 고추장도 퍼왔는디 맛이나 좀 보시랑게.

어, 이렇게 안하셔도 되는데요.

김치는 냉장고에 여야지라. 마늘쫑허고 깻잎이사 짠께 암시렁 않을 것이고. 장은 양념허고 같이 노면 되겠구마. 근디 이게 무슨 좋은 냄 새여.

하면서 순천댁은 냄비뚜껑을 열어보며 고개를 끄덕였다.

아따메, 오선생이 요리가요 잉. 맛 좋겠는디.

여기서 함께 드시죠.

아녀, 해본 소리제. 아침은 진즉에 먹어부렀는디.

나는 그네를 마주보며 의자를 끌어다 앉았다. 잠깐의 침묵이 어색 했는지 순천댁은 얼른 일어섰다.

아이고오, 내 정신 좀 보소. 김칫거리 절여놓고 내동 파죽 맹글라고 잊어불고 있었네. 나는 갈라요.

저어, 사모님 잠깐만요.

순천댁은 나를 물끄러미 바라보며 기다렸다.

좀 여쭐 말씀이 있습니다. 거기 잠깐 앉으시지요.

무슨 말을 물어본다고 허요?

나는 더 머뭇거리지 않고 물었다.

제가 떠나고 나서 이듬해에 한선생이 여기서…… 출산을 했다면서 요?

으휴, 그랑께 그 소리가 은제나 나오나 조마조마하고 있었어라우. 여그는 조산원도 없응께 나가 받아냈지라. 지집아가 아조 귀인있이 생긴 거이 즈 에미를 똑 탁했더먼. 해마다는 아니어도 걸러서 한번씩 여름방학에 여기 덱고 왔는디 즈이 엄마 독일 가 있을 적에는 못 보다가 삼년 전에 왔을 때 보니께 몰라보게 컸더만. 아주 큰애기 꼴이 나 갖고 키도 즈이 엄마만큼 컸더라니께.

저는 전혀 모르고 있었습니다. 저희 누님두 아무 말씀이 없으셨구요.

나도 그런 중 알고 남우 일인께 입다물고 있었고만이라. 말을 허자면…… 어디까지나 호적상 시집 안 간 처년디 한선생이 을매나 속을 끓였을까 잉. 아매 즈그 집 식구들만 알고 쉬쉬했을 거인디.

제가…… 못난 사람입니다.

오선생 처지가 그렇게 되아부렀는디 어쩔 것이오. 우리 교감선생님 말씀맨치로 다아 시대를 잘못 만난 탓이지라.

그러면 지금 그애는 할머니하구 같이 사나요?

아녀, 즈그 동상 되는 이 앞으로 호적에 올렸는 모양입디다.

한정희씨 말인가요?

아매 그럴 거여.

나는 정희를 한번도 만나본 적은 없었지만 윤희에게서 여러번 들어서 인상이며 성격도 대충 짐작하고 있었다.

그이가 서울서 무슨 병원 하구 있다는 소릴 들었는디. 남편하구 같이 의사 한다던가 뭐. 내 어디 주소하고 전화번홀 적어뒀을 거요. 나중에 찾아다 갈쳐드리까라우?

예, 천천히 하십시오.

에이그, 난 그만 가봐야 쓰겄구마.

순천댁이 마루에서 일어나 울타리 밖으로 나갈 때까지 나는 아무 말도 못하고 멍하니 앉아 있었다.

은결이가 팔십이년생이라면 지금은 열여덟살 먹은 처녀가 되었겠지. 아무것도 남아 있지 않을 줄 알았던 이 세상에 윤희는 그 아이를 남겼다. 나는 갑자기 조바심이 나서 곧 아래로 내려가 전화를 하고 싶었다. 그러나 은결이가 나에 대해서 무엇을 알고 있을지 걱정이 되었다. 윤희는 우리들의 딸에게 아빠에 관해서 어떤 이야기를 남겼을까. 어쩌면 아이를 만나서는 안될지도 모른다고 생각하니 가슴이 타는 듯했다. 나는 윤희가 어째서 저렇게 자기 아버지의 젊은날에 대하여 자세히 적어두고 기억을 되새겼는지 이제 알 것 같았다. 윤희는 은결이와 내가 이승에서 지어갈 부녀지간의 애증을 걱정했는지도 모른다.

최동우와 나는 팔십년 가을까지 달동네에 얻은 방에서 틀어박혀 지냈다. 가끔씩 건이가 찾아와서 주변상황을 전해주었다. 석준이는 새학기가 시작되기 전에 일본유학을 떠났고 조원들의 관리를 건이 혼자 해내느라고 좀 벅찬 듯했다.

인자 이 동네도 끝이어라우. 샅샅이 뒤진다는구마.

어디 갈 데가 없잖아. 수배자 찾는다고 반상회 강화했지, 한강만 건너가도 검문검색이지, 절까지 뒤진다는데.

체육관 대통령 취임하더니 국보원지 하는 디서 사회악 사범 잡아들인다구 발표를 했고만.

사회악 사범이라니……

말은 우범자들 잡아들인다지만 그 속엔 반정부 하는 우리두 끼겠지.

양민학살이 제일 큰 사회악 아닌가.

동우의 이죽거리는 말에 건이가 한숨을 쉬면서 걱정을 했다.

옮겨갈 디를 얼릉 찾아야 할 텐디, 어디 생각나는 곳 없소?

넌 괜찮니? 니 걱정이나 해라.

나는 괘않애라우. 정자하고 부부간이니께.

건이의 말에 느긋하게 팔베개를 하고 누웠던 동우가 벌떡 일어났다.

뭐라구, 너 그게 무슨 말이냐?

왜 놀라요. 혜순이도 진즉에 찬성을 혔는디.

누가 느이들 맘대루 조직원들끼리 연애하라구 그러디?

건이는 동우의 발끈하는 말에 허공을 쳐다보며 웃었다.

허허, 이건 연애가 아니라 생활이여 생활. 우리는 결혼하기로 했소. 성님들이 축하를 해줘야지라. 나가 안 그려도 이 이약을 할라고 왔구만. 나 요꼬공장 차렸소. 사장님이오.

유선배가 너 보구 편직기 살 돈 내줬는 줄 아니? 해고자 동아리 만들자구 하는 거지.

일하는 사람 넷하고 바깥일은 내가 뛰어다니구 있소.

곁에서 듣고 있던 나는 동우 대신 그를 격려할 마음이 생겼다.

잘했다. 열심히 해보렴. 헌데 우리 일에 시간을 많이 빼앗길 텐데.

어차피 저녁시간에 모임을 가지니께 별문제는 없어요. 하여튼지 내 문제는 그렇다 치고 형들 자리를 옮겨야 쓸 것인디……

논의를 해보지 뭐. 원칙적으로는 내주중에 옮기는 걸루 하구. 후원 자들에게 안건을 주어보자.

건이가 다녀간 지 꼭 이틀이 지나서였다. 찬거리를 사러 달동네 아래 큰길 어귀까지 내려갔던 동우가 숨을 헐떡이며 뛰어들어왔다. 그는 바로 골목길로 나가는 부엌 판자문을 쾅 잡아당기고는 쇠를 걸고 숟가락까지 꽂아넣었다. 그러고 나서도 판자문에 귀를 기울이며 바깥을 살피고 있었다. 나는 방문을 열고 그에게 물었다.

무슨 일이야, 누가 쫓아오니?

쉿, 가만있어. 불 좀 꺼라.

나는 그의 얼어붙은 듯한 어조에 저절로 긴장이 되어서 얼른 형광 등을 꺼버렸다. 그는 문가에 그 자세로 서 있었다. 잠시 후에 여러 사 람들의 발걸음 소리가 들렸고 두런거리는 말소리도 가까워졌다. 목소리가 더욱 커졌다.

이쪽이 맞아요.

골목이 하도 많아서 어디루 튀었는지 알 게 뭐야.

여럿의 발소리가 들리면서 손전등 불빛이 어른거리더니 그들은 차츰 멀어져갔다. 먼데서 부르는 소리가 들렸다.

어이, 이형사 이쪽으루 와봐.

짭새들이잖아! 나는 그제야 놀라서 방의 벽에 붙어버린 듯이 꼼짝도 않고 어둠속에 앉아 있었다. 동우는 살그머니 방으로 들어와 내 곁에 나처럼 무릎을 세우고 등은 벽에 딱 붙인 자세로 앉았다. 그의 숨소리가 차츰 고르게 가라앉았다.

어떻게 된 거야?

내 속삭임에 동우도 소곤대는 목소리로 대답했다.

휴우…… 하마터면 달릴 뻔했다. 저 아래 큰길에서 들어오는 작은 시장 있잖아.

나는 여름내 거기 내려가서 수박이며 참외며 푸성귀 따위를 사왔기 때문에 달동네 어귀의 노점들이 모인 곳을 잘 알고 있었다. 일 나갔다 돌아오는 이 동네의 가장들이 술 먹고 남은 돈으로 가족들의 먹을거리를 사오는 곳이기도 했다.

슬슬 내려가다 보니까 큰길 입구하구 동네로 올라오는 길목에 사복들과 전경들이 떼로 몰려 서서 검문을 하구 난리더라. 그래서 뛰어내려가다가 얼른 멈췄지. 저 아래 행길을 보니까 아예 닭장차까지 대놓았더라니까.

건이 말이 맞는 모양이다. 시쳇말루 후리가리하는 거지. 군경 합동으루 검거해서 무슨 정화교육인가 시킨다지 않데?

바로 그거야. 우리 경우에는 또랑 치다 가재 잡는 격이 되겠지. 슬그머니 돌아서려는데 아래 섰던 사복하구 눈이 마주쳤어. 어이, 자네

일루 와봐, 그러는 거야. 나 말요? 했더니, 그래 일루 오라니까, 하면서 내게 빠른 걸음으로 올라오는 거야. 그러니 어떡해. 냅다 뛰었지.

도둑이 제 발 저린다고 생각했겠지. 넌 콱 찍혔다!

글쎄 말야. 어쩐지 기분이 안 좋아. 생각해봐라. 이 친구들 이곳 통반장이며 동네 사람들에게 여기 세든 사람들 동향을 파악할 텐데 누군가 우리에 관해서 발설을 할지두 몰라. 조오기 저 집에 젊은 놈 두 놈이 있습니다. 하구 말야.

시간이 걸릴 테지만 오늘밤 새고 내일 새벽에 나가자. 새벽에는 저치들 교대두 할 테구 시내 곳곳에서 철수를 할 거야.

동우와 나는 어둠속에 앉아서 주위가 조용해지기를 기다렸다. 밤이 깊자 인기척도 없어지고 먼데서 불어대던 호루라기 소리도 멎었다. 아마 닭장차와 함께 관내 파출소나 경찰서로 돌아간 모양이었다. 동우가 말했다.

배고픈데……

우리 라면이라두 끓여먹을까.

그래, 불 좀 켜봐.

내가 더듬더듬 형광등의 스위치를 켰다. 눈이 부셔서 재채기가 다 나왔다. 불을 켜니까 어둠이 일시에 물러가고 두려움도 사라지는 듯했다. 더구나 라면을 끓여서 신김치하고 허겁지겁 먹고 나니 세상 걱정은 저리 가라였다. 나는 뒤창문을 열고 바깥을 내다보았다. 팔 하나만큼 거리에 뒷집의 시멘트 블록담장이 있었고 이웃집의 슬레이트 지붕이 연결되어 있었다.

야, 까짓 거 자자. 오늘은 별일 없겠지.

동우가 자리를 펴고 벌렁 누우면서 말했다. 나도 그건 동감이었다.

걱정은 내일 해가 뜨면 하기루 하지 뭐. 그런데 너 약속장소 잊지 마라.

응, 알구 있어.

우리는 옷을 입은 채로 주요문건을 꾸려둔 가방은 머리맡에 둔 채 잠들었다. 얼마나 잤을까. 밖에서 문 두드리는 소리가 들렸다. 내가 먼저 그리고 동우가 이어서 벌떡 일어났다. 우리는 신을 집어다가 방 안에서 신고 있었다.

여보세요, 문 좀 열어봐요.

우리는 이미 뒤창문을 열어놓고 있었다.

누구세요?

동우가 내게 눈짓을 하면서 말했고 나는 창문을 딛고 올라서서 맞은편 담장에 한발을 걸치고 있었다.

이 동네 반장이오.

동우는 내 뒤를 따라서 창문에 올라서면서 말했다.

잠깐만 기다리세요. 옷 좀 입구요.

나는 그때 뒷집 담장을 발디딤으로 삼고서 이웃집의 지붕 위로 올라가고 있었다.

뭘 하는 거야. 부숴버려!

하는 고함소리와 함께 구둣발로 판자문을 차는 소리가 들렸다. 동우는 뒷집 담장을 짚고 넘어갔다. 문짝이 와지끈 부서지는 소리가 들렸다. 나는 이웃집 지붕의 짙은 그늘 속에 납작 엎드렸다. 누군가 손전등을 창문 밖으로 비춰보며 외쳤다.

저쪽 골목이야. 그리루 뛰었어!

이놈들 수배자가 틀림없다구.

이리저리 뛰는 발걸음 소리가 들렸다. 한 칠팔명은 되는 모양이었다. 그들은 불을 환하게 켜놓고 우리 방안에서 책이며 옷가지며 잡동사니들을 뒤졌다. 두 사람이 남아 있다가 물건들을 챙겨가지고 떠난 것은 네시쯤 되어서였다. 나는 주위를 살펴보고 완전히 인적이 끊긴 것을 확인하고서야 지붕에서 골목 쪽으로 가볍게 뛰어내렸다. 나는 달동네가 끝나는 소나무숲을 바라고 뛰었다. 그래도 가방을 챙긴 게 다행이었다. 동네를 벗어나자 무너져내린 산등성이와 귀뚜라미 울음으로 가득 찬 잡초덤불이 나왔고 길도 없는 비탈을 허우적대며 기어올라갔다. 초입에는 아카시아나무들이 무성하게 자라서 바짓가랑이에 걸리곤 하였다. 나는 더욱 안으로 들어가 소나무가 듬성듬성한 언덕에 자리를 잡고 앉았다. 오랜만에 달려서인지 숨이 턱에 닿아올랐고 이마와 목덜미에는 땀이 흥건했다. 언덕에 올라 앉으니 아래편에 산동네의 음울한 지붕들과 그 아래로 시가지의 불빛과 가로등이 내려다보였다. 불 꺼진 빌딩 위로 글자는 알아볼 수 없는 붉고 푸른 네온불빛이 계속 껌벅이고 있는 것도 보였다. 쫓기는 자에게 서울은 먼 이국의 도시처럼 낯설었다. 내가 들어가 몸을 누일 한평의 방도 없는 제각각의 집들이 어둠속에 잔돌멩이들처럼 박혀 있었다. 내 숨소리가 고르롭게 평정을 되찾으면서 뒤늦게 풀벌레들의 울음소리가 숲속에 가득 차 있는 걸 깨달았다. 저 가을날 새벽녘에 풀벌레들의 대합창 소리를 들으면서, 위험과 고통으로 가득 찬 세계 속에서 이루어낸 미물들의 삶의 환희를 알아차렸던 기억이 아직도 생생하다. 뒤에 십수년 동안 독방에 있으면서 입추 하루 전이나 바로 그날 또는 하루이틀 차이로 돌연히 들려오던 귀뚜라미 소리에 나는 매번 검거 직전에서 벗어나 날이 새기를 기다리면서 산등성이에서 보냈던 새벽녘을 생각하곤 하였다.

동이 훤히 터올 즈음에 나는 산등성이의 반대편을 돌아서 시가지로 진입했는데, 그곳은 우리가 살던 동네에서 버스로 서너 정거장은 될 만한 거리여서 그리 불안하지는 않았다. 나는 약속장소로 갔다. 버스를 타고 시내로 들어가 대학병원이 있는 부근의 한 성당 뒤뜰이 그곳이었다. 출입구가 세 군데나 되고 모두가 서로 다른 방향의 번화가로 연결되어 있어서 우리가 보아두었던 장소였다. 성당의 뒤편에는 나무가 울창하고 곳곳에 벤치가 놓여 있어서 그 자리에 앉으면 이쪽을 드러내지 않고서도 성당건물 주위를 한눈에 내다볼 수가 있었다. 성당 입구로 들어가니 벌써 저쪽 숲그늘에 앉았던 최동우가 나타나 나를 손짓했다. 나는 겨우 안심이 되었다. 혹시 그가 담을 넘어가 다른 골목길에서 잡히지 않았을까 마음을 졸이고 있던 터였다. 우리는 제일 안쪽의 후미진 등나무 덩굴 아래 벤치에 나란히 앉았다. 동우가 가방 안에서 우유와 빵을 하나씩 꺼내어 내게 내밀면서 웃었다.

우선 이것부터 먹어라.

어떻게 된 거야. 나는 니가 담치기 해가지구 골목에서 달려간 줄 알았다.

말 마라. 그 집으로 넘어들어갔는데 밖을 보니까 골목에 벌써 진을 치구 있지 뭐야. 다시 옆집 담을 넘어서 들어가니까 좁아터진 마당에 숨을 데가 있어야지. 바루 문 옆에 뚜껑까지 덮인 플라스틱통이 있더라. 열어보니까 다행히 연탄재 두어 개뿐이야. 그래서 그 속에 들어가서 뚜껑 닫구 쪼그리고 있었지. 아, 쥐가 나고 발 저리고 하마터면 나가서 자수할 뻔했어.

문건은 가지구 나왔지만 책이며 살림 들은 모두 거덜이 나버렸다.

하는 수 없지 뭐. 어쨌든 그 방안에 우리 흔적이 남았을 텐데 이제부터 조여오기 시작할 거다.

나는 얼른 가슴께를 더듬어보고 나서 수첩을 꺼냈다. 그리고 수첩 뚜껑 안쪽에 끼워져 있던 주민증을 빼내어 점퍼의 안주머니에 챙겨 넣었다.

우선 수첩부터 소각해야겠어. 전화번호며 메모가 있잖아.

주요번호만 외워두기로 하자. 필요하면 그때그때 물어서 처리할 수도 있고, 무엇보다도 우리는 직접 누구에게 연락할 처지가 아니야.

나는 동우에게 물었다.

너 주민등록증은 가지구 있겠지?

내 게 아냐. 인천 쪽에서 만들어 왔어. 사진과 직인 처리를 잘하는 노동자 형제가 있어서 말이지.

안전했어?

물론이지. 지방에서 여러차례 검문을 당해봤는데 별일 없었어.

우리는 각자의 수첩을 꺼내어 한장씩 뜯고 비닐커버까지 분해해서 벤치 아래 모아놓고 라이터로 불을 붙였다. 종이는 잘도 타올랐다. 연기가 좀 피어올랐지만 평일 이른 아침의 성당 뒤뜰에는 아무도 보이지 않았다. 비닐이 고약한 냄새를 피우면서 녹아내리자 검은 재 한줌만 남았다. 동우가 내 가방을 툭 건드리면서 물었다.

문건은 어떻게 할까? 없애버릴 수도 없구.

이게 바루 조직이다. 사수해야 돼. 건이네 공장에 보관하면 어떨까?

동우는 잠깐 생각했다.

가만있어봐. 하긴 저들이 우릴 파악하구 덮친 건 아니었어. 후리가리에 우리가 우연히 걸려든 거지.

하지만 이제부턴 달라. 전담부서가 달라질 거야. 그치들은 우리가 수배자였다는 걸 대번에 알았을 거야. 책들이 있었잖아. 책의 어딘가에는 우리 이름이 적혀 있을지두 몰라.

적어두 우리 이름 정도는 파악을 하게 되겠지. 인상착의도 물론이고……

당분간 행동을 자제해야겠어. 건이를 불러내어 상의를 해보자.
하면서 나는 덧붙였다.

될 수 있는 대로 광주서 올라온 친구들 선과 떠불리지 않도록 주의해야 해.

동우와 나는 성당에서 나오자마자 버스정류장 근처에 있는 공중전화로 건이를 찾았다. 건이는 당장에 동대문시장 근방으로 나왔다. 우리는 시장 안에 있는 철야 다방에 들어가 구석자리에 모여앉았다. 지방상인이나 트럭 운전기사 몇사람이 의자에 늘어져서 잠들어 있었다. 건이가 앉자마자 우리에게 핀잔을 주었다.

형님들, 참말로 답답하요. 나가 머랍디여? 인자 샅샅이 뒤질 거인디 싸게 옮기라고 말했소안.

차일피일하다가 이렇게 되었다.

안되겠소. 인자는 총비상이오. 시방이 시월인께 두달만 서루 찢어집시다.

건이의 의견에 동우는 고개를 저었다.

두달은 너무 길고…… 한달쯤 휴식기간을 갖자. 새해부터는 조직가동을 다시 시작해야 하니까. 너는 어떡할래?

동우가 내게 물었지만 갑자기 어디로 갈 것인지 막연할 뿐이었다. 나는 그에게 되물었다.

너는……?

지방으루 내려갈까 한다.

연락은 되겠지.

물론이지. 일주일에 한번씩 건이 앞으로 안전신고를 하겠어.

나두 생각해둔 데가 있다.

내가 먼저 호주머니를 뒤져서 지폐를 꺼냈다.

자아, 이 자리에서 우리 정산하자. 나한테 지금…… 오십만원이 있군.

동우도 바지 호주머니와 상의 안주머니에서 돈을 꺼내어 다탁 위에 올려놓았다.

나는…… 사십만원, 건이 너두 좀 내놔봐라.

어, 나는 시방 원사 사갈라고 갖구 나온 돈밖에 읎는디. 절반만 냅시다.

모두 합하니까 그래도 백이십만원이나 되었고 동우가 말했다.

여기서 공금으로 비상금을 떼놓자. 후원자들이 모아준 성금을 흥청망청 쓸 수는 없잖아. 우리는 절반이면 돼.

먼 소리요, 비상금은 우리 편직공장 동아리들이 준비를 할 팅게 형님들이 절반씩 노나갖고 가슈.

나는 모아놓은 돈에서 오십만원을 떼어 문건이 든 가방과 함께 건이에게 내밀었다.

우리는 각자 일해서 먹구살 거야. 내달에 소집활동을 하려면 비용이 들 거다.

허허어, 일분 만에 이자가 이십만원이나 붙어부렀네.

동우가 먼저 일어나며 내 어깨를 쳤다.

자, 헤어지자. 나 먼저 간다.

서로의 행선지는 묻지 않았다. 먼저 나간 동우와 간격을 두느라고 나는 잠깐 동안 건이와 마주앉아 있었다.

주문은 잘 들어오니?

일손이 딸릴 정도로 바쁘요. 재미도 있고.

거기 방두 있냐?

방 두 개짜리 월세로 들었는디 산동네서 젤로 큰 집이오. 방 한나는 나허구 정자 혜순이 셋이서 자구 먹구 하고요. 마루하구 작은방에다 요꼬기를 놨는디 지낼 만하요. 헌디 어디쯤 잠수할라우?

서울 근처……

형님은 주초에 신고를 해주쇼. 이름 한나 남기고 가슈.

그래, 그전에 쓰던 대루 김전우다. 나두 간다.

나는 건이를 다방에 남겨두고 시장으로 나섰다. 이른 아침 나절은 지나고 어중간한 시간이라 점포 앞은 한산했다. 나는 안양으로 나갈 셈이었다. 도망자 수칙은 오래 전 유럽에서의 경험들을 모은 소책자에서 익힌 요점들이 도시에서 매우 유용했다. 남수를 도와주고 봉한 이의 은신을 지원하고 있는 권형이가 미군부대에서 나온 외서를 파는 노점상에서 발견해서 열흘 동안 번역한 소책자였다. 우리는 그것을 타자로 찍어서 팜플렛으로 만들어 각 그룹들에 보급했다. 이를테면 이런 식이었다고 기억된다.

활동가가 지하에 들어간다는 것은 다름이 아니라 이제까지 낯익은 자신과 주변을 일시에 끊고 얼굴 없는 사람들의 삶 속으로 들어간다는 것을 뜻한다. 그에게는 이름도 없고 특징도 없다. 다만 그는 보편적인 민중이 가지고 있는 생계수단을 획득해야 한다. 언제 어느 곳에서나 취업할 수 있는 기능을 습득할 준비가 되어 있어야 한다. 직업이 없는 자는 그 순간부터 생존의 방식을 상실한다. 그뿐 아니라 자신에게 도움을 줄 수 있는 많은 사람들로부터 신뢰를 얻을 수가 없다. 직업을 가지고 자신이 들어선 낯선 세상에서 될 수 있는 한 빠른 시일 안에 취약한 자기를 둘러싸줄 이웃을 만들어야 한다.

과거로 통하는 모든 통신수단을 단절한다. 전보, 편지, 인편은 물론 특히 전화는 사용하면 안된다. 도피자끼리의 연락이 불가피할 경우에는 양자가 반드시 연결할 대리인을 통해야 하며 그 대리인은 두 단계로 처리해야 한다. 연결을 맡은 대리인은 사전에 반드시 안전점검을 해야 한다. 조직 중심은 외곽에서 도피자의 신변을 정기적으로 파악하며 기간중에 어떠한 임무를 주거나 연결을 시도해서는 안된다.

도피자는 특히 도시의 중심가를 피해야 한다. 복장과 말투는 평범해야 한다. 도심지를 보행으로 이동하는 것은 좋지 않다. 보도를 걸을 때에는 길의 안쪽으로 걷고 상가의 쇼윈도우를 적절히 활용한다. 횡단보도를 건널 때에는 신호등이 켜질 때까지 대기하고 있는 군중의 뒤에 서서 기다린다. 언제나 군중 가운데 있을 때에는 너무 빨리 또는 너무 늦게 움직이지 않는다. 대중교통 수단을 이용할 때에는 가급적이면 장거리 여행을 하지 않는다. 긴 여정이라면 몇번에 나누어서 갈아탄다. 도심지에서 버스를 탈 경우에 안전좌석은 운전석 뒤편 즉 차도로 향한 열의 문과 가까운 지점의 좌석이다. 보도 쪽으로 있는 자리나 특히 창가의 자리는 가장 위험한 장소가 된다. 이동은 되도록 야간에 실행하고 그 다음은 새벽이며 많은 사람들이 한꺼번에 쏟아져 나오는 러시아워는 피해야 한다. 그 누군가가 자신을 발견하거나 기억하지 못하도록 미리 방비해야 할 것이다.

수칙은 끝도 없이 계속되었다. 특히 이런 말은 오랫동안 뇌리에 남아 있었다.

도피자는 검거되지 않는 것이 그의 동료들에 대한 첫번째의 의무이다. 도피자는 도피 그 자체가 가장 주요한 활동이다. 이를테면 그는 주위에 위험을 전파할 수 있는 전염병의 보균자와 같다. 그러므로 스스로를 격리하여 위험이 가실 때까지 자신과 싸워야만 한다.

단련, 도덕성, 헌신, 믿음, 용기…… 온몸을 옥죄는 그런 단어들이 문장의 틈새마다 보이지 않게 숨어 있었지. 그건 마치 뜨겁게 달아오른 마른 혓바닥 너머로 솟아오르는 가쁜 숨결 같았다. 바위틈에서 콸콸거리며 쏟아져내리는 차가운 물을 가슴 시리게 끝없이 마시고 싶도록 메마르고 뜨거운 문장들.

안양은 예전의 포도밭이 모두 사라지고 작은 가내공장들과 접대부가 득실거리는 술집들과 더러운 폐수가 검게 흘러가는 개천만 남아 있었다. 개천가에 무성해진 뱀풀 덩굴조차 반가울 지경이었다. 이제는 그 언저리에 고층아파트가 줄지어 섰겠지.

나는 임중사네 목공장을 찾아갔다. 그는 나보다 십년쯤 연상이었는데 군에서 우리 내무반 선임하사를 했다. 제대를 하고 나서 이른바 복

학생 운동권 악우들의 협박에 못 이겨 공단 근처 야학에 강학으로 나가던 때에 그를 우연히 만났다. 야학은 대개 열시에 끝났는데 그맘때는 야간근무조가 바뀌는 시간이었다. 나는 다른 강학 친구와 가락국수에 소주라도 한잔 하려고 포장마차에 들어갔다. 몇사람이 닭똥집이며 쇠염통이며 안주를 푸짐하게 구워놓고 거나하게 소주를 마시고 있었다. 우리는 늦게 들어서기도 했지만 호주머니 사정도 별볼일이 없어서 한쪽 구석에 찌그러져서 가락국수와 소주 한병을 시켰다. 중년 남자 셋이 떠들썩하고 앉았는데 그중 둘은 어느 전자회사의 유니폼을 입었고 다른 한사람은 양복차림이었다. 양복차림은 그들에게 과장님 반장님 하며 연신 술을 권했다. 야학에 나오는 여공들 가운데 전자회사에서 박한 노임에 시달리는 소녀들도 몇 있어서 나는 우리편의 입장이 되어 곱지 않은 눈으로 그들을 힐끔힐끔 노려보았다. 양복차림이 우리 쪽을 건너다보다가 나와 눈이 마주쳤다. 그는 일단 고개를 돌렸다가 다시 나를 훑어보았다. 나도 그를 알아보기 시작하는 중이었다. 그가 상반신을 숙이고 내게 말을 걸었다.

혹시 군에서 어디 근무했소?

임중사님, 접니다. 저 오현우예요.

야 인마, 그러면 그렇지 너 오병장 아냐? 어디서 많이 본 얼굴이라구 아까 니가 들어올 때부터 생각하구 있었거든.

그렇게 되어서 나는 그날 밤 임중사와 이차를 했다. 임중사는 내가 제대하던 시기에 몇달 차이로 먼저 직업군인 생활을 때려치우고 옷을 벗었다. 그는 제대하고 나서 구로공단의 전자회사 목공부에 말단공원으로 취직을 했고, 직업군인을 하던 사람이라 곧 공장장의 눈에 띄어채 일년도 못되어서 반장이 되었다. 기술교육도 받았고 공원들을 관리하는 능력도 있어서 다섯해 만에 임중사는 노무과장으로 승진했다. 그맘때에는 목공장을 운영하는 여러가지 사항을 훤히 알게 되었고 납품할 곳이며 하청을 맡는 일이며를 처리할 수 있게 되자 기술자 몇사람과 따로 나가 작은 목공장을 차린 것이다. 그는 이를테면 군대에서 제대하여 성공한 축이었다. 나는 술에 만취한 그를 따라서 안양의 그의 공장 옆에 있는 살림집까지 끌려갔다. 그는 우리 같은 야학선생질이 뭔가 나라에는 해가 되는 불온한 행동이라고 어렴풋이 짐작을 하는 듯했다. 하지만 그런 일에 끼여들기는 두려워했음에도 어쩐지 외경스런 생각을 가지고 있다고 털어놓았다.

느이 하는 일이야 우리가 아냐? 다 뜻이 있는 일이겠지. 독립운동이 박 터지게 벌어져두 민초들이야 입에 풀칠하구 살아남아야지.

임중사는 이런 비슷한 소리를 술에 취할 때마다 하는 것이었다.

나는 안양천변을 따라 올라갔다. 비포장도로 가의 밭고랑 위에 시멘트 블록으로 지은 공장건물과 역시 규모만 작고 거의 똑같이 생긴 그의 살림집이 앞뒤로 서 있었다. 공장 앞 빈터에는 원자재며 작업 뒤의 폐기물 들이 무더기를 이루며 쌓여 있었고 벌써 길 위에서도 공장 안의 전기톱 돌아가는 소리가 날카롭게 들려왔다. 나는 공장 앞에 서서 기웃거리다가 판자문을 살짝 밀고 안을 들여다보았다. 러닝차림의 임중사가 머리에 수건을 쓰고 입에는 마스크를 하고서 작업에 열중해 있는 게 보였다. 문을 밀고 톱밥먼지가 허공에 가득 찬 공장 안으로 들어섰다. 소음 때문에 그의 말은 들리지 않았지만 그가 작업대에서 손을 흔들었다. 그는 내 곁으로 마주 걸어오더니 귀에다 대고 외쳤다.

야아, 오병장, 이게 몇년 만이냐? 나가자, 나가.

임중사가 내 점퍼자락을 잡고 밖으로 끌어냈다. 그는 제 마음대로 내 손을 잡고 흔들어 악수를 하고 나서 아래위를 찬찬히 훑어보았다.

너 몰골이 말이 아니구나. 아직두 그 일 하구 다니냐?

뭐…… 그런 셈입니다.

가만있어봐. 조금 있으면 점심시간이니까 내 금방 나오께.

임중사가 러닝 위에 공군점퍼만을 걸치고 머리에는 톱밥을 얹은 모습으로 나왔다.

집에 가서 점심 먹자. 야, 데모하구 다니면 밥이 나오냐 떡이 나오냐 인마. 정신차려, 너두 인제 서른 넘었지?

나 내무반장님께 취직시켜달라구 왔소.

어쭈, 누굴 망쳐먹을 일 있냐. 하여튼 들어가자.

우리는 임중사네 블록집으로 들어갔다. 그래도 안에는 도배도 깨끗이 해놓았고 현관 위에는 비닐장판도 매끈하게 깔려 있었다. 그가 외쳤다.

여보, 나 왔어.

부엌 쪽에서 유리문이 살그머니 열리더니 그보다 나이가 더 들어보이는 아주머니가 고개를 내밀고 손가락을 세워 입에 갖다댔다.

쉬이…… 애기 깨요. 안방엔 들어가지 말아요. 방금 잠들었으니까.

어, 당신두 기억나지? 우리 오병장 말야.

부인은 머리를 오글보글 라면처럼 파마를 했고 손에 벌건 고무장갑을 끼고 있었다. 나는 두 손을 마주잡고 인사를 했다.

예, 공부 잘하는 대학생 기억나죠. 당신은 오병장이 뭐예요. 군대 얘기라면 지긋지긋해.

우리 밥 좀 줘. 배고파 미치겠네.

방 두 칸짜리 집에서 건넌방이라고 들어가보니 아마 국민학생이 있는 듯 아버지가 짜준 책상과 책꽂이도 있고 어린이 그림책들도 얌전하게 꽂혀 있다. 임중사가 말했다.

애 하나면 될 걸, 뭐 외롭다나. 괜히 늦자식 낳아가지고 밤엔 잠 설치지, 텔레비두 맘대루 못 본다니까. 근데 너 취직 얘기 정말야?

그렇대두요. 한 서너달이 될지 한달이 될지는 아직 잘 모르지만 하여튼 밥값은 해야 될 테니까.

너 인마, 도바리중이지. 내가 다 안다. 큰일 쳤냐?

내 일은 아니구요…… 남들 때문에 잠깐 피해줘야 하거든요.

너 나까지 떼들어가게 하는 건 아니겠지.

사실 별거 아닌 일이에요.

그렇다면 좋아. 별수 있냐, 그래두 의리가 있지. 다만 일당은 많이 못 준다. 넌 어차피 숙련공이 아니니까. 보조나 시다밖엔 맡길 일이 없어. 그래두 하루 세끼 밥은 먹을 수 있을 거다. 그러구 여기선 내가 선임하사가 아냐, 사장님이라구 해라. 안됐지만 넌 내 고용인이니까 오군이라구 부르지. 찬성?

대대찬성입니다.

밥상이 들어왔다. 동우와 함께 서툰 손으로 지어먹던 자취밥이 아니라 그야말로 가정식 백반이었다. 김치도 입에 맞고 미역국도 부드럽다. 수저를 들고 한참이나 정신없이 식사를 하던 임사장이 고개를 들었다.

헌데 너 잠자린 있냐?

나는 고개를 저었다.

있을 턱이 없지.

공장에서 일 다 끝내구 깨끗이 치워놓구 자면 안돼요?

그건 안된다. 화재 염려두 있구 다른 애들 눈치두 있구 하니까. 가만있어봐…… 근데 너 인마, 달랑 그 차림루 짐두 없이 나왔단 말야?

예, 오늘 새벽에요.

임사장은 어이가 없는지 밥을 입에 가득 문 채로 천장을 올려다보았다.

새끼 참, 속 썩이네. 안되겠어, 너 말야 내가 느이 사수를 붙여줄 테니까 거기 딱 붙어서 떨어지지 말구 먹구살아라.

점심을 마치고 공장 마당 쪽으로 나오더니 임사장이 점퍼 주머니에서 만원짜리 한장을 뒤져 내밀었다.

오늘은 첫날이니까. 요 아래 안양극장 가면 무협영화 동시상영중이다. 그거 때리고 이따가 일곱시까지 일루 와. 애물단지 하나 왔네!

나는 멋쩍게 웃어 보이고는 다시 비포장도로를 걸어서 번화가 쪽으로 나왔다. 극장 안에는 젊은 남자라고는 보이지도 않았고 동네 할아버지 할머니들과 오전수업을 끝내고 왔을 듯한 꼬마 두어 명뿐이었다. 나는 중간쯤에 널찍하게 통로가 있는 좌석에 두 다리를 죽 뻗고 앉아서 영화를 보다가 자다가 하면서 시간을 보냈다. 잠은 왜 그렇게 쏟아지는지.

영화 두 편을 그야말로 연속으로 때렸는데도 시간은 다섯시가 조금 못 되었다. 영화관을 나와서 재래시장으로 간다. 시장에서 속옷가지와 양말, 세면도구 등속을 사고 그것들을 담을 비닐 보스턴백을 하나 산다. 갈아입을 바지 한벌과 안에 입을 셔츠를 하나 사고. 그리고 너무 지저분하면 남의 눈에 띄니까 목욕을 하기로 한다. 목욕탕에 가보아도 탕 안에는 아직 한사람도 보이지 않는다. 나 혼자 독탕이다. 일회용 플라스틱 면도기로 그동안 자랐던 수염을 깨끗하게 밀어낸다. 속옷을 갈아입고 양말까지 갈아신고 나니 집에 돌아온 느낌이었다. 그리고 다음날부터는 일당으로 살아가기로 굳게 결심하고는 마지막으로 식당에 들어가 얼큰한 육개장으로 저녁을 때웠다.

오군아, 인사해라. 우리 공장서 젤루 잘 나가는 미스터 박이다.

임사장이 톱밥투성이의 키가 멀쑥한 젊은이를 내게 소개했다. 그는 읍내 극장에서 만난 사이처럼 흔쾌하게 손을 내밀어 악수를 했다.

사장님한테서 얘기 많이 들었슴다. 같이 고생해봅시다.

그래 오군, 가기 전에 너 잠깐 나 좀 보자.

그는 기계가 멈춘 공장 안으로 나를 데리고 들어갔다.

너 말야, 저 친구한테 내 시골 동생 친구라구 말해놨다. 그렇게 알구 있어. 저 친구 명랑하구 성격 좋으니까 따라가서 같이 자취해라. 여기선 생활비 줄인다구 다들 그렇게 하지. 방세, 식비 반반씩 무는 거야. 나가봐.

고맙습니다, 선임하사님.

새끼 또 그러네. 사장이래니까.

박을 따라서 나는 안양천변을 걸었다. 바라끄들이 즐비한 언덕바지에 이상하게 양계장 건물처럼 기다랗게 지어진 창고 모양의 건물들이 층층으로 연이어 섰는데 나중에 그것이 공단 동네에도 흔한 벌집이라는 걸 알았다. 동네 주위에는 고만고만한 구멍가게들이 여러군데 불을 환히 켜놓고 있어서 내가 떠난 달동네 어귀처럼 작은 시장이 선 것 같았다.

오형은 시골 어디요?

가까워요. 경기도.

요새 시골서 먹구살기 힘들죠?

예, 뭐 고등학교 나와서 빈둥거리다 군대 갔다오구 늦어버렸죠. 장가들기 전에 목공기술이라두 배울라구……

시장 들렀다 갑시다. 저녁 찬거릴 사야지요.

전 먹었어요.

그래요? 음 그러면 말이죠, 어디 가서 한잔 하구 들어가지.

그럽시다. 오늘 내가 한잔 사지요.

왜요?

나는 그의 기분에 맞도록 쾌활하게 말했다.

신입식이죠. 앞으로 잘 좀 봐주시라고.

박은 껄껄 웃었다.

한잔 갖구 될까. 어디 두고 봅시다.

그는 벌집 동네 초입에 있는 구멍가게들 사이에 자리잡은 주점으로 들어갔다. 그가 긴 나무의자에 가서 걸터앉으며 말했다.

여기가 우리 단골집이오.

주점은 한 대여섯 평쯤 될까, 탁자가 세 개 놓였고 주방도 사람 하나 들어서서 궁둥이를 겨우 돌릴 정도였다. 이를테면 좀더 성공한 포장마차 규모라고나 할까. 그래도 벽에는 정성스럽게 붓글씨로 된 안주와 식단이 붙어 있고 주방의 화덕에서는 생선 굽는 냄새가 진동을 했다. 안쪽 탁자에는 먼저 온 사람들 셋이 소주잔을 기울이고 있었다.

아줌마, 나 매일 먹는 그거 주세요.

알았어.

내가 궁금해져서 박에게 물었다.

매일 먹는 게 뭐요?

순서가 있어요. 먼저 소주 한병하구 고갈비 한마리, 그러구 나서 데친 두부 한모루 끝나는데, 오늘은 저녁을 안 먹었으니까 나중 입가심으루 라면 하나 추가요.

그거 아주 실속 있겠는데.

칼집을 내어 소금 뿌려 구운 고등어 한마리가 아직도 지글거리며 탁자에 올라왔고 소주 한병이 따라왔다. 그는 술병을 집으려는 나를 손끝으로 가볍게 뿌리치며 내 잔에 먼저 술을 따라주고 나서 내게 병을 양보했다. 나도 그에게 술을 따라준다. 박이 술잔을 치켜들어 보이며 말했다.

자아, 듭시다. 오형의 신입을 축하합니다.

반갑습니다.

우리는 단숨에 술잔을 비웠다. 박은 다시 자작으로 한잔을 거푸 마셨다. 그의 머리카락에는 아직도 톱밥이 하얗게 앉아 있었고 작은 잔을 잡은 손가락들은 투박하고 더러워서 무슨 나뭇가지처럼 보였다.

그러나 술을 넘길 적에 드러나는 그의 목덜미 근육은 참으로 건강하고 당당해 보였다. 주어진 노동을 끝낸 사내의 만족한 피로가 그의 풀어진 눈언저리에 가득 실려 있었다.

오형, 애인 있어요?

고등어의 살점을 연신 맛있게 뜯어다 먹으면서 그가 내게 물었다.

아직 그런 거 없수다. 성가셔서……

내가 하나 소개해드리까?

아니 뭐…… 내 한몸두 거추장스러운데.

박이 나를 향하여 한눈을 찡긋 감아 보였다.

걱정 마슈. 일당이라구 받아봐야 어차피 모자라긴 마찬가지요. 내가 이래뵈두 기능공인데 한달 살구 나면 맨날 적자야. 저축 한푼 못해보고. 그러니 언제 장가를 들어 일가를 이루겠소?

그런데 애인까지 있으면 골치 아파서 어쩌시게?

걔들두 마찬가지 신세니까. 그렇다구 이 좋은 시절 일루 다 보내구 찌그러지면 인생이 뭐요.

어느 결에 소주 한 병을 비우고 우리는 두 병째를 시키고 고갈비 한 마리를 추가했다.

허지만 좋다 이거야. 언젠간 해뜰 날이 오겠지. 우린 지금 전자회사 납품에 근근이 매달리구 있지만 가구공장으루 나가야 큰돈을 벌 거야. 임사장두 그걸 알구 있어요.

하다가 박은 갑자기 생각이 났는지 나에게 불쑥 물었다.

오형, 정말루 우리 임사장 시골 동생 친구요?

그런데요……

아냐, 그짓말인 거 같애. 내가 보기에 댁엔 말야 시골뜨기가 아냐. 어딘가 책냄새가 나거든.

그런 말 많이 들었어요. 군대에서두.

얌전해 보인단 얘기는 아니오. 하여튼 그 손을 봐두 그렇구.

게으른 손이죠.

아냐, 펜대 잡은 손이 그렇다구.

그러니까 박형한테 일을 배울라구 그러지요.

일 배울 게 없어요. 그냥 내일부터 아침에 배당받는 대루 잘라내기만 하면 되오.

말을 하다가 그가 얼른 자리에서 일어났다. 박은 주점 입구로 나가서 외쳤다.

야 맹순아, 어디 가냐?

사람은 보이지 않은 채로 목소리만 들려왔다.

가긴 어딜 가. 퇴근해서 집에 가지.

일루 들어와봐. 한잔 하자.

여자의 하얀 얼굴이 빠끔하고 나타났다. 그네는 주점 안을 살폈다.

나 밥두 안 먹었단 말야.

어여 들어와. 맛있는 거 사주께.

그들은 내 앞에 나란히 앉았다. 박이 그네의 등을 가볍게 때리며 말했다.

야, 인사해라. 오늘부터 나하구 동거할 신입이다.

실례합니다.

안녕하세요.

오형, 얘가 내 애인이오.

핏, 애인 좋아하네.

그네는 벽에 붙은 식단표를 이리저리 둘러보았다.

너 저녁 안 먹었지? 아줌마, 여기 라면 하나. 김치에 파 썰어넣고 한 그릇 얼른 내오슈.

나 라면 안 먹을래. 아줌마, 여기 밥은 없어요?

180

공깃밥 있지. 그럼 생태나 끓여주까?

박이 눈을 크게 떠 보였다.

맹순이가 오늘 간조 올리네. 너 생태탕이 얼만 줄 알아?

싫으면 관둬. 그러구 왜 맨날 남의 이름을 그따우루 불러. 이명순 씨라구 하람 말야.

나는 일이 끝난 이들 남녀의 정다운 실랑이를 재미있게 지켜보았다. 박이 말했다.

야 맹순아, 느이 방에 같이 사는 애 있지?

누구 말야, 경자?

아니, 그거말구. 빼빼한 애 있잖어?

으응, 순옥이.

그래, 걔가 어디 다닌다구 했지?

와이샤쓰 공장 봉제부.

그래 그래, 그 순옥이를 우리 오형한테 소개해주라.

맨입으루?

오늘 이게 그 한턱이다 왜?

흥, 겨우 이걸루는 안되겠는데.

그럼 좋아, 다음주에 영등포 나가서 영화구경 시켜주께.

명순이는 탁자 너머로 나를 이윽히 바라보았다.

야야, 그러지 말구 이따가 우리 방으루 순옥일 불러와라.

안돼. 오늘 걔 야근 들어갔어. 나두 잔업하구 눈치 보다 빠져나오는 거야.

그네가 저녁밥을 먹는 동안 우리는 소주 두 병째를 마저 비웠다. 식사를 끝낸 명순이를 위해서라며 핑곗김에 박과 나는 소주 세 병째를 마시기 시작했다. 박은 취기가 제법 올랐는지 목소리가 커지기 시작했다.

나 아무래두 임사장하군 같이 일 못하겠어. 이거 봐, 오형은 우리를 잘 몰라. 뭐 임사장 귀에 들어가두 상관없지만 말야. 지가 언제부터 사장이냐구. 나하구 거의 같은 시기에 입사했었어. 함께 나와서 목공장 운영하자구 박형 기술만 믿는다구 할 때가 언제야. 월급두 아니구 일당이니 기술자 대우가 이게 뭐냔 말야. 나 아무래두 안되겠어. 직장 옮길 거야.

큰소리를 치다가 박은 내 얼굴을 보자 말투를 바꿨다.

오형, 어떻게 생각하쇼? 개인적인 정은 정이구 돈은 무서운 거 아뇨?

어디 옮길 직장은 알아봤어요?

아 그러엄, 나 오라는 덴 많지. 가구공장에서는 목공기술자가 없어서들 야단이오. 이까짓 텔레비나 라디오 박스 납품일하구는 상대가 안돼요. 우리네선 그래두 전축이 제일 단가가 높은데 왜 그런지 아슈? 장식이 많이 들어가잖아. 가구는 디자인값으루 남겨먹거든.

명순이가 잠자코 앉아 있다가 참을 수가 없었는지 술잔을 입에다 탁 털어넣고는 한마디 했다.

갈 땐 가더라도 실속있게 입다물고 있다가 옮기지 왜 먼저 큰소릴 치구 그래. 하여튼 속이 없어……

야 맹순아, 이게 다 너 멕여살릴라구 하는 노릇이다. 너두 결혼을 해야지.

어이구, 너무 황송해서 피눈물이 나네요. 지 한몸 건사나 잘해야지. 멕여살리긴커녕 월말에 외상 갚는다구 돈이나 꿔달래질 말어. 아유, 인제 가봐야지.

명순이가 자리에서 일어서자 박은 같이 반쯤 몸을 일으키며 그네를 막았다.

가긴 벌써 어딜 간다구 그래. 한잔 더 해야지. 이제까진 우리 오형

신입 턱이구 내가 이차를 살 건데.

가서 씻구 자야 돼. 나 낼 아침 조기출근반이야. 먼저 실례합니다.

어어, 저게 지 맘대루야……

명순이가 가고 나서 박은 다시 말수가 적어졌다. 나는 그가 다른 곳으로 옮기겠다는 생각을 내게 털어놓은 걸 후회하고 있다고 느꼈다. 그는 아무 말 없이 흐트러진 생선살을 젓가락으로 뒤적이고 있었다. 내가 박의 빈잔에 술을 따르면서 말했다.

실은 나두 한 두어 달 지낼 곳을 찾느라구 임선배한테 찾아왔어요. 어느정도 일이 손에 익으면 보다 유리한 직장을 찾아야겠지요.

여기선 아무래두 발전이 없다구. 차라리 공단에 가서 전자 계통이나 선반 일을 잡으슈. 오형은 그래두 고등학교 나왔다니까 일년이면 금방 기능공이 될 거요.

박과 나는 술집을 나와 언덕을 올라갔다. 비탈 위에 시멘트 블록으로 대충 지은 일자의 길다란 집들이 층층이 이어져 있었다. 마치 객차처럼 기다란 벽에 똑같은 모양의 창들이 뚫려 있었고 아직도 불이 켜진 창문이 제법 많았다. 슬레이트 지붕 위에도 천창이 보였다. 박은 일자집의 입구로 먼저 들어서서 내게 턱짓을 하면서 말했다.

들어오쇼. 여기가 대전발 영시 오십분 열차요.

판자문을 밀자 먼저 수돗물 소리가 요란하게 들려왔다. 바로 문앞에 공중수도와 수채가 있고 방 하나만한 공간이 비워져서 아낙네들이 빨래나 취사를 하기에 적당해 보였다. 아줌마 한사람은 요강을 씻고 있고, 다른 아줌마는 들통에서 더운물을 한 바가지씩 떠서 엎드려뻗쳐를 하고 있는 웃통 벗은 남자의 등에 끼얹고 있었다. 박이 아는 체를 했다.

육호 아저씨 들어오셨수? 오늘 좀 빠르네.

엎드려뻗쳐를 하던 그대로 고개만 돌려서 박을 올려다본 사내가 대꾸했다.

　몸이 안 좋아서 오늘 일찍 들어왔어.

　글쎄 일당두 좋지만 사흘이나 잠을 못 잤지 뭐예요.

　곁에 섰던 그의 아내가 하소연하듯이 말했다. 집의 가운데로 사람 하나 비켜 지날 만한 좁은 복도가 집 끝까지 이어졌다. 복도의 양쪽에 역시 똑같은 모양의 미닫이문이 보이고 정말 벌집 같은 방들이 붙어 있었다. 복도에는 거의 기한이 다 되어 보이는 거뭇거뭇한 전구 두 개짜리 형광등 하나가 천장에 매달려 있다. 방 앞에는 신통하게 신발이 하나도 보이지 않는다. 박이 복도 안쪽에 있는 방의 미닫이를 열고 손을 안으로 더듬어 형광등을 켰다. 미닫이 위쪽에는 16이라고 씌어진 나뭇조각이 붙어 있다. 그는 구두를 벗어서 들고 방문턱을 넘어 들어갔다. 퀴퀴한 발고린내와 신김치 비슷한 냄새가 방안에 가득 고여 있다. 바로 발밑에 연탄 아궁이가 있는 듯 연탄가스 냄새도 풍겨온다. 나도 방안으로 들어섰다. 어느 방에선가 남녀가 다투는 소리도 들리고 늙은이의 기침소리와 어린 아기의 턱에 걸린 울음소리도 들려왔다. 그는 때에 전 이불과 담요 등속을 발로 걷어올리고 내가 앉을 만한 공간을 내주었다.

　거기 편히 앉으슈. 자아, 우린 이렇게 산다우.

　박이 익살스럽게 말했다. 거울이 하나, 반찬이나 식기와 함께 세면도구를 얹어놓은 비닐벽걸이가 벽에 붙어 있고, 미닫이 옆의 구석에 푸른색 요강이 보였다. 비닐천을 씌운 미니옷장이 서 있고 방 한가운데 허공에는 빨랫줄이 가로질러 있는데 양말과 속옷 나부랭이들이 걸려 있었다. 그는 담요 한장을 걷어내어 문앞의 공간에 얌전하게 깔았다.

　오늘부터 이 자리가 오형 자는 데요. 내일 공장에 나가서 임사장한테 담요나 한장 빌려달라구 하지.

　앉은 자리에서 올려다보면 천장을 뚫고 창을 낸 곳이 보였다. 벽에

나 있는 창문은 작아서 열어둔다고 해도 별로 바람도 들어오지 않을 것 같았다. 박은 거침없이 옷을 훌훌 벗고 머리맡의 작은 책상 위에 놓인 트랜지스터를 틀었다. 별이 빛나는 밤이 어쩌고 저쩌고 하는 심야 음악방송이 나오는 중이었다.

여기 몇사람이나 살아요?

내가 묻자 그는 턱짓을 하면서 숫자를 헤아려보았다.

가만있자…… 그러니까 방이 모두 십육호인데, 한 방에 적어도 둘 또는 네다섯 식구가 사는 데두 있으니 아마 오십여명 될 거요.

모두 직장 나가요?

아마 그럴걸. 공원들두 있구. 아까 씻구 있던 아저씨는 스페어 운전사고. 스페어 운전사가 셋이나 살아요. 공사판 나가는 이들두 있구 노점상두 있어요. 여기서 몇년 버티다가 셋방 얻어서들 나가지. 집에 남은 아줌마들두 노는 사람은 거의 없어요. 구슬백을 꿰거나 봉투도 붙이구.

그는 팬티차림에 수건을 목에 두르고 칫솔을 입에 문 채 복도로 나가면서 물었다.

좀 씻지 않을라우? 온몸에 톱밥이 근질거려서……

나는 아까 목욕을 해서 괜찮은데.

박이 나간 뒤에 나는 일단 한숨을 길게 내쉬어보고 나서 담요에 벌렁 드러누웠다. 라디오에서는 블루스풍의 흐느끼는 듯한 노랫소리가 이어졌다. 마른 잎이 한잎 두잎 떨어지던 지난 가을날 돌아온단 그 사람은 소식 없어 허무한 마음 다시 또 쓸쓸히 낙엽은 지고 찬 서리 기러기 울며 나는데.

어수선하던 복도의 인기척도 이제는 끊기고 골목 밖에서 귀가하는 사내들이 질러대던 술주정의 고함소리도 그쳐 사방이 조용해졌다. 그는 코를 드높이 골며 잠들어 있었다. 나는 희붐한 천창을 올려다보며 잠을 이루지 못했다. 벌집의 삶은 달동네보다도 열악했다. 이 집에 사는 모든 이가 하루 벌어서 하루 먹고살아야 하는 사람들이었다. 나는 지난 몇년 동안 활동가랍시고 돌아다니면서 서울 변두리의 이러한 생활에 익숙해 있는 편이었다. 갑자기 엄청난 무력감이 나를 엄습했다. 동우는 자리를 잘 잡았는지. 도대체 한줌도 안되는 젊은것들인 우리는 이 아리따운 순정으로 어떻게 세상을 바꿀 수 있다는 것인지.

이튿날 아침 일곱시에 박은 정확하게 자리를 차고 일어나 나를 깨웠다. 나는 그를 따라서 수돗간에 나갔는데 이미 북새통을 이루고 있었다. 벌집의 거의 모든 사람들이 나와서 붐비는 중이었다. 박은 플라스틱의 빨간색 양동이와 역시 플라스틱으로 만든 작은 대야를 양손에 들고 수돗간으로 돌격했다.

어어, 이거 다 바쁘다구. 순서를 지켜야지.

잠깐이면 되는데 뭘 그러슈.

에이, 물 튀잖아!

거 요강은 좀 나가서 씻으면 안되나. 꼭 복잡한 때에 나와선.

자자, 물 받았으면 좀 비킵시다.

이런 투덜거림이 끊임없이 이어지고 있었다. 집 밖에 나오니 집과 집 사이의 좁은 골목에는 사람들이 속옷바람으로 나와서 세수나 양치를 하느라고 또한 법석이었다. 땅은 오랫동안 물이 빠지지 못해서 아예 진창이나 다름없었다. 박이 하는 대로 나도 칫솔질을 하고 양동이에서 물을 떠 대충 얼굴에 바르는 것으로 끝낸다. 집에서 조금 떨어진 곳에 두 칸씩 지어놓은 변소 앞에도 사람들이 줄지어 길게 서있었다. 거기서도 투덜거림과 불평이 계속되는 중이었다. 박이 그쪽을 힐끗 바라보면서 내게 말했다

여기 변소는 급하지 않으면 절대루 가지 마슈. 공장에 가서 느긋하게 볼일 보는 게 나으니까.

나도 뒤가 좀 무둑했지만 그만 포기해버리고 만다. 이같은 악몽은 나중에 내가 감옥 가서 낡은 일제시대의 구치소에서 다시 겪었는데 처음 이삼일이 좀 고통스럽고 한 열흘쯤 지나면 적응하게 되던 것이다. 드디어는 뼁끼통의 오물냄새에 둘러싸인 채로 세끼 식사를 아무렇지도 않게 해치운다. 귀찮고 짜증나는 건 몇분 동안이지만 어려운 환경에 처한 사람들끼리의 따뜻함은 늘 유지되게 마련이었다.

공장일이 시작되었다. 아침에 나가면 임사장이 각 작업대에 그날 해야 할 작업량과 수치를 알려준다. 공장 인원은 임사장까지 합쳐서 여섯명이었는데 내가 취직을 했으니 일곱명이 되었다. 그중에 기술자는 임사장과 박형과 남씨 아저씨 등 세 사람이고 나머지는 나보다 나이 어린 세 사람의 견습공들이었다. 작업기계는 전기톱이 세 대이며 대패, 샌더, 드릴기계와 커다란 원형 톱날작업대가 있었다. 톱날의 모양은 널판이나 합판과 각목을 자를 때 다르고 직선과 곡선을 자를 때에도 달라진다. 나는 박형의 조수가 되었다. 그는 임사장에게서 작업지시를 받고 먼저 규격에 따라 견본품을 만들었다. 그는 내게 그 견본을 내밀어 보였다.

오늘 오형 할 일은 이 각목을 천오백개 자르는 거요. 시간당 적어도 백오십개는 잘라서 내게 넘겨줘야 해.

각목은 한뼘 정도의 길이였는데 아래로 갈수록 뾰족한 모양을 하고 있었다.

이게 뭐죠?

텔레비 세트 다리요.

그는 내게 톱날 사용법을 가르쳐준다.

그 발 아래 밸브를 누르면 톱날이 올라와요. 한번 더 밟으면 내려가고. 작업대 밑에 보이죠? 손가락으로 더듬어보슈. 그걸 누르면 톱날이 돌아가요. 다시 누르면 정지하고. 한번 해봐요. 자, 이쪽에 눈금 보이죠? 이걸루 규격을 맞춰야 해요.

나는 그가 이른 대로 천천히 복습해보고 나서 실행에 들어간다. 내가 규격대로 자른 각목을 그에게 넘기면 그것을 그는 줄톱으로 비스듬하게 다듬는 식이었다. 나는 한 삼십분쯤 지나자 곧 작업에 익숙해졌다. 날씨가 선선했지만 모두 상의를 벗거나 짧은 러닝 바람이었다. 손목 주위가 너덜거리지 않도록 하려는 것일 게다. 마스크와 고무끈이 달린 안전고글은 썼지만 모두들 작업장갑을 끼지 않은 맨손이었다. 손가락 감각이 무뎌지는 것은 위험하기 때문이었다. 큰 나무들을 가늘게 자르는 일은 남씨가 원형 톱으로 해낸다. 다른 짝들은 라디오의 뒤에 대는 합판을 자르는 일이나 앞판의 나무상자에 소리틈을 내고 장식을 하는 일을 했다. 텔레비전 다리도 쉬운 일은 아니어서 뿔처럼 기초모형을 만든 뒤에 이튿날에는 박형이 도맡아서 둥글게 깎고 홈을 팠다. 그걸 마무리조에 넘기면 그들은 거기에 접착제를 바르고 고무패킹을 붙였다.

점심시간에 임사장은 집으로 밥먹으러 가고 남은 공원들이 함께 취사를 하는데 남씨는 꼭 도시락을 싸왔다. 화장실로 들어가는 통로 옆에 헌 찬장을 두었는데 그 속에 냄비나 그릇 등속이 있었다. 돌아가면서 취사를 하고 나머지 사람들은 그동안에 공장 앞마당에 나가 담배를 피우며 잡담을 하거나 둥그렇게 둘러서서 배구를 했다. 반찬은 냄비에 이것저것 넣고 끓인 찌개와 사장집에서 내온 김치가 전부다. 톱밥이 하얗게 덮인 작업대 위에 신문지를 깔아놓고 찌개냄비를 중심으로 몰려선 채로 땀을 흘리며 밥을 먹었다. 나는 공장생활이 정말로 마음에 들었다. 다른 잡념이 별로 없었다. 작업에도 차츰 자신이 붙었다. 보통 견습이 떨어지려면 적어도 육개월은 걸린다는데 박형은 나처럼 진전속도가 빠르면 한 삼개월이면 충분하겠다고도 했다.

이주일쯤 지나서 건이에게 안전신고를 했다. 전화를 했더니 혜순이가 받았다.

여보세요? 누구시라구 전할까요?

나는 목소리를 깔고 입술을 오므려 둔탁하게 발음하려고 애썼다.

김전우라구 합니다.

김…… 전, 우, 씨요?

혜순이는 이쪽이 오현우인 줄 눈치는 못 채고 뭔가 미심쩍다는 듯이 간격을 두더니, 형 전화받어, 하는 소리가 건너왔다.

전화 바꿨습니다.

나야, 김전우야.

성님이오? 아무 일 없었제?

그럼, 잘 지내구 있다.

고생은 안허요?

나는 최동우의 안부를 묻기로 하였다.

인천 사람은 잘 있겠지?

건이가 동우 얘기인 줄 금방 알아차렸다.

아, 그러지라. 인천 형은 성함이 한일군씨라구 합디다. 헌디 어찌 이렇게 애를 태워쌓소. 적어도 일주일에 한번씩은 연락을 주셔야지라.

미안하다. 먹구살기 바빠서 말이야. 그럼 이만……

잠깐, 잠깐만요, 일군이 성님이 헤지던 디서 좀 보잡디다.

언제?

내주 초에 연락 주시쇼.

나는 돌아가는 길에 시장에 들를 작정이었다. 박형은 임사장과 공단에 납품 들어갔으니 좀 늦을 모양이었다. 퇴근 직전에 임사장과 함께 트럭을 타고 나가는 박형에게 내가 저녁준비를 할 터이니 일찍 들어오라고 신신당부를 해두었던 것이다. 박도 잊고 있지는 않을 것이다. 오늘은 그의 생일이니까. 나는 며칠 전부터 그가 달력의 날짜 위에 붉은 볼펜으로 동그라미를 그려넣은 걸 염두에 두고 있었다.

이 시간의 시장은 온통 퇴근한 여공 아가씨들과 아낙네들로 어깨를 수없이 부딪칠 만큼 복잡했다. 삼겹살 세 근 사고, 파 마늘 풋고추 상추를 사고, 된장찌개 거리로 두부 한모, 호박, 감자를 샀다. 비닐봉지에 담아 양손에 들고 오다가 시장을 벗어난 번화가 쪽까지 나아가 양과점에 들렀다. 제일 싸고 장식도 덜 요란한 수수한 케이크 하나를 박의 나이 서른하나에 맞는 초 네 개와 함께 샀다.

오늘 생일잔치는 우리집에서 하지 않고 명순씨네 집에서 모이기로 했다. 나는 지난주에 박형과 함께 처음 그 집에 가보았으니 이번이 두번째인 셈이다. 그 며칠 전 일요일에는 박형과 나와 명순과 순옥이 넷이서 영등포극장까지 가서 영화구경도 하고 저녁도 같이 먹었다. 순옥은 대전 아가씨였는데 몸이 마르고 키가 큰 편이었다. 언뜻 보면 키크고 멀끔하게 생긴 박과 남매처럼 보였다. 바지를 입은 뒷모습이 시골 아가씨 같지 않았다. 그러나 명순과는 달리 말수가 적어서 약간 답답한 편이었다. 경자라는 아가씨가 또 있었는데 얼굴이 둥글넓적하고 눈이 가늘고 몸매도 뚱뚱했다. 처음 인사할 때 어찌나 얼굴이 빨개지던지 양쪽 귀에 꽃이 피는 것 같았다. 그래도 그네들 중에서는 명순이가 가장 적극적이고 활발한 성격이었다.

벌집이 늘어선 언덕을 올라가면 좀더 높은 쪽에 열다섯 평이나 넓어봐야 스무 평도 채 못되는 날림으로 지은 시멘트 벽돌집들이 비좁은 골목을 사이에 두고 다닥다닥 붙어 있었다. 지붕은 슬레이트에다 문짝은 판자였지만 각방마다 부엌이 딸려 있고 집안에는 변소와 빨래를 할 수 있는 수돗간이 있는 마당도 보였다. 그러니까 이 동네는 가난하기는 해도 벌집보다는 사람다운 생활을 할 수 있는 곳인 셈이었다. 내가 판자문을 밀고 들어서니 문간방의 명순이들 부엌에서 기름

냄새가 요란했다. 나는 부엌으로 고개를 기웃이하면서 말을 걸었다.

무엇들 하쇼?

아유, 어서 오세요.

아낙네처럼 월남치마를 입고 머리에는 수건까지 질끈 동인 명순이가 석유곤로에 프라이팬을 얹어놓고 전을 지지던 중이었다. 순옥은 내가 들고온 비닐봉지를 받아들었다. 나는 케이크를 방안에 들여 놓았다.

저건 뭐죠?

생일 케이크요.

명순이가 감동은커녕 무덤덤하게 말했다.

우리 미스터 박은 단 걸 별루 좋아하지 않는데……

그래두 생일이라니까. 박형이 좋아하는 게 도대체 뭐지?

명순은 진저리가 난다는 듯이 오만상을 찌푸리며 말했다.

자구 깨면 맨날 술생각뿐예요. 그것두 독한 쐬주로.

참, 술을 빼먹었네!

괜찮아요. 지가 사오겠지 머. 두 병 사다놓은 것두 있구요.

나는 그네들의 방에 들어가 앉고 두 여자는 음식준비를 계속했다.

한사람은 어디 갔어요?

순옥이가 말했다.

경자는 회사에서 아직 안 왔어요. 오늘 잔업 들어간대요.

음식을 벌여놓고 가운데에는 케이크를 포장상자에서 꺼내어 초까지 꽂아놓고 나니까 제법 호화판 생일잔치처럼 보였다.

불안해 죽겠네. 왜 여태 안 오는 거야?

명순이가 밥상머리에 팔짱을 끼고 앉아 투덜거렸다. 담배를 한대쯤 태울 무렵하여 휘파람 소리와 발걸음 소리가 들리며 박이 문간에 들어섰다.

어어, 미안함다아. 오래들 기다렸어?

국두 다 식었잖아. 우리끼리 다 먹어버릴래다 말았어. 근데…… 술은 없다.

명순이의 퉁명스런 말투에도 기죽지 않고 박은 들고온 봉지를 쳐들어 보였다.

짜잔, 사홉들이 네 병 사왔지롱.

어이그, 저 웬수.

박형, 이리 앉아. 어서 시작해야지.

허허, 머리털 나구 케키루 생일 먹긴 처음이네. 이거 약간 근지러운데?

우리는 상 주위에 둘러앉았다. 내가 라이터로 키 큰 초와 작은 초에 불을 붙였다. 명순이가 치맛바람을 일으키며 얼른 일어섰다.

가만 가만, 이왕이면 분위길 잡아야지.

그네가 형광등을 끄자 방안에 케이크의 촛불 빛만 남았다. 박은 잠잠해지더니 한마디 중얼거렸다.

근사한데……

자아, 박형 훅 하구 불어봐.

박은 멍하니 불빛을 들여다보았다. 명순이가 재촉했다.

뭘 해, 얼른 불라니까.

그가 훅 하고 촛불을 불었고 방은 어두워졌다. 우리는 박수를 쳤다. 그렇지만 생일 축하노래는 부르지 않았다. 모두들 갑자기 각자의 생각을 따라서 어딘가로 가버린 듯했다. 순옥이가 어둠속에서 말했다.

불이 나가니까 시골에 간 거 같애.

명순이도 한마디.

그래, 나두 동생들 생각했어.

나는 아무 말 하지 않았지만 박이 한숨을 길게 내쉬었다.

한살 더 먹었군.

그는 자기 생각을 털어버리려는 것처럼 이어서 내뱉었다.

야, 얼른 불켜. 술 먹게.

명순이가 케이크를 잘랐고 우리는 곧장 소주를 땄다. 취기가 오르자 넷은 차례로 노래 한자리씩을 부르다가 나중에는 젓가락으로 상을 두드리며 뽕짝 합창으로 넘어갔다. 명순이가 울음을 터뜨리고 순옥이도 덩달아 찔끔거리고 박은 공연히 술잔을 상에다 내리박으며 화를 냈고 나는 상머리에서 모로 넘어져서 잠들었다. 새벽에 깨어보니 이불깃에서 화장품 냄새가 났고 바로 옆의 지척에서 여자가 분명한 누군가가 제 이부자리를 깔고 누워 있었다. 내가 뒤척이자 순옥이가 잠에서 깼는지 졸음에 겨운 목소리로 말했다.

둘이서는 아랫집에 갔어요.

아, 네……

나는 골이 뼈개지는 듯했고 속이 쓰려서 냉수를 마시고 싶었지만 꾹 참았다. 다시 잠에 빠져들었다. 그뒤부터 박은 순옥이와 내가 부부라도 된 것처럼 놀려댔다. 내가 아무 일 없었다고 항의하는 것 자체가 쑥스러운 일이라 나는 그저 모자라게 허허 웃어줄 따름이었다. 박은 순옥에게도 농을 했다.

동침한 서방님께 그러면 쓰나.

그 다음주던가, 나는 건이에게 약속대로 전화를 했고 최동우 즉 한일군과의 약속시간을 받았다. 공장일이 끝나고 나서 저녁도 먹지 않고 그와 헤어지던 성당으로 찾아갔다. 안양에서부터 버스를 타고 한강을 건너 서울의 북쪽으로 갔으니 한시간 반이나 걸리는 먼길이었다. 나는 종로에서 버스를 갈아탔고 성당에서 한 정류장쯤 떨어진 곳에서 내려 걸어갔다. 미행이 없는가 살피느라고 횡단보도를 두번이나 건넜다. 성당이 멀리 보이는 곳에서 신문을 사들고 보도에 서서 성당 입구를 한 오분쯤 관찰하고 나서 차도를 건너갔다. 우리에게는 옛날식의 조직 레포가 없으므로 서로 주의하는 수밖에 없었다. 성당 안으로 들어가 뒤뜰로 천천히 걸어갔다. 어둠속에 우리가 앉았던 벤치가 보였다. 나는 맨 뒤편의 벤치에 가서 앞을 향하고 앉았다. 벽 모퉁이의 그늘 속에서 동우가 재빨리 걸어와 내 옆에 앉았다.

지금 오니?

하고 나는 말했다. 동우는 고개만 끄덕여 보였다.

잘 지내지?

음, 살 만해. 넌 어떠니?

재미있게 지낸다.

동우가 말했다.

지난번에 일본의 석준이에게서 인편으로 소식이 왔어. 책 몇권하구 편지가 왔더구나.

뭐래?

좋은 일이 있대. 새로운 사람들을 만났다더라.

새로운 사람들이라니……

글쎄 그렇게만 썼으니 내가 어떻게 알겠어? 뭐 교포들이겠지.

책이란 또 뭐냐?

응, 나중에 읽어봐라. 조직의 학습을 강화해야겠어.

동우는 내게 책이 든 서류봉투를 주었다.

지금 모두 모이는 건 아직은 위험할 텐데……

통신으로부터 시작하자. 건이네 공장을 중심으로 각개 조가 받아가도록 하면 될 거야.

제작은?

내가 첫달을 수행하고 다음달은 네가 맡아라. 이제 연말연시가 지나고 내년 봄이 되면 이 자들은 새 정부를 구성할 거야.

최동우가 말을 끊고 일어났다.

밖으로 나가자. 저기 웬 사람이 오구 있어.

나는 뒤를 돌아보았다. 누군지는 모르지만 사람의 그림자가 성당 벽의 모퉁이를 돌아서 걸어오고 있는 게 보였다. 우리는 반대편으로 걸어나갔다. 나가자마자 큰길이 나왔다. 내가 버스에서 내려 걸어 들어왔던 길이었다. 행인들이 지나다니는 보도에 나서서 뒤를 돌아보니 그 사람은 보이지 않았다. 동우가 속삭였다.

미행을 조심해야지. 일단 길을 건너자.

우리는 횡단보도 근처로 가서 신호가 바뀔 때까지 상점의 유리창을 들여다보며 기다렸다. 파란불이 켜지는 게 유리창을 통해서 보였고 우리는 사람들 틈에 섞여 길을 건넜다. 길을 건너자마자 몇발짝 앞에 있는 골목으로 향했다. 둘은 약속한 것처럼 그 골목 안으로 뛰어들었다. 골목 안에 들어서자 달리기 시작했다. 역시 뒤에서 사람이 뛰어오는 구둣발 소리가 들려왔다. 골목 안이 어두워서 보이지는 않았지만 두어 사람쯤 되는 모양이었다. 우리는 두 갈래로 갈라진 골목길에서 좀더 가까운 곳에 다른 쪽으로 나가는 보도가 보이는 방향으로 돌아섰다.

저쪽으로!

동우가 뛰어나가면서 나직하게 부르짖었다.

나가자마자 길을 건너자.

나도 그의 뒤를 바짝 쫓았다. 우리는 불빛이 훤한 도심지로 나서는 중이었다. 동우와 나는 자동차들이 줄지어 달리고 있는 차도로 뛰어나갔다. 자동차가 경적을 울리고 피해가며 법석을 떨었지만 둘은 앞서거니 뒤서거니 하면서 길을 건너 다시 다른 샛길을 찾아 뛰었다. 두리번거리던 나는 모퉁이에 보이는 찻집을 발견했다. 오래된 일본식의 이층집이었다. 내가 계단을 오르자 동우도 머뭇거리지 않고 뒤를 따랐다. 찻집은 제법 넓었는데 손님은 두 테이블밖에 없었다. 우선 뒤편의 커튼이 쳐진 창문으로 다가가 퇴로를 보아두고 나서 길이 내려다보이는 창가에 앉았다. 십일월의 제법 쌀쌀한 날씨였는데도 목과 가슴에 땀이 흘러내렸다. 우리는 숨을 헐떡이며 긴장을 늦추지 않고 창으로 아래편 길을 주시하고 있었다. 레지가 하품을 하면서 가까이 다가왔다.

주문하시겠어요?

네, 커피 둘.

동우가 손가락 두 개를 펴 보이고 나서 다시 창 쪽으로 고개를 돌렸다.

분명히 미행이었어.

그래, 저쪽 골목까지 따라왔던 게 분명해.

나는 그들이 우리가 길을 건너자 급박하게 골목 안으로까지 추적해왔던 것을 생각하고 다시 덧붙여 말했다.

아니…… 미행이 아니라 우리를 덮치려구 한 거야.

그렇구나. 하나가 성당 안으로 가까이 들어와서 우리 위치를 확인하려던 거야. 우리가 먼저 본 거지.

다른 놈은 길에서 기다리구 있었을 거야. 몇명이었을까?

동우는 뭔가 생각해낼 때 늘 그러듯이 머리를 아래위로 흔들며 따져보았다.

둘 아니면 셋? 아마 서울 친구들은 아닐걸. 남산에서 우리라는 걸 알았다면 그물을 겹겹이 쳐두었을 텐데. 헌데 어디서 꼬리를 달았을까?

너 아니면 나다.

그래, 우리 근처에서 누군가 신고한 거야. 수상한 놈이 있다. 간첩인지도 모른다. 한번 알아봐라. 그래서 따라왔을 테지. 헌데 어두운 성당 안으로 들어가거든. 그리고 누군가를 만난다. 시골 짭새라두 눈치로 뭔가 수상한 놈들이라는 걸 대번에 알지.

동우의 말은 앞뒤가 분명했으므로 내가 결론을 내렸다.

대답은 간단하구나. 너나 나나 은신처를 옮기는 거야.

그 방법밖엔 없겠는데. 아아, 또 고생문이 훤하구나.

난 뭐 짐이라구 해봐야 속옷가지하구 세면도구뿐이야. 그냥 손 털고 일어서면 돼.

나는 노동자 친구를 보내서 며칠 묵게 하고 별일이 없으면 되돌아갈 거야. 그치들 틀림없이 덮치려면 오늘밤에 올 테니까. 네가 그들이라면 가슴이 두근거려서 오늘밤을 참아내겠니?

동우의 한결 여유만만해진 말에 나는 잠깐 생각해보았다.

그런 식으로 자연히 검열이 되겠다. 아무래두 내 쪽인 거 같애. 찜찜한 데가 있거든.

우리는 몹시 달기만 한 커피를 단숨에 마셔버렸다. 동우가 일어서기 전에 내게서 봉투를 되돌려받았다.

그건 아무래두 내가 도로 가지구 가야겠다.

뭔데 그래?

동우는 잠깐 망설였다가 희미한 웃음을 지으며 대답했다.

금기를 깨는 게 거듭나는 지름길이거든. 저쪽 책이야.

뭐야, 자본? 그건 옛날에 봤는데.

서양책말구, 저쪽……

하면서 동우가 자기 머리 위로 손가락을 세워 보였다. 그는 봉투를 옆에 끼고 일어섰다.

나 먼저 간다. 내일 오전에 건이에게 연락해라. 나두 해놓을 거야.

나는 어리벙벙한 채로 앉아서 저쪽의 의미를 생각했다. 그것은 참으로 침이 마를 것만 같은 초조감이 온몸에 퍼지는 듯한 마지막 경계선이었다. 그러나 또한 얼마나 궁금한가. 민족의 절반은 전혀 다른 세계에서 그들 나름대로의 생활력을 견지하는 중이다. 그들은 무엇을 말하고 어떻게 생각하며 어디로 가고 있을까. 동우가 나간 지 이십분이 지나서 나도 그 적산집 이층에서 내려왔다. 나는 되도록 우리가 들어섰던 길에서 먼곳까지 걸어나가 버스를 탔다.

나는 안양에서 벌집 동네가 있는 부근에서 내리지 않고 두 정류장 못 미쳐서 일반 상가가 있는 번화가에서 내렸다. 이미 늦은 밤이었다. 산동네를 향해 걸었다. 나는 그 동네의 언덕길 반대편으로 오르는 셈이었다. 내가 이곳을 다시 찾은 것은 확인할 일이 있기 때문이었다. 그 일은 앞으로 나의 잠수생활에도 절대로 필요한 첫번째의 임무이기도 했다. 나는 버스를 타고 오면서 생각했던 대로 순옥이를 찾아가기로 작정했다. 큰길에서 오르는 산동네의 어귀를 피해 반대편으로 언덕을 올라 조금 아래로 내려가면 블록담장과 시멘트 벽이 나타난다. 비좁은 골목을 사이에 두고 작은 평수의 집들이 상자처럼 붙어 있었다. 나는 먼저 명순이 순옥이네 집앞에 이르러 벽에 기대서서 방안의 동정을 살폈다. 가느다랗게 트랜지스터 소리만 들려왔다. 이야기 소리가 들리지 않는 걸로 보아 누군가 혼자 남아서 라디오를 듣고 있는 게 분명했다. 나는 문간에 들어서서 부엌문을 살그머니 밀어보았다. 부엌은 안으로 잠겨 있었다. 잠시 기다렸다가 부엌문을 손가락으로 가볍게 두드렸다. 반응이 없어서 처음보다는 길게 두드렸다.

누구세요?

순옥이의 목소리였다. 아, 다행이다.

오군입니다.

어머, 하는 가벼운 탄성이 흘러나오고 나서 잠깐만 기다리세요, 하더니 한참이나 부스럭거린 뒤에 부엌에 불이 켜졌다. 부엌문이 열렸다. 나는 얼른 안으로 밀고 들어가버렸다. 순옥이는 아래위 운동복 위에 빨간색 카디건 스웨터를 걸쳤다. 아마도 옷을 갈아입은 듯한 눈치였다. 나는 염치없이 부엌과의 경계인 문턱을 넘어서 방안으로 올라갔다. 그러고는 어리둥절 긴장된 표정으로 아직도 부엌에 웅크리고 섰는 순옥이에게 말했다.

부엌 불 끄고 좀 들어와봐요. 내가 할 얘기가 있어요.

나는 방의 윗목에 앉았고 순옥이는 들어와서 자리가 깔려 있던 방의 안쪽에 가서 단정하게 앉았다. 나는 우선 남정네들이 늘 그러듯이 천장을 바라보고 담배 한대를 피워물며 뜸을 들였다.

나는 사실 당국의 수배를 받고 숨어다니는 사람입니다. 그렇지만 무슨 나쁜 짓을 저지르진 않았어요. 나는 대학교까지 다닌 사람입니다. 학교 때부터 뭐랄까…… 학생운동을 했습니다.

무슨 운동인데요?

그건 데모꾼이었다는 말입니다.

아, 데모……

순옥이는 그 말에 이해가 간다는 표정으로 바뀌면서 고개를 끄덕였다.

나 같은 친구들이 많기 때문에 하나가 잡히면 다른 사람들까지 줄줄이 잡힙니다. 나 하나의 문제가 아니지요. 그런데 혹시 박형이 무슨 말 없던가요? 명순씨는 어디 갔어요, 그리구 경자씬?

경자는 요새 야근조예요. 명순이는 아까 박씨 오빠랑 밥먹는다구 나갔구요. 아마 요 아래 선술집에 있을 거예요.

아마도 형사들인 것 같던데 서울까지 날 따라왔었어요. 박형이 무슨 말 없었어요?

순옥이가 잠시 생각해보더니 말했다.

박씨 오빠 말은 별루 들어보지 못했어요. 근데 명순이가 어제 그랬어요. 오씨가 아무래두 막일할 사람 같지 않다구요. 말투나 얼굴이나 이 동네 올 사람이 아니더라구 그랬어요. 그건 저두 그렇게 생각했어요. 우리 봉제공장에서두 그런 일이 있었거든요. 여자대학생이 몰래 취업했다가 잡혀간 적이 있어서.

가슴에 무엇인가 묵직한 덩어리가 치미는 것만 같았다. 아아, 나는 아직도 한참이나 먼 거리에 뒤처져 있는 것이다. 지식인 냄새를 떨쳐 버리지 못하고. 고개를 숙이는데 눈에 뜨거운 물기가 고였다. 그네에게 들키지 않으려고 고개를 숙인 채로 말을 끊었다. 순옥이가 물었다.

무엇 때문에 그런 일을 하죠? 남들은 공부하고 싶어도 돈이 없어서 국민학교두 못 마치구 일하러 서울로 오는데.

댁에 부모님들이나 순옥씨하구 친구들은 열심히 일하는데두 왜 못 살죠?

그야…… 가난해서 그렇지요.

왜 가난한가요?

첨부터 가진 게 없었으니까요.

열심히 일하면 어떻게든 저축도 하고 밑천이 생겨야 하잖아요?

배우지 못했으니까 좋은 직장에 들어갈 수 없으니 그렇잖아요.

배우지 못하고 가진 것이 없어두 열심히 일하면 누구나 잘살 수 있는 세상이면 좋지 않겠습니까?

순옥은 말문이 막힌 듯 잠깐 침묵했다.

나도 그렇고 내 친구들도 그런 세상이 오기를 바라는 사람들입니다.

순옥은 힘없이 고개를 저었다.

잘 모르겠어요. 그건…… 너무 어려운 일이에요.

나도 그네를 더이상 괴롭히지 않기로 마음먹고 다른 쪽으로 말을 돌렸다.

나 오늘 통금해제까지만 여기 있어두 될까요?

순옥이는 고개를 끄덕여 보였다.

경자는 낼 아침에 들어오고 아마 명순이는 박씨 오빠 방에서 자구 올 거예요.

고맙습니다. 헌데 또 한가지 부탁이 있어요. 이따가 열두시쯤에 아래 내려가서 박형을 좀 불러다줄래요?

여기루요?

아뇨, 저 위에 철봉대 있는 빈터 쪽에요.

그러죠. 근데 괜찮겠어요?

그네는 걱정스럽게 물었는데 나는 성당 부근에서 숨가쁜 상황을 겪고 나서 버스를 타고 오면서도 사실은 줄곧 그 생각을 해왔던 거였다. 저들은 나를 선택할 것이다. 내가 믿으면 그들도 나를 저버리지 않으리라. 나는 나 자신을 점검하러 온 셈이었다. 순옥이가 일어났다.

저녁 안 드셨지요?

뭐, 괜찮아요.

우리 밤참으루 라면 많이 사다놨어요. 얼른 끓여올게요.

순옥이가 지핀 석유곤로의 그을음 냄새가 방안에 가득 찼다. 나는 방 창문을 열었다. 열면서 내다보니 반달이 희붐하게 걸려 있었다.

통금이 시작되는 열두시에 순옥이를 아래로 보내고 나는 언덕 맨 위의 바위가 있는 빈터로 올라갔다. 산동네 사람들이 바쁜 일상에서도 아침마다 올라와 맨손체조나 야호 소리를 내지르는 노천체육관쯤 되는 곳이었다. 한가지 흠은 나무는 한그루도 없고 잡초와 연탄재 무더기만 있어서 좀 삭막하다는 점이었다. 나는 빈터의 가운데가 아니라 박이 올라올 언덕의 반대편에 있는 담 모퉁이에 기대어 그를 기다렸다.

거뭇한 사람모습이 골목 사이로 나타났다. 좀 비틀거리는 걸 보니

취한 모양이었다. 그는 두리번거리며 빈터 주위를 둘러보고 바위가 있는 데로 걸어올라와 털썩 주저앉았다. 트레이닝 바지에다 위에는 공장에서도 입던 군용 야전파카를 걸치고 있는 게 박이 틀림없었다. 어이 되게 춥네, 어쩌고 투덜대는 그의 목소리가 똑똑히 들렸다. 나는 혹시나 그의 뒤에 꼬리가 붙지 않았나 확인하기 위해서 오분쯤 더 기다렸다. 그는 분명히 혼자였다. 나는 담 모퉁이를 벗어나 빈터의 가운데로 걸어갔다.

오형?

음, 나야.

나는 그에게 틈을 주지 않고 막바로 질러서 말했다.

왜 그랬어? 같이 사는 사람을 꼬나박으면 되겠어?

박은 대답 대신 고개를 떨어뜨리며 한숨을 푹 내쉬었고 내가 계속해서 말했다.

사실은 말야, 박형을 속여서 미안해. 박형이 이해할지 모르지만 나는 민주화운동 하구 다니다가 지금은 숨어지내구 있어. 말하자면 수배자야. 나를 간첩이라구 생각하구 신고한 거야?

박이 고개를 들었다.

그렇게 생각하진 않았어. 나두 간첩이라구 생각하진 않았어.

하고 나서 박의 목소리는 낮아지고 힘이 빠졌다.

그냥 저 아래 선술집에서 낯익은 동네 사람들하구 합석해서 술 한잔 먹다가 자네 얘기가 나왔어. 취한 김에 뭐라고 그랬는지는 기억이 잘 안 나지만.

그게 언제야?

그저께 저녁에 퇴근해서 오다가.

뭐라고 말했는지 잘 생각해봐.

뭐…… 그냥, 드러운 세상이라구 그랬지. 바른말하면 다 잡아가지 않느냐, 내 친구두 비록 여기서 목공 시다루 일하구 있지만 배운 사람이 틀림없다구.

나는 그의 어깨에 팔을 얹었다.

그만 해, 박형. 내 잘못이야.

아까 자네 외출하구 나서 아홉시쯤에 형사들이 네 명이나 왔어. 방을 온통 뒤지고 자네 물건을 몽땅 가지구 가버렸어. 나는 그 사람들하구 파출소까지 가서 조사를 받구 왔어.

뭐야, 임사장 얘기를 한 거야?

아니, 나두 통박이 뻔한데 쓸데없이 코 발르진 않아. 우연히 술집에서 만났는데 공단 나간다며 방 소개를 해달라구 그러더라. 그래서 생활비 절약할려구 한달에 삼만원씩만 내라구 했다, 어떤 사람인지는 나두 잘 모르겠다. 그랬지.

그런데 순순히 놔줘?

벌집엔 그런 식으루 동숙하는 공원들이 꽤 많거든. 나더러 협조해달라구 그랬어. 오늘밤에나 내일이라두 자네가 집에 돌아오면 방범들에게 연락해달래.

나는 갑자기 눈물이 솟았다. 허공을 향해서 얼굴을 치켜들었지만 물기가 저절로 흘러서 턱 아래까지 떨어졌다. 소매를 들어 얼굴을 쓱 훔치고 턱밑을 닦았다.

박형, 부탁이 있어. 나는 다시는 여기 나타나지 않을 거야. 임사장에게 피해가 가지 않도록 해줘. 그러구 자네두 처음에 말했던 대로만 해. 순옥이한텐 주의를 줬지만 명순씨한테두 입조심하라구 그러구.

약속하지. 정말 미안해. 술 처먹다 실수했어. 못사는 동넨 원래가 고자질하는 야당이 많아.

자아, 일어서자. 나 통금해제까진 순옥이네 방에서 기다릴 거야. 박형이 같이 있어주면 내가 마음을 놓겠는데……

같이 가. 뭐 이별주라두 한잔 해야 되지 않겠어?

아니…… 술은 더이상 안돼.

우리는 함께 일어섰다. 박은 다시 한숨을 푹 내쉬며 중얼거렸다.

오형아, 자네가 이해해라. 요새 말야 불온분자 신고하면 쌀배급을 주거든.

얼마나 주는데……

한 세 말쯤 줄 거야.

나는 다시 눈시울이 확 뜨거워졌다.

됐지 뭐, 쌀 서 말이면 한식구 살 만하겠지.

그렇게 중얼거렸지만 처음에 느꼈던 무력감은 지워지질 않았다. 박과 나는 다시 순옥이네 방으로 돌아갔고 그네는 부엌 불까지 꺼둔 채 방안에 펴놓았던 이불도 깨끗이 개어두고 기다리는 중이었다. 박이 따라 들어오려고 하자 나는 문지방을 막고 서서 그에게 말했다.

여기서 헤어지지. 나는 통금해제 되면 떠날 거야.

아니 괜찮다니까.

나는 박에게 손을 내밀었다.

방으로 돌아가. 벌집 식구 중에 누군가 살피는 사람도 있을 수 있으니까.

박은 하는 수 없다는 듯이 내 손을 잡았다.

잘 가시오. 미안하게 됐어.

우리는 악수를 했다. 박이 부엌문을 밀고 사라졌고 나는 순옥이와 조금 떨어진 방문 앞에 무너지듯이 주저앉았다. 순옥이가 한참 동안 말이 없더니 베개를 내주면서 말했다.

네시 되려면 아직두 많이 남았는데 거기 누워서 눈 좀 붙이세요.

누우면 못 일어나요. 차라리 앉아서 새우고 가는 게 나아요.

순옥이는 다시 베개를 이불 위에 얹었다.

오빠 말마따나 이해를 하세요. 여기 사는 이들 하루 벌어서 하루 먹고 살아요.

나는 고개를 끄덕이기만 하고 말은 하지 않았다. 나와 더불어 코 골며 잠들고 허드레 음식에 감지덕지하고 술주정을 주고받았으며 함께 히히덕거렸던 나의 이웃이 나를 저버리지는 않을 것이라는 믿음을 지닌 채 떠나고 싶었다.

나와 순옥은 길게 이야기를 나누지는 않았다. 그네의 시골집 이야기를 했을 것이다. 논 열 마지기에 대하여, 가스가 차서 배가 북통만해졌던 황소의 죽음에 대하여, 빚만 잔뜩 걸머지게 만든 비닐하우스의 딸기에 대하여, 읍내 미장원에서 보조 노릇을 하던 몇달 동안에 대하여 이야기했을 것이다. 그리고 돈이 좀 모이면 봉제기술도 있으니대전 변두리에다 간판이 예쁜 양장점을 내겠다는 꿈에 대해서도 얘기했다. 시집은 동생들 때문에 늦게 가야 할 거라고 그네는 말했다.

그리고 해제 싸이렌이 울렸다. 나는 종점에서 출발할 첫차 시간을 가늠하며 한 삼십분쯤 더 기다렸을 것이다.

이젠 가야겠어요.

내가 일어서자 순옥이는 고무신을 꿰며 따라나섰다.

혼자 가구 싶은데……

무사히 차 타구 가시는 걸 봐줘야 박씨 오빠하구 명순이한테 전하지요.

그 말은 맞는다고 생각했다. 이미 초겨울의 새벽공기는 싸늘했고한기가 목덜미를 휘감았다. 우리는 언덕의 반대편 길로 올라가 다시아래로 내려갔다. 가끔씩 쓰레기 손수레가 지나갔다. 남자는 허리를잔뜩 구부리고 앞에서 끌고 뒤에서는 몸뻬를 입은 아낙네가 머리를길바닥으로 처박고는 밀고 갔다. 순옥이와 나는 큰길가로 나섰다. 멀리 종점 부근에서 새벽 시동을 거는 버스들의 엔진소리가 시끄럽게 들려왔다. 나는 길을 건너기 위해서 신호등 앞에서 발을 멈추고 순옥을 돌아보았다.

이만 들어가요.

순옥이는 주춤 서더니 고무신 끝으로 보도를 건드리면서 고개를 숙였다.

차비…… 있어요?

나는 웃어 보이며 점퍼의 가슴께를 두드려 보였다.

나 돈 많아요. 자 그럼……

아아, 그런데 길을 건너기 전에 순옥이가 내 등뒤에다 대고 조금 커진 목소리로 재빨리 말했다.

고생스러우면 자수하세요.

나는 그냥 못 들은 체하고 뛰어서 길을 건넜다. 마침 달려나오는 버스를 향해서 손을 들고 얼른 올라탔다. 버스 안은 텅 비어 있었다. 내가 좌석에 앉으며 흘낏 돌아보니 저쪽 모퉁이에 서 있는 그네의 빨강 스웨터가 보였다. 그리고 잠깐 사이에 차가 오른쪽으로 돌아가자마자 모습이 사라졌다.

나중에 감옥에 들어가서도 나는 오랫동안 그들을 기억했다. 사실 나는 서울에서 흘러다니던 위급한 순간들은 거의 잊어버렸고 다시 생각하고 싶지도 않았다. 내게는 갈뫼에서의 꿈결 같은 몇달이 전부였으며 간혹 지옥 같은 벌집에서의 한달이 뇌리에 깊이 남아 있었다. 지옥 같았을지언정 거기서 만났던 젊은 노동자 몇사람에 대한 신뢰의 확인은 내가 십수년간 옥살이를 하면서도 스스로 포기할 수 없게 만들었던 중요한 힘이 되었다. 그들은 그뒤에 어떻게 되었을까. 억척스런 명순이와 싱겁고 사람좋은 박은 소원대로 월세방을 얻어 결혼을 하게 되었을까. 그리고 순옥이는 이루고 싶었던 꿈대로 대전에 내려가 간판이 예쁜 양장점을 내어 돈도 벌고 동생들도 공부시키고 늦결혼이지만 시집가서 아들딸을 낳았을까. 그리고 또 학생시절에 야학에서 만났던 겁 많고 배고팠던 어린 여공들은 지금 어느 세상에서 엄마가 되어 있을지.

수배망이 훨씬 촘촘해져서 최동우와 나는 만나지 못하게 되었고 조직은 나를 당분간 가까운 곳에서 관리하려던 계획을 포기할 수밖에 없었다. 건이가 내게 그 사실을 통고했을 때 나는 순순히 받아들였다. 나는 가끔 건이가 간접적으로 전달하는 통신문으로만 연결되었고 대학가 부근의 중산층 동네에서 연말까지 하숙을 했다. 지방으로 내려가기로 결정을 하고 나서 지방 수배자들을 관리하는 이웃조직들에게 도움을 청하기로 결정했다. 혼자서 지내는 도시의 겨울은 더욱 삭막하고 추웠다. 시대는 다시 거꾸로 가는 중이었다. 하나도 놀랄 것 없이 그가 대통령 후보와 신당의 총재로 추대되었고 비상계엄령이 해제되었다.

첫눈이 내린 어느날 저녁에 나는 여고생들로 가득 찬 선물가게 앞을 지나다가 문득 생각이 나서 연말에 어울릴 듯한 카드 몇장을 샀다. 어릴 적 생각이 나서 양과자점에 들어가 구석자리에 앉아 크림빵과 곰보빵이며 우유 한잔을 시켜놓고 카드에 깨알처럼 몇자씩 적어나갔다.

어머니, 벌써 흰눈이 내리는 연말이 되었습니다. 저는 별탈 없이 잘 지내고 있으니 걱정 마십시오. 그리고 누가 찾아와 뭐라고 하더라도 흔들려서는 안됩니다. 어머니께서는 이 아들의 뜻을 잘 이해하고 계시리라 굳게 믿습니다. 어느 명작에서 보니까 저와 같은 경우를 당한 아들 때문에 삐라를 뿌리다 잡혀가신 그의 어머니가 이렇게 말을 하더군요.

'저는 정치는 잘 모릅니다. 나는 그래서 아들이 하는 일을 한사코 말렸지요. 그런데도 그 아이는 나를 거역했습니다. 그는 내가 자기를 얼마나 사랑하는가를 너무도 잘 알고 있지요. 나는 우리의 사랑보다도 더 큰 어떤 것 때문에 아들이 나를 거역했다고 생각했습니다. 그래서 내가 아들의 일을 하기로 했지요.'

박형, 모두들 잘 사는지 궁금합니다. 그때는 경황이 없이 떠나와 두고두고 미안했습니다. 박형의 방에 '세상이 너를 속일지라도 두려워하거나 노하지 말라……' 하고 써두었던 달력의 글자도 이젠 떼어버릴 때가 왔군요. 그렇지만 그 글은 새 달력에도 꼭 옮겨서 적어두기 바랍니다. 내내 건강하세요. 참 그리고 맹순씨와 임사장님에게도 안부 전해주세요.

순옥씨를 비롯해서 명순씨 경자씨 모두 잘들 살고 있겠지요. 세상 어디서나 살아가기란 모두들 힘이 들고 팍팍하답니다. 하지만 지내놓고 곰곰이 생각해보면 그래도 즐거운 날도 있었고 여기까지 용케 왔구나 싶지요. 어디를 가서 누구를 만나보아도 이 세상에서 일하는 사람들이 제일 아름답습니다.

11

　어둠속에서 그의 살갗과 모발과 뼈의 윤곽들을 더듬고 나서도, 그의 겨드랑이에서 풍기는 낯익은 땀내와 목의 불쑥 솟아나온 울대와 면도한 턱의 까칠한 감촉도, 그리고 그의 내밀한 몸까지도 생생하게 떠올릴 수가 없었다. 어렴풋한 박명 속에서 나는 그의 팔을 벤 채로 잠에서 깨어나 다시 그를 만져보며 확인하곤 했다. 그와 나의 같은 잠자리는 일상이 되었다. 꿈마저도 해석한 저 음울한 과학자의 표현에 의하면 이 박명의 순간은 억압된 개체가 깨어나는 순간이다. 우리들 앞에 가로놓인 불투명하고 악에 가득 찬 시대를 용납할 수가 없었다. 그건, 마치 초현실주의 그림의 배경처럼 두 사람의 등뒤에 드리워져 있을 뿐 전면에는 매우 또렷한 우리 두 사람의 윤곽뿐이다. 나는 머릿속에서 그 배경조차도 검은 물감으로 지워버리고 만다. 그리고 우리는 아이도 갖지 않을 것이다. 나는 그에게 내 모든 감정을 주입해서 또다른 나를 만들어낸다. 그게 낯익은 나의 이미지가 된다. 나와 그는

서로의 것이 되었다. 정말? 우리가 세상 속에서 영원히 유폐되는 일이
가능한 일일까. 우리만이 숨어서 남게 되는 일이.

　봄은 그야말로 덧없이 가버렸다. 그와 만난 지 석달이 넘었을 무렵
에야 우리는 서로 익숙해졌다. 아가도 태어난 지 백일이 되면 한사람
의 목숨으로 받아들여주고 기도를 하여도 백일이 되면 하늘을 움직일
수 있다고 하지 않는가. 우리는 우리만의 독특한 세계를 창조했다. 흰
무명천이 드리워진 열대지방 방갈로의 침대 같은. 스스로 차단한 별
개의 세상을. 그와 나는 정말 아무것도 생각하지 않고 아무 일도 벌이
지 않고 그냥 나란히 누워서 게으름을 피우거나, 아니면 뜨락에 나가
벌레들을 들여다보든가, 산으로 오르는 집 뒤편의 오솔길로 공연히
숨을 헐떡이며 올라가보고 싶었다. 우리는 한몸처럼 서로의 부근을
배회하며 가끔씩 눈길을 마주치고 조금씩 다른 몸짓으로 손을 쳐들기
도 하고 고개를 돌리고 뺨 위의 가려운 부분을 검지손가락 끝으로 긁
는다.

　하지만 지난 시간을 돌이켜보면 사랑하는 이들의 일상은 언제나 새
로운 출발이었다. 태어남이라든가 만남이라든가 싫증이라든가 넌더
리라든가 이해라든가 죽음이라든가 미움과 노여움과 그리움이나 시
시함, 그런 모든 것이 긴 장마철에 한무리씩 다가오던 끝없는 구름의
행렬처럼 차례로 스쳐 지나왔다. 기록영화에서 보았듯이 꽃봉오리가
움트고 꽃잎이 나오고 피어나고 활짝 피어나고 더 활짝 피어나 젖혀
지면서 끝에서부터 시들어 움츠러들고 드디어는 차례로 말라 떨어져
가지 끝에 간신히 붙은 꽃잎 하나 흐느적이다가 슬로우 모션으로 나
부껴 떨어지는 광경. 그리고 필름은 거꾸로 돌아가며 다시 환원된다.
이 모든 출발들은 매순간 새로 시작되는 것 같다. 나는 때때로 세기말

의 그림들처럼 불안하다. 이별 또한 새로운 출발이 될 테니까. 어쩌면 그는 내게서 자기를 빼앗아갈지도 모른다.

우리는 이 골짜기를 오래 지속시켜야 한다. 일년, 그리고 이년? 아니면 바로 내일 모레 글피. 그러나 어떻게 지속시키나. 아들딸 낳고 오순도순 살아가겠다구? 그러자면 그는 자신으로부터도 영원히 증발해야 할 텐데? 이 긴장되고 생생한 느낌은 우리가 거대한 힘에 저항하면서 피난중이기 때문일 거야. 우리가 이러한 고초에서 벗어나게 되더라도 우리는 처음같이 사랑을 할 수 있을까. 세상에 두 발을 딛고서 빈손으로.

당신은 우리네 산이 좋다구 하셨어요. 높은 산말구 동네 뒤나 옆에 아니면 들판 바로 저어기 꿈지럭꿈지럭 기어가는 흔한 야산 말예요. 당신은 어느 아침에 둘이서 밥을 먹다가 느닷없이 나에게 말했지요.

한윤희, 오늘 학교 나가지 말지.

안 가면 쫓겨나요. 지난번에두 땡땡이쳤는데 머.

그랬더니 당신은 정말 어린애처럼 입을 쑥 내밀고는 수저를 놓았죠.

좋아요, 나 출근 안하면 뭘 할 건데?

김밥 싸가지구 등산 가자. 김밥은 내가 말 거야.

나는 하도 어처구니가 없어서 그만 입을 벌리고 웃어버렸지요. 그랬는데 입으로는 결국 이렇게 말했어요.

하두 유혹이 근사해서 사표를 내버릴 거예요.

그놈에 학교는 불두 안 나나?

어머, 소위 시인이 되겠단 사람이 학교에 불이 나기를 바래요?

당신은 늘 그러듯이 내친 김에 고집스럽게 밀어붙였지요.

학교가 없어지면 다른 교육방법이 나오지 않겠어?

보세요, 아직 병아리지만 나는 어쨌든 선생이라구요.

우리는 방바닥에 도마를 들여놓고 남은 밥으로 김밥을 말았지요. 당신은 갖가지를 넣고 둥글게 말아서 칼로 곱게 썬 김밥은 맛이 없다고 자기식으로 싸겠다구 우겼구요. 김에다 밥을 길게 펴고 손으로 찢은 김치를 줄지어 늘어놓고 사이사이에 멸치볶음을 박아두었어요. 그러곤 그냥 기다랗게 둘둘 말았어요.

이걸 한 손아귀에 쥐구 위에서부터 한입씩 덥석 베어물어서 먹으면 얼마나 맛있는데.

그런 김밥은 당신의 유년시기인 전쟁 때나 아니면 내 세대 정도는 경험했던 전후의 어려운 시절에 소풍 가서 먹었거든요. 신문지에 둘둘 말아 싸온 김밥에는 드문드문 잉크냄새가 배었지요. 김은 나무껍질처럼 말라붙어 있었으며, 속은 투박한 보리알이 대부분이라 한입 깨물 적마다 물을 마시지 않으면 목구멍이 껄껄해서 잘 넘어가지도 않았죠. 당신이 우겨서 그래도 요즈음은 나아진 세상이라 비닐랩으로 도시락을 쌌어요. 참기름도 듬뿍 발라서요.

우리는 도시락과 물병만을 넣은 작은 쌕을 메고 뒷산으로 올라갔습니다. 내가 언젠가 써두었지만 당신이 여길 떠난 뒤에 뒷산엘 가끔 올라갔어요. 몇달에 한번쯤이었을 거예요. 꼭대기는 다시 다른 능선으로 이어져서 오른쪽으로 돌아가면 정말 잊혀진 것 같은 외로운 무덤 하나가 있고 왼편으로 돌아서 아래로 내려갔다가 더 위로 올라가면 다른 쪽 능선의 가장 높은 데가 나왔지요. 우리는 땀을 흘리고 숨을 헐떡거리면서 덤불을 헤치고 위로 올라갔어요. 한시간쯤 걸려서 꼭대기에 오르니 우리가 버스에서 내려 이쪽으로 휘어져 들어오기 때문에 한번도 넘어가본 적이 없던 골짜기의 반대편이 내려다보였어요. 그리고 그 너머에 있는 먼산의 푸른 그림자도 보였구요. 갈뫼의 어귀를 흘러 읍내로 내려가는 개천의 상류도 보였어요.

현우씨, 여기서 좀 쉬었다가 점심 먹자.

겨우 여기서? 저 왼편에 좀더 높은 데가 있는데.

아냐, 우리 뒷산의 끝은 여기야. 목적지에 다 온 거라구.

하면서 나는 풀 위에 주저앉으려고 했습니다. 그랬더니 당신은 내 손
목을 우악스럽게 잡아일으켰어요.

목적지가 어딨어? 여기선 아무것두 보이지 않잖아.

당신이 내 손을 잡아끌면서 능선을 달려내려갔지요.

저 위에 올라가면 근사한 게 보일지두 몰라. 화가가 뭐 이래?

우리는 다시 죽을 고생을 하면서 맞은편의 능선으로 올라갔지요.
나는 당신의 뒤에 처져서 한참이나 다리쉼을 하다가 뒤뚱거리며 올라
갔는데 먼저 당도한 당신이 외치는 소리를 들었답니다.

저길 봐! 저게 세상이라니까.

나는 그런 뒤에도 한참이나 걸려서 정상에 당도했어요. 하늘이 저
어 끝까지 활짝 열려 있더군요. 끝간데 없는 들판이 펼쳐져 있었고 작
은 언덕에는 꽃으로 하얗게 또는 분홍으로 물든 과수원이 내려다보이
고 이곳저곳 언덕을 등지고 마을들이 엎드려 있고 또 그 너머에는 번
화한 중심지가 가물가물 내다보이는 거예요. 자동차들이 무슨 작은
벌레들처럼 고물고물 움직이구요.

아아, 시원하다.

내가 바위 위에 앉으면서 중얼거렸지만 당신은 아무 말 없이 내다
보기만 했죠. 나는 쌕에서 물병을 꺼내어 마시고 당신에게 넘겨주면
서 말했어요.

아이, 배고파. 아침 먹은 거 다 내려갔어. 우리 김밥 먹자.

그런데도 당신은 고개를 돌리지도 않고 멍하니 먼곳을 보고 있다가
나에게 문득 물었습니다.

오늘이 며칠이야?

오월 이십칠일 수요일. 일학년 세 시간, 이학년 두 시간 있거든.

그게 무슨 말이야?

내 미술시간 수업 말예요. 오늘 빼먹었으니까 지금쯤 자습하구 있 겠지.

그랬더니 당신은 내 쪽은 건너다보지도 않고 말했어요.

오늘이 작년 그날이야. 도청에서 마지막 학살이 있던……

그때에 당신의 젊은 벗들은 상무대 영창을 떠나 감옥으로 옮겨져 날마다 철창을 차며 노래를 부르고 단식을 하고 그랬다지요. 죽은 이 들은 아직 무덤조차 제대로 쓸 수 없었구요. 그렇지만 이런 때 그 이 야기를 꺼낼 건 뭐람. 나는 당신의 우울한 기분을 날려주느라고 무심 코 한마디 했어요.

우리 오늘 제사 지내요.

그래, 오늘 저녁에……

나는 사실 몹시 불안했어요. 당신이 저 허공 너머에 있는 세상으로 한눈을 판다는 느낌 때문에요. 우리는 김밥을 먹었지요. 정말 옛날 소 풍 갔던 생각이 났어요. 당신은 훨씬 기분이 나아진 것처럼 보였죠.

그날 저녁에 제사를 지내기로 해서 내가 읍내로 나가 과일하구 생 선이며 쇠고기를 조금 사왔어요. 그리고 절편하구 팥시루떡두 몇장 샀어요. 아니 제사 평계대고 우리가 그동안 먹고 싶었던 것들을 준비 했던 거예요. 나는 음식을 장만했고 당신은 방안에서 상을 차렸지요. 상머리에 촛불을 켜고 향도 없이 그냥 소주병 올려두고 주발뚜껑에 술 따라놓고 당신과 나는 무릎을 꿇고서 나란히 앉아 있었답니다. 나 는 어쩐지 조금 쑥스러웠지요. 당신의 진지한 침묵이 어색하기도 했 구요. 그러나 솔직히 내 기분을 말하란다면 당신의 들뜬 마음을 가라 앉혀드리고 싶었어요. 난 당신의 도피를 도와주고 있었을 뿐 무슨 엽

기적인 줄거리에 나오듯이 당신이 나의 포로는 아니었잖아요. 한데 그 죄책감은 어디서 오는지 모르겠더군요. 당신이 종이쪽지를 꺼내더니 펼쳐들고 읽기 시작했어요. 유세차 모년 모월 모일로 시작되는 긴 문장들이었는데 지금은 생각이 안 나요. 그렇지만 나중에 새로운 세상을 기원하던 마지막 구절은 지금도 기억하구 있답니다.

눈 들어 바라보면 꽃 핀 강산은 백두에서 한라까지 하나인데 당신들은 어떤 세상을 그리다 가셨나요.

지금 와서 생각해보면 당시에는 어디서나 그런 유인물 조각들이 손에서 손으로 흘러다녔고 대부분 어딘가 상투적이었지요. 그런데도 가슴이 저려오고 피가 뜨거워지는 듯했어요. 좌경이라는 말이 왼쪽으로 기울었다는 말일 텐데 당신과 당신의 벗들이 책을 읽고 저쪽 생각에 대해서 학습하기 시작한 건 학살 이후부터였어요. 여긴 우리의 고향이 아니게 된 거였지요. 고전적인 혁명의 세기가 다 지나갔는데도. 그렇지만 생각은 다시 새로워지고 세상이 지어놓은 꼴만큼 앞으로 나아갈 테니까 나는 당신의 선택을 말릴 생각은 처음부터 없었답니다.

이튿날 내가 학교에 출근했다가 돌아와보니 내가 불안해하던 대로 당신은 집을 비웠어요. 당신은 산에 올라 세상을 훔쳐보았던 거예요. 역시 여기는 당신에겐 현실이 아니었을 거예요. 벽에 붙여놓은 앉은뱅이책상 위에는 당신의 편지가 놓여 있었습니다.

밖에 나갔다 오겠소. 서울에는 안 가고 광주까지만 갔다올 생각이야. 어제 산에 올라갔더니 친구들 얼굴이 떠올라서 못 견디겠더라. 아무리 늦어도 오늘밤에는 돌아올 수 있을 거요. 혹시 자고 들어오게 되더라도 걱정 말기를 바래. 내일 오전까지는 꼭 돌아올게.

편지에 그렇게 써놓고는 당신은 목요일, 금요일, 토요일, 일요일까지도 돌아오지 못했지요. 내가 그때 당신을 얼마나 원망했는지 알아요? 내가 제일 무서워하던 일은 아무런 준비나 각오도 없이 갑자기 당신과 헤어지게 되는 것이었어요. 우리의 마음과는 아무런 상관도 없이 당신이 어느 낯선 땅, 길모퉁이에서 잡혀가 소식도 없이 갇혀버릴지도 모른다는 두려움으로 내가 꿈에서 소스라치며 깨어난 게 몇번인지 알아요? 우리가 바라던 세상, 우리가 꿈꾸던 세상은 갈뫼의 단조롭고 평화로운 일상과 같은 그런 곳이라고 나는 생각해왔어요. 하지만 당신이 책을 통해서 생각하고 이루어낼 세상은 결코 단조롭거나 평화스런 고장은 아니겠지요. 평등을 위한 단호하고 강력한 계급투쟁이 지속되고 있는 긴장된 소용돌이의 공간이 되겠지요. 혁명의 적들이 둘러싸고 있을 테니까요. 당신은 이 생활이 자유주의자의 공간이라고 스스로 비하하지 마셔요. 내가 바라는 것은 겨우 이만큼밖엔 안되니까요. 그 어떤 체제라 할지라도 당신과 나의 이 초라한 피난처는 있을 거예요. 그렇다면 나에게 이념은 아무런 문젯거리도 아니겠지요. 당신만 곁에 있다면……

그랬다. 나는 산정에 올랐을 때 내가 자폐되어 있다는 답답증 때문에 가슴이 터질 것만 같았다. 그자들은 막강한 무력과 폭력을 쥐고 번성해가는데 죽은 벗들은 가족의 숨죽인 울음에 둘러싸여 얕은 땅 아래서 몰래몰래 썩어가고 있었다. 무력이 있어야 하고 그것을 올바로 통제할 조직이 있어야만 한다. 세월이 얼마나 걸릴지 몰라도. 누군가 첫걸음을 내디뎌야 할 그 길은 남수가 말하던 산정에로의 지름길이었다. 끝까지 살아남아 민중의 권력을 쟁취하자는 봉한이의 멀고먼 길이기도 했다. 동우는 민족 내부의 새로운 연대를 꿈꾸었다. 그래서 오월은 나와 나 아닌 것이 갈리는 갈림길이었다.

나는 윤희가 출근할 때까지 졸음에 겨워 못 일어나는 척하고 자리에 엎드려서 기다렸다. 윤희가 나가자마자 얼른 일어나 옷을 갈아입고 집을 나섰다. 갈뫼 어귀의 다릿목까지 걸어가 읍내로 나가는 버스를 타고 이어서 읍내의 차부에서 광주로 나가는 시외버스에 올랐다. 시 중심가의 시외버스터미널까지 가지 않고 시 외곽의 철도 건널목 앞에서 내렸다. 날씨는 맑고 햇빛이 하얗게 빈 땅에 내려앉아 있었다.

우선 최전도사에게 찾아가서 그동안의 광주의 뒷소식을 알아보기로 했다. 나는 철도를 따라서 양림동 근방까지 걸어가기로 했다. 부근은 전에 내가 방을 얻어 자취를 했던 적이 있어서 작은 골목까지도 눈에 익은 곳이었다. 오래된 동네라 지붕이 나직하고 서울에서 본다면 달동네로 여길 만큼 집들이 다닥다닥 붙어 있는 동네였다. 나는 최전도사네 이층 살림집이 보이는 데서 구멍가게라든가 무슨 공중전화 부스라든가 사람들이 규칙적으로 이곳을 관찰할 지점이 없는가 살피고 나서 집 바깥에서 이어진 철제 계단을 올라갔다. 계단 위에 오르니 두어 평 되는 베란다가 나오고 창 너머로 집안이 다 들여다보였다. 맞은편 싱크대 앞에서는 그의 신혼 아내가 뭔가 음식을 만들고 있었고 최는 방바닥에 엎드린 채로 책을 보고 있었다. 내가 바로 그의 등뒤 유리창을 손가락으로 톡톡 두드리자 그가 무심코 고개를 돌렸다가 놀라서 입을 쩍 벌리는 게 보였다. 그가 일어나 얼른 창문을 열었다.

아니, 이게 누구여? 현우 형, 무사했구만요.

그래, 별일 없냐?

내가 마루에 들어서자 최의 아내가 얼른 커튼부터 쳤다. 그와 마주앉자마자 최는 대번에 눈시울이 벌겋게 되더니 소매를 들어 얼른 닦았다.

서울서 내려오시는 길이오?

응 그래, 남은 사람들은 다들 잘 있지?

남은 사람들이 어딨소. 모두 죽고 떼들어가불고 직장 떨려나고 사는 게 아니어라우. 서로 만나면 인자 미안해서 인사도 못하지라. 슬슬 피하지요.

뭐가 미안해……

살아남은 거이 추접지라. 서울 간 광주 아그들 다들 잘 있습디여?

잘 있을 거야.

들으니께 시방 간첩사건들을 무더기로 엮어내는 모양입디다.

뻔하겠지. 남미에서도 항쟁을 빨갱이 폭도짓으로 몰았으니까.

우리보러 글로 가라고 몰아내는 폭이지라. 나도 명색이 예수쟁인디.

미국 반대하면 빨갱이라구.

마침 점심상을 보던 중이었던지 그의 아내가 잘 차린 밥상을 겸상으로 들여왔다. 갓 나온 상추와 쑥갓의 초록이 싱싱하다.

형님, 기운낼라면 고기를 자셔야 쓸 것인디 풀밖엔 없어라우.

고기는 서울서 매일 먹는다.

시외의 북쪽 야산에서 구덩이를 파고 암장했던 시체가 몇구 발견되었다는 둥, 시 청소부가 청소차에 실어온 시체들을 공원부지의 연못에 쓸어넣는 걸 목격했다는 둥, 무등산 산록의 취수원이 되는 저수지에 시체를 던져서 독한 소독약을 풀었다느니, 그래서 시민들이 여름내 수돗물을 못 먹었다는 얘기를 최와 그의 아내가 격앙된 어조로 말한다. 그들은 아직도 상황이 끝나지 않았다. 거리에 나서면 서로 공범자처럼 간직한 이야기들을 가슴에 품고 눈길이 마주치면 서로 피해가면서.

너 한 이틀 시간 있냐?

내가 묻자 그는 내 물음이 그냥 소리가 아님을 대번에 알고 긴장하면서 말했다.

오늘이 목요일이고 토요일까지는 개않아라우.

그럼 됐다. 너 나하구 오늘밤 차루 서울 올라가자.

서울서 오시는 길이람서?

218

건이 만날 일이 있다. 헌데 나는 지금 밑바닥에 잠수해서 기는 가오리다, 가오리.

나보러 선을 대달라고?

빈민가에서 목회를 하다가 빵살이를 한 적이 있는 최가 얼른 눈치를 채주었다.

사실은…… 뭔가 낌새가 이상해서 그런다. 내가 끈이 떨어진 느낌이야.

나는 지난 이월에 서울을 떠나면서 건이에게 연결을 했었다. 건이는 혜순이를 데리고 나와서 안전을 확인한 뒤에 이십분이나 뜸을 들였다가 나타났다. 겨울 내내 통신문으로 조직관리를 해왔다는데 어디서 샜는지 그중 하나가 검거되었다고 했다. 자세한 내용은 모르지만 문건이며 유인물이 들어 있던 가방을 대학원생인 조원이 학교 앞 술집에 두고 나와버렸던 것 같다고 했다. 그들은 몹시 긴장해 있었다. 동우도 연락을 끊고 한달에 한번씩 하던 안전점검도 그만두었다고 했다. 나는 읍내에 나갈 적마다 기회를 보아 전화를 했는데 그때마다 불통이었다.

까짓 거 그럽시다. 나야 선배 목사님 덕으루 밥 잘 먹구 지내는디.

어둑신한 저녁이 되어 우리가 길 떠날 채비를 하자 그의 아내가 걱정스런 눈빛으로 우리를 살피다가 말을 꺼냈다.

선배들 찾는다고 당신 여러번 불려갔었는디…… 어쩔라고 또 이러시오.

암 일 없을 팅게 당신일랑 걱정 붙들어매소. 핑허니 댕겨오믄 되제.

너무 염려 마세요. 내일 내려올 테니까.

우리는 역으로 나갔다. 그 무렵에 역에서는 가끔 수배자들을 찾는다고 합동수사조가 입구에 서서 드나드는 젊은이들을 가려내어 불시로 주민증을 검사하는 일이 잦았다. 그와 나는 역 구내로 들어가기 전에 수사관들이 나와 서 있지 않은가 살피고 나서 따로 행동하기로 하였다.

표 두 장 사가지고 개찰구로 들어가거라. 나는 먼저 다른 곳으로 해서 역 폼으로 들어가 있을 테니까.

시계를 보니 기차가 도착하려면 십오분이나 남아 있었다. 그를 역 구내로 들여보낸 뒤에 나는 역사 앞을 지나 수화물이 드나드는 울타리 쪽으로 접근했다. 저녁밥 때라 그랬는지 사람이 보이지 않았다. 나는 부근에서 과일이나 라면 박스로 보이는 종이상자를 하나 주워 옆구리에 끼고 슬그머니 울타리 안으로 들어섰다. 누가 물으면 화물 부치는 데를 찾으려고 말할 셈이었지만 다행히 철로를 몇칸이나 건너뛸 때까지 아무도 뭐라는 사람이 없었다. 나는 끝쪽에서 출발 노선을 기다리고 있는 듯한 화물차의 뒤로 돌아가 짙은 그늘 속에 숨었다. 마침 가져온 종이함은 찌그러뜨려서 깔고 앉았다. 담배도 참고 앉았더니 곧 방송이 들리고 사람들이 승강장으로 몰려나오는 게 보였다. 나는 슬슬 걸어나와 철로들을 건너 사람들 틈에 끼여 섰다. 얼른 최가 다가왔다. 기차가 들어올 때까지 우리는 한마디도 하지 않았다. 무싯날이라 객차에는 승객이 별반 없어서 자리가 듬성듬성 비어 있었다. 우리는 양쪽의 통로를 살필 수 있도록 중간쯤에 서로를 마주보며 앉았다.

영등포역에 도착한 것은 새벽 다섯시쯤이었다. 나와 최는 약속했다는 듯이 두리번거리다가 사우나가 있는 목욕탕으로 들어갔고 샤워 한번 하고 나서 목침을 베고 한잠씩 잤다. 일곱시에 나와서 최가 전화를 걸었는데 역시 불통이었다. 우리는 아직은 출근시간 전이라 빨리 이동하기로 하고 건이네 요꼬방이 있는 산동네 근처까지 갔다. 나는 한 정거장 전에서 내려 약속한 시장 초입의 순대국집으로 들어갔고 전도사는 내가 가르쳐준 대로 건이네로 찾아갔다. 그냥 우두커니 기다릴 수도 없어서 국밥 한그릇 시켜놓고 먹는 둥 마는 둥 하고 앉았는데 차림표로 걸어둔 입구의 천조각을 들치며 혜순이가 앞장서서 들어섰다. 두 사람은 말없이 내 앞에 앉았다.

형, 정신이 있어 없어?

속삭이는 말투였지만 혜순이는 거침없이 야단을 치듯이 나에게 뱉었다.

무슨 일이 있었니?

일이 다 뭐야. 건이 형 달려갔어.

그게 언제야?

한달 좀 넘었어.

그래서 전화가 그 모양이로구나.

혜순이는 한숨을 폭 내리쉬고는 눈물을 찔끔거렸다. 그러나 격렬한 울음은 아니고 나에게 편들어달라는 식의 눈물이리라.

전화두 아예 떼어버렸어. 주문은 직접 시장 나가서 받아오고.

어디루 간 거야?

아직 몰라. 남영동인지 남산인지…… 정자가 산발을 해갖구 사방으로 싸돌아다녀봤는데 서로 모른대.

카톨릭 쪽으로 가봐라. 아마 도와줄 거야.

생사람이 막 죽어나가는 판이라 어느 단체고 꽁꽁 얼어붙었다구.

혜순이의 설명으로 그동안의 사고가 드러났다. 내가 서울을 떠나기 직전에 건이가 걱정했던 대로 그 대학원생이 검거된 뒤 석달 동안이나 물밑에서 내사를 한 듯싶었다. 저들은 먼저 친구들의 명단을 입수해서 그들에게 일일이 감시를 붙였을 터였다. 조원 중의 하나가 꼬리를 달고 관리책임자인 건이를 만났고 꼬리는 다시 건이에게로 옮겨왔을 것이다. 그들은 여러 날 동안 건이네 공장을 관찰했다.

어쩐지 잡상인들이 갑자기 부쩍 는 거야. 시도때도 없이 막 문을 열어보고, 안 산대두 가지도 않고.

　그러다가 심야에 십여명이 덮쳤다. 모두들 잠들어 있는데 갑자기 판자문짝이 와지끈 부서지며 작업복차림의 사내들이 뛰어들어왔다. 잠자다 놀라서 벌떡 일어나는 건이에게 지휘자인 듯한 사내가 권총을 이마에 갖다 겨누었다.

　누군가 불을 켜더니 다짜고짜 몽둥이로 사정없이 팼어. 우리는 모두 골목으로 끌려나와 손을 머리 뒤에 올리고 꿇어앉았지. 모두들 뒷수갑을 차고 큰길까지 끌려나가는 동안에도 수없이 맞았다구. 우릴 마이크로버스 닭장차에 구겨넣더라.

　조사를 받는 동안 건이가 몇사람의 조원을 불었고 정자와 혜순이 그리고 출퇴근하던 다른 애들은 절대로 관계가 없고 건이가 사장이라 시키는 대로 돈 받고 일해주었다고 뻗대었다.

　다 끝난 게 아니야.

　나는 혜순이에게 속삭였다.

　이제부터 시작이다. 집에 문건이 있었어?

　다른 건 다 나왔는데 조직 명부는 안 나왔대. 정자 말로는 훑어간 것만으로도 엄청난 형량이 나오겠다는데?

　아마 주요문서는 최동우가 관리했을 것이다. 그러나 등사기와 회의록 따위가 있었을 테니까 두뇌는 드러나지 않았지만 내장은 까발려진 셈이었다. 묵묵히 듣고만 있던 최전도사가 중얼거렸다.

　자아, 열심당 여러분 이러고 있을 때가 아니여. 얼른 찢어집시다.

　그래, 우리 먼저 일어설게. 너는 여기서 밥이나 먹구 가라.

　우리는 국밥집 안쪽을 돌아보았고 주인아줌마는 방문턱에 걸터앉아 텔레비전 연속극을 보느라고 정신이 팔려 있었다. 내가 일어서려고 하자 혜순이가 두 손바닥으로 얼굴을 감싸고 소리를 죽이려 애를 쓰면서 울음을 터뜨렸다.

괜찮아, 다들 잘해나갈 거야.

내가 그네의 등을 가볍게 토닥이면서 속삭이자 그네도 간신히 말을 꺼냈다.

뭣 땜에 사는지 모르겠어.

하고 나서 혜순은 두 손을 내리고 물기로 얼룩진 얼굴을 쳐들며 나에게 말했다.

형, 우리 이젠 그만두자. 지들 천년만년 해처먹으라고!

나와 최도 둘 다 눈알이 벌게져 있었다. 우리는 쫓기듯이 천을 들치며 국밥집에서 나왔고 등뒤에서 혜순이의 목소리가 들렸다.

다신 나타나지 말구…… 형, 잘 가.

그리고 나는 그네를 다시 만나지 못했다. 정자도 건이가 징역을 살던 긴 세월 동안에 취직도 다시 했고 그리고 자신과 비슷한 처지의 노동자와 결혼을 했다. 안산에서 산다던가. 사는 조건이 지식인 나부랭이들보다 훨씬 열악했던 그들은 잊혀지고 저희 혼자서들 감당하며 고난을 견디었지만 나중에는 아무도 그들을 기억하지 않게 되었다. 그렇지만 어느 누군들 잊을 수 있으랴. 그들의 넉넉한 따뜻함과 시대 속에서 잊혀지고야 말 익명에도 당당했던 청춘을.

당신은 일요일 한밤중에야 저에게 돌아왔어요. 나는 자고 있던 게 아니었어요. 벌써 발걸음 소리가 울밖에서 들릴 제부터 나는 그게 당신인 줄을 알고 있었습니다. 방문이 살그머니 열리면서 낯익은 땀내가 끼쳐왔거든요. 마치 집 나갔던 개처럼 당신은 언제나 책상 위에 얹어두었던 노랑색 양은주전자를 들고 물을 벌컥대며 마셨지요. 나는 그대로 당신이 잠들기를 기다렸지만 당신은 스탠드 불빛을 등지고 누운 나의 어깨 너머로 얼굴을 들이밀고 넘겨다보았어요. 내가 참지 못하고 일부러 잔뜩 졸음에 겨운 소리로 말을 걸고야 말았죠.

언제…… 왔어요?

응, 아까.

저 거짓말하는 것 좀 봐. 방금 살그머니 들어와놓고선. 그렇지만 걱정 때문에 밤마다 뜬눈으로 새워놓고도 당신에게 그런 내색을 해서는 안된다고 작심을 했었거든요. 나는 아무렇지도 않게 눈을 비비면서 일어났답니다.

세상구경이 어땠어요?

여전하더군.

무슨 대답이 그래요.

당신은 주섬주섬 옷을 벗고 마당으로 나갔어요. 양동이에 물을 받아 끼얹는 소리가 들려왔지요. 당신이 들어와서 맨방바닥에 벌렁 드러누워 담배 한개비를 다 태울 때까지 나는 일부러 말을 걸지 않았어요.

박살이 났어……

혼잣말로 당신이 중얼거렸어도 나는 못 들은 척했어요. 또 한참 있다가 당신은 천장을 보는 그대로 이야기를 했지요.

저어 히말라야 산맥 깊숙한 곳에서 조난당한 이가 어느 바위틈을 발견했대. 눈보라를 피해서 그 안으로 들어가니까 갑자기 넓어지면서 딴세상이 나타났대. 거긴 고통도 이별도 슬픔도, 가난도 굶주림도 없는 온화한 나날이 계속되는 세상이었대. 입구를 나서자마자 과일나무와 찬란한 빛깔의 각색 꽃들이 만발한 정원이 있었어. 현실세계의 나쁜 건 그곳에 한가지도 없었지. 거기 사는 사람들은 다투지도 않고 늙지도 않고 병에 걸리지도 않고…… 하여튼 조화로운 삶이 언제까지나 이어지는 세상. 그러다가 조난자는 바깥세상이 궁금해지고 가족들 생각도 나서 굴 밖으로 나왔지. 그는 곧 제가 살던 나라로 돌아가 나머지 인생을 살아갔는데 꿈에도 못 잊을 그 딴세상으로 돌아가고 싶어서 거의 미칠 지경이었지. 그는 히말라야로 다시 찾아갔대. 하지만 눈 속에 묻힌 작은 바위틈을 끝내 찾지 못했어.

당신은 그런 얘기를 혼잣말로 중얼거리더니 내 잠자리로 파고들었어요. 당신은 웃통을 벗고 있어서 내가 얼결에 두 손을 당신의 등뒤에 얹었을 때 탄탄한 어깨 근육이 느껴졌지요. 우리는 긴 입맞춤을 했어요. 당신은 그러면서 내 가슴을 우악스럽게 움켜쥐고 다른 한손으로는 내 속옷을 벗겨내렸구요. 다른 날보다도 당신의 행위는 훨씬 거칠고 격렬했거든요. 다 끝났을 때, 나는 어쩐지 눈물이 흘러나왔지요. 당신은 사실은 세상구경을 나갔던 것이 아니라 내게서 일단 떠났던 것이지요. 아버지나 당신이 선택했던 그 시대의 가치는 이러한 시간을 '기만적인 자유에 머물게 하는 아주 하찮은 소시민적 영역'이라고 깔보게 했잖아요. 당신과 나의 사랑은 이제 돛을 올리고 부두 연안을 벗어나기 시작한 배처럼 앞으로 무수한 폭풍과 파도와 항해의 날들을 거쳐서 대양을 건너야 할 거였어요. 이제 겨우 우리는 시작했을 따름인데.

아무 일도 일어나지 않는 평범한 일상이 전과 같이 계속되었어요. 나는 텃밭을 만들기로 교활한 생각을 해냈구요. 마침 장날에 읍내에 나가서 고추며 가지 토마토 모종을 사오고 갈아엎은 밭에다 상추며 쑥갓이며 씨앗을 뿌렸고 거름구덩이를 마련해서 호박도 심기로 하였어요.

우리 텃밭 만드는 게 어때요?

그래, 왜 진작에 그 생각을 못했지?

당신이 그렇게 좋아하리라고는 나는 전혀 예측하지 못했는데 말이 나오자마자 삽을 들고 나서는 모양을 보고 나도 마음이 놓였답니다. 당신이 삽을 박아 갈아엎으면 나는 그 뒤를 따라다니며 호미로 덩어리진 흙을 잘게 부수어 펼치곤 했지요. 우리는 오후 내내 밭고랑과 두렁을 만들었어요. 밭 주변에는 돌을 주워다 그럴듯하게 모양도 냈구요.

늦었지만 씨를 뿌리지 뭐.

그럼요, 하루에 두어 번씩 물만 부지런히 주면 금방 쑥쑥 자라날 거예요. 우리 꽃씨두 뿌려요.

읍내 나가서 모종을 사다가 심고 나뭇가지로 버팀대도 세워주고 여러 종류의 일년초 꽃씨도 뿌렸어요. 나팔꽃 분꽃 채송화 봉숭아, 그리고 백일홍에 코스모스, 과꽃까지 뿌렸어요. 이제 우리는 여름부터 늦가을까지 그 꽃들이 차례로 다투어 피어나는 화원을 가지게 될 거였어요.

아무것도 보이지 않던 메마른 흙을 뚫고 맨 처음 새싹이 돋아나올 때 그 느낌을 뭐라고 해야 할까요. 이게 그냥 잡초의 싹인지 뭔지 모르는 채로 한 두어 개씩 돋아나왔다가 아마도 제 동료들에게 '얘들아, 이제는 나와도 괜찮단다' 하고 속삭인 것처럼 이튿날이면 무수하게 여기저기 싹들이 돋아나옵니다. 그냥 잔잔한 바람이나 실비에도 짓뭉개질 것만 같은 투명한 연두색의 떡잎들은 형상 전체가 시간이어요. 며칠만 눈을 돌렸다가 밭고랑에 나가 보면 어느 틈에 모양이 달라질 정도로 쑥쑥 자라나 있지요. 당신은 아침마다 양동이와 조리를 들고 나가 밭에다 물을 주었구요.

드디어 초여름이 되었을 때엔 밭은 풍성한 푸른 잎으로 가득 차게 되었지요. 우리가 첫번째로 상추를 따다가 점심을 먹었던 일 생각나셔요? 아직 잎이 다 자라지는 않았지만 손바닥 반만큼씩은 되었죠. 두세 장을 겹치면 밥을 그득히 쌀 수가 있었지요. 여린 잎에 쌈장을 묻혀서 입에 넣으면 생명의 향기가 가득 차는 것 같았어요.

나는 당신이 텃밭을 돌보는 모양을 마루에 앉아서 지켜볼 때가 가장 행복했어요. 농부들은 아마도 모두가 시인이 되어버릴 거예요. 쑥갓에 붙은 벌레를 잡거나 달팽이를 집어내고 진딧물을 털어낼 때에도 상하고 죽지 않도록 부드럽고 조심스럽게 나뭇잎 위에 올려놓았다가 멀찍이 내다버리던 당신이 좋았어요. 그래서 우리는 앞으로 나쁜 일도 겪지 않을 것이고 하늘에서도 잘 보살펴줄 것 같은 편안한 마음이 들었죠. 도시에서 놀러 온 사람들은 산촌의 정적과 언제나 변하지 않는 풍경에 며칠 못 가서 진절머리를 내고 제풀에 지쳐 달아나버려요. 하지만 눈을 뜨고 자세히 둘러보면 자연은 끊임없이 변화하고 살아서 움직이는 중이어요. 풀과 나뭇잎이 바람에 흔들리는데, 가는 바람에는 포르르, 잔바람에는 살랑살랑, 거센 바람에는 휘청휘청 눕거나 펄럭이거나 몸부림을 치지요. 풍경은 움직이지 않고 대기가 그냥 고여 있는 듯한 정적 가운데서도 느닷없이 풀숲으로부터 메뚜기나 방아깨비 한마리가 포르르 날아 길 건너편으로 가로질러가요. 개구리가 논두렁에서 물속으로 퐁당 뛰어들기도 하구요. 갈뫼의 여름은 살아 있는 것들의 대합창이 연주되고 있는 듯했지요. 아랫집에서 얻어온 마른 쑥에 모깃불을 지펴놓고 매캐하고 향긋한 쑥 타는 연기에 둘러싸여 마당에 멍석 펴두고 당신과 마주앉아 호박잎 쌈으로 저녁을 먹던 날들이 생각납니다.

그뒤의 석달 동안이 우리의 평생을 지배하게 되었지만요. 우리에게는 그 여름 한철이 두 사람의 모든 인생이었어요. 그때는 어쩌면 그렇게 소나기가 자주 내렸던지. 검은 먹장구름이 뭉실거리며 산봉우리를 스치고 몰려오기 시작하면 당신은 울타리를 돌아 뛰어들어오면서 외쳐요.

비 온다, 빨래 걷어야지.

내가 고무신 꿰어신고 마루에서 내려서는데 벌써 후두둑 하면서 굵은 빗방울이 머리며 팔에 그리고 마른 땅바닥에 떨어져요. 번쩍, 하는 섬광이 하늘을 긋고 나서 사방을 깨어버리는 것 같은 우렛소리가 들려요. 이어서 그 소리는 멀리까지 퍼져나가다가 다시 먼데서 입속으로 으르렁거리는 듯한 천둥소리가 마주 화답을 하는 거예요. 비가 오기 시작할 때 열에 달았던 땅이 식으면서 신선한 흙냄새가 올라오고 시원한 바람이 일면서 맛있는 대기가 코 안에 가득 차지요. 우리는 서둘러서 거둘 건 거두고 치울 건 치우고 나서 마루나 부엌 문가에 서서 허공을 가득 채우며 쏟아져내리는 빗줄기를 내다봐요. 다시 번쩍, 하면서 번개가 치고 우렛소리가 일시에 덮쳐와요.

우리 부침개 부쳐먹자.

두 사람 중 누군가가 먼저 그렇게 중얼거리게 되죠. 나는 소나기 내릴 무렵의 어둑신한 하늘이며 요란을 떨지만 사실은 고즈넉하게 느껴지는 천둥소리며 풀꽃 향기와 흙냄새며 살갗에 소름이 돋을 정도로 썰렁한 한기가 좋아요. 비 오는 날 덧걸이 헛간의 아궁이 앞에 주저앉아 잔솔가지를 태우노라면 방안에서는 당신의 콧노래가 간간이 들려왔지요. 비안개가 산 위에서부터 바람을 타고 몰려내려올 제 습기를 머금은 대기 속에 솔가지 타는 연기가 섞이면 아늑한 느낌이 들어요. 먼 옛날의 고향집에 당도한 듯하지요. 너푼너푼한 호박잎이나 댓잎에 후둑후둑 빗방울이 떨어지기 시작해서 차츰 일사불란하게 떨어지는 빗소리가 귓바퀴 안에 가득 차면 졸음이 오곤 했어요. 당신과 나는 어떤 때 산 아래 내려갔다가 비를 맞고 돌아와, 흙으로 더럽혀진 고무신 발등에 물을 부어 깨끗이 헹구고 젖은 머리카락을 수건으로 비벼 닦고 나서, 몸에 달라붙은 셔츠를 벗고 바지나 치마도 벗고 속옷까지 보송보송한 새것으로 갈아입고는, 이불을 둘러쓰고 턱을 괴고 나란히 엎드려서 비가 내리는 산천을 내다보았어요. 가끔씩 어깨를 으쓱하고 몸서리를 치면서 빗물이 모여서 또랑으로 세차게 흘러내려가는 소리를 듣곤 했지요. 비가 그치면 햇빛이 무슨 얇은 천같이 드리워졌다가는 사라지고 하면서 풀잎의 물기가 빛나고 나뭇가지에서 떨며 비를 피했던 새들이 이 나무 저 나무로 옮겨다니며 울기 시작하거든요. 찌

꼬리가 일본에선 호오호께꾜라구 한다지요. 가만히 들어보면 꾀꼬리
는 꾀꼴 꾀꼴 하고 울지 않아요. 정말 호오 호께꾜라고 울더라니까.
무슨 기적처럼 진노랑색 손수건 같은 것이 비 그친 뒤의 숲 사이에서
펄렁 하면서 휘날려가는 거 있죠. 호오 하면서 조금 망설이는 듯이 끌
었다가 호께의 께에서 옥타브가 맑게 올라가요.

  늦봄에서 초여름의 밤새 이름은 모두 먹는 것과 관계가 있다던 당
신 말이 생각나요. 그 무렵이면 겨우내 아껴 먹었던 양식도 다 떨어지
고 보리를 베기엔 아직 이른 철이니까. 그래요, 배가 고파 밤에 깨어
나면 다시는 새벽녘까지 잠이 들질 않고 엎치락뒤치락하며 살아갈 생
각, 굶주린 식구들 생각, 돌아올 새로운 계절에 대한 두려움으로 눈이
말똥말똥해지겠지요. 소쩍새는 슬프고 애잔한 울음소리만으론 아주
작고 아름다운 몸집을 하구 있을 줄 알았는데 언젠가 도감에서 보니
까 부엉이더라구요. 머리에 뿔까지 나구요. 소쩍새는 '솥적 솥적 솥
적다' 하구 운다지요. 양식이 모자라서 한밤중에 금방 꺼진 배를 안구
누워 있으면 잠두 안 오구 작은 솥에 모자란 밥을 먹어서 배가 고프다
구 그렇게 들린다지요. 머슴새는 또 아까 낮에 고픈 배를 참고 땡볕
아래서 밭을 갈아엎던 자신처럼 변하지요. 소를 몰 때 혀를 차듯이
쯧, 쯧, 쯧, 쯧, 하고 우니까요. 부엉이는 어떻게 우나요. '떡 해줄게
부엉, 밥 해줄게 부엉' 그렇게 운대요. 그리고 쪽박새는 주려 죽은 며느
리가 화신한 새라는데 작은 쪽박에 밥을 퍼주던 시어미를 원망해서 '쪽
쪽 쪽, 쪽박 바꿔주' 하며 운답니다.

  비 갠 뒤에 하늘이 높고 드문드문 탐스런 뭉게구름이 떠 있는 화창
한 날, 물론 내가 학교에 가지 않는 일요일이거나 토요일 오후였거나
아무튼 그런 날에 우리가 빨래를 하러 갔던 일 생각나요?

  이불홑청을 모두 뜯고 베갯잇도 벗기고 당신과 내 속옷들이며 방석
덮개까지 총동원해서 큰 함지에 담고 나무 빨랫방망이와 빨래판에 시

커멓고 무르게 생겼지만 때가 잘 지는 빨랫비누 두어 개 넣고 내가 머리에 이고 나섰어요. 당신은 배낭에다 우리 점심도시락과 풍로에 번개탄이며 숯까지 넣었구요, 그리고 한손에는 아랫집에서 빌린 빨래 삶는 큰 양은들통을 들고 다른 한손엔 접은 낚싯대며 지렁이갑이며 고기망을 넣은 낚시가방을 들고 내 뒤를 따라왔구요.

우리는 갈뫼의 과수원 아랫길로 가지 않고 반대편으로 올라 고개를 넘어갔어요. 그쪽은 읍내 쪽으로 흘러내려가는 훨씬 너른 개천의 상류여서 양쪽 기슭에는 모래며 자갈밭도 있었지요. 물길이 휘돌아들어 흐름이 늦춰지는 제법 너른 소도 몇군데 있었는데 큰길이나 마을에서는 제법 떨어져 있어서 물을 퉁탕대며 멱을 감는 아이들도 없었고 물을 대려고 법석을 떠는 농부들도 없었어요. 역시 근년에는 거기에 시멘트로 물막이 보를 쌓고 수영장을 만들었지만요. 하여튼 그곳이 호젓하고 물 맑은 데라는 건 내가 출근하고 집을 비운 낮 동안에 인근 사방으로 산책을 다니던 당신이 먼저 발견했었지요.

모래밭을 내려가면 더 아래쪽 자갈밭 가녘의 물가에는 누가 갖다 놓았는지 서너 사람이 두 발을 딛고 쪼그려앉을 만한 바윗돌이 거북처럼 등을 내놓고 잠겨 있었죠. 내가 함지를 그 부근에 내려놓고 치마를 걷어올리고 앉으면 당신은 가져온 물건들을 자갈 위에 정돈해두고 나서 낚시가방을 들고 수영팬티 차림이 되어 웅덩이를 건너갔어요. 발목에서부터 무릎을 지나 배 위에까지 물이 차오르는 곳에 이를 때쯤에는 내가 냅다 고함을 질렀지요.

깊은 데 들어가지 말아요. 수영할 줄 알아요?

그런데두 당신은 못 들은 척하고 물이 가슴에 차오르도록 슬슬 걸어들어가는 거 있죠.

어어, 저이가 정말……

내가 안달이 나서 벌떡 일어서면 당신은 물속으로 쑤욱 들어가버려요. 물위에는 반쯤 잠긴 비닐가방만 띄워놓고선. 나는 설마 하면서도 무서운 생각이 들어서 어찌할 바를 모르고 허벅지가 물에 잠기는 데까지 걸어들어가며 다시 소리를 지르지요.

장난하지 말아요. 얼른 안 나와?

그러고서도 한참이나 지나서야 당신의 머리가 쑤욱 올라와요. 그러곤 상체를 벌떡 일으키는데 애개개 겨우 배꼽에 찰 만큼의 깊이잖아.

당신은 내가 자리잡은 빨래터의 건너편에 멀찍이 떨어져서 자리를 잡고 낚시질을 시작하고 나는 드디어 함지에서 빨랫거리를 꺼내어 물에 한가지씩 헹구기 시작합니다. 우선 작은 것들부터 헹구고 비누질하고 빨래판에다 벅벅 문지르고 나서 이불홑청 같은 큰 빨래는 맨 나중에 절반으로 접어 물속에 잠그고 몇번이나 휘휘 저으며 헹구지요. 한부분씩 척척 접어가며 비누질을 해서는 빨랫방망이로 힘차게 두들기면 주변 들판과 골짜기에 경쾌한 소리가 메아리치는 거예요.

모래밭에 풍로를 놓고 번개탄에 불을 붙여서 숯을 얼기설기 얹고는 들통에 잿물 넣고 큰 빨래 작은 빨래 들을 차곡차곡 쟁여서 불 위에 올려 삶는 거예요. 이런 빨래 아마도 우리 또래에선 내가 제일 마지막으로 해봤을걸요. 세탁기에 돌리는 빨래란 얼마나 싱거운지. 빨래를 삶으며 물가에 앉아서 쉬고 있을 때 물속에서는 송사리들이 떼로 몰려와 겁도 없이 발가락이나 종아리의 피부에 붙은 소금기 따위를 쪼으려는지 뾰족이 내민 주둥이로 살갗을 간질이죠. 모래 위에 드문드문 자라난 쇠뜨기나 강아지풀 사이에서 까치밥을 골라 줄기를 잡아 뽑으면 하얀 뿌리가 나오는데 달착지근한 맛이 나요. 아니면 뱀딸기도 찾아내고 까마중도 골라내며.

당신은 그맘때쯤 지렁이를 두 바늘에 꿰어 물속에 던져놓고 집중해서 찌를 들여다보고 있겠지요. 당신이 뭔가 반짝이는 걸 낚아올릴 때 나는 그게 피라미새끼에 지나지 않는다는 걸 먼발치에서도 알지요.

당신이 아무 소리 없이 낚시에서 떼어내어 고기망에 넣으니까요. 어쩌다 붕어 비슷한 참붕어 한마리 낚아올리면 당신은 법석을 떨지요. 나중에 보면 겨우 손바닥만한 것이지만.

와아, 크다 커. 힘 좋은데.

어쩌고 하는 당신의 들뜬 목소리가 들려도 나는 대개는 모른 척하지요. 빨래가 다 삶아지면 나는 그것들을 꺼내어 다시 한번 물에 헹구고 함지에 담고는 당신을 부릅니다.

인제 우리 밥먹자아.

가만있어봐. 고기가 오기 시작했다구.

나 배고파. 혼자 다 먹는다아.

하면 당신은 못 이기는 체하고 낚시도구를 챙겨 이쪽으로 건너옵니다. 당신은 나에게 고기망을 벌려서 자랑스럽게 보여주지요.

이건 피리들이구…… 나뭇가지에 꿰어서 소금 뿌려 구워먹으면 아주 담백하구 맛있다구. 참붕어, 크지? 이건 꾹저구라구 못생겼지? 자봐, 납자루도 한마리 잡았어. 하지만 이놈은 놓아주자.

왜 그래요, 제일 먹음직하게 생겼구만.

이건 요즘 드문 물고기야. 꼭 바다의 병어처럼 생겼잖아.

파닥이는 물고기의 꼬리를 아쉬운 듯이 손가락으로 만지작거리다가 당신은 물 가운데로 휙 던져요.

자, 그럼 밥을 먹어볼까?

아직 안돼요. 날 도와줘야지.

내가 물이 줄줄 흐르는 홑청의 한쪽을 잡고 내밀면 당신은 군말없이 고분고분 다른 한쪽을 마주 잡아주어요. 그리고 물기 한방울 없이 힘껏 꼭 짜내지요. 다시 홑청을 펼쳐서 서로 양끝을 마주 잡고 만세를 부르듯이 위로 쳐올렸다가 뿌리치며 내리면 남은 물기가 말끔하게 빠지던 거였어요. 우리는 기다란 천을 자갈밭 위에다 펼쳐놓지요. 그러면 하얀 햇볕이 홑청 위에 가득 찹니다. 고만고만한 베갯잇도 방석덮개도 사이좋게 나란히 펼쳐두지요. 속옷들은 널찍한 바위 위에 널어두는데 바위가 햇볕에 뜨뜻미지근해져서 저절로 잘 말라요. 우리는 빨래들에게 좋은 자리는 다 내주고 모래밭으로 올라가 자리를 깔고 점심을 먹었지요. 아무 일도 없는 것 같은 살림의 단순한 일상이 사람에게 가장 중요한 사업이 아닌가요.

12

장마가 시작되었을 때니까 아마 유월 중순이 넘은 무렵이었던 것
같다. 나는 갈뫼의 맞은편 언덕 너머에 있는 우리들의 웅덩이에 가서
낚시질하는 재미에 들려 아침 나절이나 저녁 해 지기 전에 찾아가곤
했다. 처음에는 뒤뜰의 축축한 땅을 파헤쳐 지렁이를 잡아다 미끼로
썼지만 윤희가 퇴근해서 돌아오는 길에 읍내 낚시점에서 원자탄 떡밥
을 사다주어 그걸 개어서 썼다. 따로 새우를 빻아 섞기도 하고 어떤
날은 구더기를 잡아다 맑은 물에 헹구어 가져가기도 했다. 나는 차츰
고기가 많이 몰리는 목을 몇군데 알게 되어 제법 씨알이 굵은 참붕어
들을 낚았다. 한뼘 반쯤 되는 메기를 낚아올린 적도 있었다.

그날도 나는 아침을 먹자마자 낚싯대를 메고 언덕을 넘어갔다. 흐
린 날이었는데 바람이 불지 않고 수면이 잔잔해서 찌를 살피기에 좋
았다. 나는 앉자마자 모래무지 한마리를 낚았다. 이 녀석은 성질이 급
해서 잡아올리자마자 뻣뻣해지며 죽어버렸다. 거의 열한시가 될 때까

지 피리 서너 마리 올라오더니 그뿐이었다. 자리를 옮길까 하다가 아무래도 날씨가 비가 올 듯한 게 심상치를 않아서 걷고 일어났다. 언덕을 넘어 과수원을 지나서 집으로 오르는 갈랫길에 들어서는데 나무들 사이로 누군가가 자전거를 옆구리에 끌고서 먼저 올라가고 있었다. 나는 걸음을 재게 놀려 그의 뒤로 쫓아올라갔다. 누런 점퍼를 입고 머리를 짧게 깎았으며 아래는 예비군 군복바지를 입은 사내였다. 아랫집 교감선생네로 가는가 싶었는데 그는 그 집앞을 지나쳤다. 나는 일부러 걸음을 늦추고 그의 뒤에서 멀찍이 떨어져서 따라갔다. 역시 그는 우리집 울타리 안으로 들어갔고 이어서 그의 목소리가 똑똑히 들려왔다.

계십니까. 누구 안 계시오?

나는 두근거리기 시작한 가슴을 진정하려고 애쓰면서 잠깐 생각했다. 이런 경우를 위한 아무런 대비나 준비도 해놓지 않았기 때문이었다. 무엇보다도 윤희와 입을 맞추어놓은 바가 없었고 교감선생네 식구들에게는 막연하게 내가 한선생의 약혼자라는 식으로 말해두었을 뿐이었다. 그리고 고작 내가 아직 직업이 없는 까닭이 몇년 동안 고시 공부만 해왔던 탓이라고 둘러댔던 것이다. 나는 그사이에 이 사내를 피하기로 작정하였다. 그래서 얼른 울타리에서 멀어져 과수원의 나무들 사이로 몸을 굽히고 들어가 쭈그리고 앉았다. 잠시 마당 안에서 서성이던 사내가 자전거에 올라 천천히 브레이크를 잡고 속도를 늦추면서 아래로 내려가는 게 보였다. 그는 아랫집의 울타리 앞에서 멈추었다. 그의 목소리가 분명하게 들려왔다.

사모님, 안녕하시오. 교감선생님 학교 가셨지라?

예, 그란데 여그는 우짠 일로 오셨어라우.

저 웃집에는 누가 산답니까?

누가 살긴…… 여고 미술선생이 세들어 사는디.

머 남자도 있다구 하더만요.

이잉, 그니가 약혼자여. 고시공부를 하러 내레왔다는디 시방 몸도 안 좋답디다.

요양차 왔그만이라?

아먼, 몸도 고치고 공부도 한답디다.

한번 얼굴을 보기는 보아야 쓰겄는디. 언제나 오면 만날 수 있으까요?

저녁참에나 와보소.

자전거는 다시 울타리 사이로 나와 아래로 주춤주춤 내려갔다. 나는 사방이 조용해질 때까지 과수원의 나무들 사이에 앉아서 벌들이 잉잉대며 날아다니는 소리만 들었다.

윤희가 퇴근해서 돌아올 무렵까지 나는 방안에서 뒤창문만 열어놓고 앞의 방문은 꼭꼭 닫아둔 채로 책을 들추며 기다렸다. 윤희의 낯익은 발걸음 소리가 들리고 나서 그네가 혼자 중얼거렸다.

계셔요? 또 낚시 갔나……

나는 그대로 베개에 턱을 괴고 엎드려 있었고 윤희가 무심코 방문을 열다가 스스로 놀랐다.

아이 깜짝야, 자구 있었어요?

얼른 들어와봐.

윤희가 그제야 내 얼굴을 살피며 목소리를 낮추었다.

무슨 일이 있었어요?

낮에 누가 찾아왔던 일을 말했더니 윤희의 얼굴빛이 변했다.

사모님이 아는 사람 같았어요?

그런 거 같애. 저녁에 다시 찾아온다구 그랬으니까 곧 올 거야.

가만있어봐요. 별건 아닐 거예요. 현우씰 잡으러 왔다면 그렇게 혼자서 자전거 타구 왔겠어요? 내가 내려가서 누가 찾아왔었냐구 물어

보구 올게요.

누가 왔는지 어떻게 알았냐구 그러면 뭐라구 하게.

사실은 현우씨가 있었는데 낮잠자다가 잠결에 얼핏 들었다구 그러죠 뭐.

윤희는 옷도 갈아입지 못하고 아랫집으로 내려갔다. 그네는 내가 염려할까봐서인지 오분도 못되어서 곧장 돌아왔다.

아아, 머 걱정할 거 없어요. 면의 지서주임이래.

그래두 혹시 모르니까 말을 맞추자.

좋아요. 우리는 작년에 약혼했어요. 당신은 고시공부중이어요. 그런데 폐가 나빠졌어요. 결핵 초기증상이 있구요. 당신 주민증 외우고 있어요? 증명서에 이름이 밀루 되어 있죠?

장……명……구. 나이 이십구세. 주소지는 인천이야.

이리 줘봐요. 홍, 김전우도 아니잖아. 이건 누구 거예요?

몰라, 친구가 구해왔어.

일부러 자전거의 경종을 울리는 것처럼 울타리 밖에서 종소리가 들려왔다. 윤희는 보여주던 주민등록증을 얼른 내게로 되돌려 던지면서 속삭였다.

왔어요!

계십니까……

윤희가 일부러 방문을 활짝 열어젖히며 밖으로 나섰다. 그네의 다리 너머로 마당에 들어선 누런색 점퍼가 보였다. 윤희는 마루에 선 채로 당당하게 물었다.

누구세요, 무슨 일이죠?

아, 요기 지서에서 나왔습다아. 파악할 일이 있습다. 이 집에 식구가 어뜨케 되지라?

둘이요.

그러니까……

하면서 지서주임은 그네의 등뒤로 눈길을 돌려 막연하게 내 쪽을 보았고 나는 윤희가 섰는 툇마루에 나가 걸터앉았다.

여고 나가신다죠? 그리고 이분이……

약혼자예요.

틈을 주지 않고 자르듯이 윤희가 대답했다.

신분증 좀 보았으면 쓰겠는디라.

둘 다요?

주임이 그래도 동네에서는 좀 민망했는지 그렇다는 시늉으로 고개를 희미하게 끄덕였다. 윤희가 나를 돌아다보았고 내가 그네에게 주민증을 넘겨주자 그네는 자기 교사신분증과 두 장으로 겹쳐서 흔들어보였다.

잠깐요, 뭣 때문에 이러시는 거죠? 뭘 파악한다는 거예요?

예, 불쾌할 일이 하낫도 없습다. 우리로서는 관내에 새로운 주민이 오면 파악을 해둬야 함다아. 우리 지서으 기본직무니께.

그는 윤희가 내준 증명서를 꼼꼼하게 들여다보았다.

주소지가 인천이구만요. 직업은 멋이다요?

에, 공부중인데 지금 몸이 좀 안 좋아서요.

여기 오래 기실 건가요?

나 대신 윤희가 재빨리 말했다.

방학 동안에만 여기 계시다가 끝나면 돌아갈 거예요.

주임은 증명서를 돌려주었고 모자도 쓰지 않은 맨머리에 어색한 경례를 붙이면서 말했다.

실례가 많았습다아. 양해하시쇼. 나라가 비상시국이라.

그가 자전거에 올라탔고 윤희는 울타리 입구로 나가 자전거가 멀어질 때까지 확인했다.

비상시국이래.

윤희가 마당 안으로 걸어들어오며 주임의 말투를 흉내냈다. 갈뫼에서는 처음 겪는 검문이라 나는 몹시 긴장했었나보다. 내가 검거될 것 같아서가 아니라 이 작은 집의 평화가 끝날지도 모른다는 데서 불안이 안개처럼 내 주위를 감돌았다. 아, 그날부터 우리의 도시락이며 등산이며 산책과 언덕 너머 빨래터의 한가로움과 잔잔한 수면을 무심하게 내다보는 낚시질과 한없이 긴 오후의 낮잠과 밤새소리와 그리고 빗소리마저 끝장이었다. 윤희는 도시에까지 나가서 헌책방에 들러 육법전서며 민법 형법 책이며 법률서적들을 가방 하나 가득 사왔다. 그리고 그것들을 방문을 열면 정면으로 바라보이는 앉은뱅이책상 위에 가지런히 꽂아두었다. 나는 윤희가 학교 가고 없을 때 점심을 먹고 나서 낮잠을 청하기 전에 일부러 읽었다. 법조문들을 읽다보면 세상은 모두 하면 안되는 짓들로 가득 차서 마치 보이지 않는 그물이 하늘이며 땅이며 산과 마을을 뒤덮고 있는 것 같은 느낌이 들었다. 그리고 무기력하게 잠이 오던 것이다.

나는 직장에 다니는 사람들이 몰려와 볼일을 보는 주말을 일부러 피해서 윤희가 출근한 다음에 느지막이 오랜만에 짜장면도 먹을 겸 읍내에 나갔다. 나의 안전점검은 최전도사가 맡아주기로 했던 터였다. 우선 긴장을 하고 점심을 먹을 필요는 없으니까 먼저 중국집에 들르기로 했다. 무싯날인데도 중국집에는 손님이 많았다. 아이를 셋이나 데려온 아줌마가 짜장면과 짬뽕을 시켜놓고 달래가며 먹이는 중이었다. 배달자전거가 부리나케 드나들었고 주방 쪽에서는 반죽을 쳐대며 면발을 뽑는 소리가 들려왔다. 나는 중국집의 어수선한 활기가 마음에 들었다. 물론 내가 시킨 건 학생시절 이래로 짜장 곱배기였다. 빈 탁자를 앞에 두고 건너편 자리를 넋없이 보고 앉았는데 손님이 쳐들고 있는 신문이 눈에 들어왔다. '간첩단 검거'라는 검은 바탕의 하얀 활자가 큼직하게 보였다. 최동우라는 글자며 김건 그리고 아는 사람들의 이름이 나오다가 그 손님의 손바닥에 가려 더이상은 보이지 않았다. 음식이 나왔고 건너편의 손님은 신문을 탁자에 던져두고 먹기 시작했다. 나는 더이상 참지 못하고 그 탁자 위로 손을 뻗쳤다.

신문 좀 보겠습니다.

손님은 힐끗 눈길만 한번 주고 고개를 까딱했다. 나는 신문을 집어오면서 그와는 반대편 자리로 돌아앉았고 탁자 위에 펼치고 읽기 시작했다. 주민등록번호를 쓴 작은 팻말을 들고 찍은 최동우며 건이며 아는 얼굴들이 보였다. 검거된 인원은 전체의 삼분의 일도 되지 않는 칠팔명 수준이었으나 기사내용으로 보아 발표된 조사내용은 매우 근접해 있었다. 아래쪽에서 처음엔 그냥 지나쳤던 내 사진을 알아보게 되었다. 나는 잠깐 놀라서 숨을 들이마시고는 주위를 둘러보았다. 제각기 음식을 먹느라고 내게 시선을 주는 사람은 없었다. 사진은 내가 군대 가기 전에 주민등록에 썼던 옛날 사진이었다. 머리도 길고 볼이 움푹 패었고 훨씬 어수룩해 보이는 인상이었다. 신문에 난 사진으로는 현재의 나를 알아보기가 어려울 거라며 자위했다. 내게도 짜장면이 나와서 나는 얼결에 신문을 덮고 면을 비벼서 천천히 먹기 시작했다. 젓가락으로 연신 면을 말아넣으면서도 신문의 내용을 머릿속으로 재구성하고 있었다.

도표에 의하면 내가 조직책으로 되어 있었고 주범이었다. 그렇게만 나와 있을 뿐 간단하게 '수배중'이라고 나오고 더이상의 범법사실이나 수사내용에 관해서는 언급이 되어 있지 않았다. 조직부책인 동우는 인천과 부평 일대에서 노동자조직을 포섭하기 위한 거점을 마련했다고 되어 있었고, 처음 보는 이름들이 나오고 그의 노동자 현장조직이라고 나와 있었다. 그에게서는 북에서 보낸 책자와 자료들이 함께 발견되었다는데 일본에 유학간 박석준이가 연락책이라고도 했다. 건이는 아지트를 운영하던 행동책이라고 되어 있었으며 정자와 혜순이와 다른 여공들의 이름도 나왔다. 나는 신문을 그 손님에게 돌려주지 않고 탁자 위에 놓아둔 채로 슬그머니 일어나 계산대 앞으로 걸어나 갔다. 돈을 내고 뒤를 돌아보니 그는 이쪽으로 등을 돌린 채 신문에는 관심도 없이 먹기만 했다. 나는 이 사실을 당분간 윤희에게는 알리지 않고 가슴에 접어두기로 했다. 무엇보다도 먼저 최에게 안전 여부를 물어야 할 것 같았다. 나는 인적이 드문 우체국 앞에도 두 칸이나 있는 공중전화를 쓰지 않고 내처 차부까지 걸었다. 도시나 다른 읍내로 나가는 시외버스들이 쉼없이 드나드는 차부의 건물 앞에 공중전화 부스가 네 칸이나 있었다. 사람들은 주말보다는 훨씬 적었고 전화 부스도 비어 있었다. 나는 제일 가녘의 부스로 들어갔다. 다이얼을 돌리자 최의 목소리가 흘러나왔다.

여보세요, 여보세요……

음, 나야. 신문 봤어.

형이요? 모두 다 끊어졌어라우. 인천 형이 달리는 바람에 모두 감자가 되아부렀소.

나는 신문을 보던 첫순간에도 그랬듯이 동우를 원망하지는 않았다. 먼저 잡히면 아직 남은 사람에게 다 씌우고 자신은 부담을 덜고 시간을 벌게 마련이었다. 문제는 외곽에 있던 사람들의 이름까지 나와버린 데 있었다. 그것도 뭔가 보호를 해야 할 다른 부분이 있었겠지만. 그러나 어쨌든 감자넝쿨처럼 동우를 잡아당기니 지하에 묻혔던 열매들이 주렁주렁 따라나와버린 것이다.

거기두 오죽 어려웠겠냐?

형, 얼릉 끊읍시다. 우리는 형님 건강을 젤로 걱정하고 있소. 도 닦는 심 치쇼잉. 맘 편히 기시오.

나는 입속으로만 잘 있어라, 하면서 말없이 수화기를 내려놓았다.

나중에 안 사실이지만 최동우는 비판받을 만했다. 잠수하는 활동가는 검거되지 않는 것이 제일 첫번째의 임무라고 수칙에는 그렇게 적어두었지만 그걸 지키기는 누구에게나 어려웠다. 무엇보다도 생활에서는 유리되어 있으면서 추적의 그물이 조여오면 올수록 전투적으로 변하면서 온 세상과 더불어 싸우고 있는 듯한 착각에 빠진다. 조급성과 좌경에 기울게 마련이다. 동우는 공장지역에서 작은 월세방을 얻어 사는 예전 노동자 동료의 집에 은거해 있으면서 학습조를 운영했다. 처음에는 그 무렵의 강도는 낮지만 출판사에서 나온 실무적인 책들을 중심으로 학습을 시키다가 차츰 일어판 책으로 옮겨갔고 나중에는 저쪽 책을 노트에 필기해서 다시 그 내용을 서로 적어놓고 필기하도록 만들었던 것이다. 그는 건이가 검거된 뒤에도 그곳을 떠나지 않고 더 나아가 공장 밀집지역에서 통신문을 돌리기 시작했다. 기능공 출신의 관리자 한사람이 공장에서 학습조원의 통신문을 보게 되고 이어서 술자리에 데려다 슬그머니 캐물었고 그는 자랑스럽게 떠벌렸다. 그가 밀고를 했는지는 확실하지 않지만 기관에서 끈을 길게 풀어두고 근접거리에서 내사를 한 것은 틀림이 없었다.

새벽 세시에 그들은 동우를 덮쳤다. 항쟁이 터지기 훨씬 전인 유신 말기부터 잠수했으니 그맘때쯤엔 지쳐 있었겠지. 그는 쇠파이프를 준비해두고 있어서 처음에는 그걸 휘두르며 저항하다가 틈이 엿보이자 뒤창문으로 뛰어내려 남의 집 담장을 넘어 이전처럼 지붕을 타고 달아났다. 하지만 몇번이나 실패한 경험이 있었던 그들은 겹겹이 둘러싸고 있다가 그가 골목을 벗어나 도로를 향하여 달리자 곧 대기시켜두었던 오토바이로 따라갔다. 오토바이에는 두 사람이 타고 있어서 하나는 앞에서 핸들을 잡았고 다른 자는 뒷자리에서 곤봉을 휘두르며 추격했다. 오토바이가 뛰고 있는 동우의 두어 걸음쯤 앞질러 나가자 뒷자리의 사내가 곤봉을 휘둘러 동우의 뒤통수를 타격했다. 동우는 공처럼 가볍게 튀어오르며 핑글 돌아서 아스팔트 바닥에 큰대자로 나가떨어졌다. 물론 그는 기절했다. 그는 조사실로 끌려가기 전에 우선 병원 응급실로 실려가서 터진 머리를 꿰매고 혼수상태에서 깨어날 때까지 링거 주사기를 꽂고 누워 있었다. 불행 중 다행으로 그들의 잘못으로 검거 당시에 부상을 입었기 때문에 그는 아프다는 핑계로 나흘 동안 묵비권을 행사할 수가 있었다. 그는 나흘이라는 황금 같은 시간을 벌었다. 그사이에 동우는 자신의 머릿속을 정리했다. 우선 그가 저질렀지만 어려운 형편에 있는 노동자들의 이름을 지우고 대신에 외곽에서 건이의 통신문을 받으며 관리되어오던 학출들로 채웠고, 그가 기거했던 곳에 있는 예전 노동자 친구들의 이름만은 몇사람 떠올려서 사실을 최소화했다. 그는 이 그림대로 조금씩 야금야금 뱉어놓으면서 두달 가까이 고문에 맞섰다. 아, 다 말할 수는 없을 것 같다. 성기와 항문이 전기충격에 얼마나 민감한 장소인가는 밖으로 폭발할 것처럼 튀어나오는 자신의 두 눈알밖에 모른다. 동우는 먼바다의 수평선 위로 가물거리는 작은 고깃배까지 내다보던 바닷가 소년이었는데. 그는 아주 두꺼운 안경을 써야 하는 최악의 근시로 변해버렸다.

그는 십이년을 살다가 먼저 나갔다. 말년의 삼년을 그는 정신병동에서 보냈다. 동우는 일반교도소와 정신병동이 있는 남쪽의 어느 교도소를 육개월씩 오가며 말년 징역을 보냈다. 나는 이감해오는 학생들로부터 그의 소식을 간간이 듣고 있었다.

구치소에 있을 때 동우는 공범이라 같은 사동에 놓아두지는 않았지만 맞은편 사동에 있었다. 내 방의 화장실 창문으로 내다보면 앞건물의 공동세면장이 보였다. 그는 운동을 나갈 때나 점심시간 무렵에 또는 재판이며 면회를 다녀오면서 나를 찾곤 했다.

오현우, 현우야, 나와라!

하고 찾으면 나는 화장실 창의 창살 사이로 고개를 내밀고 그에게 손을 흔들었다. 동우는 세면대 위로 올라와 창살 앞에 쭈그리고 앉아서 오랫동안 바깥소식이며 면회 다녀간 사람들의 이야기를 해주었다. 교도관이 가끔씩 끼여들었다.

거기 통방하는 새끼가 누구야?

시끄러, 인마. 너나 떠들지 마라.

잠시 후에는 교도관의 모자 쓴 머리가 세면장 창살 사이에 나타나는 것이었다.

빨리 내려와. 어이, 당신도 들어가라구. 누가 통방하라구 그랬어?

이봐, 나는 지금 볼일 보는 중이라구. 여기선 똥두 맘대루 못 싸나?

우리는 아랑곳하지 않고 밥 많이 먹으라는 마무리까지 하고 헤어지곤 했다. 마지막 언도를 받고 이감되기 전에 그와 나는 이른바 전담반에 요청해서 작별인사를 했다. 우리는 탁자 앞에 나란히 앉아서 보리차를 마시며 눈 내리는 창밖을 바라보았다. 창 너머로 여사의 마당 한구석이 내다보였고 한 여자수인이 회색 수의를 입고 공을 차고 있었다. 차고 있는 공은 그 무렵에 구내에서 팔던 가벼운 배구공이었다. 눈발이 희끗희끗 날리는데 여수는 높고 긴 담벽에다 대고 능숙한 솜씨로 공을 찼고 벽에 맞아 되돌아오는 공을 정확하게 가슴이나 발로 잡아 되차서 보내곤 하였다. 텅 빈 마당에 나와 쉴새없이 공을 벽에 차던지고 있는 여자의 몸짓이 어쩐지 부질없어 보였다. 그네는 시간과 싸우고 있는 것 같았다. 우리는 둘 다 말없이 여자의 공 차는 동작을 오랫동안 바라보았다. 동우와 나는 서로의 형량은 물론 동지들의 근황에 대해서도 잘 알고 있었다. 동우가 말했다.

건이는 먼저 갔다.

만나봤니?

응, 날 찾아왔더라. 우리 사동 앞 복도를 지나가다 이감보따리를 멘 채로 뛰어들어왔어. 교도관도 작별인사라는 걸 아니까 모른 척하더군.

그때만 해도 우리들은 공안수라고 해서 가슴에 세모꼴의 붉은 비닐딱지를 붙였다. 우리가 지나가면 철없는 일반수들이 목청을 합쳐서 '야, 이 빨갱이 도둑놈들아!' 하고 야유를 했다. 빨간 딱지를 붙이지 않아도 교도소로 넘어가면 다른 사람들은 모두 머리를 박박 깎았지만 정치범들은 기르고 있어서 어디서나 표가 났다. 그는 이십년, 나는 무기였다.

　미안하다……

하면서 동우는 고개를 떨구었다.

　뭐가?

　내가 조사를 잘못 받았어.

　그게 뭐가 다르냐. 업어치나 메어치나 나하구 네가 바뀔 따름인데.

　서루 편지두 못할 텐데 바깥사람들 면회 통해서나 연락하자.

　그렇게 헤어지고 삼사년간 그는 잘 살아냈고 일년에 한두 차례씩 가족들의 편지를 통해서 자신의 소식을 알려왔다. 오년쯤 지난 뒤에 나는 운동시간에 남도 쪽에서 이감온 신입 공안수에게서 오랜만에 그의 소식을 들을 수 있었다.

　최동우 선배는 지금 병동에 있습니다.

　아니, 그 친구가 왜 그리루 갔지?

　저 있던 데가 결핵병동하구 정신병동이 있는 교도소거든요. 작년에 이감 오셨어요.

　증세가 심한가?

　대개 그렇잖아요. 심해져야 일반교도소에서 그런 데루 옮기죠. 아무도 못 알아본대요.

　나는 이감 가기 전에 살던 데가 생각나서 그의 상태를 쉽게 알아차릴 수가 있었다. 내가 있던 공안수 특사는 이층이었고 아래층이 병사였다. 긴 복도의 절반을 잘라 칸막이를 해놓고 입구에서 절반은 가벼운 환자들을, 쇠창살로 막아놓은 안쪽에는 정신질환자들을 수용하고 있었다. 바로 내 방 아래가 정신질환자들의 방이라서 나는 그들의 기척을 잘 알고 있었다. 복도의 창살에서 가까운 곳은 비교적 가벼운 환자들이 있었으며 제일 안쪽에 거칠거나 난폭한 자들을 수용하고 있었다. 내 방 아래쪽도 무기수였다. 그는 처음에 삼청교육대에서 감시병에게 반항하다 그들에게 부상을 입히고 거의 죽지 않을 만큼 맞고는 일반교도소로 이감을 왔다고 했다. 교도소로 와서는 공장에 작업 나가서 정신착란 증세를 일으켰고 무의식중에 동료를 망치로 때려죽였다. 그는 정신착란중에도 끊임없이 자신의 무죄와 자기를 해치려는 적들에 대하여 항변하고 연설을 했다. 환각 속에서 누군가 찾아오는지 토론을 벌이다가는 저녁마다 정견발표를 하곤 했다. 한밤중에 그가 질러대는 비명소리는 처절했다. 사동의 아래위층 사방에서 제발 잠 좀 자자고 마주 질러대는 다른 수인들의 고함과 교도관들의 호령소리로 새벽의 전 옥사가 떠들썩해지곤 하였다. 나는 아래층 그들의 화장실 창과 오물탱크가 있는 비좁은 남향받이 앞마당에 나의 밭과 침구건조대를 허락받고 있어서 가끔씩 그들의 얼굴과 마주칠 때가 있었다. 내가 상추밭에 물을 주고 있는데 갑자기 등뒤에서 느닷없는 고함소리가 들려왔다. 국민 여러분, 안녕하십니까? 하며 시작되는 그의 정견발표였다. 저를 국회의원으로 뽑아달라고 하는 것이 마지막 인사였는데 그러고 나서 어디서 들었는지 대통령의 이름을 부르며 그를 타도하자고 하는 것이었다. 처음에는 길길이 뛰며 그의 외침을 막던 교도관들도 으레 그러려니 하며 그냥 내버려두었다. 그런 정도가 평온할 때이고 신경이 날카로워지면 한동안 조용해졌다가 오물을 식기에 담아서 시찰을 도는 과장이나 계장에게 느닷없이 뿌려주기도 했다. 나는 가끔 앞뜰에서 화장실 창으로 내다보는 그의 얼굴과 마주치곤 했다. 그는 먼곳을 응시하는지 내가 보이지 않는 듯한 표정이었다.

그는 오랫동안 움직이지도 않고 창가에 서 있었다. 끼니때마다 밥을 넣어주면 먹는 날도 있지만 그냥 방바닥에 버리고 사방에 오물을 발라놓는 날이 많아서 사흘에 한번씩 씻기고 청소하고 빨래해주고 하는 소지아이들이 진저리를 쳤다. 그는 육개월이면 어김없이 정신병교도소로 갔다가 조금은 얌전해져서 되돌아오곤 하였다. 그는 한 삼년쯤 그렇게 오락가락하다가 다시는 되돌아오지 않았다. 내가 언젠가 그의 얘기를 꺼냈더니 교도관이 픽 웃으며 중얼거렸다.

아마 나갔을 거요.

어떻게…… 무기라는데.

그러니까, 죽어서 나갔겠지.

껑다리라는 다른 아이 생각이 난다. 그애는 이십대 초반이었는데 내 이름도 나의 죄명도 정확하게 알고 있었고 내게 책을 빌려달라고까지 했을 정도로 멀쩡했다. 그 녀석 이름이 뭐였더라. 농구선수처럼 깡마르고 키가 커서 소내 체육대회가 열렸을 때엔 누구나 저 녀석이 정신만 바르다면 최우수선수가 될 거라고 아까워했다. 다만 소장이나 감사반이나 하여튼 높은 사람들이 시찰을 나오면 소동을 벌였다. 그들이 줄줄이 서서 들여다보면 그는 침을 뱉거나 쌍욕을 하는 것이었다.

야이 씨발놈들아, 내가 무슨 짐승이냐? 왜 들여다봐?

그래서 그 양반들이 얼른 자리를 뜨고 복도를 지나가면 또 욕이었다.

야이 씨발놈들아, 모자에 똥테 두르고 폼 잡고 다니면 다야? 재소자 등치는 이 개새끼들아!

문을 발로 차고 길길이 뛰는 그를 진정시키려고 교도관 서너 명이 들어가 사지를 붙들어 가죽띠와 포승줄로 묶고 입에 방성구를 채우고 기진맥진해서 나오면 이번에는 문짝을 발로 차대던 것이다.

껑다리는 역시 육개월마다 병동이 있는 교도소를 내왕하더니 차츰 말수가 적어졌다. 그의 쾌활함은 침묵으로 바뀌고 몸은 깡말라버렸다. 눈에 가득 찼던 젊음의 활기도 사라졌다. 인상은 이미 중년남자였다. 나는 운동시간에 모포를 널러 나온 그들 일행을 보면서 운동담당에게 물었다.

저 껑다리란 친구 많이 변했는데. 아주 기가 팍 죽었어요.

의젓해졌지요? 지가 별수 있나. 변해야 나가서 살아남지.

아니, 팍 조진 거 같은데……

많이 나왔다구 하던데. 이젠 헛소리를 안하잖아요?

나는 그렇지 않다고 생각했다. 그는 돌아오지 못할 딴세상으로 가버렸다고 여겼다. 두어 해 동안에 그는 세번쯤 왕복하고 나서 완전히 돌덩이처럼 되어버렸다. 그는 나를 아예 기억조차 하지 못했다. 어쨌든 그는 육년의 형기를 채우고 사라졌다. 어느 누구든 경계선을 넘으면 안되었다. 밖에서나 안에서나. 징역에는 누구에게나 고비가 있게 마련이었다. 처음에 형을 받고 출발할 때. 그리고 교도소에서 독방에 갇혀 삼년에서 사년을 넘길 무렵. 구년에서 십년에 접어들 때. 마누라가 떠날 때. 가족들, 그중에서도 어머니가 세상을 떠난 후. 아이가 아플 때. 증오하던 담당이 다시 배치되었을 때. 억울하게 징벌을 먹었을 때. 뒷수정 차고 족쇄 묶여 창도 없는 캄캄한 먹방에서 엎드려 입으로 개밥을 먹을 때. 그때에 그는 삶의 이쪽 경계를 넘어간다. 도저히 못 견딘 혼이 몸 주변의 공간을 떠나 혼자만의 새로운 세상을 만든다.

동우는 초반의 징역 사년을 잘 견디고 오년째에 가서 스스로를 떠났다. 그는 누구나 그렇듯이 반년마다 병사로 갔다가 되돌아오며 점점 자신에게서 멀어졌다. 그가 나갔다는 말을 들었고 그의 형과 어머니가 아예 시골집을 사서 데리고 내려갔다는 소식도 들었다. 광주의 철영이는 그래도 항쟁 당시에 머물러 있어서 상황이나 동료들의 이름까지 기억하고 있었으나 동우는 아무것도 기억할 수가 없었다. 나는 이제 그의 늙은 얼굴이나마 찾아가 만나볼 작정이다.

갈뫼에서의 평화는 이미 그 무렵에 깨어졌다. 장마가 끝나고 나서 대숲의 모기가 살이 찌고 녹음이 짙푸르고 권태롭게 번성했을 때 윤희는 방학이 되어 출근하지 않아도 되었다. 우리는 되도록 외출하지 않고 방에 틀어박혀서 지냈다. 남의 눈에 띄는 것이 불리하기 때문이었다. 칠월이 다 갈 때까지 윤희와 나는 그래도 마쳐야 할 일이 있었다. 방학을 하던 날 그네는 부엌 봉당 앞에 쭈그리고 앉아 새 캔버스를 짜고 있었다. 나는 방에서 공허한 몸짓으로 서성거리다가 누웠다가 앉았다가 책을 읽는 척하다가 윤희에게 물었다.

아침부터 뭘 하려고 뚝딱거리는 거야?

내 틀을 짜고 있어요.

그네는 캔버스라고 하지 않고 틀이라고 말했다.

뭘 한다구?

그림을 그릴 거예요.

나는 보통 때처럼 꼬치꼬치 묻지 않고 그네를 내버려두었다. 윤희도 아무런 설명 없이 캔버스에 천을 입혀서 찬찬히 못을 박았다. 그네는 천이 팽팽히 당겨졌는가를 살피고 나서 나에게 눈길을 돌렸다.

날 좀 도와줄 수 있어요?

나는 그네가 무슨 무거운 물건을 들거나 그 캔버스를 어디 높은 데라도 올려놓아달라는 뜻으로 알고 얼른 일어나 부엌 봉당으로 내려갔다. 윤희는 작은 의자를 집어들더니 내 앞에 놓았다.

거기 앉아요.

나는 영문도 모르고 나무의자에 엉거주춤 앉았고 윤희가 내게로 다가섰다. 그러고는 아무 말도 없이 내 자세를 조금 더 창문 쪽으로 엇비스듬하게 돌려앉히고 얼굴을 자기 쪽으로 향하도록 머리를 잡아 비틀었다.

뭘 하는 거야?

쑥스러워진 내가 물었을 때 그네는 차분한 어조로 말했다.

당신을 그릴 거예요. 오래도록 저 액자 안에 남아 있도록……

나는 씩 웃었다.

새삼스럽게……

윤희는 그 순간 너그럽지 않은 시선을 하고서 나를 노려보았다.

새삼스럽다뇨.

중얼거리고 나서 그네가 팔레트에다 튜브에 든 물감을 듬뿍듬뿍 짜내놓기 시작했다.

현우씬 이미 여길 떠났잖아요. 나는 화폭 안에 처음의 당신을 남겨놓을 작정이어요.

나는 그네가 가볍게 농담을 하고 있는 것 같지는 않았으므로 입을 다물었다. 윤희도 더이상 말을 하지 않았다. 그네는 붓을 들고 나의 윤곽을 그리고 있는지 명암을 살피려고 눈을 가늘게 뜨기도 하고 연신 나와 화폭을 번갈아 바라보며 붓질을 계속했다. 그네는 붓질을 하면서 말을 꺼냈다.

오래 끌진 않을 거예요. 방학이 다 가기 전까지는 당신 아무데도 못가요.

그 말은 그림에 대해서 말하고 있는지 아니면 나와의 생활에 대하여 말하는지 잘 분간이 되질 않았다. 나는 좀 부아가 난 채로 심술궂게 되받았다.

여름이 끝나기 전에 난 여길 떠날 거야. 나는 누구에게도 피해를 주고 싶지 않아.

윤희는 붓질을 멈추었다.

이제 겨우 현우씨 그림자를 포착했어요. 나는 아직 눈 감고 당신의 잔영을 그릴 정도는 아니어요. 그러니까 여름이 끝나기 전까지는 당신의 그림을 완성할 수 없을지두 몰라요.

움직이면 안되나?

기본자세만 흐트러지지 않는다면 괜찮아요. 하지만 생각은 같은 흐름으로 가야 할걸.

무슨 생각?

그네는 붓질을 멈추고 오히려 붓을 세워들고서 눈을 가늘게 뜨고는 나와의 원근감을 눈으로 관측했다. 나는 좀 졸린 듯한 기분으로 무력하게 그네의 붓끝에 얹힌 날카로운 눈길을 응시했다.

지금 이 자리만 생각해야 돼요.

윤희가 붓질을 하면서 중얼거렸다. 전에 그네는 몇번 목탄이나 콩테로 화첩에다 나의 초상을 소묘했던 적이 있었다. 그러고 나서 윤희는 마음에 들지 않는다고 말했다. 물론 그림쟁이라면 우선 닮거나 최소한 비슷하게 그리는 게 기본실력을 보여주는 짓이 될 터였다. 어떤 것은 내가 보기에도 사진이나 거울에서 보아오던 내 특징들이 잘 살아나 있었지만 대부분은 나하고는 어딘가 다른 데가 있었다. 나는 먼저 나와 닮았다고 생각되는 그림을 손가락으로 짚어가며 마음에 든다고 말해주었는데 윤희는 나와는 반대로 바로 그것들이 마음에 들지 않는다고 했다.

사람의 얼굴은 그냥 주전자나 물컵이나 사과 같은 정물이 아니거든요. 사람의 얼굴은 표정이에요. 마음이 투영되고 있는 그릇이지요. 그림을 그리는 자는 그걸 보아야 해요. 더구나 우리는 늘 함께 있잖아요.

윤희는 지금 물감을 찍어 기초 스케치를 빈 캔버스 위에 해나가면서 다시 중얼거렸다.

모르죠. 당신이 떠난 뒤에나 완성될지……

나는 잠깐 저 아늑하고 아무 일도 일어나지 않았던, 그렇지만 너무도 또렷한 많은 자잘한 일상이 계속되었던 지난 몇달 동안을 떠올렸다. 봄이 오는 느낌에서 그것이 깊어지고 풍요롭게 변해가던 것이며 비와 바람과 천둥과 그리고 새소리, 물소리 등이며 우리가 함께 찾아냈던 빨래와 낚시터며 물웅덩이와 고기떼들과 물풀냄새를 생각했다.

꼭 가버리라고 등을 떼미는 것 같군.

윤희는 손을 놀리면서 무심한 듯한 투로 말했다.

나 신문 봤어요.

갈뫼에서 이런 살림을 처음 시작했을 때 우리는 외부세계를 안으로 끌어들일 필요가 없다는 것에 합의를 보았다. 나는 가끔씩 라디오의 뉴스를 듣고 있었지만 배달하는 이가 규칙적으로 집을 방문하는 것이 무엇보다도 마음에 걸렸기 때문에 신문은 구독하지 않기로 했던 것이다. 처음에는 어딘가 조금 답답했지만 나중에는 오히려 라디오 뉴스를 듣는 일도 번거롭고 부담스런 노릇이 되어서 그마저 듣지 않으니 차츰 편해졌다.

학교에서 우연히 봤는데……

하는 수 없이 나도 말했다.

나두 봤어. 읍내 중국집에 짜장면 먹으러 갔다가.

그럴 줄 알았어요. 그럼 왜 나한테 말 안했어요?

그대가 걱정하실까봐.

나는 일부러 쾌활하게 아무 일도 아니라는 시늉으로 말했다. 윤희는 붓을 놓더니 이젤 앞에서 일어났다. 그러고는 갑자기 달려들어 내 머리를 두 손아귀에 쥐고는 가슴 안에 끌어안았다. 그네의 몸에서는 솔향내 같은 테르펜 냄새가 강하게 느껴졌다.

그래서 여름이 끝나기 전에 여길 떠날 거라구 했어요? 응? 말해봐.

나는 윤희의 가슴에 머리를 파묻은 채 가만히 기다렸다. 윤희의 입술이 내 머리카락 사이를 헤치고 정수리에서 관자놀이를 지나 뺨으로 내려왔다.

　나는 신문을 보면서 이번에 현우씨와 헤어지면 아주 오래 못 볼 것 같은 예감이 들었어요. 어째서 여름이야. 눈 오는 겨울을 지나고 새 봄이 오면 그때 가서 다시 생각해봐요. 나 직장두 그만두구 더 깊은 산골을 찾아갈 수도 있어요.

　다 잡혀갔는데 내가 얼마나 버틸 수 있겠어? 내가 나타나야 다른 사람들도 편해질 거야.

　당신이 들어가구 나면 나두 가만있지는 않을 거야.

　가만있지 않으면……

　어디선가 숨어서 일하는 이들을 찾아낼 거야. 그래서 군사독재하구 싸워야 하겠죠.

　벌써 그렇게 하구 있잖아.

　아니…… 좀더 기다려봐요. 정치적 상황이 바뀔지두 몰라.

　윤희는 나의 초상을 그리기 시작한 그날부터 말수가 적어졌다. 그리고 가끔 읍내에 나가면 풋사과를 사다달라고 했는데 이제 와 생각해보면 그네는 그 무렵에 이미 은결이를 가졌을 것이다. 바보같이, 나는 아무것도 모르고 그네가 신경이 예민해진 것은 내게 닥친 위험과 곁에 잡아두고 싶은 심리 사이의 갈등 때문이라고만 편리하게 생각했다. 아, 이 여자는 나를 지금 꼭 붙잡아두고 싶구나. 전에 윤희는 그렇기는커녕 그림쟁이답게 독립적이고 자아가 강해서 절대로 속의 감정을 함부로 드러내지 않았다. 그런데 이제 돌이켜보면 그때 윤희는 아이를 갖고 있었다. 그네가 새봄까지를 간절히 바랐던 것은 은결이가 세상에 나올 때까지를 의미하는 것이었다.

　나는 지금 다시 그네가 갈뫼에 남긴 내 젊은날의 초상을 본다. 처음에는 나 혼자였던 화폭 안에 오랜 세월이 지난 뒤 윤희가 스스로를 그려넣은 얼굴이 뒷전에서 청춘의 나를 바라보고 있는 것 같았다. 눈에는 짙게 그늘이 드리워져 있고 뺨이 패어 여윈 얼굴은 당시의 고뇌를 드러내고 있었다. 내 등뒤에는 말라붙은 피와 같은 암홍색 배경이 칙칙하게 드리워져 있는데 그것은 아마도 나를 둘러싼 세계였을 것이다. 그 어두운 붉은색 위로 코발트의 투명한 붓자국이 세로로 그어지고 있는데 음울하고 지쳐 있는 듯한 내 표정이 그나마 젊다는 느낌을 주는 건 아마도 그 투명한 푸른 붓자국 때문이리라. 초상을 그리던 칠월 중순에서 팔월 초까지 우리에게는 그전 몇달 동안의 나른한 아늑함과는 정반대로 긴장된 침묵의 시간이 많았지만 그네와 나는 은연중에 우리 사이가 매우 깊어졌음을 알았다. 우리는 말없이 서로를 바라보았다. 그제야 나는 윤희의 저 묘한 미소를 발견했다. 아주 웃는 표정은 아니고 희미하게 머금기만 했는데 어찌 보면 뭔가 말하려는 것처럼 보이기도 했다. 그래, 이제 생각해보면 그네는 혼자서 나를 바라본 게 아니었어. 아가와 함께 나를 건너다보고 있었다. 그림에 있던 오른쪽 방문의 격자창은 사라지고 조금 뒤편에 윤희가 떠올라 있다. 몸이 아프기 전이라니까 그네는 한 삼사년 전에 이 자화상을 새로 그려넣었을 것이다. 내가 젊어지고 있던 배경과는 달리 좀더 밝은 비둘기색 같은 회색이 두껍게 칠해져 있고 붓의 터치는 훨씬 거칠고 원숙해진 느낌이었다. 강조된 광대뼈와 눈밑의 가녀린 주름살과 희끗한 머리카락이며 여러 색깔이 중첩된 뺨은 윤희의 사그라진 젊음과 고독을 드러냈고 눈빛은 잔잔하게 가라앉아 있었다. 그리고 그네는 묘하게 푸근한 미소를 머금고 있었다. 다른 색깔과 분위기로 묘사된 서른두살의 젊은이와 사십대의 여인이 앞서거니 뒤서거니 하면서 이쪽 현실계를 내다보고 있는 것 같았다. 그네는 바로 내 등뒤에서 가까운 곳이 아니라 나의 어깨 너머 먼곳을 응시하고 있었다. 당시에 내가 애타는 마음으로 불안하게 바라보았던 곳과 훨씬 뒤에 그네가 자기 시대

254

의 눈으로 나의 등뒤에서 넘겨다본 곳은 세계의 어느 방향으로 가는 길이었을까.

화단에 과꽃이며 코스모스가 피어나기 시작했다. 윤희의 학교는 개학을 앞두었고 살아남아 치욕스런 재판을 받았던 광주의 벗들은 서른여섯번째의 광복절을 맞아서 특별사면과 형집행정지와 가석방 등으로 풀려났다. 어쨌든 살아남은 사실은 감격스런 일이었지만 그뒤로 십여년을 그들은 목숨값을 빚지고 말았다는 자책감에 시달려야 했다. 그 무렵에 윤희는 나의 초상을 거의 마무리했다. 그것은 내가 있었던 시대가 남긴 젊은날의 마지막 얼굴이 되었다.

계절이 바뀌기 직전에는 언제나 바람이 불고 비가 왔다. 초여름부터 시작되는 장마란 끈끈하고 후덥지근하게 데워진 습기가 대기를 채우지만, 가을의 문턱에서 비 오는 날이면 보다 을씨년스러운 한기가 썰렁하게 하늘을 채운다. 그리고 아직 마르지 않은 나뭇잎들도 거세게 흔들리는 가지를 떠나 쫓기듯이 흩날려 떨어진다. 봄 우레는 먼데서 다가오고 여름 천둥은 급하고 가까우며 가을이 오면 우렛소리조차도 가까운 하늘 속에서부터 차츰 먼곳으로 잦아들듯이 사라진다.

어쩐지 몸이 신통칠 않았지요. 자꾸만 현기증이 나고 계단을 오르면서도 몇번이나 쉬고 교실에서 수업을 하다가 운동장을 가로지르려고 건물의 그늘에서 햇볕 아래로 나오면 하늘이 노랗다가 캄캄해지곤했어요. 나는 개학하고 한 열흘쯤 지나서 휴직을 하기로 결정을 했잖아요. 그건 건강두 그랬지만 무엇보다도 당신이 이제 떠날 거란 사실을 분명히 알고 있었기 때문이었어요. 나는 휴직원을 내고 집에 오던날 읍내에서 제법 토실한 토종닭 한마리를 샀지요. 벼슬이 귀엽게 작은 꽃처럼 솟아나고 붉은 기가 도는 선명한 황토색 털에 꽁무니는 환한 갈색인 통통하고 귀엽게 생긴 암탉이었어요. 시장에 있는 푸줏간에 가서 닭장 안을 들여다보고 고른 닭이었죠. 내가 손가락으로 가리키자마자 고무 앞치마를 두른 주인여자는 투박한 무쇠식칼을 집어들고 슬쩍 돌아서서 우물딱주물딱하더니 달랑 두 날개와 다리를 무슨 분재 나무뿌리처럼 내민 옷벗은 고깃덩이를 내밀었어요. 어머니가 하던 대로 찹쌀 한봉지, 통마늘, 마른 대추 등속을 사고 수삼 몇뿌리를 샀어요. 나는 사실 닭고기라면 냄새만 맡아도 토할 것 같았지만 우리 지난 여름 동안 식단이 얼마나 부실했어요? 밭에서 기른 푸성귀로 여름을 났잖아요. 아 참, 그러구 보니까 당신이 잡아온 참붕어 조림은 맛있었어요. 당신이 일러준 대로 갖은양념에 고추장과 엿물을 넣고 묵은 간장으로 간간하게 맞추어서 약한 불로 오랫동안 조렸더니 뼈까지 흐물흐물해졌지요. 내가 퇴근해오면서 장을 보아오면 당신은 어린 애처럼 달려들어 비닐봉지를 헤쳐보며 뭘 사왔는지 확인해요. 내가 어쩌다 콩고물 녹두고물을 입힌 찰떡이나 참기름 바른 쑥절편을 사오면 당신은 콧노래를 흥얼거리며 먹었어요.

우리 삼계탕 해먹자.

내가 그랬더니 당신은 수염이 듬성듬성한 얼굴을 부엌으로 내밀며 엉뚱한 소리를 했지요.

오늘 무슨 복날인가?

다 늦게 복날은 또 뭐야. 내일은 육개장 해먹어요.

갑자기 왜 그래. 요즘 선생들 월급 올랐나?

아니, 여름 내내 복날두 못 챙겼으니까 한꺼번에 사흘에 몰아서 치를라구 그래.

나는 닭의 비워진 배에다 삼이며 찹쌀이며를 채우고 흰 실로 꼼꼼하게 꿰맸어요. 그런데 솥에서 끓기 시작하자 갑자기 헛구역질이 나더니 도저히 참을 수가 없는 거 있죠. 나는 당신이 눈치 못 채게 입을 꼭 다물고 손으로 입술을 움켜쥐고 뒤꼍으로 돌아나갔어요. 땅을 향해 쭈그리고 앉기도 전에 와악 하면서 토했어요. 별로 나올 것두 없이 물기만 조금 뱉어냈는데 계속 메슥거리는 거예요. 나는 속으로 걱정도 되고 병원에 가봐야겠다고 생각했어요. 그러려면 당신이 눈치채지 못하게 조심해야 했어요. 우리가 갈뫼에서의 삶을 연장할 수만 있었다면, 그리고 당신이 혼자만 아늑하게 숨어 있다는 자책 때문에 괴로워하지 않았다면 나는 말했을 거예요. 나는 당신을 보내고 우리 둘만의 일을 치러내야 했지요. 정희에게 연락을 할까도 생각했지만 우선 당신이 편한 마음으로 그 과정을 치러내는 게 무엇보다도 나에게는 중요했답니다. 나는 무기를 들고 싸웠던 이들도 운좋게 살아남아 그해 광복절에 사면되는 걸 보고 용기를 내기로 했던 거예요. 당신이 끝도 없는 캄캄한 함정에 빠져버릴 줄도 모르고. 그러나 그들은 이제 막 출범한 정권의 선심과 맞바꾼 인질이었고 당신과 당신의 벗들은 또다른 억압적인 현실을 합리화할 수 있는 희생물이었던 셈이에요.

현우씨, 나 학교 쉬기루 했다?

그랬더니 당신은 별로 걱정두 안하는 거 같더라구요.

어, 그거 잘됐네. 쉬는 동안 공모전 준비라두 하지 그래. 그림이나 열심히 그리면 되잖아.

나는 조심조심하면서 그후 며칠 동안의 내 감정을 조절했어요. 그러고 있는데 가을을 알리는 태풍이 몰아쳐왔지요. 나는 오렌지색의 과꽃이 피어나자마자 찬비에 떠는 게 보기 싫어서 차라리 한아름 꺾어다가 고추장단지로 쓰던 통통한 항아리에 갖다 꽂았어요. 우리는 툇마루에 서서 비바람에 나부껴 흩날려가는 나뭇잎들을 내다보았지요. 그리고 덧걸이 헛간에서 찢어진 종이상자를 깔고 앉아 아궁이에 불을 때던 생각이 나요. 당신이 먼저 잔솔가지들을 넣고 불을 살랐어요. 여린 불꽃이 바작거리며 가지에서 가지를 타고 날름날름 위로 타올라가더니 불길이 한꺼번에 커지겠지요. 위에다 마른 장작들을 얹고 가끔씩 송진이며 남아 있던 나무의 진액이 지글거리며 불속에서 들끓는 걸 보기도 하고 탁탁거리면서 나무껍질이 튀어서 고무신 신은 내 맨발등에 떨어지기도 했죠. 앗 뜨거! 하고 움츠리면 당신은 손가락을 입에 넣었다가 내 발등에 문질러주었어요.

덴 데는 침이 젤이야.

에이, 더러워.

아궁이에 불길이 가득 차고 그 불빛이 우리 얼굴에 어른어른 비치고 주위는 차츰 어두컴컴해지는데 나는 아늑하고 나른해져서 당신의 등뒤에 머리를 기대지요. 등판을 통해서 허파를 채웠다가 빠져나가는 숨소리며 심장이 뛰는 소리가 들려와요. 나는 당신 등뒤에서 어른대는 불빛에 길게 자란 머리카락이 사방으로 뻗친 걸 보고는 어쩐지 쓸쓸해졌어요. 나는 당신의 뒤꼭지에 그야말로 제비 꼬랑지처럼 비져나온 머리카락을 쥐어 흔들었어요.

머리 자란 것 좀 봐. 이발해야겠네.

어어, 아프다니까.

그 비가 밤새껏 오던 날, 내가 당신의 머리를 잘라주던 생각이 나셔요? 당신의 웃통을 벗기고 무릎 앞이랑 궁둥이 밑에다 신문지 깔아놓고 보자기를 어깨에 둘러주고 갑갑할 테니까 손에 거울을 들려줬지요. 나 예전에 친구들하구 서로 커트를 해주던 솜씨가 있어서 별로 걱정하지 않았어요. 당신이 쓰던 양면 면도날 하나만 엄지와 검지 사이에 쥐면 되었으니까. 한손을 빗처럼 벌려 당신의 머리카락을 물듯이 잡고선 면도날로 살살 그어내려가면 가지런하게 잘렸죠. 그런데 가위로 자르면 단면이 싹둑 잘리니까 그렇지 않은데 면도날로 잘라서 그런지 머리카락 끝이 불빛에 반사되는 거예요. 머리를 움직일 때마다 반짝거리는 거예요.

음, 솜씨가 괜찮은데.

하면서 거울을 들고 머리를 이리저리 둘러보던 당신이 말했어요.

그런데 이건 뭐야. 반짝반짝하는 게……

면도날로 자르면 그래요. 보기 좋잖아. 머리에 별이 내려앉은 거 같애.

나는 당신의 등뒤에 무릎을 굽히고 반쯤 주저앉은 자세였고 당신은 내 앞에서 거울을 들고 좀더 낮은 자세로 앉아 있어서 거울 속에는 우리의 얼굴이 위아래로 떠올라 있었어요. 당신은 잠깐 말없이 거울을 들여다보았어요. 어쩌면, 그건 내가 먼 훗날에 완성하게 될 우리 두 사람의 초상과도 같은 구도였지만. 당신이 본 것은 무엇이었을까. 누구나 머리가 단정하게 깔끔해지면 그건 변화를 의미해요. 일상도 그렇고 무엇보다도 복장이 바뀌게 되거든요. 당신은 슬그머니 거울을 내리고 이번에는 등뒤에 사실적으로 서 있던 나를 돌아다보았어요.

나 곧 떠날게……

가슴이 철렁했지요. 내가 먼저 이야기할 줄 알았는데. 우리 둘을 여기에 남겨두고 얼른 다녀오라고 그렇게 말하고 싶었지요.

언제요?

모레나 글피쯤?

나는 신문지 위에 흐트러진 당신의 머리카락들을 손가락을 갈퀴처럼 펴서 그러모았어요. 앞과 뒤에 흩어진 머리카락을 모으니까 보기보다는 한줌도 채 못되었지요. 내가 그걸 움켜쥐고 어떻게 했는지 알아요? 글쎄 아무 생각두 없이 밖으로 나가 아궁이의 양철판을 들치고 벌겋게 숯이 되어 남은 불속에 조금씩 집어던졌어요. 작은 불길이 확 오르면서 지지직 하고는 동물성이 타는 냄새가 났어요. 나는 마지막 남은 몇 오라기까지 손바닥을 탈탈 털어서 넣었지요. 뒤에 어느 책에서 보니까 사지로 떠나는 병사들이 머리카락과 손톱 발톱을 깎아서 깨끗한 종이에 싸서는 어머니나 사랑하는 이에게 남긴다고 하던데 나는 정반대로 한 거 있죠. 이미 죽은 이와 작별을 할 적에 그렇게 태운다지 뭐예요.

이튿날 저녁에 서쪽 하늘을 보니까 불길한 진회색이었어요. 노을 한 줄기 보이지 않고 저 아래 먼 하늘 구석까지 시커메요. 오히려 우리 갈뫼마을 부근의 하늘에는 붉은 노을이 빛바랜 옷감처럼 펼쳐졌는데요.

비 오겠다. 서편 하늘에 노을이 없으면 비가 온다구 늙은 농부들이 말했어.

당신이 툇마루에 서서 하늘을 바라보며 말했구요.

어쩐지 고추잠자리들이 기어서 날아다니더라.

하면서 나도 빨래를 걷었지요. 우리가 저녁상을 차려서 마주앉을 무렵에 아직도 저녁빛이 완전히 저물지는 않았는데 갑자기 어두워지는 거예요. 내가 일어나서 방의 불을 켜야 했어요. 서늘한 바람이 밀물이라도 몰려오듯이 일시에 쏴아 하며 불어오기 시작하더니 마당이며 지붕에 후두둑 후두둑 떨어지기 시작했어요. 그건 여름 소나기처럼 뇌성벽력을 치며 성급하게 몰아치는 비가 아니라 차츰 빗방울이 많아지면서 줄기차게 주룩주룩 내리는 초가을비가 틀림없었어요. 그날 밤부터 바람이 거칠어지기 시작했어요.

아마도 바닷가에서는 배가 모두 방파제에 묶여 있고 태풍주의보라도 내렸겠지요. 갈매기도 한마리 날지 않고 하얀 이빨을 드러낸 검은 파도가 끊임없이 몰려오다가 암벽에 부딪쳐 높은 물보라를 올리며 부서져나갈 거예요. 불빛 한점 보이지 않는 어둠속에서 당신과 나는 저 거친 풍랑 가운데 초라하고 볼품없는 뗏목에 몸을 묶고 떨고 있어요.

창밖에서 대숲이 거세게 바람에 휘몰리는 소리는 얼마나 을씨년스러운지. 나는 당신의 팔을 베고 돌아누운 채 폭풍이 점점 더 가까이 다가오는 소리를 불안하게 듣고 있었습니다.

물결이 벽처럼 솟아올라 우리 주위를 둘러싸고 한꺼번에 덮칠 거예요. 그때에 나는 저 먼곳에서 큰 배인지 사람의 따뜻한 마을인지 알 수 없는 불빛 몇점을 발견하고 당신과 함께 맸던 밧줄을 자릅니다. 용감한 당신이 먼저 그곳으로 헤엄쳐가도록.

다시 그 이튿날도 하루 종일 비바람이 거세게 불었지요. 나는 당신의 속옷들이랑 양말과 셔츠와 재킷이며 면바지 등속을 펴서 접거나 다려서 당신의 가방 안에 잘 정돈해서 담았어요. 원래는 점심 먹고 나서 오후에 떠난다고 했는데 내가 입을 열어 말하지는 않았어도 왜 그랬는지 우리는 둘 다 밖으로 나서지를 못했죠. 아마 그때까지도 비가 와서였을까.

저녁 드시구 가요.

바람은 많이 그쳤지만 비는 참 줄기차게 내리고 있었는데 부옇게 저녁 박명이 오랫동안 지속되던 다른 날과는 달리 성큼성큼 어두워졌지요. 내가 당신을 하루라도 더 붙잡아놓으려고 그런 건 아니었어요. 그건 당신도 잘 알잖아요? 밭에서 캐어둔 햇감자와 여름내 무성했던 넝쿨에서 따온 호박에다 밭에서 따온 풋고추 썰어넣고 된장찌개를 끓이고, 우리가 좋아했던 간고등어를 무와 고춧가루로 얼큰하고 맵짜게 조림을 하고, 아랫집에서 얻어온 된장에 박은 깻잎과 내가 담근 열무김치를 내놓았지요. 짭짤한 고등어조림과 열무김치와 물에 만 밥은 당신 말대로 참 궁합이 잘 맞지요. 나는 엄마의 버릇대로 고등어의 안쪽이 보이도록 놓는데도 당신은 언제나 등쪽의 껍질과 검은 살이 보이는 게 더 먹음직스럽다고 뒤집어놓곤 했잖아요.

우리는 아무렇지도 않게 오순도순 저녁을 먹었고 갑자기 정전이 되어 양초를 두 개나 켰는데도 어둠이 금방 눈에 익질 않았어요. 그러나 초를 켜니까 처음에 여기 왔을 때 어딘가 멀고먼 두메산골로 들어온 느낌이 들었던 것처럼 아늑해졌어요. 잠시 후에는 당신을 보내고 빈

방에 누워서 촛불이 다 사그라지도록 새울 터인데도 말입니다.

그게 어디 있어요?

당신이 갑자기 낯선 사람같이 존댓말로 내게 물었어요. 물론 나는 당신이 일부러 거리를 두려고 그러는 게 아니라 작별 전에 슬퍼질 나를 존중해주려는 태도임을 모르진 않았습니다.

책갈피에서 보았는데……

뭘 찾아요?

그 증명사진.

싫어요, 이상하게 나왔어요.

당신은 앉은뱅이책상 위에서 손가락으로 책들을 더듬어보다가 네루다인가 하이네인가 어느 시집 갈피에서 내 반명함판 사진을 찾아내고야 말았죠.

아, 찾았다!

나는 굳이 빼앗으려 하지 않고 순순히 당신에게 내주었습니다. 당신은 사진을 지갑 속에 챙겨넣자마자 갑자기 생각났다는 듯이 일어났습니다. 그리고 방문 앞에 내가 챙겨두었던 당신의 가방을 집어들었어요. 나는 무력하게 뒤를 따라나서려다가 봉당 겸 내 작업실로 내려가 손전등을 찾아냈어요. 그리구 우리가 함께 쓰고 갈 우산을 챙겨내고요. 방으로 다시 올라와 촛불을 불어 끄니까 어둠이 한꺼번에 우리 주위를 뒤덮었어요. 당신은 우산을 받쳐든 채 묵묵히 걷고 나는 당신의 우산 든 팔뚝에 매달린 듯 걸으며 손전등을 당신의 앞으로 비춰주었지요.

빗줄기가 내 고무신 신은 맨발 위에 차갑게 떨어졌고 낯익은 당신의 구두에 떨어지는 게 또렷하게 보이는 거예요. 과수원의 사과나무들은 무슨 난쟁이 괴물들처럼 사방으로 팔다리를 떨면서 서 있었구요. 갈뫼의 들머리가 시작되는 다릿목에서 당신이 자유로운 다른 편

팔로 내 머리를 감싸안더니 길게 입을 맞추었어요. 우리는 둘 다 입술이 차가웠습니다.

오래 걸리진 않을 거요. 곧 돌아올게.

기가 막혀서, 곧 돌아온다니. 그래도 그때에는 내년 내후년이 금방이라도 손에 잡힐 것처럼 가까이 다가와 있는 것 같았어요. 마지막 버스의 앞등 불빛이 꾸물대며 개천 옆의 신작로를 따라서 다가오는 게 보이더군요. 나는 얼른 생각이 나서 끼고 있던 반지를 당신 손에 쥐여주었어요. 아무런 말도 없이.

당신은 차에 오르기 전에 잠깐 내 쪽을 바라보았고 나는 손목만 쳐들어 흔들어 보였구요. 버스의 창문은 어둡기만 해서 그냥 시커멓게 보일 뿐이었어요.

13

비포장도로를 덜컹거리며 달리기 시작한 버스에 올라타자마자 나는 비틀대는 걸음으로 얼른 통로를 뛰어갔다. 버스의 뒤창문으로 내가 윤희의 마지막 모습을 본 것은 흘낏, 하는 순간에 지나지 않았지만 뒤에 오랜 세월을 독방에 살면서 몇번이나 되풀이하여 그려본 영상이 되었다.

우산을 쓴 그네의 얼굴은 잘 보이지 않았고 다만 한손에 손전등을 켜들고 있어서 아랫도리의 치마가 바람에 펄럭이는 모양만 보였다. 그것은 윤희가 오일장에서 사온 꽃무늬 포플린치마였는데 실은 나이 먹은 아낙네들이나 부엌일을 할 제 허드레로 입는 옷이었다. 한데 별나게도 윤희가 그 옷을 입으면 자잘한 꽃무늬가 화려하게 보이고 갓시집온 새댁처럼 보였다. 나는 그 치마에 맨발에다 고무신을 신은 윤희의 소탈한 모습을 좋아했다.

환절기에 비 오는 밤이 되면 감옥 화장실의 비닐창문을 열고 창살 사이로 하늘을 올려다보곤 했다. 내 방은 복도의 끝이어서 맞은편 건물이 끝나는 곳에 서쪽으로 열린 시야를 통하여 들판과 산이 내다보였다. 그 산모롱이를 굽돌아가는 마을길이 있어서 비가 오든 눈이 오든 계절이 바뀌는 풍경을 바라볼 수가 있었다. 길목에는 언제나 까치가 몇마리씩 올라가 경쾌하게 부르짖는 감나무 한그루가 있어서 경운기가 세워져 있거나 여름이면 그늘에서 쉬고 있는 농부들도 보였고 집으로 돌아가는 마을 아낙네들이 다리쉼도 하고 가는 게 보였다. 나는 가끔씩 감나무 아래 공간이 비어 있을 적이면 거기에 윤희를 세워보았다. 윤희는 바람에 날리는 꽃무늬 포플린치마에다 코가 오뚝한 고무신을 신고 우산도 없이 그냥 맨머리를 바람에 날리며 서 있었다. 오랫동안 내다보고 있노라면 저녁해가 기울고 길만이 하얗게 남고 주위는 어둠에 묻혀버렸다. 그런데도 윤희의 자취는 거기 서 있었다. 가끔씩 담당이 시찰구로 들여다보고는 내가 어디에 있는지를 일깨워주었다.

천사백사십사번! 뭘 하는 거요?

그러면 나는 겸손하게 말없이 돌아보며 빙긋이 웃어주었다.

외출중이오?

그래도 나는 고개만 끄덕이며 웃었다. 나중에 숙달이 되니까 밤에도 나는 윤희를 거기 세워둘 수가 있게 되었다. 비 오는 날, 내가 창살가로 나서는 것은 윤희의 치맛자락을 재현하기 위해서였다. 그리고 꿈에서는 내가 그네의 가까이에 같이 서 있었다.

내가 갈뫼를 떠나 광주에 도착한 것은 밤 열한시가 넘어서였고 도망자인 나에게는 움직이기에 아주 맞춤한 시간이었다. 나는 야행열차에 올라 의자에 쓰러져서 잠들었다. 열차의 끊임없는 쇠바퀴 소리를 들으면서 자다가 깨다가 했다. 잠이 덜 깬 눈으로 고개를 들어 낯선 고장의 역사를 내다보면 도착한 두어 사람이 짐을 들고 돌아가거나 또는 떠나는 사람들이 기차에 올랐고 전송 나온 듯한 식구들은 손을 흔들며 웃어준다. 아니면 아예 외등만 켜 있고 텅 빈 작은 역사가 꿈결에서처럼 천천히 흘러 지나갔다. 나에게 이제는 출구가 사라졌다. 나는 서울로 가고 있다고 생각하면서도 어디에도 갈 곳이 없어져버린 것이다. 내가 돌아갈 집을 머릿속에 그리자 갈뫼의 오두막이 먼저 선명하게 떠올랐고, 몇년 동안 들러보지 못했던 어머니와 아우가 사는 북한산 아랫녘의 개나리 울타리를 두른 집은 나중에야 생각이 났다. 나는 마지막으로 집에 들러서 어머니를 뵈어야 했다.

몇달 전에 건이네 공장을 찾아갔을 때와 마찬가지로 나는 비슷한 시각인 이른 새벽에 영등포역에서 내렸다. 신촌에 있는 명헌이네 화실로 찾아갈 생각이었다. 항쟁이 끝나고 광주에서 여러 사람들이 도피처를 찾아 서울로 올라왔을 때 서로 품앗이한다고 나도 여럿을 교통정리 해주었는데 호선이를 명헌이네 화실에 데려다 맡겨두었던 터였다. 지금은 그들 두 사람 모두가 세상에 없다. 명헌이는 끝내 술꾼 홀아비로 살다가 심야에 달리는 택시에 치여서 갔고 호선이는 간암으로 작년에 죽었다.

신촌의 이대 입구에서 철로변을 따라 교외선 역사를 지나 연대 쪽으로 넘어가는 갓길에는 비좁은 골목 사이로 나지막한 간이주택들이 붙어 있었는데 그래도 명헌이는 운이 좋아서 오래된 일본식 이층집에 화실을 얻어들어 있었다. 인적이 없는 비좁은 골목으로 해서 길가에 있는 나무판자문을 열고 삐걱이는 비좁은 계단을 오르니 낡은 문에 흰 물감으로 '화실'이라고 아무렇게나 갈겨쓴 글씨가 보였다. 가만히 문짝을 밀어보니 보통 때와는 다르게 꿈쩍도 하지 않았다. 문을 두드리자 부스럭거리는 인기척은 들리는데 저쪽에서도 대답없이 기다리는 눈치였다. 하는 수 없이 내가 먼저 말을 걸었다.

명헌아, 나다, 현우다.

하자마자 문앞에 서 있었던 듯 문이 열리면서 호선이가 이제 막 불을 켜고 눈이 부신지 잔뜩 찌푸린 얼굴을 내밀었다.

형, 이게 웬일이오?

응, 잠깐 들렀다.

실내를 둘러보니 길가 쪽 창문 앞에 세워둔 칸막이 너머로 코 고는 소리가 들려왔다. 안에는 이젤이며 물감이며 화판과 화선지 들이 어지럽게 널려 있고 호선이가 자고 있던 군용 목침대가 보였다. 화물용 나무 포장상자를 엎어서 탁자로 사용했는데 그 주변에 어디 소극장에서나 주워왔는지 나무로 만든 같은 크기의 유닛들이 의자 대신 놓여 있었다. 호선이와 나는 거기 마주앉았다.

저 친구 오늘도 취했구나?

예, 조금 아까 들어와서 떨어져부렀소.

넌 어떠냐?

덕분에 이럭저럭 잘 지내고 있어라우. 우리는 시방 모다들 형님 걱정하고 있소.

그래 고맙다. 봉한이 잘 있대?

그런갑디다.

느이들은 잘 풀릴 것 같던데……

일반시민들허고 내란음모사건 관련자들은 풀렸는갑디다만, 항쟁 주모자라고 수배된 사람들은 줄기차게 찾고 있습디다. 어찌 라면이라도 하나 끓여드리까라오?

그는 구석에 붙은 싱크대 쪽으로 가서 냄비에 물을 붓고 곤로에 얹었다. 라면을 끓이는 중에 호선이는 예의 그 언제나 시무룩한 어조로 아무렇지도 않게 말했다.

형님, 신문에 난 걸 봉께 어마어마합디다. 보따리를 크게 쌀 것 같든디.

글쎄 말야. 재수없게 됐어.

남우 말 허드키 하요. 앞으로 으짤라구 그러시오?

너 같으면 어떻게 할 테냐?

그가 파와 계란까지 넣어 보기도 좋게 끓인 라면을 상자 위에 올려놓았다.

으짜긴 뭐 으째, 끝까지 도바리쳐야지. 어디 밀항이라도 허든지요.

애들이 반 죽었을 텐데……

인자는 한고비 넘겼을 거여. 구치소 넘어갔을 거인디.

다시 시작해볼지 어떨지 생각중이다.

이야기 소리에 잠이 깼는지 아직도 술이 덜 깬 채로 명헌이가 부스스한 얼굴로 칸막이 안에서 나왔다.

누가 온 거야, 지금 몇시냐?

넌 맨날 술이로구나.

어, 망할 자식 말하는 것 좀 봐라. 여기가 어디라구 기어들어왔니. 신고해버릴까부다.

호선이가 냉장고에서 보리차를 꺼내어 병째로 내밀었다. 명헌이는 벌컥이며 달게 마시고는 조금 정신이 들었는지 고개를 거세게 흔들었다. 나는 더욱 진지하게 말했다.

고생이 많겠구나.

니가 인마 웬 참견이야. 호선이가 고생이지. 맨날 내 술시중 드느라구. 그나저나 어디서 오는 거야?

지하에서 올라왔다.

우리처럼 지상 이층에 살지 그랬냐. 누님두 한번 여기 찾아왔었어. 동생이 이민간대. 마지막으루 얼굴이나 보겠다구.

녀석이 이민을 간대?

그렇대니까. 수속이 다 끝났다더라.

곁에서 잠자코 듣고 있던 호선이가 말했다.

그래서…… 집에 가실라오? 아예 진을 치구 있을 텐디. 아니면 동네에 벌써 밀대를 박아놨을 거요.

나는 탁자 위에 고개를 처박고 조용히 말했다.

정리하기루 했다. 내가 할 몫은 이제 다 끝났어. 자수를 할 생각은 아니지만.

두 사람은 잠시 아무 말이 없었다. 명헌이가 하품을 하면서 중얼거렸다.

야, 자자 자, 이따가 일어나서 다시 생각해보기로 하고. 아직 해두 안 떴어. 날이 새면 언제나 생각은 바뀐다구.

철로를 지나는 요란한 기차의 굉음에 명헌이와 내가 깨어난 것은 정오 무렵이었다. 호선이는 벌써 일어났는지 보이지 않았다. 명헌이가 일어나 창문에 쳐두었던 두꺼운 천을 젖히니 햇빛이 한꺼번에 쏟아져들어왔다.

아이구, 속쓰려. 나가서 국밥이라두 사먹자.

앤 어디 간 거야?

응, 일 나갔겠지.

수배자가 무슨 일이야?

요 너머 아파트 공사장에 일자릴 얻었다. 좀이 쑤셔서 못 견뎌하길래 내가 건축과 동창놈한테 부탁했지. 그래두 허드렛일은 아니니까 별로 어렵지는 않을 거야.

우리는 골목 밖에 나가지 않고 이층집 맞은편에 있는 작은 간이식당으로 갔다. 점심시간인데도 꼭 한사람이 앉아서 뼈다귀 해장국을 먹고 있었다. 우리도 같은 걸 시켰다. 음식을 기다리며 마주앉았던 명헌이가 내 얼굴을 빤히 바라보더니 한마디 했다.

너 얼굴이 많이 부드러워졌다.

맨날 똑같은 상판인데 그전에는 어땠어?

음, 눈에는 초조 불안 긴장으루 독이 제법 올랐었지. 볼은 푸욱 꺼져가지구 말야.

헌데 지금은?

볼따구에 살두 봉봉히 오르구 눈매가 아주 부드러워졌는데. 너 무슨…… 연애 같은 거 하냐?

쓸데없는 소리 집어쳐.

하고 그를 윽박질러서 입을 막았지만 나는 속으로 조금 놀랐다. 환쟁이들은 사람의 표정을 살피는 게 버릇인 모양이다.

걔두 한고비 넘겼지.

누구 말야?

호선이. 한동안 안절부절을 못해서 나까지 불안했다. 망명하기루 결정을 했다나? 난 말리지 않았어. 그 대머리 목사님이 여러가지루 분주하더라만.

그의 말을 듣고 보니 제삼국에의 밀항이니 망명이니 하던 호선의 얘기가 근거가 있었음을 알게 되었다. 현목사가 유럽 어느 나라의 외교관과 친했다는데 그가 주선을 해서 일단 대사관 구내에 피신을 시키려고 했던 모양이다. 그들은 정해진 시간에 대사관의 로비에 당도했고 현목사가 지금 엘리베이터에 오르기만 하면 끝난다며 호선의 등을 떠밀었다. 대사관측의 제안에 의하면 거기서 지내다가 적당한 때가 되면 제 나라 국적의 배가 들어올 때 대사관 차로 호송해서 태워주겠다는 것이었다.

막상 혼자 들어가려고 하니까 생각이 복잡하더래. 담배 한대 피울 시간을 달라구 그랬다지.

호선이는 담배 한대를 피우는 짬에 스스로 결론을 내렸다. 벗들이 죽어간 땅에서 떠나지 않기로 했다는 것이다. 그의 이야기는 명치끝이 찌릿할 정도로 내 마음 깊은 곳을 건드렸다. 회한과도 같은 씁쓸한 심사가 되어 나는 혼잣말 비슷이 말했다.

그래, 나두 다시 시작하겠어. 일할 친구들을 모아봐야지.

우리는 점심 먹고 나서 갈데없이 명헌의 화실로 돌아갔고 그도 나 때문에 작업은 못하고 이러쿵저러쿵 그동안 못 만난 친구들의 얘기를 하면서 오후를 보냈다. 나는 어쨌든 집에 잠깐이라도 들러보려고 밤이 되기를 기다리고 있었던 셈이다. 명헌은 평소에도 무슨 독재라든가 민주화라든가 외세라든가 자주라든가 자본이니 혁명이니 하는 따위의 낱말만 나와도 진절머리를 냈지만, 쫓기는 사람은 도와줘야 한다거나 예술가는 표현의 자유가 있어야 한다거나 양민을 학살한 자는 반대해야 한다는 생각엔 분명하게 동의를 했다. 그는 때마침 일어나기 시작한 그림에서의 현실의 반영 따위에는 관심도 없었고 우리 친구들이 퇴폐적이라고 하는 모던아트 계열이었다. 자유분방하게 놀기 좋아하는 그를 마음 편히 놀지도 못하게 만든 세상은 일단 내가 반대하고 있었으므로 나는 그의 편이 되어주기로 했다. 호선이와 명헌은 평소에 만났다면 서로 개새끼라고 욕하고 상종도 하지 않았을 텐데 지금은 혈육같이 되어 있었다.

시내에서 어정거리기보다는 수유리 부근으로 가서 어디 산등성이에라도 올라가 밤이 이슥하기를 기다려 집으로 들어갈 생각이었다. 학생시절에 친구들이 밤늦게 찾아오면 일단 어머니가 잠드실 무렵까지 기다리느라고 소주 사들고 동네 뒷산에 올라가 과자 한봉지 놓고서 술판을 벌이던 일이 생각났다. 버스 종점에서 버젓이 내려 옛날처럼 소주 한병과 새우깡 한봉지 사들고 우리 동네로 가는 골목을 일부러 피해 빙 돌아서 산으로 올라갔다. 눈에 익은 오솔길이 나왔고 이맘때면 김장 배추를 심던 그 밭두렁도 나왔다. 밭두렁 위쪽에 옛 무덤 하나가 있어서 그 자리가 우리들의 판이었던 것이다. 나는 제법 쌀쌀한 야기에도 기죽지 않고 잔디 위에 털퍼덕 퍼질러앉아서 소주를 병째로 들어 한모금씩 마셨다. 두어 번 그렇게 하고 나니까 볼때기와 목언저리가 후끈해지기 시작했다. 거기서는 우리집의 개나리 생울타리며 이웃집의 높다란 돌축대가 한눈에 내려다보였다. 개 짖는 소리가 들렸다. 강아지 적부터 집에서 길러온 메리가 분명하다. 술을 마셔서 더욱 그랬던지 눈시울이 뜨거워졌다. 메리는 어머니가 얻어온 스피츠의 잡종개였는데 아마 사람 나이로 치면 이미 노년에 접어들었을 거였다. 사람 말귀를 다 알아듣는다니까. 열시가 넘어서자 집들의 창문에 하나둘씩 불이 꺼져가기 시작했고 집앞에 있는 외등만 밝혀져 있었다. 나는 조심스럽게 집으로 접근했다. 메리는 처음엔 몇번 짖었지만 나를 알아차렸는지 벌써부터 끙끙거리며 줄을 잡아당기고 요동을 쳤다. 나직하게 꾸짖는 소리를 내면서 집을 돌아나갔다. 아우의 방은 아직도 불이 켜져 있었다. 손가락을 세워 가만히 유리창을 두드렸다.

누, 누구요?

놀랐는지 아우는 창문을 빠끔히 열고는 목소리로만 물었다.

나야 나. 현관문 좀 열어라.

마루로 나오는 소리가 들리고 현관문이 열리면서 아우가 맨발로 뛰어나왔다.

형, 어서 들어가요.

어머니 주무시냐?

조금 전까지두 텔레비 소리가 났는데 방금 누우셨나봐.

마루는 어두웠다. 아우와 나는 그의 방으로 들어가 앉았다.

어머니 깨울까?

아니, 조금 있다가 갈 때 뵙기루 하자.

형, 자구 갈라구 온 거 아뇨?

그럴 순 없다. 잠깐 들렀어.

아우는 그제야 정신이 들었는지 울컥, 하고는 소매를 들어 눈을 가렸다. 나는 진심으로 말했다.

미안하다. 식구들 마음고생 시켜줘서……

우리야 뭐 잘 지내구 있어. 실은 나 이번에 미국 가기루 했어요.

거긴 가서 뭘 할라구 그래. 결국은 배가 좀 부른 종노릇일 텐데.

여기선 더이상 못살겠어요. 뭘 하든 여기보다야 낫겠지.

나는 내키진 않았지만 염치없이 그에게 내뱉고 말았다.

어머닌 어떻게 할 거야?

그러나 착한 아우는 어머니 걱정 하려면 데모니 야학이니 노동자니 쓸데없는 짓하고 돌아다니지 말라고 눈을 부라리며 고함을 지르던 학생 때의 말버릇을 내보이지 않았다.

이모가 같이 들어오셔서 살 거래.

혼자된 이모가 어머니와 합치기로 의논이 된 모양이었다. 아우는 공대를 다니다가 그만두고 중동에 기술자로 나가 사막에서 몇년 동안 고생하며 밑천을 약간 만들어 돌아왔다. 그는 이제 겨우 서른살을 바라보는 중이었다. 그는 학생 때부터 사귀어오던 여자가 있더니 언제나 불안정하게 떠돌던 나 때문에 이제껏 약혼도 못하고 가족이 이민을 가는 바람에 지난 몇년을 헤어져 있어야 했다.

가서 결혼식 할 거냐?

천상 그래야겠지. 서류로는 다 끝냈지만요.

어머니께선 뭐라셔?

어머닌 그저 형 걱정뿐이야. 어머니두…… 형 신문에 난 거 보셨어. 형이 빨갱이라구 동네에서두 수군거린대.

너두 그렇게 생각하니?

동생은 갈등이 일어나는지 말을 더이상 잇지 못하고 방바닥으로 시선을 떨구었다.

형이나 형 친구들이나…… 저 사람들은 엄청나게 막강한데 대체 뭘 하자는 거야?

나 같은 사람들 많아.

모르죠. 몇십년이 걸릴지.

이제부터 일거리가 지금보다 몇십배로 늘어날 텐데 우리 같은 사람들이 강변의 자갈처럼 많아질 거야.

아우와 나는 말을 잃고 한참이나 침묵하고 앉아 있었다. 내가 먼저 말했다.

난 이제 가봐야겠어. 어머니에게 가볼 테니까 넌 모른 척해라.

내가 마루를 건너 안방문을 살그머니 열었더니 방안에는 희미하게 붉은 등을 켜두고 있었다. 어머니의 작게 움츠린 몸의 윤곽이 이불 위에 드러나 보였다. 나는 어머니의 머리맡에 앉으며 베개 옆에 빠져나온 마른 손가락을 잡았다.

어머니, 어머니……

으응, 누구냐.

어머니, 저 현웁니다.

뭐라구?

어머니는 잠결에도 이불을 젖히며 일어나 앉았다. 그네는 머리맡을 더듬어 안경을 걸치고는 나를 바라보았다.

불 좀 켜라.

내가 얼른 일어나 불을 켜자 어머니는 안경 너머로 나를 올려다보면서 손짓을 했다.

이리 좀 가까이 앉아봐.

나는 어머니의 무릎 옆에 가서 앉았다. 어머니는 내가 언젠가 번역일로 받은 돈으로 사다드렸던 분홍색의 큼직한 파자마를 입고 있었다.

너 어디 가 있었니?

시골 친구집에 내려가 있었습니다.

밥은 제때 먹구 다니고 어디 아프지는 않니?

그럼요. 감기 한번 안 들었어요.

나두 네가 무슨 일을 하구 다니는지 이젠 다 안다. 말릴 힘두 없구. 하지만 피해 많이 보지 않구 끝났으면 하는 게 소원이다. 네 아우 좀 봐라. 미국으루 간대. 넌 우리 집안의 장남이야. 장가두 가서 손주두 보구 해야 할 거 아니냐?

죄송합니다, 어머니.

또 나가야 하니?

네, 제게 시간을 좀 주셔요. 차차 정리하겠습니다.

가끔씩 전화라도 할 수 없니?

그렇게 할게요.

어머니가 문갑을 열더니 뭔가 한참이나 뒤적이고 나서 조그만 비닐 봉지를 꺼냈다. 그네는 그것을 내게 내밀었다.

이거 지니구 있어라.

이게 뭔데요?

어머니가 봉지 안에서 성냥갑만하게 붉은 비단으로 감싼 사각형의 카드 같은 물건을 꺼내어 내게 내밀었다.

내 원래 이런 걸 믿지는 않는단다. 하지만 무서운 세월이니까……

나는 말없이 붉은 비단의 윗부분을 손톱으로 벌려보았다. 붉은색 물감으로 그린 듯한 글자와 관음보살의 입상이 금박으로 그려져 있다. 하마터면 웃음을 터뜨리며 어머니의 무릎에 아무렇게나 던져버리고 싶은 마음을 가까스로 억누르고 짐짓 모르는 척 다시 물었다.

이게 뭐냐구요.

응, 그건…… 부적이다. 동네 여자들 따라서 점집에 갔다가 써주길래 받아왔다. 너희들은 미신이라구 하겠지만. 나두 전에는 그랬어. 지금은 많이 달라졌지. 사람의 일이란 제 뜻대로만 되는 게 아니더라.

예, 어머니, 잘 간직하겠습니다.

나는 두 손으로 모시는 시늉을 하면서 지갑을 꺼내어 동전 넣는 곳을 열었다. 그 틈에서 윤희의 증명사진이 나타났다. 나는 얼른 들킨 사람처럼 어머니가 주신 부적을 포개어 집어넣고 지갑을 점퍼 안주머니에 넣었다. 그러고는 몸을 일으키는데 어머니는 갑자기 내 손을 잡으며 울음을 터뜨렸다. 어머니의 주름진 얼굴 위로 눈물이 한꺼번에 쏟아지듯 줄지어 흘러내렸다.

너 제발 몸조심해라. 난 아마 널 다신 못 보고 죽을지두 몰라.

그런 말씀 마세요. 이제 한 서너 달 있으면 다 해결될 테니 그럼 제가 돌아와서 모실게요.

아냐, 나두 다 안다. 네 아우와 누나가 서로 짜고 거짓말만 하고 있지만 네가 나라에 큰죄를 저질렀다는 걸 알아. 하지만 이걸 명심해라. 너만 옳다구 생각하구 행동하면 나라두 나중에 저희 잘못을 알구 바뀌게 될 게다. 세월이 걸리겠지만서두……

나도 참다 못해 격한 감정이 되어 돌아서는데 어머니가 내 주머니에 뭔가를 찔러주었다. 꺼내보니 돈이었다.

이런 거…… 괜찮아요.

아니다. 이제부터 날씨가 추워질 텐데 갈아입을 옷두 사구, 가끔씩 몸보신할 고기두 사먹구 해라. 이젠 가봐.

어머니가 내 등을 밀었다.

어서 들어가세요.

너 가는 것 좀 보면 안되니?

이번에는 내가 어머니의 등을 안방 쪽으로 밀어넣었다.

그냥 슬그머니 가겠어요, 어머니. 동네에서 누가 보면 안 좋아요.

그렇겠구나……

어머니는 하는 수 없이 안방문을 빠끔히 열고 어두운 마루 쪽을 내다보며 나에게 어서 가라고 손을 앞으로 내저어 보였다. 나는 더이상 지체하지 않고 얼른 신을 꿰고는 일부러 현관문을 요란한 소리로 쾅 닫으며 마당으로 내려섰다. 등뒤에서 나를 기다리며 서성이던 아우가 얼른 따라나섰다.

형, 갈라구요?

응, 그래야겠다.

어디루?

그건 왜 묻니?

아우가 주머니에 지르고 있던 손을 빼어 내 뒷주머니에 찔러주었다. 언뜻 보니 하얀색 봉투인 듯한 게 어머니처럼 돈을 넣어주는 것 같았다.

나는 구태여 따지지 않고 어머니에게 그랬듯이 그가 대문 밖으로 나오지 못하도록 방향을 바꾸었다. 대문 쪽으로 나가지 않고 동네의 뒷산 쪽으로 오르는 산길로 우회할 작정이었다. 생울타리 사이를 막 빠져나가려 할 때였다. 메리가 미친 듯이 꼬리를 내저으며 거세게 짖어대기 시작했다. 나는 얼른 쭈그려앉아 놈의 머리와 목덜미를 쓰다듬고 긁어주며 흥분이 가라앉기를 기다렸다.

잘 있어라. 오래오래 우리집에 살아서 내가 다시 올 때 만나자, 응?

나는 집식구에게라도 하듯이 중얼거렸고 아우는 뒷전에서 그러는 꼴을 지켜보고 있었다. 메리가 기분이 풀리는 듯 아예 사지를 벌리고 드러눕자 나는 더는 지체할 수 없어 몸을 일으켜 잠자코 지켜보고 있던 아우에게 손을 내밀었다.

그래, 미국 가서 잘살고…… 내 염려는 하지 마라.

아우는 묵묵히 손을 마주잡았다. 나는 일부러 데면데면하게 손을 놓고는 울타리 사이로 빠져서 빠른 걸음으로 밭을 건너간다. 이번에는 동네 개들이 연쇄적으로 컹컹 짖어대는 소리. 다시 묘지가 있는 등성이를 넘어 동네의 뒷길을 돌아서 멀찍이 버스 종점 부근으로 다가선다. 골목의 어둠속에서 기다리다가 버스가 떠나려고 할 때 재빨리 올라가서 운전사의 뒷자리에 앉았다. 집에 들러보려는 생각에만 골똘했고, 조금 전까지도 사람들 눈에 띄지 않게 동네를 벗어나야 한다는 데만 사로잡혀 있던 탓인지 막상 버스에 오르자 딱히 갈 곳이 떠오르지 않았다. 신촌의 명헌이에게로 다시 갈까 했다가 호선이의 부담스러운 짐이 될 수도 있다는 생각 때문에 금방 포기하고 만다. 어디로 갈 것인가. 버스의 행선지를 머릿속으로 그려보다가 신림동 부근이 떠오르고 야학생활을 같이 했던 후배의 하숙집에 생각이 미쳤다. 오늘 하룻밤뿐이라면 어떻게든 비빌 수가 있겠지. 그리고 내일 해가 뜨면 그때 찬찬히 생각하자. 온몸에 갑자기 피로가 몰려왔다. 덜컹대는 버스의 빈 앞좌석 등받이에 팔꿈치를 올리고 머리를 기대고 잠깐 졸았다. 잠결에 한강다리의 교각이 요란한 소리를 내며 스쳐 지나가는 듯했다.

여보쇼, 종점이오, 종점.

하는 소리에 깨어나니 버스는 텅 비었고 청소하러 올라온 듯한 정비공이 내 어깨를 흔들고 있었다. 이제 열두시가 가까웠다. 술집이나 식당도 거의 문을 닫았고 비좁은 골목에는 취객 두엇이 실랑이를 벌이고 있을 뿐이다.

나는 기억을 더듬어 고만고만한 집장사 집들이 늘어선 골목으로 올라가 어슷비슷한 집의 대문을 헤아려나가기 시작했다. 곧 포도넝쿨을 대문 위에 늘어뜨린 낡은 철대문을 찾아내고 한참이나 망설이다가 초인종을 눌렀다. 새가 우는 소리가 들리고 집안은 불이 꺼진 지 오랜

듯 잠잠했다. 다시 한번 새 우는 소리. 현관 쪽에 불이 켜지면서 졸음에 겨운 듯 나직한 여인의 목소리가 스피커에서 흘러나왔다.

누구세요?

저어…… 협이 있습니까?

아이 참…… 기가 막혀서. 지금이 몇신데? 협이 학생 시골 내려가구 없어요.

딸까닥, 하면서 수화기를 내려놓는 소리가 들리더니 이내 현관불마저 꺼져버렸다. 길게 하품을 하고 속으로 욕을 삼키면서 다시 잠자리로 돌아가는 아줌마의 모습이 눈앞에 보이는 듯했다.

나는 골목을 천천히 돌아내려와 다시 종점 부근의 번화가에 섰다. 가까운 곳에 붉은 네온불빛이 보였다. 동그라미 안에 세 개의 곡선이 그려진 온천표시와 '림장여관'이라는 네온 글씨가 깜박이고 있었다. 나는 불이 나간 첫 글자가 무슨 자인지 알고 있다. 친구들과 밤늦게까지 이삼차를 마시고도 부족해서 그곳에서 입가심 막차를 퍼마셨던 기억이 있었다. 아마 '학림장'이었을 게다. 여관문을 열고 들어선다. 문간방을 지키던 아줌마가 부스스한 얼굴을 쪽유리문 너머로 내밀었다.

방 있습니까?

혼자요? 작은 방 하나가 마침 비었는데.

아줌마는 수건과 주전자와 숙박부를 들고 앞장서서 계단을 올라갔고, 나는 얌전하게 그 뒤를 따라 올랐다. 그래, 거기가 학림장여관 사백일호실이었다. 말이 장급 여관이지 방은 그야말로 화장실만한 크기였다. 그래도 장급 행세를 한답시고 침대를 들여놓았는데 거의 방 한 칸을 꽉 채워서 옆으로 겨우 사람 하나 지나다닐 수 있을 정도였다. 아줌마가 물컵과 주전자가 얹힌 쟁반을 내려놓고는 숙박부를 내밀었다.

여기 좀 써줘요. 자세히 써주시라구요…… 요즘 어찌나 단속이 심한지 몰라요.

나는 안주머니에서 잠수용 주민증을 꺼내어 주민등록번호며 주소를 보면서 적어나갔다. 실로 얼마 만에 대중 숙박업소에서 묵게 된 건지 까마득하게 오래 전의 일 같았다. 아줌마가 내려간 뒤에 욕실에 들어가 물을 틀어보았다. 아니나다를까 예전과 똑같이 검붉은 녹물이 흘러나온다. 수도꼭지를 틀어놓고 한참 기다리니까 그제야 겨우 멀건 커피처럼 변해서 물이 나오는데 제법 뜨거웠다. 차마 벗고 목욕은 못하고 세수를 하고 발만 씻는다. 침대에 누웠지만 잠은 오지 않았다. 머리맡에 놓인 회전식 다이얼의 검정색 전화기를 한참이나 바라보았다. 아마도 지정된 숫자 하나만 돌리면 외부와 연결되는 전자음 소리가 지잉, 하고 들릴 것이다. 나는 마음속으로 갈뫼에 전화를 걸고 한참이나 통화를 해보았다. 응 나야, 서울에 잘 도착했어, 나는 아직 무사해, 집에 가서 동생도 만나고 어머니도 뵈었어, 널 보고 싶어, 나 갈뫼로 다시 돌아갈까.

몇시쯤이었을까. 나중에 속으로 따져보니 새벽 세시쯤 되었을 것이다. 문을 두드리는 소리가 들렸다. 아줌마의 목소리가 들려왔다.

손님, 문 좀 열어요.

예…… 왜 그래요?

이번에는 굵직한 사내가 자신있게 문을 탕탕 두들기고 말했다.

임검 나왔습다아.

나는 침대에서 벌떡 일어났다. 주위를 둘러본다. 침대로 꽉찬 방이며 내 옷이 걸린 옷걸이며 작은 창문 하나가 보였다. 그리고 여기는 사층이다.

얼른 열어요.

예예…… 잠깐 기다리쇼.

나는 잔뜩 졸린 목소리로 중얼거리며 옷을 입었다. 옷을 걸치면서 재빨리 몇가지 사항을 다시 암기해보았다. 주소, 성명, 주민등록번호,

직업, 이곳에 오게 된 목적. 나는 숨을 깊이 들이마시고 나서 천천히 내뿜어보고는 불을 켰다. 그리고 얼른 문을 열었다. 아줌마는 이미 뒷전에 서 있고 정복경찰과 사복이 기다리고 서 있었다. 사복이 날카로운 표정으로 나를 정면으로 바라보며 손바닥을 내밀고 말했다.

주민증.

나는 점퍼 주머니에서 지갑을 꺼내고 주민증을 집어내어 그에게 건넸다. 그는 내가 준 증명서를 앞뒤로 뒤집어가며 자세히 살폈다. 그가 주민증을 손에 쥔 채로 내게 물었다.

집이 인천이오?

네.

직업은?

회사 나갑니다.

어느 회사?

나는 주민등록증의 원래 임자가 다니던 공장 이름을 외우고 있어서 공장과 부서와 직책까지 붙여서 말했다. 자신있게 말하고 나서 그를 올려다보았더니 그는 흥, 하고 웃음을 지었다.

헌데 이 시간에 여긴 웬일이오?

고등학교 친구를 만나러 왔다가 없길래 시간도 늦고 해서……

어느 집이야?

거기서 나는 말문이 막히고 만다.

이 근첩니다.

그으래? 찾을 수 있겠구먼. 저거 당신 짐이지? 가지구 나와.

왜 그러쇼? 여관에서 잠두 못 잡니까?

사복은 빙글대며 웃기만 하고 정복의 순경이 말했다.

잠깐이면 됩니다. 조회를 해봐야 하니까 좀 갑시다.

나는 보스턴백을 달랑 들고 그들이 앞장세운 대로 여관 밖으로 나왔다. 밖에 나오자마자 사복이 나의 점퍼 아래로 손을 넣어 궁둥이 쪽의 혁대를 움켜쥐었다.

어어, 이거 왜 이래요?

좀 실례하자구. 자네가 달아나면 우린 귀찮단 말야.

그들은 나를 데리고 길을 건너서 지서까지 데리고 갔다. 사복은 아직도 내 혁대를 움켜쥔 손을 놓지 않은 채 나를 지서의 뒤편에 있는 작은 보호실로 데려갔다. 그는 나를 안으로 밀어넣고 걸쇠를 잠그면서 철창 너머로 씽긋 웃어 보였다.

난 말야, 아주 이상한 코를 가졌다구. 너 잠수함인 줄 다 알구 있어. 조회해보면 금방 알게 될 거야.

나는 더러운 시멘트 바닥에 앉을 수도 없어서 철창 앞에 엉거주춤 서 있었다. 밖에서 웅성대는 소리는 들렸지만 그는 나타나지 않았다. 나는 하는 수 없이 바닥에 쪼그리고 앉았다. 그리고 무릎을 세우고 얼굴을 묻은 채로 잠시 생각에 잠겼다. 아, 드디어 긴 여행을 끝마칠 때가 되었다. 나는 검거되었다.

바깥쪽에서 다시 웅성대는 소리가 들리더니 나갔던 사내가 돌아왔다. 그는 이번에는 아무 말도 없이 나를 꺼내어 다짜고짜 손목에 수갑을 채우려고 했다. 나는 끝까지 최선을 다하기로 작정했으므로 손을 뿌리치며 외쳤다.

이거 왜 이래? 죄도 없는 사람을 잡아다가 이래두 되는 거야?

개새끼, 죽구 싶어?

그가 내 아랫배를 질렀는데 갑자기 명치끝까지 숨이 막히면서 도무지 맥을 쓸 수가 없었다. 나는 허리를 꺾으면서 주저앉았고 그가 내 손목에 수갑을 채우고는 목덜미를 잡아 일으켜세웠다.

허, 그 새끼 되게 엄살 부리네.

창문도 없이 철창뿐인 곳에 있어서 몰랐지만 밖은 벌써 훤하게 밝

282

아 있었다. 본서에서 나온 마이크로버스 한대가 지서 앞에 기다리고 있었다. 나는 조사실로 끌려갔는데 사복은 다른 이에게 인계를 했다. 그러고는 내가 잘 보이는 곳에 떨어져 앉았다. 체격이 땅딸막하고 머리는 짧고 국방색 작업복을 입은 좀더 나이들어 보이는 사내가 서류를 들여다보며 물었다.

이름은?

장명구입니다.

허, 이 새끼 봐.

하면서 마주앉아 바라보던 사복차림이 벌떡 일어나더니 의자에 앉은 나를 발길로 내질렀다. 나는 의자에 앉은 채로 뒤로 벌렁 자빠졌다.

너 아직두 오리발 내밀래?

작업복이 넘어진 나를 물끄러미 내려다보며 사복에게 말했다.

야, 증말 피곤해 못살겠다. 그 새끼 데려와.

사복이 나갔고 작업복은 담배 한대를 꺼내어 아주 찬찬히 의자 팔걸이에다 두드려 다지고 나서 입에 물고 불을 붙였다.

야, 너 왜 그러니? 우리가 너 하나쯤 파악하지 못할 줄 아냐?

문이 열렸고 역시 수갑을 찬 최동우네 인천 동아리의 공원이 들어섰고 뒤에 사복이 따라 들어왔다. 사복은 먼저 공원의 뺨을 한차례 후려치고 나서 물었다.

얀마, 이 자식이 누구냐?

주민증의 임자는 나를 한번만 힐끗 돌아보고는 고개를 숙였다. 사복이 다시 구두 끝으로 그의 앞 정강이를 걸어찼다.

아까 얘기했잖아, 인마. 최동우 소개루 주민증 내줬다구. 이 새끼 누구냐니까?

오……현우……입니다.

작업복이 소리를 버럭 질렀다.

그 소리 하기가 그렇게 어렵냐. 이 빨갱이 새끼들. 이 새끼 말야, 우선 공무집행 방해에다 공문서 위조루 엮어.

주민증의 주인 장명구가 끌려나간 뒤에 작업복은 잠깐 동안 침묵을 지키며 담배만 피웠다. 그는 다시 나를 향하여 돌아앉더니 차분하고 부드러운 목소리로 말했다.

오현우, 넌 인제 끝났다. 너는 우리 소관이 아니야. 곧 다른 데루 넘겨질 거야. 그러니까 서루 고생하지 말구 도피경위만 말하면 되는 거야. 이미 너희들 건은 그림이 다 끝났잖아. 넌 주범이야.

나는 대답하지 않았다.

묵비권이냐? 그런 건 간첩한테는 해당이 안되는 권리지. 우린 시간이 없다구. 너의 체포경위를 쓰려면 도망다닌 경로를 알아야 하고 그래야 타기관에 신병 인계를 할 거 아냐. 맨손으로 널 넘길 수는 없다이거야. 우리두 체면이 있지. 자, 묻는 말에 대답해. 팔십년 오월 이후 어디 있었나?

그렇게 나의 사십오일 동안의 연옥이 시작되었다. 사흘 밤을 서에서 꼬박 새우고는 감색 정장을 한 말쑥한 차림의 남자 세 사람이 나를 인수받으러 왔고 그들은 경찰서 조사실에 들어서면서 나 같은 존재 따위는 거들떠보지도 않았다. 형사들이 부동자세로 일어나 뭔가 소리를 지르며 맨머리에 경례를 올려붙였다. 앞장섰던 중년사내는 호주머니에 두 손을 찌른 채로 턱짓만 하고 나서 작업복에게 물었다.

당신이 실장이야?

옛, 그렇습다.

우린 남산에서 왔어요. 애가 오현우야?

그는 그제야 조사실 구석 의자에 앉은 나를 무슨 이삿짐이라도 되는 듯이 눈대중으로 관찰하는 것 같았다.

관계서류 다 내놓고…… 그동안 뭔가 했겠지요?

기초조사를 대충 했습니다.

응, 그런 거 다 내놓으라구.

작업복이 준비해둔 조서를 그에게 내밀자 그는 거들떠보지도 않고 옆의 다른 이에게 넘겨주었다. 그들의 고함소리와 경례를 뒤로 하고 세 사람은 나를 앞뒤에서 이끌고 밖으로 나갔다. 밖에는 검은 승용차가 시동을 걸어놓은 채로 대기중이었다. 나는 뒤의 가운뎃자리에 앉고 양쪽 좌우로 두 사람이 끼고 앉았으며 중년사내는 운전석 옆자리에 가서 앉았다. 차가 떠나자마자 옆자리의 사내가 내 뒤통수를 쥐어박으며 내뱉었다.

고개 숙여, 이 새끼야.

14

당신, 지금쯤 내 노트의 몇권째를 읽고 계셔요?

지금쯤은 모두 알게 되었겠지만 내가 그해 여름 당신이 갈뫼를 떠나기 전에 학교를 휴직한 건 은결이 때문이었어요.

차츰 몸이 무거워졌지요. 나는 이곳을 떠나 아무데도 갈 수가 없었답니다. 새학기가 시작되면서 더이상 견딜 수가 없어져서 아예 학교에 사직원을 내고 말았지요. 그 한해 동안 나에게는 세월이 정지되어 있는 것만 같았죠. 아가의 생장만이 실감나는 현실이 되어버렸거든요.

겨울이 되자 배는 누가 보더라도 알아볼 수 있을 정도로 불러왔구요, 다행히 교감선생님 사모님이 하루에도 몇번씩 올라와 돌보아주셔서 든든했지요. 참 좋은 분들이에요. 당신 잡히고 나서 우리 모두가 본서와 도 지부에까지 끌려올라가 조사를 받고 경을 쳤는데도 그이들은 우리를 원망하기는커녕 나를 위로해주었어요.

예정은 이듬해 삼월경이었는데 우리가 갈뫼로 찾아왔던 무렵이잖아요. 처음 아기의 기적을 몸에 느꼈던 때의 찌릿한 감동을 어떻게 표현해야 할지. 생명체를 배에 담는다는 건 음식물이 가득 들었을 때의 포만감과는 조금 달라요. 마치 내 골반과 척추 사이에 무슨 든든한 공동이 생겨서 그 가운데 뭔가 새로운 장기의 일부가 생겨난 것과 같은 느낌이어요. 툭, 투둑, 하면서 그 장기가 꿈틀하고는 옆구리나 아랫배 근처를 건드리거나 차는 거예요. 진동이 내 온몸을 떨게 하면서 심장에까지 차올라요.

어머, 살아 있잖아!

참 어처구니없게도 혼자 중얼거려요. 움직임의 미세한 것들까지도 순간마다 느껴지고 나는 당신의 손을 끌어다 내 배에 대보았으면 하고 절실하게 바라기도 했어요. 그건 망망한 수면을 바라보면서 가끔씩 어디선가 잔돌멩이나 물방울이 살그머니 떨어져 풍당, 하는 소리와 함께 자잘한 파문이 점점 드넓게 퍼져나가는 듯한 느낌이었지요. 나는 배에 두 손을 대고 마음속으로 속삭여보았습니다.

아가야, 고맙다.

그래요, 고맙지요. 내가 그 거센 비 오던 날 밤 이후로 여기 혼자 남아 있었다고 생각해보아요. 흔한 말로 떠난 사람은 있던 곳을 쉽사리 잊어버리지만 남겨진 사람은 빈자리 때문에 힘들다구 하지 않던가요. 나는 배에서 울림이 전해오면 얼른 그 위에 두 손을 얹고 눈물이 핑 도는 걸 어금니 물어 꾹 참고는 씩씩하게 살아내야지 하고 결심하곤 했습니다. 밥도 한술씩 크게 떠서 아구아구 먹어치웠구요, 사모님이 해다준 밑반찬도 접시가 하얗게 바닥을 드러내도록 닥닥 긁어먹었어요. 세월이 얼마나 빨리 가는지 영화에서 시간이 지나는 걸 표현할 때처럼, 달력이 후딱후딱 떨어져나가거나 산천의 나무들이 푸른 잎에서 단풍으로 그리고 낙엽지고 흰눈에 덮였다가 마른 가지에서 새싹이 돋아나듯 한달음에 주욱 흘러가버리고 말데요.

은결이를 낳던 날, 아침까지 아무런 기미도 없더니 오후 네시쯤부터 아랫배가 싸르르하니 아파오기 시작했어요. 그때는 예정대로 삼월말이었는데 일주일 정도 늦은 셈이어요. 그래서 나는 한번도 겪어보지 않았지만 본능적으로 이것이 산통의 시작이겠구나 알아차렸지요. 겁이 나더군요. 주위에 아무도 없었고 나는 무엇을 어떻게 준비해야 하는지도 몰랐거든요. 배를 싸쥐고 엉거주춤 일어서보니까 의외로 걸을 만했어요. 나는 방 벽을 짚으면서 살살 걸어보았죠. 한달 전부터 아랫집 사모님이 일러준 대로 거즈며 큰 타월들이며 보드라운 융으로 지은 포대기와 작은 이불과 헐렁한 내리닫이 면잠옷과 비닐깔개 따위들을 꺼내어 윗목에 잘 정돈해두었어요. 부엌으로 내려가 들통에 물을 붓고 연탄화덕에 얹었고 사모님이 찾지 않도록 선반 위에서 마른 미역을 꺼내어 부뚜막에 잘 보이도록 얹어놓았구요.

그러고는 아무려면 누군가 그사이에 들여다보러 한사람이라도 찾아오겠지 하면서도 무서워서 속이 떨릴 지경이었지요. 그럴 때 나는 감옥의 독방 어둠속에 앉아 있는 당신을 생각하고 독하게 결심했답니다. 나는 그래도 현우씨보다는 몇배나 낫다고. 그렇지 않은가요? 나는 우리의 굳센 아가와 함께 있었으니까. 달팽이 모양의 원을 그릴 때처럼 진통의 간격이 원 둘레의 바깥에서 안쪽으로 좁혀들어오는 느낌이었어요. 처음에는 한바퀴 돌아오는 데 간격이 한참이나 떨어진 듯이 천천히 오더니 점점 진통의 간격이 좁아지고 원이 작아지는 거예요. 나는 원 둘레의 맨 마지막 가장 작은 동그라미의 끝이 분만이라는 것을 짐작해냈거든요.

어디서 그런 힘이 솟았는지 나는 다시 방의 벽을 더듬으며 일어나 방문께로 나갔습니다. 툇마루에서 땅으로 내려서는데도 시간이 많이 걸렸어요. 앉은뱅이걸음으로 마루 끝에 앉은 다음에 먼저 발 한쪽을 내밀어 땅을 딛고 나머지 다른 발을 가지런히 내려놓고는 마루를 두 손으로 꽉 짚고 몸을 돌리고 그제서야 걸음을 떼어놓기 시작했지요. 한걸음 한걸음씩 주춤거리며 아랫집으로 통하는 오솔길을 걸어내려 갔어요. 내가 아랫집의 울타리에 이르러 대나무를 손가락으로 더듬다시피 장님처럼 돌아나가는데 마당에서 내 꼴을 보았던 사모님이 달려나왔어요.

오메 한선생, 이게 무슨 일이당가.

나중에 얘기를 들었지만 그때 내가 그이의 손을 움켜쥐는데 얼마나 우악스럽고 힘이 세든지 아픈데도 뿌리칠 수가 없더라고 합니다. 나는 목구멍 속에서 미처 떠오르지도 않는 소리로 중얼거렸어요.

사모님…… 좀 도와주서요.

암은, 별일이 아닝께 어여 들어가세.

하면서 사모님이 내 팔을 잡아 제 집으로 이끌어들이려는데 내가 완강하게 버티더래요.

집에 가서…… 집에 가서요.

잉 그려. 쪼깨만 참소.

교감선생님도 뛰어나오고 두 분이서 내 양팔을 껴 들다시피 해서는 우리집으로 데려다 뉘었어요. 사모님은 눈을 부라리며 교감선생님까지 내몰고는 나를 잠옷으로 갈아입히고 이불 위에 비닐깔개를 깔고 그 위에 큰 타월을 펼치고 나의 다리를 주물러주면서 숨을 크게 크게 들이마시고 내쉬라고 일러주었지요. 진통이 심해지더니 아기가 나오기 시작했어요. 그뒤에 어떻게 됐는지 나는 아득하게 실신을 했던 듯싶어요.

저 먼곳에서 아기 우는 소리가 들리고 사모님이 외치는 목소리가 들렸어요. 내가 기진해서 사지를 늘어뜨리고 누워 있는 동안에 그네는 아가를 함지에 담아 씻기고 포대기에 곱게 싸서 내 곁에 뉘어놓았지요. 나는 아가를 향하여 모로 누워서 그것의 가녀린 물 같은 손가락을 만졌습니다. 곰실거리며 움직여요. 두 눈은 꼭 감고 가끔씩 입맛이라도 다시는 꼴처럼 흔적만 있는 입술을 옴찔거리기도 하고 낮고 가날프게 소리를 내기도 했어요. 아가의 포대기 위에 무엇이 투두둑 떨어져서 언뜻 놀라기도 했는데 아무런 생각도 느낌도 없이 저절로 눈물이 솟아나와 내 볼 위로 스멀스멀 흘러내려오는 거예요. 나는 다시 천장을 향하고 누워서 불빛 때문에 한팔을 이마에 얹고는 처음처럼 아무 느낌도 없이 울었습니다.

이쁜 애기 낳고 머 땜시 울고불고 한가.

그새에 미역국을 끓여서 상에다 받쳐들고 들어오며 사모님이 핀잔을 주었지만 나는 그냥 팔을 얹어둔 채로 아무런 의미도 없이 조금 더 눈물이 났지요.

애기 아부지 보고잡어서 그런 중은 알지마는…… 이런 날 복 나가네.

정말 무슨 느낌이나 슬픔이 있었던 건 아니었어요. 그렇다고 감동과 기쁨의 그것두 아니었구요. 파장 무렵의 시골장에서 말라비틀어진 깻잎을 수십장씩 묶어서 작은 판자때기 위에 올려두고 멍하니 앉았던 얼굴이 새까맣게 그을은 아낙네의 눈빛이 생각나요. 한쪽 무릎을 세워 아기에게 젖을 물리고 있었는데 아기는 젖을 느슨하게 문 채로 잠들어 있는 것 같았지요. 땟국물이 꾀죄죄한 찢어진 러닝셔츠 아랫도리는 벌거벗었는데 아기도 엄마도 그냥 멍하니 정지되어 있었어요. 그들은 어째서 거기 그냥 앉아 있는 걸까. 아무 목적도 의미도 없이 깻잎을 팔려고도 장터를 떠나려고도 하지 않고. 그들이라면 웃지도 울지도 않을 테지만. 나도 모르겠어요. 어째서 은결이를 낳고 누워서 그 아낙네를 기억해냈는지.

어여 묵소. 미역국을 먹어둬야 젖이 나온께.

사모님이 내 겨드랑이에 팔을 넣어 일으켜서는 밥상 앞에 앉혔습니다. 나는 물끄러미 상을 내려다보다가 수저를 들고는 허기진 듯이 후루룩 후루룩 먹기 시작했습니다.

그렇게 우리 아가는 세상에 나왔습니다. 당신이 유폐된 것과 동시에 하늘은 우리에게 아름답고 작은 징검다리를 놓아준 셈이었지요. 나는 아무에게도 소식을 전하지 않고 은결이가 백일이 될 때까지 둘이서만 지냈어요. 그리고 나니까 계절은 당신과 내가 가장 평온하게 보냈던 지난 초여름으로 되돌아와 있었어요. 나는 은결이를 업고 언덕 너머 우리들의 빨래터에 데리고 가서 물가의 나무 그늘 아래 폭신한 포대기에 누이고는 하루 종일 빨래도 하고 도시락도 먹고 담배 한 대씩 피워물기도 하고 그애와 이야기도 했지요.

은결아, 저건 개구리야. 너하구 친구가 될라구 온 거야.

팔짝팔짝 뛰어서 포대기 옆에 당도한 앙증맞은 청개구리를 은결이가 또롱또롱한 눈으로 줄곧 바라보고 있어서 나는 개구리에게도 말을 시켰습니다.

엄마 말 잘 듣는 청개구리구나. 너 은결이 찾아왔니?

나는 갓 태어난 이 어린것들이 가까이 있는 게 너무 신통했어요. 다들 이렇게 제각기 태어나 한 생애 가운데 우연히 만나게 된 것이.

그런데 막상 당신이 작년 그맘때 갈뫼에서 떠나던 무렵이 되니까 보름달을 만난 늑대처럼 정서가 불안정해지고 가슴으로부터 시작해서 아랫배에 무슨 조바심 같은 게 가득 차서 안달이 나는 거예요. 그냥 은결이 곁에 가만히 앉았을 수가 없어져서 공연히 일어나 서성대지요. 방문을 열고 언제나 똑같은 풍경이 펼쳐진 밖을 내다보기도 하고 은결이를 들쳐업고 동구 앞에까지 오솔길을 따라서 걸어나가 다리 위에 앉아 버스가 지나는 걸 오랫동안 바라보기도 했어요.

며칠을 안달복달하다가 나는 동생에게 편지를 쓰기로 결심하구 말았습니다. 나는 누군가에게 내가 아가와 함께 있다는 사실을 말하지 않고는 더이상 외로워서 못 견딜 지경이 되었겠지요. 그리고 당신에 관한 기억도 차츰 나의 내면이 감당할 수 있을 만큼만 남기고는 점점 사라져가는 것도 참을 수가 없었습니다. 정희에게서는 물론 아무런 응답이 오질 않았어요. 그럴 수밖에 없는 것이, 나는 갈뫼의 주소를 내가 아는 누구에게도 알려주지 않았거든요. 내가 가끔씩 엄마나 정희에게 학교에서 전화를 할 적에도 그냥 건강하게 잘 있다는 식으로 안부를 전했구요, 개인전 준비하느라고 서울엔 당분간 못 간다고만 했으니까요. 정희는 제 나름대로 애가 탔다구 그래요. 불쑥, 어떤 남자의 아내가 되겠다는 얘기와 어머니가 되어버린 여자의 변화에 대해서만 써서 편지를 보냈으니 그때 벌써 본과 이학년이던 정희는 눈치를 챘을 거예요.

이 너른 세상에 나 혼자가 아니라는 사실을 확인하려고 동생에게 그런 아리송하고 엄청난 편지를 보내고 나서 나는 금방 후회했어요. 그래서 첫번째 편지에 이어서 곧 주소도 알리고 더 정확하게 모든 일을 밝히는 편지를 쓰겠다며 벼르다가 방학이 끝나고 개학해서 사직서를 내던 날 학교에 나가서야 정희가 내게 보낸 답장을 볼 수가 있었죠.

윤희 언니
그런 식으로 편지를 해서 사람을 놀라게 하면 어떡해. 언니는 옛날부터 그런 식이었어. 예술가라고 너무 그러지 말아요. 비약이 심하잖아. 앞뒤 모두 자르고 아무도 몰래 결혼을 했다니 그게 무슨 소리야. 그것두 요즈음 일이 아니라 작년이었다면서?
사실은 집에서두 조금 걱정은 하구 있었어. 엄마는 점포를 둘씩이나 사서 늘리셨어. 그러니 엄만 일에 바쁘시구 나두 공부하랴 청춘사업두 하랴 언니 생각을 아주 쬐끔밖에는 할 수 없었던 걸 부인하지는 않겠어. 그렇지만 지난 몇달 동안 통 연락이 없고 학교에 전화해보면 휴직중이라구만 그러지, 숙소에 전화라든가 무슨 연락이 안되냐니까 다들 모른다구 하더라. 아무리 어른이 되었다지만 언닌 우리집 맏딸 아니야? 드디어 그렇게 바쁘고 호걸이신 우리 엄마도 언니네 학교가 개학하구 나서도 연락이 안되면 나보구 한번 내려가보라구 하시는 거야. 이 편지를 받는 즉시 나에게 자수해주기 바래.

걱정은 좀 되지만 나는 언니의 판단을 언제나 믿어. 아버지가 늘 그러셨어. 뭐…… 옛날식 생각이겠지만, 언니가 차라리 아들이었으면 참 좋았겠다구 그러셨잖아. 엄마두 그랬어. 느이 언니는 속이 깊구 참을성이 많다구. 아버지 아프실 때에도 내가 곁에 있을 젠 별로 시키시는 일이 없었어. 그러고는 느이 언니 언제나 온대냐, 하구 몇번이나 물으시는 거야.

언니에게 사랑하는 사람이 생긴 거야? 그런데 그가 활동가로 감옥에 갔단 말이지. 하긴 우리 주변에도 그런 젊은이들이 많아. 작년에 나두 어떤 봉사활동 동아리에 들었어. 졸업반 선배가 하나 있었는데 나두 은근히 그를 좋아했어. 그런데 그는 우리를 데리고 한달에 한번씩 빈민가에 진료봉사를 하러 다녔는데 이번 학기부터 보이질 않아. 어디 갔는지 모르겠어. 누구 얘기로는 학교 때려치우고 공장에 들어갔대. 무슨 열병같이 그러다 가슴 따뜻한 의사가 되어서 훨씬 어른스런 모습으로 돌아오겠지 뭐. 내가 남의 말처럼 하구 있어서 미안해.

아이 참, 그런데 언니 편지의 마지막 구절이 묘했어. 마치 아기를 낳은 엄마인 것처럼 확실한 체험인 듯이 말하구 있잖아. 어머니가 된 여자는 그전의 여자가 아니라구? 나는 언니 편지를 몇번이나 되새기면서 다시 읽어봤어. 언니야, 불쌍하게도 어느 두메산골에서 정말로 아가를 혼자 낳았다는 거야? 아니 무슨 청승이람. 정말 언니 나한테 이렇게 할 거야? 나는 엄마에게 아무 말도 못하고 혼자서 속을 끓이구 있어. 언니는 옛날부터 나를 어린애 취급만 했지. 다른 학부 같으면

난 벌써 사학년 졸업반이구 약혼이네 결혼이네 서둘러서 해치운 친구들도 많이 있어. 언니, 이 편지를 받자마자 내게 답장해. 봉투에는 현주소를 똑똑히 적어서.

　나는 곧 주소를 알려주겠다고 간단히 답장을 해주고도 시월이 다될 때까지 차일피일 미루다가 정희에게 오겠다면 말리지는 않겠다는투로 다시 편지를 보냈습니다. 이번에는 정희 말대로 갈뫼의 교감선생님네 주소를 겉봉에 똑똑히 적어서 보냈어요.
　동생은 편지를 받자마자 내려왔나봐요. 일주일도 못돼서 그애가 나타났어요. 은결이 우유를 먹이고 나서 재워두고 봉당에 내려가 모처럼 화판 앞에 앉았는데 밖에서 사모님 목소리가 들렸어요.
　한선생, 은결아아……
　내가 의자에서 일어나 부엌 유리창으로 내다보려는데 벌써 정희와사모님은 툇마루에 무릎을 딛고 방문을 열고는 안을 들여다보고 있는거예요. 나는 잠시 모른 척하고 팔짱을 끼고 서서 그들을 내버려두었죠. 정희가 먼저 방안으로 들어가더군요. 나는 살그머니 부엌에서 방으로 올라가는 쪽문을 열고 찬마루에 걸터앉아서 정희가 하는 양을살폈습니다. 정희는 잠든 은결이의 자리 위로 상반신을 굽히고는 머리를 갸우뚱하면서 찬찬히 내려다보았어요. 교감선생님 사모님도 방안으로 들어와 정희가 보는 각도와 같은 시선으로 보겠다는 듯이 그네 바로 등뒤에서 함께 몸을 굽혔어요.
　보소, 을매나 참헌가. 이목구비가 또렷하제?
　그때 나는 참지 못하고 문을 조금 더 열면서 작은 소리로 동생을 불렀습니다.
　정희야……
　동생은 평소의 성격대로 서두르지 않고 고개를 천천히 돌리더니 잠깐, 물끄러미 바라보았어요. 그러고는 눈 속이 글썽해지면서 중얼거리더군요.

언니…… 애가 너무 이뻐!

은결이 때문에 우리는 긴말할 것 없이 저절로 인사를 다 나눈 셈이 되어 나도 정희 옆에 나란히 앉아 아가를 내려다보았죠. 정희가 시선은 아이를 보면서도 한손의 손가락들을 꼼지락대며 움직이더니 방바닥을 짚고 있는 내 손 위에 얹었어요. 그네는 갑자기 내 손을 꼬옥 쥐더군요. 나는 웃는 얼굴로 정희를 보았구요. 사모님이 혼잣말로 한마디 했어요.

살결은 즈그 아부질 탁혔는가 좀 까모잡잡한 편여 잉. 그려도 시방은 그것이 멋이라더만.

우리 자매는 아무 말도 없이 그러고 앉아 있었습니다. 사모님 생각에도 쓸데없는 말을 꺼냈다고 느꼈던지 아니면 우리 분위기를 눈치챘는지 한숨을 길게 한번 내쉬고는 일어났습니다.

아이고오, 나는 가봐야 쓰겄다.

가시게요?

하고 내가 물으니까 그네는 우리 분위기에 맞게 작아진 목소리로 말했지요.

잉, 그랑께 저 머시기 동상도 오고 했은께에 저녁일랑 아래 내레와 묵소.

아니 우린 괜찮아요. 할 얘기도 많구 그래서……

그려 그려, 편헌 대로 허소.

그네가 서둘러 방에서 나가자 정희는 내게 말을 걸었어요.

어때?

나는 뭐가 어떻다는 말이냐는 뜻으로 동생을 보며 웃어주었구요.

고생했지?

아니…… 누구나 겪는 일인데 뭐.

쟤 이름을 은결이루 지었다구?

그래, 하루 종일 우리말사전 들고 씨름했다.

나두 이담에 딸 낳으면 금결이루 지어야겠다?

하고 나서 정희는 이제까지 참아왔던 물음을 한꺼번에 터뜨리듯 말했어요.

도대체 언닌…… 이 지경이 되어서도 왜 식구들한테 연락을 안했어? 그 시인이라는 엉터리는 어디루 간 거야? 그에게는 알렸어?

나는 정희의 입을 잠깐이라도 막아두려고 말길을 돌렸습니다.

너 커피 한잔 줄까? 일루 나와.

내가 먼저 쪽문을 열고 부엌 봉당 겸 작업실로 쓰는 데로 내려갔고 정희에게 간이의자를 권했지요. 나는 그애가 주위에 널려진 캔버스며 화구 들을 둘러볼 동안 커피를 끓였어요. 내가 커피를 타서 그네에게 내밀자 정희는 찻잔과 받침을 받아들고 한모금씩 마시면서 구석에 세워진 작년 가을의 초상을 돌아보았어요.

저 사람이야?

그럴려구 했는데, 아직 안 끝났어.

미안해…… 언니. 아직도 난 잘 이해가 안 가니까.

아니 괜찮아. 저 사람 지금 징역을 살기 시작했어.

동생은 커피를 조금씩 마시면서 한동안 말없이 앉아 있더군요.

참 모르겠어.

뭐가?

언젠가 책에서 읽었는데 아이들은 자라면서 부모가 지녔던 인생의 한계를 그대루 물려받을 뿐만 아니라 그들의 약점을 자기 것으루 사랑하게 된대. 언닌 아버지 때문에 이렇게 된 거 아닌가 몰라.

그 말이 맞을 수도 있다.

언니두 같은 이념이었어?

꼭 같지는 않지만 찬동하는 면이 있지. 이념은 누구에게나 있지 않니? 부자들이나 독재자에게도.

저 봐, 그건 그 사람 말투였어?

아니, 온 세상 사람들의 말투야. 나는 다만 자유라든가 사람의 기본권이라든가 생존의 존엄성 등등을 존중하는 세상이었으면 해. 그이도 그런 사람에 지나지 않았어.

글쎄 나두 학교에서 운동권 친구들 많이 아는데 다 좋아. 좋긴 한데 특별한 척하는 거하구 병정놀이 같은 권력이 싫어.

나 요새 불경을 보는데 거기 이런 말 있더라. 보살은 자기가 보살행을 한다는 생각조차 잊어먹는 존재래. 악과 싸운다고 생각하는 사람들도 상대방을 닮아서 욕망의 뿌리를 다 잘라버릴 수는 없을 거야. 그게 세상살이의 한계란다. 그래두 그걸 무릅쓰는 젊은이는 아름답지 않니?

난 몰라, 모르겠어. 왜 하필이면 언니가 그런 사람과 기약도 할 수 없는 삶을 감당하려고 하는지……

그래 이건 나의 삶이야. 어느날 갑자기 나에게 온. 나는 그 사람과 꼭 반년 같이 살았어. 그리고 남은 게 은결이야. 또 남은 게 내가 그리고 싶은 그림들하구. 그 사람 말투로 말하자면 사람과 세상의 가장 큰 특성은 변화래. 나는 당분간 밖에서 그리고 그이는 어둠속에서 세계가 변화하는 과정들을 겪을 거야. 나는 열심히 살고 싶어.

나는 아버지가 숨지기까지의 몇달 동안을 밤낮으로 함께 지내면서 서로의 눈빛만으로도 이해할 만큼 가까워졌어요. 나중엔 내 쪽에서 모든 매듭을 다 풀고야 말았지만. 아마 엄마는 오래 전에 아버지가 산 생활을 하시던 때에 벌써 졸업을 해버렸겠지만요, 나는 아내가 아닌 딸이니까 시간이 더 걸린 셈이겠지요. 그래요, 사는 일에는 에누리가 없지요. 이제 와 생각해보면 어떤 시련이나 고통이든 끌어안고 겪는 이에게만 꼭 그만큼 삶은 자기의 수수께끼에 대한 해답을 차례 차례로 내놓거든요. 참으로 지당한 말씀.

앞으로 어떻게 할 거야?

정희가 답답하다는 듯이 두 손을 벌려 보이며 목소리를 높였어요. 나는 훨씬 너그럽게 대답했습니다.

방금 다 말했잖니? 열심히 살 거라고.

정희는 백을 가져다가 열더니 담배 한대를 꺼내어 불을 붙여서 제법 익숙하게 깊숙이 빨고는 사연 많은 아낙네같이 길게 내뿜었어요.

하는 수 없이 나두 찬성할게.

그네는 다시 덧붙였습니다.

언니는 참…… 대단해.

그래, 날 좀 도와줄래?

엄마를 놀라지 않게 해달라구? 그 이상 해줄 거야. 은결이두, 말하자면 우리 같은 딸이잖아?

나는 가슴에 무슨 전기라도 닿은 것처럼 찌릿해졌는데 때마침 은결이가 선잠이 깼는지 울기 시작했어요. 내가 얼른 일어나 방으로 들어가 은결이를 안아올렸더니 궁둥이께가 축축해요. 은결이를 다시 누이고 기저귀를 갈아주기 시작했어요.

오오, 우리 은결이 꿉꿉해? 아이, 착해라. 엄마가요, 찌찌두 닦아주구 똥꼬두 닦아주구 그러구 맘마두 주께에.

어쩌구 중얼거리는 동안에 정희는 부엌 쪽마루에 걸터앉아 우리 모녀를 구경하구 있었어요. 나는 익숙한 솜씨로 아가의 궁둥이에 베이비 파우더를 뿌리고 두 다리를 잡아올려 기저귀의 뒤쪽을 고무줄에 끼우고 두 다리를 내리고 오므려서 앞쪽을 여며주었지요. 안아올려서는 가슴에 안고 준비해두었던 젖병에다 정량을 타서 한손으로 흔들었어요. 쪽문 너머에서 정희는 나의 모든 행동을 홀린 듯이 넘겨다보았구요.

우유 먹이는 거야?

응, 첨에 한동안은 모유를 먹였는데 어쩐지 점점 모자라.

알 수 없어. 누구나 그런가? 아이를 몇명 낳아 기른 여자처럼 늠름해.

저절로 다 하게 되는 거야.

나는 은결이에게 우유를 다 먹이고 나서 가슴에 비스듬히 세워서 안고는 등을 몇번 토닥여주었습니다. 아기가 트림을 했지요. 다시 은결이를 자리에 누이고는 나직하게 자장가를 불러주었구요. 그건 어릴 때부터 할머니를 통해서 어머니에게 전수되고 어머니가 우리를 재우면서 하던 단조로운 곡조의 그 노래였지요.

자장 자장 자장 자장 우리 아기 잘도 잔다 멍멍개야 짖지 마라 꼬꼬닭아 우지 마라 쥐도 자고 새도 자고 하늘나라 아기별도 새록새록 잘도 잔다 엄마 품에 꼭 안겨서 칭얼칭얼 잠노래를 그쳤다가 또 하면서 쌔근쌔근 잘도 잔다 자장 자장 자장 자장.

정희가 다녀간 뒤로 전보다는 마음이 훨씬 편해졌어요. 은결이는 벌써 기어다니기 시작했고 나를 보면 방글방글 웃기까지 하구요. 아기가 자랄수록 세월은 어찌나 빠르게 지나가는지. 십일월 중순에 첫눈이 내렸어요. 싸락눈이긴 했지만 첫눈이 빨리 오면 이듬해 과일이 잘된다고 갈뫼사람들은 말했지요. 나는 봄이 되면 나와 은결이의 새생활을 위해서라도 여길 떠나야겠다고 작정하고 있었습니다. 대학원에 가기로 결심했다구 했잖아요. 이제 시골에서의 여학교 교사생활은 나의 불투명한 사생활로 끝장이 났으니까. 아니 무엇보다도 나는 자

신의 길을 혼자 가야만 했거든요. 나는 당신과 있을 적보다 더 강인해
졌다고나 할까.

어느날 우유도 잘 먹고 흥얼대며 놀기도 잘했던 은결이가 밤이 되
니까 이상한 기침소리를 내면서 우는 거예요. 이마에 땀까지 흘리고.
그래 손을 대봤더니 아주 뜨거워요. 나는 아무것두 모르니까 겁이 나
고 더더욱 무서운 건 이 아이가 잘못되면 세상에는 오직 나 하나밖에
남지 않게 된다는 사실이었어요. 나는 아이를 포대기에 뚤뚤 말아 들
쳐업고 그 위에다 아기 이불까지 덮어씌우고는 우선 아랫집 사모님에
게로 달려내려갔어요.

사모님, 우리 은결이가…… 큰 탈이 났어요!

사모님과 교감선생님이 마루로 뛰어나와 아기의 머리에 손도 짚어
보고 하더군요.

열도 많고 숨소리가 갈그랑거리는 것이 심상칠 않은디. 얼릉 전화
혀서 택시 부릅시다.

교감선생님이 차부에 전화를 하고 사모님은 외투를 걸치고 나와 함
께 읍내 병원에 갈 채비를 차렸어요. 나는 택시를 기다리던 그 순간에
저절로 엄마의 충실한 교인으로 변해서 다른 기도는 할 줄 몰라 그저
주기도문만 주문처럼 되풀이해서 외웠어요. 저 멀리 과수원 사이 오
솔길로 자동차의 앞등 불빛이 움직여오는 걸 보고 나는 울음이 솟아
나왔어요. 사모님과 나는 읍내 제중병원으로 곧장 달려갔지요. 벌써
그 시간쯤의 읍내에는 인적도 끊기고 중심가의 길 양쪽에 늘어선 상
가들도 모두 문을 닫아버린 뒤였지요. 밤늦게 몰려나온 동네 개들만
몇마리 읍사무소 앞 네거리에서 어슬렁대고 있었구요. 나중에 살아가
다 주변 친구들에게서 듣고 알았지만 내가 뭐 혼자 아기와 남겨져서
더욱 그런 건 아니라고들 해요. 갑자기 이런 세상에 나에게서 태어난
아기가 불쌍하고 안쓰럽고 그애에게 미안할 정도로 무력감이 가득 차

서 주저앉고 싶었답니다. 특히 병원문 앞에 이르러 철제 셔터가 내려진 캄캄한 병원문을 두드리고 섰을 때 그랬죠. 사모님이 내 어깨를 토닥이면서 말했어요.

여그는 아무도 없는갑네. 쩌그 뒤에가 살림집인께 나가 글로 가서 으사를 불러볼 참여. 한선생은 여그서 꼼짝 말고 있으소.

사모님이 병원건물 옆에 난 골목으로 들어가더니 어느 집 대문을 두드렸지요. 불이 켜지고 두런대는 소리가 들리더니 사모님이 나를 불렀어요.

은결아아.

나는 얼른 그리로 달려갔지요. 낡은 일본식 가옥 현관에 불이 켜져 있는데 대문은 열려 있었어요. 사모님이 말했어요.

이젠 되았네. 으사가 나온다고 했은께.

밤늦게 미안하네요.

미안허긴 뭐가 미안혀. 보나마나 테레비 야구나 보고 있던 참일 거여.

머리가 벗어진 아저씨가 스웨터 바람으로 나오더니 우리를 안으로 들어오라고 하고는 저희 집 마당으로 해서 병원건물 뒤편으로 데리고 갔어요. 뒤의 쪽문을 열고 들어가서 계단을 한층 올라가니까 병원의 대기실이 나와요. 우리는 서둘러 진찰실로 들어갔지요. 나는 의사의 지시대로 아이를 진찰대 위에 올려놓고 이불을 젖혔어요. 의사가 먼저 청진기를 어린것의 살갗에 대기 전에 나에게 물었어요.

열이 많고 목도 부었는데 어디가 어떻게 아팠습니까?

저녁때까지는 잘 놀고 우유도 먹었어요. 몇시간 전부터 기침을 하고 숨소리가 거칠고 열이 났어요.

의사가 청진기를 대어보고 아기의 입을 벌려 혀와 목구멍을 살피고 체온계를 아기의 몸에 넣어보고 나서 그러더군요.

출생한 뒤에 예방접종을 했습니까?

아…… 아직요.

허어, 지금 몇개월 됐지요?

지금 구개월째예요.

백일해입니다. 홍역 예방접종도 안했죠?

네에, 시골에 살아서……

거기선 읍내가 아니면 모두 시골 산다고 그러거든요.

그래도 아직 시초니까 다행이오. 오늘 일단 응급처치만 하고 내일부터 빠짐없이 병원에 다녀야겠어요.

나는 조금 안심이 되었습니다. 은결이는 잘 울지도 못하고 가끔씩 강아지처럼 끼잉 하는 소리만 내고는 잠잠해졌어요. 주사도 맞고 약도 지어 받고 병원을 나섰는데 이번에는 안에서 문과 셔터를 빠끔히 열어주어 정문으로 나왔지요. 바깥은 아까보다 더욱 캄캄해졌구요. 우리는 택시가 밤늦게까지 모여 있는 차부로 걸어나왔습니다. 사모님이 포대기 위로 내가 업고 있는 은결이의 궁둥이를 토닥였습니다.

아이고오, 느이는 복도 많다. 쬠만 아파도 주사도 맞고 잉. 한선생, 백일기침이나 홍역쯤은 옛날 같으면 암것도 아녀. 아그덜 자람서 차례차례로 고뿔 들드키 치렀응께. 그게 다 클라고 하는 거여.

내가 갈뫼를 떠나야 한다고 생각한 건 그날 밤이었죠. 그리고 어쩐지 나는 훌륭한 엄마가 될 수는 없을 거라는 생각이 들었구요.

어느 때, 아마 텔레비전 앞에 많이 앉아 있던 유학시절이었겠지만 대평원에 사는 사자들의 생태를 다룬 다큐멘터리를 본 적이 있어요. 글쎄 말이죠, 숫사자는 아무것두 아닌 거예요. 그야말로 생식에나 잠깐 필요할 뿐 먹고사는 데도 후대의 양육에도 아무런 쓸모가 없는 거 있죠. 공연히 모양만 좋은 갈기털을 날리며 위엄을 부리고 어슬렁거리지만, 대부분의 시간을 하품이나 하며 낮잠으로 보내고 암컷들에게 권력과 서열을 확인시킬 때에는 초원이 온통 떠나가라고 으르렁거리며 울부짖지요. 그리고 다른 숫사자들과 겨루어 암사자 무리들을 차지하기만 해요. 먹이사냥을 할 때에도 숫사자는 뒷전에서 우두커니 앉아서 게으르게 구경을 하다가 날렵한 암사자들이 협동을 해서 먹이를 잡아놓으면 그제서야 슬슬 나타나 가장 맛있는 부분을 제일 먼저 독식해요. 그것은 새끼들에게도 관심이 없고 귀찮으면 물어죽이기까지 한대요. 새끼들을 기르고 먹이는 것은 암사자들만이 하는데 그들은 서로 남의 새끼들까지도 돌보아준대요. 그런 반면에 수컷들은 서로 정상자리를 놓고 싸우다가 우두머리를 몰아내고 새 우두머리가 생기면 그놈은 이전의 두목이 퍼뜨린 새끼들까지 모조리 물어죽이고 말아요. 저항하는 암사자까지도. 뭐 사자 일족의 순수한 혈통 보존을 위해서라나.

내가 이런 생각을 한 건 무슨 남자라든가 정치라든가 문명의 이야기를 하려던 건 아니었어요. 어미와 새끼는 왜 그런지 애처로워요. 자연은 이들을 그렇게 묶어두었어요. 냉혹하지만 무심한 것이 하늘의 뜻이기도 하고. 그런데 이들도 때가 되면 가차없이 헤어지고 말지요. 사자 이야기를 했지만 사냥감인 들소 어미는 눈앞에서 새끼가 물려죽는 꼴을 멀찍이서 바라보다가 마지막 순간에 허공으로 쳐들린 다리의 경련이 멈추고 나서 먹히기 시작하면 푸르륵 콧바람 소리를 내고는 동료들이 있는 곳으로 떠나가요.

아아, 나는 그런 어미가 된 거예요. 겨울이 다 가고 갈뫼의 골짜기 깊숙한 곳마다 얼어붙었던 시냇물이 속에서부터 천천히 녹아내리며 버들강아지가 피고 생강나무에 노란 꽃이 피어나기 시작할 무렵이 되어 드디어 팔십삼년 봄이 되었어요.

나는 이미 지난 겨울에 은결이가 병원에 가던 날 집으로 돌아가기로 작정했잖아요. 집이라니…… 당신도 우리 곁에 없는데. 우리집은 원래 여기였어요. 그렇지만 나는 어머니에게 손들고 들어가기로 했죠. 은결이에게는 따뜻하게 보살펴줄 가족들이 필요했으니까요. 나는 사모님에게 말하고 화구며 책이며 중요한 짐들과 은결이에게 필요한 것들만 추려서 먼저 부치고 기저귀 가방 하나 들고서 은결이와 함께 버스를 탔지요. 이제 은결이의 첫돌이 코앞에 다가와 있었답니다. 내가 약속대로 떠나기 며칠 전에 편지를 보냈고 이어서 속달로 도착한 정희의 편지가 나에게 용기를 주기도 했어요.

정희에게

나 드디어 서울로 올라가려고 한다. 네가 그동안 보내준 것들은 정말 쓸모가 있었어. 은결이의 아가옷들은 물론이고 젖꼭지라든가 이유식들도 그랬고. 어쩌면 너는 그런 물건들을 찾아낼 수가 있었니? 처음으로 네가 보내준 육아전서를 읽고 나서 내가 그동안 얼마나 무식하고 어리석은 엄마였나를 알았어. 보내준 시집이며 내가 부탁했던 책들도 정말 고마웠다. 문득 눈에 띄는 구절이 생각나 적어둔다.

방금 떨리던 나뭇가지의 여운은 날고 있는 새의 가슴속에 있다. 산 위에 서 있는 나무는 바람에 흔들리지만 떨어져간 나뭇잎들엔 깃이 닿은 온기가 남아 있다.

그래 어머니에게는 네가 전에 말하던 대로 놀라시지 않도록 한자락 깔아두었니? 나는 감히 식구들의 도움을 바라고 있는 거야. 공부를 하겠다구 그랬지. 뭐 별다른 이유는 없어. 다만 아이와 둘이서 살아가기 위해서는 자립할 수 있는 기반이 필요할 것 같아서야. 그렇게 하려면 시간이 필요하잖아. 자세한 말씀은 내가 할 테니까 그냥 귀띔만 해드려라. 너는 이담에 정상적인 사람을 만나서 내가 끼친 불효를 모두 한꺼번에 만회해주기 바래. 아마도 우리가 상경하는 건 일러도 다음주말이 되어야 가능할 거야.

그가 무기형을 받았다는 엽서를 내게 보냈다고 지난번 편지에 썼는데, 유신체제 시절에는 사형을 받고도 버젓이 살아 돌아오지 않았니? 적어도 삼년쯤이면 그가 돌아올지도 몰라. 아니면 좀더 길어질지도. 세계가 두 쪽으로 갈라져 있는데 천지개벽이 없는 한 그는 세상구경을 못하게 될지도 모르고.

윤희 언니

편지 반가웠어. 나두 이맘때쯤으로 알고 있었는데 은결이 돌두 가까워오고 해서 은근히 마음을 졸였어. 언니의 편지를 받자마자 나는 틈을 보다가 엊그제 토요일에 엄마에게 청을 넣었지. 나 아르바이트 해서 돈 좀 받았거든. 전에도 얘기했듯이 시간제 가정교사를 하는데 요새는 보수가 많이 올랐다구. 엄마에게 멋진 레스또랑에 가서 저녁 살 기회를 달라고 졸랐어. 바빠서 안된다는 엄마에게 초저녁 시간을 피해서 찾아갔지. 요즈음 결혼씨즌이라 한복집은 주말 저녁이 더 바쁘대. 역시 신붓감과 그 어머니들로 가게는 눈코뜰새 없이 붐볐어. 나는 참을성있게 기다렸어. 아홉시가 넘으니까 신통하게도 썰물 빠지듯이 손님들이 사라지는 거야. 내가 엄마에게 우리 약속을 환기시켜드리니까 엄마두 싫지는 않은 기색이었어. 나는 엄마를 이끌구 점찍어두었던 곳으로 갔어. 저녁 손님이 한차례 빠져나간 다음이라 자리는 비교적 한산한 편이었어. 우리는 남산과 서울의 야경이 한눈에 내려다보이는 모퉁이의 명당자리 창가에 앉았어. 나는 언니가 학교를 사직했다는 데서부터 이야기를 풀어내기 시작했지. 그리고 언니는 아마 대학원에 진학할 모양이라고.

그런데 참, 우리 엄마는 귀신이야. 전에두 그랬잖아. 우리가 자랄

적에 우리들하구 하루 종일 함께 지내며 온갖 놀이두 같이 놀아주고 밥두 같이 먹구 하시면서도 아버진 모르는 일이 많았지만, 엄마는 시장에서 돌아와 방안을 한바퀴 쓱 둘러보고 우리와 눈을 맞추기만 하면 무슨 일이 일어났다는 걸 금방 알아맞히곤 했잖아.

　엄마는 내 이야기를 주의깊게 듣기만 하더니 고개를 끄덕이고는 또 기다리는 거야. 마치 그래서…… 하면서 참을성있게 대답을 재촉하는 듯한 눈빛으로. 나는 머뭇거리면서 차마 말을 못하고 망설이고 있었어. 엄마가 이러는 거야. 그래, 다 끝났니? 그 얘길 하려구 날 불러낸 것 같지는 않구나. 나는 얼결에 이렇게 말했어. 엄마, 언니가 결혼을 하겠대요. 엄마는 차분하게 되물었어. 그래, 잘됐구나. 어떤 젊은이냐? 나두 잘 모르지만, 시를 쓴대. 우리 엄마는 희미하게 웃으셨어. 그러곤 이러는 거야. 난 책벌레에게 데었는데, 시를 읽는다면 모를까 쓰는 일은 사는 데 별로 도움이 안되거든. 요샌 머 그렇지두 않대요. 학교 선생님두 하구 출판사나 신문사나 머 직업은 많대요. 엄마는 역시 아버지의 아내였어. 고개를 흔들며 이렇게 말했어. 직장 걱정을 하는 게 아냐. 사회가 어려운 시절이 되면 시를 쓰는 사람은 못 견디게 된다더라. 모든 책에는 사회가 이러이러해서는 안된다고 씌어 있거든. 그 틈에 나는 얼른 비집고 들어갔지. 사실은 언니 그 사람이 지금…… 감옥에 들어가 있대요. 엄마는 그때 아예 포크를 접시 위에 내려놓고 고개를 돌리더니 한참이나 창밖을 내다보고 있었어.

　너 지난번에 윤희네 시골 갔다왔지? 그땐 별일 없구 건강하다구 하더니…… 나는 그냥 고개를 숙이고 엄마의 끓어오른 감정이 가라앉기를 기다렸어. 그러자, 내 마음속에서는 언니의 외로움과 고통이 생각났고 더욱 은결이의 잠든 얼굴이 생각나는 거야. 엄마, 힘드신 우리 엄마지만 우리의 아픔도 엄마 인생의 일부분이라는 생각이 들었어. 엄마도 결국은 아버지를 그런 방식으로 선택했으니까. 나는 사실대로 전부 말하려고 작정해버렸지. 엄마, 언닌 그 사람과 아무도 몰래 결혼했어요. 반년이나 같이 살았구요. 저한테 편질 했는데 서울로 올라오기루 했대요. 일단 거기까지만 말했어. 엄마가 두통이 난 사람처럼 두 손가락을 관자놀이에 갖다대고 식탁 위로 고개를 숙이고 계시잖아. 화장실에 다녀오신 엄마는 멀쩡했다구. 화장도 지워진 데가 없었다니까. 엄마는 그때부터 침묵이야.

집에 와서도 두번 다시 언니에 대해선 묻지 않았어. 참 독하지? 나는 아직 은결이 얘기는 하지 못했어. 아마 이 편지를 붙이고 나면 나 스스로에게 쫓겨서라도 말을 하구 말 거야. 나는 다만 우리 가족들에게 은결이가 얼마나 소중한 존재인가만을 이야기할 거야. 우리 독한 엄마가 손녀를 하루라두 빨리 만나고 싶어지도록 말이지. 이제 와서 생각하니 나는 참 아직두 어린애야. 아버지와 엄마와 언니는 어쩌면 그렇게 서로 닮았는지 몰라. 생에 대한 두려움이 없는 사람들같이. 어서 집에 와. 속 끓이지 말구.

15

교도소로 이감 가서 겪은 첫해의 겨울은 혹독했다.

나는 엄중 독거수였으므로 정치범들이 있는 특사에 수감되지 못하고, 일반수 사동의 복도 끝쪽에 칸막이를 하고 방을 나누어 독방으로 만든 징벌방 크기의 방에 갇혔다. 반으로 잘랐으니 옆에도 독방이 있었지만 그쪽에는 아무도 들이지 않아서 늘 비어 있었다. 나는 완전히 혼자가 되었다. 한평이 채 못되는 방은 옮겨다니면서도 어디나 똑같았으므로 나중에는 익숙해졌다.

독방의 겨울은 벌써 시월부터 시작되었다. 빛은 한줌도 들어오지 않는다. 그래서 철문에 뚫린 시찰구는 벽의 장식처럼 보인다. 문 아래에 밖에서 잠금장치가 되어 있는 식구통은 하루에 세번 밥이 들어올 때만 열린다. 문 옆으로 비좁은 공간이 있어서 거기 앉은뱅이책상을 놓았는데 밖으로 나갈 때면 몸을 비스듬히 틀어야 할 정도로 문짝 넓이의 절반쯤을 가로막고 있다. 책상 위쪽에 형광등이 달려 있다. 형광등은 일년 삼백육십오일 절대로 꺼지지 않는다. 감옥에서는 소등이 없기 때문이다. 죄수가 안에서 먹건 싸건 잠자건 용두질을 치건 밖에서 감시자가 살펴야 하기 때문이다. 사방의 벽은 물론 천장까지도 모두 시멘트 벽이다. 다만 바닥에는 마루가 깔려 있다. 관급 매트리스를 깔고 누우면 옆에 꼭 한뼘쯤이 남는다. 일어나 앉아 두 팔을 벌리기도 전에 두 벽이 닿는데 팔을 다 펴지는 못할 정도의 공간이다. 발치에 세 뼘쯤 남는데 그곳을 세면도구나 사물을 두는 공간으로 이용한다. 거기 각목틀에 비닐을 씌운 문짝이 달린 변소가 있다. 시찰구에서 들여다보면 쭈그리고 앉은 수인의 꼬락서니가 훤히 보인다. 다리에 쥐가 날 정도로 비좁은 공간이다. 일을 보고 나면 소변은 한 바가지 대변은 두 바가지의 잡수를 뿌려주어야 한다. 냄새가 지독하므로 음료수병을 얻어 물을 반쯤 채운 다음 변기구멍에 거꾸로 박아놓아야 한다. 고참들은 고무장갑을 얻어다 빵빵하게 물을 채워 럭비공처럼 만들어서 끈에 매어 구멍에 박는다. 일을 보기 전에 끈을 당겨올리기만 하면 변기구멍이 열린다.

변소에는 제법 꼴을 갖춘 두 짝짜리 창문이 아래위로 달려 있는데 좀 형편이 나은 곳은 유리 대신 아크릴로 창을 내고 낡은 곳에서는 그냥 나무 위에 비닐을 박아놓는다. 변소의 창문은 유일하게 밖으로 외출을 나가는 곳이기도 하다. 하늘의 어느 구석, 산의 모퉁이, 달이 지나는 행로의 어느 부분, 별 몇점을 만날 수 있는 공간인 셈이다. 우리는 많은 시간을 여기 서서 보낸다. 그 작은 사각의 틀은 언제나 같은 그림을 담고 있지만 누구나 마음속의 그림을 새롭게 그려넣을 수 있기 때문이다. 나는 변소의 비좁은 사방 벽과 천장에 있는 얼룩이며 페인트가 벗겨진 자리를 머릿속에 재현할 수 있을 정도로 잘 알게 되었다. 쭈그리고 앉아서 눈앞의 얼룩과 무늬를 이리저리로 꿰어맞추며 형상을 만들어보고는 하였다. 토끼나 개를 닮은 모양도 있고 긴 머리카락을 늘어뜨린 여자의 상반신이 되기도 하고 어느 것은 남녀의 성기를 닮은 것도 있다. 비슷하지만 상상 속의 모양과 조금 다른 것들은 손톱으로 긁거나 떼어내서 형상을 완성해두는 것이었다. 몇달이 지난 뒤에 보면 다시 얼룩과 흔적들은 다른 모양으로 변해 있곤 했다.

　수의 안에 털스웨터와 조끼를 입고서도 아침저녁으로는 너무도 등이 시리고 떨려서 담요를 둘러쓰기까지 하는데 고참들에게서 냉수욕으로 추위를 물리치는 법을 배웠다. 그리고 모범수와 환자에게 지급되는 물통을 구했다. 물통은 방수 패킹이 달린 군대의 탄약통이었는데 거기 더운물을 가득 채운 다음 뚜껑을 단단히 막고 주머니에 담아서 침구 속의 발치쯤에 넣어두면 아침까지 온기가 남아 있었다. 겨울날 하루 중 가장 추운 어둑어둑한 새벽에 체온으로 따스하게 데워진 잠자리에서 빠져나오는 일은 날마다 하나의 결단이었다. 그러나 이 순간을 잘 이겨내지 않으면 하루가 망가져버린다. 아침 식전의 이 몇 시간 동안의 정신상태야말로 온 하루를 지배하는 것이다. 그냥 담요 속에 처박혀서 꿈지럭대다가 아픈 시늉을 하고 운동시간까지 놓치고 나면 그날은 태양은 물론 너른 바깥공간의 대기마저 한모금 마실 수가 없다. 해가 금방 지고 나서 저녁 추위가 감방에 몰려오기 시작하고 사방의 벽이 온몸을 조여올 때 문에다 머리를 처박으며 소리를 힘껏 지르지 않으면 미쳐버릴 것 같게 된다.

　그래서 하루를 이겨내기 위해서는 벌거벗은 알몸으로 변소에 뛰어든다. 변소 입구의 비좁은 공간에 놓인 잡수통 뚜껑을 열면 살얼음이 끼여 있다. 플라스틱 바가지로 얼음을 깨고 작은 양동이에 퍼담은 뒤 수건을 물에 축여서 냉수마찰을 시작한다. 비닐 사이로 새어든 바람이 젖은 몸에 닿을 때마다 피부가 찢어지는 듯하다. 한참 살갗을 문지르다 보면 어느새 살이 발갛게 되면서 전신에 활기와 온기가 돌게 된다. 마지막 남은 물로 얼굴을 씻고 양동이째로 머리에서부터 들이붓는다. 이가 맞부딪친다. 수건으로 몸의 물기를 닦아내고 특히 귓바퀴는 동상이 잘 걸리니까 수건으로 구석구석 여러번 닦아준다. 잠깐 호흡을 고르고 나서 시찰구의 철창을 잡고 팔굽혀펴기를 하거나 제자리 뛰기를 한다. 감옥에는 겨울과 여름 두 계절만 존재한다. 봄이나 가을은 너무도 짧고 덧없어서 언제 끝났는지도 모르게 지나가고 달력에만 남아 있을 뿐이다.

출역수들이 공장으로 나가고 나면 배식이 시작된다. 배식준비, 하는 소지들의 고함소리와 함께 달구지의 쇠바퀴 소리가 지겹게 들리면서 음식냄새도 차츰 가까워진다. 복도에 붙은 차림표는 그럴듯하지만 음식은 모두 비슷비슷해서 건더기는 없고 정체 모를 국물만이 남아 있다. 국인지 찌개인지 조림인지 대충 짐작할 수 있는 것은 내용물이 한두 가지씩 국물 밑에 남아 있기 때문이다. 가끔 두부나 꽁치나 돼지고기의 큰 덩어리가 담기는 날은 그런대로 운이 좋은 날이다. 나는 처음엔 식구통으로 밥이 들어올 때마다 어쩐지 목이 메었다. 무슨 짐승 같고 세상의 밑바닥에 처박힌 느낌이 들고 먹고 살아내야 하는 일이 아득하고 지겨웠다.

야아, 운동시간이다. 밥을 먹고 식기를 닦고 잡수를 받고 쓰레기를 비워내고 방을 깨끗이 걸레질하고 나면 나갈 준비를 하고 운동담당이 오는 발걸음 소리에 귀를 기울인다. 귀에 익은 그의 목소리가 들린다. 답답했지요? 운동 나갑시다. 철커덕, 철문이 열리고 복도가 무슨 고급 호텔의 로비처럼 넓고 길게 나를 기다리고 있다. 사동 밖으로 나서면 날씨는 쌩하니 차갑고 산에서 불어오는 칼바람이 귓전을 날카롭게 스치며 불어온다. 일반수들이 쓰는 너른 운동장에서는 공장 출역수들이 갖가지 운동을 하는 중이다. 팬티바람으로 나란히 짝을 지어 몇바퀴씩 돌고 있는 사람, 수평틀이나 철봉대에 매달린 사람, 무리를 지어 족구나 땅탁구를 치는 사람들, 배구를 하는 무리, 찜뿌를 하는 무리,

그냥 양지쪽에서 해바라기를 하는 무리, 그리고 고참과 왈왈구찌들은 점잖게 고급운동복을 입고 라켓을 들고 공 줍는 아이들까지 거느리고 테니스를 친다. 나는 철창으로 가려진 통로를 지나 그 앞을 지나쳐서 사동과 사동 사이의 빈터로 간다. 전에는 정치범 전용의 운동장이 있었지만 누군가 배가 아팠는지 그 자리에 강당을 지었다. 다른 곳으로 이감 가서도 정치범들에게 너른 운동장이 허용된 곳은 없었다.

구치소에서는 저 유명한 벤담의 일망 감시시설을 본뜬 원형 칸막이가 운동공간이었다. 이 시설물은 수인 각자가 보여지기만 할 뿐 남을 볼 수는 없게 되어 있다. 벤담의 감옥은 원래 베르싸유의 동물원 시설에서 착상을 얻었다고 하는데, 가장 바깥쪽에 원형의 높고 긴 담을 둘러치고 케이크나 피자를 자르듯이 부채꼴 모양으로 칸을 나누었다. 각 칸막이마다 문이 달려 있어서 수인을 안으로 밀어넣고 문을 닫으면 그는 그냥 부채꼴의 시멘트 담 속에 혼자 갇힌다. 원형의 탑이 중앙에 있고 이것은 이층으로 되어 있다. 바깥 테두리보다 작은 원형 본체로 들어서면 각 칸막이로 들어가는 문이 마치 비행접시의 문처럼 둥그렇게 둘러싸고 있으며 문에는 번호가 붙어 있다. 몇번 공간으로 들어가라고 하면 수인은 문을 열고 부채꼴의 공간으로 나아가게 된다. 감시자는 계단을 통하여 위로 올라가 사방의 칸막이를 위에서 동시에 관찰할 수가 있다. 그러나 나는 감시자가 우리를 칸막이에 넣어두고 정말로 충실히 수인들을 관찰하기 위해서 탑의 가장자리를 빙글빙글 돌아다니거나 하는 꼴을 본 적이 없다. 그는 어딘가 보이지 않는 편안한 자리에 앉아 담배를 피우고 있거나 동료와 잡담을 하고 있을 것이다. 하지만 위에서는 언제라도 마음만 먹으면 고개를 쭉 빼거나 돌려서 어느 칸에서 누가 무엇을 하는지를 살필 수가 있다. 시설은 참으로 상징적이었다. 연구실의 쥐새끼들처럼 우리들의 맴도는 움직임은 적나라하다.

어떤 이는 칸막이 너머에서 혼자 씨부렁거리며 공을 시멘트 담에다 차고 부딪쳐오면 되차기를 반복한다. 어떤 이는 그냥 좁은 공간을 숫자를 헤아리며 돈다. 또 어떤 사람은 우두커니 서서 담 너머로 보이는 야산이나 하늘을 올려다본다. 나는 주로 하늘과 땅을 오르내렸다. 하늘에는 구름과 또는 새가 날아갔다. 그리고 여러가지 모양으로 생긴 여객기가 같은 코스를 날아갔다. 나는 남쪽으로 직행하는 것과 동남쪽으로 가는 것들을 구분할 수가 있었고 그것이 국내선인지 국제선인지도 비행기의 크기와 모양으로 짐작했다. 돌아오는 비행기는 낮게 날아서인지 훨씬 크게 보였다. 나는 그 안에 타고 있는 사람들을 생각했다. 의자를 편안하게 뒤로 젖히고 잠든 사람, 부스럭거리며 뭔가 먹고 있는 사람, 아이를 달래는 사람, 잡지나 신문을 보는 사람, 음악을 듣는 사람, 통로를 오가는 남녀 승무원들, 그리고 화장실에서 쭈그리고 볼일을 보는 사람, 애인과 입을 맞추려고 고개를 돌리는 사람, 그들 무심한 모든 세상의 사람들…… 아래에서 나는 이 시멘트 콘크리트의 칸막이 안에 혼자 있다.

그 칸막이 시절에 내가 좋아하던 놀이가 있었다. 화초 기르기와 개미 돌보기였다. 봄에서부터 여름까지 칸막이 안에는 시멘트 담의 그늘과 양지를 따라서 작은 풀꽃이며 잡초들이 쉴새없이 자라났다. 가장 흔한 것이 민들레나 씀바귀 그리고 제비꽃이었다. 나는 그중에서 제일 예쁘게 꽃이 핀 줄기에 물을 주었다. 빈 우유갑에 물을 담아가지고 칸막이까지 찾아와 간신히 피어난 여린 풀꽃들을 먹였다. 다른 잡풀들은 뭉툭하게 한줌이 될 만하게 꺾어서 시멘트 담에다 글씨를 쓰는데 일단 푸른 풀물의 자취가 남아 있다가 하루만 지나면 빗물에도 씻기지 않고 하얗게 자취를 남겼다. 시국사건으로 들어온 학생과 노동자들이 시멘트 담의 사방에 저희들의 구호라든가 투쟁목표를 적었고 공범들에게 메시지를 남겨두기도 했다. 군사파쇼를 타도하라! 노동자에게 권력을! 미제를 몰아내자! 민주주의 만세! 그래서 검열이 있게 되면 교도관들은 우선 시멘트 담을 씻어내고 각 칸막이 안의 잡초를 깨끗이 쓸어버린다. 그냥 손으로 꺾는 게 아니라 잡역들을 시켜서 호미로 매어버린다. 아아, 내가 소중하게 길렀던 꽃들도 뿌리까지 뽑혀서 말라붙어 있었다. 꽃은 너무 여려서 이미 흔적과 형체도 남아 있지 않았다.

칸막이 안에는 여러 종족의 개미들이 살아간다. 가장 작고 몸집이 새까만 것들, 윗몸은 검고 아랫도리는 통통하고 붉은 것들, 그들보다 조금 크고 재빠른 것들, 아주 크지만 무리가 적은 왕개미들. 나는 그중에서도 굴파기를 잘하고 작업에 열광적인 작은 검정개미들을 사랑했다. 내가 그들을 하염없이 들여다보며 사귀게 된 것은 바깥에서 넘어들어온 날벌레들 때문이다. 한정된 공간의 담 안으로 많은 날것들이 저도 모르게 날아들어왔다가 개중에는 다시 담을 넘어가지 못하고 칸막이 안에서 맴돌며 벽에 부딪치기를 반복하다 시들시들 죽는 벌레들이 있었다. 메뚜기나 방아깨비도 있고 풍뎅이 종류도 있고 때로는 무슨 영문인지 멀쩡한 잠자리도 있었다. 거닐다가 그런 벌레들을 보면 다른 수인들도 그렇다지만 제 신세가 생각나서 대개는 소중히 주워다가 담 밖으로 날려보내준다.

걷기운동을 하다가 죽은 메뚜기가 땅에서 슬슬 끌려가는 걸 보고 개미들을 알아보게 되었다. 먹이를 발견하고 주위를 정찰한 다음 부지런히 굴로 돌아가 동료를 데리고 나오거나, 어김없이 먹이가 있는 장소로 되돌아가는 것도 그렇고 먹이의 주위에 자발적으로 요소마다 절묘하게 배치 붙는 것도 재미있었다. 큰 먹이가 있으면 일제히 몰려나와 소굴로부터 목표지점까지 긴 줄을 이루어 먹이를 나르는 것이다. 다른 종족이 나타나면 과감하게 무리를 지어 덤벼들고 아무리 큰 왕개미도 잘못해서 남의 굴 근처에 갔다가는 당황해서 재빨리 달아난다. 사탕을 한 두어 개씩 호주머니에 넣고 나가서 조금 빨고는 축축한 채로 그들의 굴에서 적당한 거리에 떨어뜨려주곤 했다. 가끔 담가에 쪼그리고 앉아서 꼼짝도 않는 나에게 감시탑의 담당이 거기서 뭘 하쇼?라고 물어올 적이 있었다. 그러면 나는 그냥 고개를 돌려 씩 웃는 얼굴을 보여주었다. 그들도 수인들이 칸막이 안에서 무슨 버릇이 생기는가를 다 알고 있을 테니까. 개미들은 사탕을 발견하면 일단 여럿이 달라붙어 몇시간이고 꼼짝도 않고 진액을 빨며 녹이거나 일단 흙을 덮고 나서 아래로부터 땅굴을 파서 사탕을 지하에 갈무리한다. 설탕가루는 앙증맞은 어금니로 한 알갱이씩 물어나른다. 가을이 오면 여왕개미까지 날아올라 분가하는 것도 보게 된다. 그러다가 겨울에는 정말 아무것도 남아 있지 않게 된다. 구치소에서의 그 칸막이, 시멘트의 상자 안에서도 미물들의 아름다움이 빛나고 나는 차츰 단단해졌다.

이제 지방교도소의 운동공간은 그냥 공장 출역수들이 낮 동안 비우고 떠난 사동과 사동 사이의 빈터였다. 나는 나중에 이곳에 자그만 채소밭을 허락받아 일구게 된다. 옥사 앞쪽은 온통 변소의 창문과 그 아래 오물이 묻힌 시멘트 탱크가 불쑥 솟아나 있다. 냄새는 나지만 그래도 차가운 대기는 싱그럽기까지 하다. 나는 그곳에서 교도소의 내벽을 따라서 걷다가 사동 벽을 돌아서 관구실이 있는 창가로 되돌아오는 산책코스를 빠른 걸음으로 걷는다. 그늘에는 눈이 쌓였건만 내벽 아래 사방공사를 해놓은 비탈에는 늘 햇볕이 쬐어서 마른 풀 사이로 강인한 작은 풀들이 고개를 내밀고 있다. 나는 운동시간에 되도록이면 담당과 아무런 논쟁도 하지 않는다. 그가 비록 하찮은 이야기를 꺼내도 그저 처음 배우는 어린이처럼 고개를 끄덕이며 웃어준다. 이 길의 여러 모퉁이에서 나는 계절에 따라 여러가지 산것들을 만나게 되었다. 송장메뚜기나 쥐며느리나 사마귀도 있고 귀뚜라미도 아주 큰 놈들이 있다. 참개구리도 있는데 장마철에는 작고 여린 청개구리가 변소 창문으로 해서 독방에까지 기어들 때도 있다. 그리고 오물탱크의 부근에는 무수한 땅굴이 보이는데 여기에 무섭게 크고 겁없는 쥐들이 산다. 회색빛의 집쥐가 아니라 누런 갈색 털의 들쥐가 정착한 것 같다. 쥐들은 수인들을 보아도 좀처럼 도망가지 않고 빤히 눈을 맞추어 바라본다. 내가 한번은 비실비실하는 살찐 쥐를 밟아서 잡은 적도 있다. 그놈들은 어둡고 냄새나는 오물탱크 속을 비집고 다니며 재소자들이 설거지하면서 버린 음식찌끼를 골라먹는다. 이들의 천적인 들고양이들도 몰려오게 마련이어서 사동 부근 비상벙커에는 여러 무리가 산다. 교미철에 이들이 앙탈하는 울음소리로 온 사동의 수인들이 깨어나 불평을 하고 뭔가 던지기도 한다. 어떤 고양이는 새끼 때부터 얻어먹어 버릇해서 커서도 자립하지 않고 밥때가 되면 늘 찾아가는 사동의 창가에 앉아 먹이를 달라고 나직하게 울어댄다. 그러면 수인들은 꽁치대가리도 던져주고 오징어도 던져주고 구매품인 소시지도 던져준다. 그들은 고양이의 이름을 지어 부르고 고양이도 제 이름을 부르면 응답하면서 돌아본다. 나는 이들과 운동길에서 종종 부딪친다. 나도 고양이 한마리를 몇주 동안 길러본 적이 있다.

　세 군데의 교도소를 옮겨다니며 여러 해를 지나는 동안에 나는 몇몇 짐승들과 인연을 맺었다. 여러 해라고 했지만 장기수들은 이곳을 집이라고 스스로 부르며 전출을 가고 오는 교도관들을 오히려 손님이라고 부른다. 특히 길면 한두 해 짧으면 육개월이 고작인 교도소장은 나그네로 호칭된다. 오래된 공안수와 전과 누범자가 많은 중부지역의 어느 곳에서는 수감자가 여러가지 생물들을 길렀다. 감자나 고구마나 양파를 반으로 자른 콜라병에다 겨우내 기르는 사람들도 있었고 작업 나가서 캐온 춘란을 기르기도 한다. 어떤 사람은 여름에 수박을 사먹고 씨를 간수해두었다가 이듬해 봄부터 정성들여 키워서 창가에 푸른 덩굴과 주먹만하게 앙증맞은 크기로 열린 수박을 매달아놓기도 한다.

물론 이런 것들은 감사가 나오기 전에 시야를 차단한다는 이유로 무참하게 제거되지만.

거기서 쥐를 길들인 수감자를 본 적이 있었다. 쥐들은 대개 낮에 출역해서 방이 비어 있는 공장 출역 사동에 많은데 화장실이나 마루 밑에 구멍을 뚫어 드나들면서 먹이를 찾게 마련이다. 어느 독방의 수인은 생쥐 한마리가 드나들고 있는 것을 알고 사로잡기로 마음먹었다. 건빵에 마가린을 먹음직하게 발라서 방의 윗목에 두고 기다렸다. 마루와 시멘트 벽 사이에 벌어진 틈새로 생쥐가 기어나왔고 그는 생쥐가 건빵 쪽으로 쪼르르 접근하자마자 틈새를 접착테이프로 막아버렸다. 생쥐가 책상 밑에 웅크리고 있다는 것을 알고는 잡을 생각도 않고 다만 기어나갈 만한 틈새와 구멍만을 단단히 차단했다. 그는 책상 아래쪽에는 아예 관심도 없는 것처럼 끼니때가 되면 음식물을 준비해두었다가 잠자리 곁의 정해진 공간에 종이함을 뜯어서 생쥐의 밥상을 차려두곤 했다. 자는 척하고 있으면 꼼짝도 않던 쥐가 발발 기어나와 음식을 먹더니 며칠 지나서부터는 음식을 갖다두기가 무섭게 버젓이 기어나와 정말 다람쥐처럼 두 손으로 움켜들고 앉아서 먹었다. 독거수는 언제나 생쥐에게 말을 붙였다. 이름도 휴지광고에 나오는 토끼의 이름을 따서 뽀삐라고 지었는데, 뽀삐야 하고 부르면 제 주인에게 달려나와 무릎 위로 기어올랐다. 주인은 책상 밑에 종이함으로 손바닥만한 크기의 집도 지어주었고 그 안에는 담요를 찢어서 폭신하게 자리를 만들어주었다. 나는 그가 뭐라고 쉴새없이 쥐에게 속삭이고 쥐는 그의 무릎에서 손으로 손에서 팔을 타고 어깨로 그리고 머리 위에서 등을 타고 오르락내리락하는 꼴을 여러번 구경했다. 해를 넘기자 생쥐는 제법 커서 한뼘쯤 되었는데 사람과 친해져서인지 징그럽다기보다는 매우 영리해 보였다. 주인이 때때로 목욕도 시키고 목에는 붉은 털실로 목걸이도 해주어서 긴 꼬리만 없다면 제법 애완동물의 티가 났다. 폐방 직전이 나에게는 철창으로 막힌 저쪽 일반수들의 방을 넘겨다보며 사람과 이야기를 나눌 짧은 시간이었는데, 한번은 그의 방을 들여다보니 그가 허공으로 얼굴을 쳐들고 앉아서 하염없이 울고 있었다.

　무슨 일이오, 뭣 땜에 그래?

하니까 그가 철철 흐르는 눈물을 주먹으로 얼른 씻으면서 말했다.

　뽀삐가 없어졌어요.

　잘됐지 뭐, 그놈도 이젠 컸으니까 놓아줘야지.

　아녜요, 오늘 여기 검방 왔어요. 집째로 가져갔어요.

　담당들이 쥐를 갖다가 뭘 하겠어?

　쓰레기소각장에 내갔대요.

　뽀삐는 그렇게 화장처리되었다. 운동이나 작업을 하러 교도소의 높은 담장가에 나가면 종종 갓 나온 새끼참새를 볼 수가 있었다. 어린것들은 지붕이나 나무 위의 둥지에서 어미의 뒤를 따라 나는 연습을 하러 나들이를 나오는 것이다. 담장 위까지 날아올랐다가 일단 땅바닥에 내려앉으면 개중에는 다시 높고 매끈한 시멘트 담장 위로 날아오르지 못하고 벽에 몇번씩 부딪치면서 미끄러져 떨어지는 참새 새끼가 있게 마련이었다. 포르르 날아올랐다가 미끄러지는 꼴을 보면 누군가 달려가서 참새를 계속 벽 쪽으로 몰아붙이면서 간격을 좁혀 맨손으로 잡는다. 담장 위에서는 어미참새가 애가 달아 오르락내리락하면서 울부짖는다. 수감자들은 이런 새끼참새를 잡아다가 기른다.

　독방에서 길들여진 참새를 여러 마리 보았는데 그냥 종종걸음으로 좁은 방안을 뛰어다니며 놀거나 수인의 어깨와 머리에서 졸기도 한다. 식사때에도 주인의 밥그릇에 함께 부리를 박고 먹는다. 주인이 나갔다가 돌아오면 명랑하게 우짖으며 그의 몸 위에 내려앉아 부리를 비빈다. 내가 어째서 참새는 열린 변소 창문으로 날아가버리지 않는지 물었더니 참새의 주인은 간단하게 대꾸했다.

날개를 잘랐으니까요.

그는 참새의 날개를 펼쳐 보여주었다. 부챗살처럼 펼쳐진 날개의 끝이 일직선으로 가지런하게 다듬어져 있었다.

좀 자라기만 하면 이내 잘라주거든요.

나는 참새가 그 주인인 독방의 수감자와 같다고 생각했다. 나도 운동시간에 벽가에 떨어진 새새끼를 주워다 기르려고 해본 적이 있었다. 손을 동그랗게 말아서 새가 달아나지 못할 만큼만 쥐었는데도 할딱이는 여린 생명의 숨결이 손바닥에 전해져왔다. 참새를 조심스럽게 감싸쥐고 방에 돌아와 우선 날개를 자르고 놓아주었더니 방바닥에 처박혀 끊임없이 날개를 휘저었다. 아니 휘젓는 것이 아니라 파르르르 떨었다고 하는 게 정확한 표현일 것이다. 매미나 여치나 파리 같은 무슨 벌레의 날갯짓처럼 깃을 떠는 소리가 대단했다. 나중에 알고 보니 며칠 동안은 붕대 같은 것으로 날개를 감싸주어야 한다던가. 새끼새는 밥알이나 물 한모금도 먹지 않고 계속해서 날개를 거세게 떠는 소리를 냈다. 나는 잠결에서도 어렴풋하게 새가 날개를 떠는 소리를 들을 수 있었다. 아침에 일어나자마자 나는 두 다리와 부리를 위로 향한 채로 반듯하게 누운 새를 보았다. 새는 이미 죽어서 빳빳하고 차가웠다. 나는 어제 저녁까지도 따스하고 발딱거리던 새의 가슴을 기억 속에서 너무나 또렷하게 되살릴 수가 있었다. 자유스런 비상에 대한 참을 수 없는 본능이 그것을 죽였다. 나는 새를 손아귀에 쥐고 운동장에 나가 발끝으로 잔디 밑을 파고 묻었다. 그러고는 한동안 우울했다. 새의 날개 떠는 소리가 무슨 문풍지 우는 소리처럼 귓가에 맴돌았다. 잘못 들었나 하고 귀를 기울여보면 들리지 않았다.

교도소 주위의 들고양이들은 대개 이른봄에 새끼를 낳는데 배가 하얗고 온몸이 새카만 검둥이라는 암컷은 하도 건강하고 생명력이 끈질겨서 두 해도 못되는 사이에 세 배나 낳았다고 한다. 검둥이는 어려서 부터 고시반 방 앞에 와서 아침을 얻어먹고 점심은 이발부에 가서 얻어먹었다. 아침에는 꼭 매점에서 파는 소시지 한개만을 얻어먹었고 점심때에는 이발부의 식사가 아주 좋은 편이었다. 이발부는 고참들이 많고 취장과 가까워서 생선이나 멸치를 꼭 챙겨서 먹이고 있었다.

물론 먹는 형편은 취장이 제일 근사했겠지만 거기엔 소내 고양이들의 황제인 검은 털과 흰 털이 섞인 바둑이라는 잘생긴 수컷이 구역을 지키고 있었다. 떠돌이로 돌아다니는 갈색 털에 줄무늬가 있는 바이킹도 취장싸움에서 황제에게 당해서 한쪽 눈이 멀었다. 검둥이는 새끼 적에 눈 내리는 겨울밤 사동 일층의 창턱에 올라앉아서 처량하게 울었다고 한다. 그 통에 고시반 재소자들이 모두 깨어났는데 실장이 고양이를 데려다 자기 담요 안에 품고 잤다. 고시반 사람들은 제각기 돌아가며 고양이를 돌보았고 검둥이라는 이름도 거기서 지어준 것이었다. 높은 사람 순시가 오면 그들은 검둥이를 공부하는 책상 아래 깊숙이 감추고는 했다. 하여튼 검둥이는 겨울을 나자 대번에 어른 고양이가 되어서 방을 나간 지 얼마 안되어 배가 불룩해져서 창가에 나타났다. 고시반 애들은 제각기 섭섭하기도 하고 대견하기도 한 것이 마치 시집 보낸 딸을 맞이하는 기분이었다.

아이구, 그 정성으루 키웠더니 어느 난봉꾼의 새끼를 뱄냐?

바람둥이 같은 년, 누가 그 꼴을 해갖구 여기 오라구 그랬어.

아니다, 아냐. 누렁이를 낳든 얼룩이를 낳든 튼튼하게만 자라다오.

하고 제각기 반가워하면서 그들은 소시지며 오징어 다리를 던져주었다. 생선이 나오는 날이면 빈 사발면 그릇에다 따로 검둥이의 아침을 차려주기도 했다. 검둥이는 감시탑 아래 지어진 지하벙커에서 살고 있었다. 벙커의 총기 구멍으로 드나드는 것을 여러 사람이 확인했다. 검둥이는 그 안에서 새끼를 낳았다. 배 아래로 축 늘어진 젖을 출렁거리며 검둥이는 아침마다 사동 일층 앞마당에 와서 울었다. 전과 다른 것은 소시지를 던져주면 먹지 않고 물어나르고 나서 다시 돌아오곤 했다. 모두들 새끼를 먹이는 형편을 알아서 서너 개를 준비해두었고 검둥이는 맨 마지막에 던져준 소시지를 마당에 앉아서 천천히 먹어치 웠다. 그리고 점심 무렵에 식사당번들이 식통을 싣고 오는 소리가 들 리면 검둥이는 잽싸게 사동 앞마당을 가로질러 사람 키 높이의 낮은 차단벽을 뛰어넘고 통로를 건너 맞은편 담장도 넘어 운동장 구석에 있는 재소자 이발부로 찾아갔다. 벌써 배식이 시작된 이발부에는 이 른바 왕건이도 많았고 어린 신참 중에 검둥이 밥당번이 정해져 있어 서 비리고 기름진 반찬으로 정성스럽게 점심을 준비했다. 검둥이는 새끼를 많이 낳고서도 근처에는 한마리도 붙여주지 않았다. 새끼들이 일단 자라고 나면 사납게 물고 뜯고 성깔을 부려서 모두 그네의 구역 밖으로 쫓아냈다. 검둥이는 세살인가 네살 되던 무렵에 죽었다. 폐방 이 되고 저녁식사도 끝나고 음악방송 시간도 다 지나고 나서 화장실 에 갔던 한 재소자가 사동 일층 마당에 길게 뻗어 있는 검둥이를 발견 했다.

검둥이가 죽었다!

소문이 일분도 안되어 전 사동에 퍼져나갔고 여러 방마다 수감자들 이 창가에 다투어 머리를 내밀고는 마당을 내려다보았다. 여러 사람 들이 제각기 검둥아, 검둥아, 하며 부르는 소리로 사동 안이 시끌벅적 했다. 놀란 담당들이 호루라기를 불며 돌아다녀야 했다.

취침, 취침. 모두 들어가.

고참들은 철창 앞으로 고개를 내밀고 담당에게 부탁도 했다.

저 거시기 담당님도 다 아시쥬? 검둥이라구 우리 사동 맏딸인디 시 방 꼴까닥했는개비네유. 나가서 좀 끌어다가 난롯가에다 불 쬐면 살 아날지두 모르는디유.

그러나 교도관들은 들은 척도 하지 않았다. 큰 범치기가 아니면 그냥 모른 척해주는 게 최대한 봐주는 것이라 그동안 고양이에게 먹이를 주는 일도 묵인해준 셈이었다. 이튿날 운동시간이 되어서야 사동 앞마당에 나갈 수가 있었는데 밤새 눈이 내려서 검둥이의 시신은 흔적도 없이 묻혀버렸다. 눈을 치우고서야 검둥이를 찾아냈는데 목 아래 큰 상처가 있었고 사방에 피를 흘려놓았다. 아마도 구역싸움이나 수컷에게 당한 모양이었다. 영선에 있는 늙은 장기수가 신경통에 좋다고 바께쓰에다 푹 고아먹겠다는 것을 다른 재소자들이 용납을 하지 않았다. 그들은 검둥이를 캐시밀론 방한복 내피에 싸서 라면박스에 넣으면서 늙은이를 몰아세웠다.

심보가 저러니 바라지허는 새끼 하나 읎이 여기서 꼭 찌그러졌지.

얀마, 너 머라구 그랬어?

꼰대가 죽을라구 환장했다구 그랬다 왜. 얘는 우리 사동 전체가 금이야 옥이야 키워서 시집까지 보냈는데 말허자면 영감 손녀여. 이앨 삶아먹구 몇년을 더 살아봤자 삥끼통에 거름 보탤 일밖에 뭐가 있느냐 이거여.

어쨌든 온갖 종류의 죄를 저지른 이들이 감옥 주변의 미물들에게 깊은 관심을 가지게 되는 일이 기묘했다. 나는 코뿔소 같은 뿔이 달린 하늘소 종류의 시커먼 곤충을 몇달 동안이나 기르는 이도 보았고 심지어는 개구리를 플라스틱통에 넣어두고 정성들여 파리를 산 채로 잡아다 먹여 기르는 경우도 보았다.

나도 목욕실에 다녀오다가 취장 소지들에게서 고양이 새끼 한마리를 얻었다. 회색 바탕에 검은 줄무늬가 있는 놈인데 암컷이었다. 그들의 말에 의하면 검둥이의 새끼가 틀림없다는 것이었다. 내 독방으로 데려오자 고양이는 한달음에 비좁은 방을 몇바퀴나 돌며 확인을 하고 나서 자꾸만 식구통 쪽을 긁으며 시끄럽게 울어댔다. 아마 취장 마당을 뛰어다니다 좁은 독방에 갇히니 저도 몹시 답답한 모양이었다. 먹을 것을 주어 달래기도 하고 따뜻한 잠자리에 품어주기도 하며 일주일쯤 데리고 있었는데, 운동시간에 나갔다 돌아오니 책상다리에 묶어두었던 줄은 끊어지고 식구통 쪽문은 열린 채 고양이는 없어졌다. 재소자 신세라 소내의 이곳저곳을 찾아다닐 수도 없고 해서 그냥 쓸쓸해진 마음만 삭이고 혼자 잤는데 며칠 후에 공안수 운동장인 사동 사이의 빈터에서 고놈을 보았다. 담벽 아래로 얼룩이가 슬슬 걸어가고 있었다. 목에다 내가 묶어주었던 비닐끈을 두어 뼘쯤 매단 채로 가고 있었다. 내가 얼룩아, 하고 반색을 하며 달려들자 날카로운 눈을 들어 힐끗 보고는 아무런 반응도 없이 잽싸게 철조망이 쳐진 언덕 아래로 사라져버렸다. 고양이의 야멸찬 기색은 나의 조건이며 존재며를 그대로 실감하게 하였다.

나중에 엄중 독거를 시킨다고 이층 전체를 비운 사동의 복도 끝방으로 옮겼을 때 나는 다시 정 붙일 것을 발견했다. 소내에는 비둘기들이 거의 백여마리 가까이 살았다. 그들은 무리를 나누어 교도소 안과 밖을 마음대로 넘나들며 밥찌끼나 밭이랑의 이삭을 주워먹고 살았다. 나는 다른 수인들처럼 사동 앞마당에 모이를 뿌려주었고 비둘기들은 차츰 규칙적으로 모여들기 시작해서 내 방 창가에까지 날아와 앉기 시작했다. 모이를 준비해야만 했는데 매점에서 파는 땅콩을 여러 봉지 샀다. 땅콩의 껍질을 일일이 벗기고 나무토막으로 두드려서 잘게 부수어 땅콩 한알을 네댓 개의 알갱이로 만들었다. 보리밥을 화장실 창가에 펼쳐놓으면 하루이틀 사이에 딱딱하게 마르는데 이것들을 땅콩 알갱이들과 섞는다. 물론 비둘기들은 콩을 더 좋아하지만 땅콩만으로는 너무 비싼 사료이기 때문이다. 비둘기들은 처음 며칠 동안은 나의 규칙적인 일정을 눈치채지 못했지만 그중 영리한 놈들은 나의 하루 일과가 어떻게 돌아가는지를 곧 알게 되었고 모이 주는 시간 직

전에 나타나서 기다리게 되었다. 아침식사를 하고 나서 운동 나가기
전 삼십분이 첫번째 시간이었고 두번째는 저녁식사 뒤에 음악방송이
나오는 어스름녁이었다. 그러나 내가 비둘기들 몇마리에게 애착을 보
이기 시작하자마자 그놈들은 내 일정을 바꾸었다. 즉 아침에 기상하
고 나서 식사가 도착하기 전과 역시 저녁밥이 오기 전 늦은 오후였다.
비둘기들은 공장의 운동장 구석에 조류사육장이며 비단잉어를 양식
하는 작은 연못 부근에 지어놓은 비둘기장에서 우리들처럼 집단으로
살았는데 그곳에는 이들을 전담해서 돌보는 장기수 두 사람이 있었
다. 이들이 이른 아침에 기상해서 비둘기장을 열어주고 저녁이면 사
료를 주고 나서 비둘기들을 거두는 것이었다. 비둘기들도 자신들의
일과가 있었던 셈이다.

　비둘기들은 여러가지 색깔을 가지고 있었다. 그리고 자세히 뜯어보
면 생김새도 모두 달랐다. 회색에 알록달록한 갖가지 색이 섞인 놈들
이 흔히 보는 비둘기인데 모양은 그대로 알록달록하면서도 바탕의 털
빛이 제각기 다르게 마련이다. 회색 바탕, 갈색 바탕, 보라색 바탕, 검
정색 바탕 등등이고 아예 단색인 경우에도 회색, 검정색, 검정과 흰색
의 얼룩무늬, 갈색과 흰색의 얼룩무늬, 그리고 순백색이 있었다. 비둘
기들은 나와 사귀기 전에는 사동 앞마당에 내려앉아 아래층의 미결수
들이 던져주는 과자 부스러기나 식빵조각을 쪼아먹었다. 그러다가 내
땅콩맛을 보면서부터는 아예 내 모습이 잘 보이는 맞은편의 영치품창
고 지붕 위로 몰려들었다. 그놈들은 창고의 양철지붕 위에서 기다리
고 있다가 내가 창가로 나서기만 하면 일제히 창문턱으로 날아올라
앉았다. 나는 창문턱에 모이를 쏟아놓았고 비둘기들은 경계하지 않고
내 손바닥 위에까지 올라앉았다.

　내가 좋아했던 비둘기가 몇마리 있었다. 나는 그놈들의 이름을 지
었다. 제일 처음의 것이 '대장'이었는데 순백색의 숫놈이었다. 수컷과

암컷은 몸집의 생김새와 크기와 행동거지로 금방 구별하게 된다. 수컷은 어깨가 벌어지고 아래쪽이 날씬한데 목을 움츠렸다 빼었다 하면서 뽐을 낼 때에는 마치 역도선수가 덩치자랑을 하는 듯하다. 수컷은 경쟁자인 다른 수컷과는 서로 쪼아대고 밀어내고 날개로 후려치면서 항상 자리싸움을 한다. 그리고 암컷 앞에서는 빙빙 돌면서 윗몸을 부풀리고 꾹꾸거린다. 두번째의 비둘기는 역시 순백색으로 내가 '순이'라고 부르던 암놈이었다. 순이는 대장보다는 몸집이 작고 날씬했다. 순이는 처음에는 여러 마리 가운데서 눈에 뜨이지 않았다. 순이는 창틱에 왔다가도 곧 밀려나고는 했다. 순이가 창을 향해서 앉아 있는 모양을 자세히 살펴보다가 절름발이라는 걸 확인했다. 비둘기들 중에는 발목이 오그라진 절름발이가 제법 있었다. 그것은 수인들의 낚시질 때문이었다. 방안에서 사로잡히면 기르기도 하지만 예전에는 배가 고파서 주로 잡아먹으려고 낚시질을 했다는데 쥐나 참새도 잡았고 언제부터인가 비둘기 낚시질은 저들의 소일거리였다. 운동시간이 없는 토요일 오후부터 일요일 하루 종일이나 또는 국경일의 연휴 때에는 하루가 지긋지긋하게 길기도 하였다. 그런 날 오후가 되면 비둘기 낚시질 따위를 하는데 먼저 낚시도구를 정성들여 만들었다. 땅콩을 까서 가운데를 실로 단단히 묶고 긴 실의 다른 끝에다 다시 땅콩 한알을 매달았다. 이것을 그냥 쓰기도 하고 이 실에 긴 실을 이어서 창 안에서 쥐고 있기도 한다. 전에는 장갑이나 양말의 면실을 풀어서 썼지만 이제는 나일론실로 잡아매기 때문에 거의 끊어지는 일이 없다. 배고팠던 시절에는 잡은 비둘기를 구워먹거나 삶아먹었다. 휴지뭉치 한개로 라면을 끓일 수가 있다고 한다. 휴지를 반팔 길이씩 끊어내어 손으로 비벼서 가느다란 불쏘시개를 만든다. 비둘기 한마리도 소금을 뿌려 이것으로 변소에 앉아 구우면 연기도 나지 않는다. 겨울철에는 공장 난로에다 양동이를 얹어 삶았다고 한다. 이제 먹는 일은 사라지고 그냥 낚시질만 소일거리로 남은 셈이다.

그러므로 수인에게는 창밖의 자유롭고 한가한 비둘기의 삶에 대한 일종의 잔인한 복수놀이가 된 것이다. 그들은 낚싯줄을 쥐고 기다릴 필요가 없었다. 그냥 땅콩으로 만든 덫을 던져놓고 걸려든 비둘기가 허우적거리는 모양만 보면 되었으니까. 튼튼하고 가느다란 나일론줄의 양끝에 매단 땅콩을 모이와 함께 던져놓으면 비둘기는 실에 매인 땅콩을 차례로 찍어 삼킨다. 그러면 부리 끝으로 실이 늘어지게 되고 비둘기는 이 실을 떼어내려고 한발로 실을 움켜쥐고 잡아뜯는다. 몇 번 같은 동작을 하는 사이에 실은 부리와 다리에 엉켜서 비둘기의 몸을 웅크리게 만든다. 이제는 몸부림을 치면서 실을 끊어내려고 두 발을 허우적거리며 날아오른다. 조금 날다가는 떨어지고 다시 날아오르고 하다가 발목이 끊어지기도 하고 부러지기도 한다.

다리가 부러지거나 오그라진 비둘기의 동작을 지켜보는 일은 참으로 고통스럽다. 그런 것들은 무리에서 언제나 조금 뒤처져서 따로 있다. 모이가 있어도 끼여들지 못하고 지붕 위에 앉아서도 두어 번 깡충거려볼 뿐 거닐지도 못한다. 내가 순이를 대장과 함께 기억하는 것은 그들이 암수 한쌍의 부부였을 거라고 생각하고 유심히 관찰했기 때문이었다. 또한 나는 이 아름다운 암비둘기를 사랑했다. 땅콩 모이를 창턱에 뿌려놓으면 영치창고에서 기다리던 비둘기들이 일제히 날아들었다. 그들은 힘센 서열대로 서로 밀치고 퍼덕이면서 다투어 창턱의 좋은 자리를 차지했다. 겁이 많은 비둘기들은 무리로 움직이지 않으면 절대로 한두 마리가 날아드는 법이 없었다. 그런데 어느날은 무리가 오기 전이던가 아니면 한차례 먹고 간 다음이던가 잘생긴 순백색의 비둘기 한마리가 날아들었다. 그놈은 아마도 전에 다른 비둘기들과 더불어 몇번 이 창턱에서 내 모이를 받아먹었을 것이다. 혼자 찾아온 비둘기는 창턱에 앉아서 부리로 두드리듯이 비닐창을 툭툭 쪼았고 나는 창문을 열었다. 대부분의 다른 비둘기들은 창이 열리면 얼른 창이 닫힌 쪽으로 이동하거나 창고지붕 위로 달아나버리지만 이 녀석은 그냥 앉아서 나를 당당하게 바라보며 꾸루룩 꾸루룩 하고 낮게 울었다. 내가 모이를 창턱과 창문턱에다 뿌려주자 그는 마치 나를 믿는다는 듯이 창문턱에까지 들어서서 천천히 쪼아먹고는 부리를 쇠창살에다 몇번 비비고 날아갔다. 그가 혼자 찾아와서 모이를 달라고 비닐창을 두드리면 내가 모이를 주는 일이 몇차례인가 반복되고 나서 대장이 다른 비둘기 한마리를 데리고 날아왔다. 그게 순이였는데 순백색의 날씬한 몸매에 언제나 고개를 약간 숙이고 있어서 한눈에 암컷인줄을 알아보았다. 다소곳이 고개를 숙인 자세는 사실은 왼발을 못 쓰기 때문이었다. 발목이 싹둑 잘려나간 다른 비둘기들과는 달리 순이의 발목은 자기 몸 안쪽으로 오그라들어 있었다. 대장은 창문을 툭툭 건드리고 나서 모이를 주자 정면에서 비켜나 순이에게 좋은 자리를 양보했고 순이가 조심스럽게 모이를 쪼는 동안 곁에서 몸을 부풀리고 제자리걸음을 했다. 순이가 적당히 먹고 나자 그제야 남은 모이를 먹고 나서 둘은 창고지붕 위로 날아가 사이좋게 앉아 있었다. 다른 비둘기 무리가 시간 맞춰 날아들기 시작하면 둘은 창고지붕의 다른 켠에 멀찍이 피하듯 앉았다가 곧 다른 곳으로 날아가버렸다.

여러 날이 지나면서 나와 낯을 익히게 된 순이가 먼저 날아오게 되었고 어느 때는 혼자 날아오기도 했다. 순이는 불편한 다리를 오그리고 한발로 서서 비닐을 통해서 나를 조용히 바라보는 것이었다.

으응, 순이 왔구나. 밥먹어야지.

하고 말을 걸면 주춤거리면서 창문턱으로 다가섰다. 내가 창문을 열어도 순이는 달아나지 않고 모이를 기다렸다. 언제나 내가 제작한 사료의 양이 일정하지는 않아서 많이 줄 때도 있었는데 순이는 항상 적당량만 먹고는 이내 자리를 떴다. 어느 비 오는 날에 방을 나갔다가 돌아오니 순이 혼자 창턱에 앉아 쉬면서 나를 기다리기도 했다. 운동 시간에 사동 앞 빈터에서 올려다보면 다른 비둘기들은 그맘때에 먹을 것이 있는 취장 부근으로 다 가버렸건만 순이 혼자 가만히 앉아 있는 게 보였다. 대장은 어디서 맘껏 나돌아다니다가 저녁밥 때에야 순이 와 함께 날아오곤 했다. 나는 이들과 다른 무리의 비둘기들을 분리해 서 밥을 주기로 했다. 그런데 차츰 다른 무리들도 이들에 대한 특별대 우를 눈치채고 있어서 순이가 혼자 날아오면 곧장 연이어 비둘기떼가 창턱으로 몰려들었다. 순이는 비둘기들에 둘러싸이면 부릿짓 한번에 쉽게 자리에서 밀려나버렸고 다투지 않고 창고지붕 위로 날아가 혼자 조용히 앉아 있다가 가버렸다. 그러나 대장이 있으면 달라졌다. 그가 무리와 함께 올 적에도 대장은 맨 먼저 지붕에서 창턱으로 날아와 비 닐을 두드렸고 모이를 주면 혼자 먹기 시작하는데 다른 비둘기들은 지붕 위에서 기다리는 것처럼 보였다. 가끔씩은 용감한 수컷 비둘기 두어 마리가 날아와 곁에서 함께 먹기도 했다. 대장은 일단 모른 체해 주었다. 그러나 자기 자리 근처로 비집고 다가오면 대번에 큰 날개를 팔처럼 펼쳐서 후려쳤고 밀린 비둘기는 창턱 아래로 떨어져 지붕 위 로 돌아가곤 했다. 다른 무리가 많을 때에는 대장은 적당히 먹고 나서 지붕도 거치지 않고 곧장 본관건물을 넘어 사라져버렸다. 나는 대장 과 순이 외에도 무리들 가운데 다른 몇마리 비둘기에게도 관심을 가 졌다.

자기도 못 먹으면서 많은 모이를 독차지하려고 창턱을 우왕좌왕하 며 다른 비둘기들에게 싸움만 거는 '쌈꾼'도 있었고, 발목에 아직 낚 싯줄을 매단 채로 허겁지겁 겁도 없이 창문 안으로까지 날아드는 '먹 보'도 있었다. '가짜 순이'도 있었는데 이것은 생김새가 순이와 너무 비슷해서 나도 처음에 몇번 속았다. 몸도 순이와 같은 순백색이었고 순이처럼 창턱에 날아와 왼발을 꼬부리고 한발로 서서 조용히 들여다보는 것이었다. 몇번 모이를 주었는데 맞은편 영치품창고 지붕 위에서 무리에 섞인 다음에야 그것의 발목이 멀쩡하다는 걸 알게 되었다. 종종걸음으로 뛰고 두 발을 움직여 자유롭게 깃을 다듬기도 했다. 저런! 절름발이 흉내를 내다니. 그 암컷은 몇번 순이와 함께 이 창턱에 와서 얻어먹으면서 내가 순이에게 남다른 대우를 한다는 것을 알게 되었을 게다. 그래서 모이를 먹을 때면 내 앞에서 순이의 동작의 특징을 흉내냈다. 그래서 나는 영리한 가짜 순이에게도 남다른 대우를 해주기로 하였다.

그리고 이건 참 묘한 느낌이었는데 처음에는 깊은 관심을 가졌다가 나중엔 지긋지긋해진 비둘기도 있었다. 나는 이 비둘기에게 '빠리의 노트르담'에 나오는 '콰지모도'의 이름을 붙여주었다. 콰지모도는 정말 추하게 생긴 비둘기였는데 유일하게 성별을 구별할 수 없었던 놈이다. 아마 부화할 때부터 무슨 문제가 있던 알이었을 게다. 놈의 몸집은 다른 비둘기들의 삼분의 이 정도로 작고 모자랐다. 콰지모도는 목도 짧고 몸매도 땅딸한 게 비둘기라기보다는 무슨 메추라기 새끼처럼 보였다. 털도 지저분한 진회색에 참새 같은 갈색 털이 섞여서 추레해 보였다. 이놈은 살아가는 데에 비극적인 약점을 가지고 있었다. 부리가 고장나 엇갈린 가위처럼 벌어져 있었던 것이다. 휘어져서 어긋난 젓가락같이 그것으로는 모이를 정확하게 집을 수가 없었다. 그래서 그의 주둥이며 목덜미 부근은 언제나 사육장에서 주는 곡물가루가 누렇게 묻어 있었다. 부리가 그 모양이니 깃도 다듬을 수가 없어서 언제나 지저분해 보였다. 그것은 무리에 섞이려고 애를 쓰는 것처럼 보였다. 창턱에 날아와서도 열심히 부릿짓은 하면서도 한번도 제대로 땅콩 한쪽을 못 얻어먹는 눈치였다. 다른 비둘기들은 곁에 콰지모도가 다가오면 사정없이 부리로 그 머리를 쪼아댔다. 그래서 놈의 정수리 부근은 상처투성이였고 피가 말라붙어 있을 때도 있었다. 그렇지만 이놈의 생명력은 치열했다. 그놈도 호젓한 시간에 나를 찾아오는 방법을 터득했다. 놈에게는 쪼개지 않은 땅콩을 통째로 주었는데 그놈의 식사방법은 실로 눈물겨운 데가 있었다. 어긋난 부리로 땅콩을 찍어대는데 자꾸만 창턱 아래로 떨어지고 간신히 물어올려도 제대로 주둥이 안으로 밀어넣기가 힘들었다. 여러번의 시행착오를 겪은 다음에 정말 우연인 듯이 겨우 한알이 부리 속으로 들어가곤 했다. 아마 콰지모도의 먹이에 대한 치열성은 언제나 이러한 결핍과 갈급함 때문이었던 것 같았다. 그놈은 나중에는 뻔뻔하게도 내가 모이를 주려고 손을 내밀면 성급하게 달려들어 손등을 쪼기까지 했다. 그러고는 괴상하게 몸을 부풀리고 갈라진 울음소리를 내면서 시위했다. 나는 놈의 엇갈린 부리가 밉기도 하고 측은하기도 해서 손가락으로 잡아 거세게 비틀어주기도 했다. 차츰 콰지모도의 치열성이 미워졌다.

그해 겨울에 눈 내리던 날 내가 보는 앞에서 순이가 고양이에게 물려 죽었다. 얼룩 줄무늬의 고양이 깡패 바이킹은 가끔씩 비둘기사냥을 했는데 녀석은 창고를 받치고 있는 쇠기둥 아래 어둠속에 가만히 엎드려서 먹이를 찾아 사동 앞 빈터에 내려앉는 비둘기들을 끈질기게 노렸다. 아래층 미결수들이 가끔씩 빵조각이나 땅콩을 던져주기 때문에 비둘기들이 마당에서 종종걸음을 치던 것이다. 비둘기떼가 마당에 내려앉았고 맨 나중에 순이도 내려앉아 절름절름하면서 눈 위를 뛰어다니는 게 보였다. 무엇인가 창고 밑 어둠속에서 휘익 튀어나와 뒤처져 있던 순이를 덮쳤다. 순이는 제대로 퍼덕이지도 않고 축 늘어진 채 바이킹의 입에 물려 있었다. 이상하게 나는 조용하고 냉정한 느낌으로 이 살육을 지켜보았다. 고양이가 내 방 창문에서는 보이지 않는 영치품창고의 뒤편으로 먹이를 물고 돌아갔으므로 그 이상의 장면은 보지 못했다. 나중에 운동시간에 사동 앞 빈터로 나가 창고 뒤로 돌아가 보았는데 모퉁이에서부터 벌써 핏방울이 흠씬 떨어져 있었고 뒤로 돌아가보니 더욱 참혹했다. 흰눈 위에 핏자국이 번져 있고 두 날개의 깃털만이 남아 있었다. 부드러운 깃털들은 바람에 불려 주벽에의 접근을 가로막고 있는 철조망에 붙어서 하늘거렸다. 마치 깃털들은 아직 살아 있는 듯이 보였다. 다음날에도 또 그 다음날에도 겨울이 가고 봄이 될 때까지 나는 다른 비둘기들에게 하루 두번씩 모이를 주었지만 이제는 구별하는 비둘기들은 만들지 않았다. 애착은 무상하다.

팔십삼년 사년은 어떻게 지나갔던가. 아마 그전 해와 다름이 없었겠지. 단식을 몇번 하고 문을 차거나 철창을 식기로 두드리며 구호를 외치고 투쟁가를 부르고 징벌방에 갇히고를 반복했을 것이다. 말다툼을 하고 토론을 하다가 죽이고 싶도록 미워지고 하찮은 먹을 것을 가지고 욕설을 해대고 헤어져 독방에 돌아와서는 연민 때문에 곧 후회하게 되는 감방 동료가 한사람이라도 있었으면 싶었다. 공권력은 나를 너무도 잘 다룬다. 그들은 시간의 덧없음을 알고 있다. 일제 때부터 해왔던 행형술은 그동안 전쟁과 정권교체와 세월의 변화를 통해서 수많은 경험을 쌓고 있었다. 그들에게는 언제나 새로운 카드가 있었다. 나는 예전에 읽었던 책의 자세한 내용들은 모두 까먹었다. 그리고 큰 선에서의 원칙들만 남게 되었다.